Candace Camp

Maskenball um Mitternacht

Roman

Aus dem Amerikanischen von
Traudi Perlinger

MIRA®

MIRA® TASCHENBUCH
Band 25665
1. Auflage: Mai 2013

MIRA® TASCHENBÜCHER
erscheinen in der Harlequin Enterprises GmbH,
Valentinskamp 24, 20354 Hamburg
Geschäftsführer: Thomas Beckmann

Titel der nordamerikanischen Originalausgabe:
The Wedding Challenge

erschienen bei: HQN Books, Toronto

Published by arrangement with
HARLEQUIN ENTERPRISES II B. V./S.àr.l.

Konzeption/Reihengestaltung: fredebold&partner gmbh, Köln
Umschlaggestaltung: pecher und soiron, Köln
Redaktion: Bettina Lahrs
Titelabbildung: Harlequin Enterprises S.A., Schweiz
Autorenfoto: © Harlequin Enterprises S.A., Schweiz
Satz: GGP Media GmbH, Pößneck
Druck und Bindearbeiten: CPI – Ebner & Spiegel, Ulm
Printed in Germany
Dieses Buch wurde auf FSC®-zertifiziertem Papier gedruckt.
ISBN 978-3-86278-721-0

www.mira-taschenbuch.de

1. KAPITEL

Lady Odelia Pencullys großer Maskenball versprach einer der glanzvollen Höhepunkte der Saison zu werden – die eigentlich noch lange nicht begonnen hatte. Wer keine Einladung zu diesem wichtigen gesellschaftlichen Ereignis erhalten hatte, fühlte sich brüskiert, wenn nicht gar von der Gesellschaft gemieden. Und wer eine Einladung in Händen hielt, setzte alles daran, an dem Fest teilzunehmen.

Lady Penculty war entweder durch Blutsbande oder Heirat mit der Hälfte der mächtigsten und vornehmsten Adelshäuser des Königreiches verwandt, denn sie war die Tochter eines Dukes und Gattin eines Earls. Somit stellte sie eine der Säulen der Gesellschaft dar, und niemand hätte riskiert, sich mit ihr zu überwerfen. Einst, in der Blüte ihrer Jahre, war sie durch ihre spitze Zunge und einen eisernen Willen die unangefochtene Alleinherrscherin sowohl ihrer Familie als auch des gesamten *ton* gewesen. Und obgleich sie nun im fortgeschrittenen Alter die meiste Zeit des Jahres auf ihrem Landsitz in Kent verbrachte und nur während der Saison in London weilte, übte sie nach wie vor einen nicht zu unterschätzenden Einfluss aus. Dank eifriger Korrespondenz hielt sie sich stets über die neuesten Nachrichten und Skandale auf dem Laufenden und scheute sich nicht, Freunden und Familienangehörigen schriftlich ungebetene Ratschläge zu erteilen, wenn sie dies für nötig erachtete.

Bereits die Ankündigung, sie beabsichtige, ihren fünfundachtzigsten Geburtstag mit einem großen Ball zu begehen, sorgte für helle Aufregung. Niemand wollte dem Fest fernbleiben, obgleich es im Januar stattfand – außerhalb der Saison, in der unwirtlichsten Zeit des Jahres. Weder Eis noch Schnee oder die Beschwernisse, ein Stadthaus im Winter für kurze Zeit zu öffnen und bewohnbar zu machen, konnte die Damen des *ton* daran hindern, sich aller Mühen zu unterziehen, um ihre Teilnahme zu garantieren. Immerhin konnte man sich damit trösten, dass London nicht wie sonst um diese Jahreszeit ausgestorben war, da alles, was Rang und Namen hatte, Lady Odelias Fest besuchen würde.

Unter den Gästen, die von ihren Landsitzen angereist waren, befanden sich auch der Duke of Rochford und seine Schwester Lady Calandra in Begleitung ihrer Großmutter, der verwitweten Duchess of Rochford. Der Duke, einer der wenigen, der es gewagt hätte, die Einladung abzulehnen, war von seiner Großmutter streng gemaßregelt worden. Er sei schließlich Lady Odelias Großneffe und habe sich als Gentleman und Erbe des Titels an familiäre Verpflichtungen gebunden zu fühlen. Im Übrigen hatte er geschäftliche Angelegenheiten in London zu erledigen.

Die Dowager Duchess of Rochford, die der älteren Schwester ihres verstorbenen Gemahls wenig Sympathien entgegenbrachte, war der Einladung gefolgt, da Lady Pencully zu den wenigen noch lebenden Angehörigen ihrer Generation zählte – wobei die Duchess gern betonte, Lady Pencully sei um einige Jahre älter als sie selbst. Außerdem zählte sie ihre Schwägerin zu den wenigen Damen der Gesellschaft, die sie als wirklich ebenbürtig erachtete. Lady Odelia gehörte schlicht und einfach zu ihren Kreisen, auch wenn die Duchess gelegentlich Odelias schockierend schlechte Manieren beklagte.

Von den drei Fahrgästen in der Karosse, die sich in der langen Wagenschlange im Schneckentempo dem Portal des eleganten Herrenhauses in Cavendish Crescent näherte, war nur Lady Calandra von echter Vorfreude erfüllt.

Mit ihren dreiundzwanzig Jahren war Callie, wie sie von Freunden und der Familie genannt wurde, bereits vor fünf Saisons in die Gesellschaft eingeführt worden. Ein Londoner Ball zu Ehren ihrer hochbetagten Großtante hätte daher nicht ohne Weiteres besonderen Reiz auf sie ausgeübt. Allerdings hatte sie drei endlos lange Monate auf dem Familiensitz Marcastle zugebracht – die sich noch quälender in die Länge zogen wegen der ungewöhnlich häufigen trüben Regentage und der ständigen Gegenwart ihrer Großmutter.

Für gewöhnlich pflegte die Dowager Duchess einen Großteil des Jahres in ihrem Haus in Bath zu verbringen, wo sie über die betulich biedere und ehrenwerte Provinzgesellschaft herrschte. Nur gelegentlich, vorwiegend während der Saison, reiste sie nach London, um darüber zu wachen, dass ihre Enkelin sich sittsam benahm.

Gegen Ende der letzten Saison hatte sie indes beschlossen, es sei an der Zeit, dass Lady Calandra sich vermähle, und es sich zur Hauptaufgabe gemacht, eine Verlobung ihrer Enkelin zu arrangieren – selbstredend mit einem untadeligen jungen Aristokraten. Aus diesem Grund hatte sie auf ihre alljährliche Winterkur in Bath verzichtet und die Unbequemlichkeiten des alten zugigen Familiensitzes in Norfolk auf sich genommen.

Callie war also in den letzten Monaten nicht nur wegen des unerfreulichen Wetters in dem alten Gemäuer eingesperrt, sondern auch gezwungen gewesen, sich die unablässigen Ermahnungen der alten Dame anzuhören. Vorträge über sittsames Betragen und ihre Pflicht, sich tunlichst bald zu vermählen, hatten ebenso dazugehört wie etliche Vorschläge, welchen Kandidaten aus den Kreisen der Hocharistokratie sie ihr empfehlen würde.

Es war also nur verständlich, warum die Vorfreude auf einen festlichen Ball Callie in Hochstimmung versetzte. Sie fieberte dem Vergnügen entgegen, zu den Klängen schwungvoller Musik über das Parkett zu wirbeln und mit Freundinnen zu plaudern und zu scherzen. Zudem war Lady Odelias großes Fest als Maskenball avisiert, was Callies Vorfreude noch steigerte und dem Ball in ihren Augen ein gewisses geheimnisvolles Flair verlieh.

Mit großer Begeisterung hatte sie sich auf die Wahl eines Kostüms gestürzt und sich nach langem Überlegen und Beratungen mit ihrer Schneiderin für das Gewand einer Dame am Hofe Heinrichs VIII. entschieden. Die eng anliegende Tudorhaube rahmte vorteilhaft ihr fein geschnittenes ovales Antlitz. Das historische Kostüm aus tiefrotem Samt bildete einen vortrefflichen Kontrast zu ihren schwarz glänzenden Locken und ihrem zarten Teint und war ihr überdies eine willkommene Abwechslung zu den üblichen hellen Farben, die einer unverheirateten jungen Dame der Gesellschaft zugebilligt wurden.

Callie warf ihrem Bruder einen Blick zu. Rochford hatte, wie nicht anders zu erwarten, jegliche Kostümierung abgelehnt. Er trug einen eleganten schwarzen Abendanzug und eine blendend weiße, makellos geschlungene Halsbinde. Sein einziges Zugeständnis an die Kleiderordnung des Abends bestand aus einer schwarzen Halbmaske. Mit seinem lackschwarzen Haar und den markant geschnittenen Gesichtszügen strahlte er die Verwegenheit eines geheimnisumwitterten Romanhelden aus, dem nicht wenige weibliche Ballgäste schmachtende Blicke zuwerfen würden.

Er fing ihren Blick lächelnd auf. „Freust du dich, wieder einmal tanzen zu dürfen, Callie?"

Sie erwiderte sein Lächeln. Mochten viele Menschen ihren älteren Bruder auch für reserviert und kühl halten, ihn sogar als abweisend bezeichnen, sie wusste, dass er keineswegs gefühlskalt war. Er war lediglich zurückhaltend und scheute sich, allzu schnell Sympathien zu zeigen. Und Callie hatte Verständnis für seine Haltung, da auch sie gemerkt hatte, dass sich Menschen bei ihr einschmeicheln wollten, weniger, um sich mit ihr anzufreunden, sondern wegen gesellschaftlicher und finanzieller Vorteile, die sie sich durch die Bekanntschaft mit der Schwester eines Dukes erhofften. Vermutlich hatte Sinclair noch bedeutend schlechtere Erfahrungen gemacht, denn er war bereits in jungen Jahren zu Rang und Reichtum gekommen, ohne den Schutz und die Anleitung eines älteren Verwandten zu genießen.

Ihr Vater war verstorben, als Callie fünf Jahre alt war. Ihre Mutter, eine liebenswürdige Frau, stets umgeben von einem Hauch der Trauer, der sie umwallte wie ein feiner Schleier, folgte dem geliebten Gatten neun Jahre später ins Grab. Außer der Großmutter war Sinclair Callies einziger naher Verwandter. Der um fünfzehn Jahre ältere Bruder hatte die Rolle des Vormunds übernommen und war ihr stets mehr wie ein junger verständnisvoller Vater erschienen denn wie ein älterer Bruder. Callie vermutete, er habe sich nicht zuletzt dazu bereit erklärt, zum Geburtstagsfest ihrer Großtante nach London zu reisen, um seiner kleinen Schwester damit einen Gefallen zu erweisen.

„Oh ja, ich freue mich sehr darauf", antwortete sie. „Schließlich habe ich seit der Hochzeit von Irene und Gideon nicht mehr getanzt."

Jeder in der Familie und im näheren Bekanntenkreis wusste, dass Lady Calandra eine unermüdliche und leidenschaftliche Tänzerin war oder es vorzog, im gestreckten Galopp querfeldein zu reiten und ausgedehnte Wanderungen zu unternehmen, statt mit einer Handarbeit vor dem Kamin zu sitzen oder Etüden auf dem Pianoforte zu üben.

„Und Weihnachten?", fragte der Duke mit hochgezogenen Brauen.

Callie verdrehte die Augen. „Ich bitte dich! Zur Klavierbegleitung der Gesellschafterin von Großmama mit dem eigenen Bruder zu tanzen zählt wirklich nicht."

„Zugegeben, es war ein langweiliger Winter", räumte Rochford ein. „Bald reisen wir nach Dancy Park, versprochen."

Callie lächelte. „Oh ja, es wäre sehr schön, Constance und Dominic bald wiederzusehen. Ihre Briefe sind geradezu überschäumend vor Glück, seit sie in anderen Umständen ist."

„Aber Calandra, über so etwas spricht eine Dame nicht im Beisein eines Gentlemans", tadelte die Dowager Duchess.

„Aber es ist doch nur Sinclair", gestattete Callie sich einen Einwand und unterdrückte ein Seufzen. Sie war stets bemüht, die strikten Ansichten ihrer Großmutter über gesittetes Benehmen zu respektieren, aber nach drei Monaten ständiger Zurechtweisungen war ihr Nervenkostüm ziemlich wund gescheuert.

„Richtig", pflichtete Rochford seiner Schwester schmunzelnd bei. „Schließlich bin ich es nur, und außerdem kennen wir ihr loses Mundwerk."

„Lach du nur!", tadelte seine Großmutter. „Aber eine Dame

von Callies gesellschaftlichem Rang hat sich stets mit äußerster Diskretion zu benehmen, zumal sie noch unverheiratet ist. Ein wahrer Gentleman wünscht sich keine Braut, die sich nicht untadelig zu benehmen weiß."

Rochfords Gesicht nahm den Ausdruck distanzierter Arroganz an, den Callie als seine „Aristokratenmiene" bezeichnete. „Gibt es etwa einen Gentleman, der es wagt, Calandra als indiskret zu bezeichnen?"

„Natürlich nicht", beeilte die Duchess sich zu versichern. „Aber eine Dame, die sich auf der Suche nach einem Gatten befindet, sollte besonders achtsam sein in allem, was sie tut oder sagt."

„Bist du auf der Suche nach einem Gatten, Callie?", fragte Rochford mit einem spöttischen Blick an seine Schwester gewandt. „Davon weiß ich ja gar nichts."

„Nein, bin ich nicht", erklärte Callie knapp.

„Natürlich bist du das", widersprach ihre Großmutter. „Jede unverheiratete Frau ist auf der Suche nach einem Ehemann, ob sie es zugibt oder nicht. Du bist keine Debütantin mehr in deiner ersten Saison, meine Liebe, sondern dreiundzwanzig. Beinahe jedes Mädchen, das mit dir in die Gesellschaft eingeführt wurde, ist bereits verlobt – sogar die mondgesichtige Tochter von Lord Thripp."

„Ist ihr Verlobter nicht der ‚irische Earl mit mehr Pferden als Erfolgsaussichten'?", fragte Callie. „So nanntest du ihn noch vor einer Woche."

„Natürlich erwarte ich mir einen weitaus besseren Ehemann für dich", entgegnete ihre Großmutter. „Aber ich finde es geradezu peinlich, dass dieses Pummelchen sich vor dir verlobt hat."

„Callie bleibt noch genügend Zeit, einen Ehemann zu finden", erklärte Rochford leichthin. „Und ich kann dir versichern, verehrte Großmama, es gibt eine Reihe von Herren, die bei mir um ihre Hand anhalten würden, hätten sie auch nur die geringste Ermunterung."

„Die du, wenn ich darauf hinweisen darf, bisher noch keinem

Kandidaten gegeben hast", warf die Duchess spitz ein.

Der Duke zog skeptisch die Brauen hoch. „Aber Großmutter, du wärst doch gewiss nicht damit einverstanden, wenn ich Lebemänner und Glücksritter dazu ermutigen würde, Calandra den Hof zu machen, nicht wahr?"

„Selbstverständlich nicht. Wie kannst du nur so reden?" Die Dowager Duchess gehörte zu den wenigen Menschen, die nicht in ehrfürchtigem Respekt vor Rochford verstummten, im Gegenteil, sie ließ sich kaum eine Gelegenheit entgehen, ihn ihre Meinung wissen zu lassen. „Ich will damit nur sagen, es ist doch allgemein bekannt, dass jeder Verehrer deiner Schwester mit einem Verhör deinerseits zu rechnen hat. Und die wenigsten Herren wollen es auf eine Auseinandersetzung mit dir anlegen."

„Wirke ich denn so Furcht einflößend? Das ist mir völlig neu", entgegnete Rochford milde. „Wie dem auch sei, ich verstehe nicht, warum Callie sich für einen Mann erwärmen sollte, der nicht zu einer Unterredung mit mir bereit ist." Er wandte sich an Callie. „Bist du denn an einem bestimmten Herrn interessiert?"

Callie schüttelte den Kopf. „Nein, ich bin mit meinem Leben ganz zufrieden, so wie es ist."

„Du wirst aber nicht ewig eine der begehrtesten jungen Damen Londons sein", gab ihre Großmutter zu bedenken.

„Umso mehr sollte sie ihr Leben jetzt genießen", stellte Rochford fest und beendete damit die Diskussion.

Dankbar für das Eingreifen ihres Bruders wandte Callie den Blick aus dem Fenster, spähte durch den Spalt des Vorhangs auf die Karossen vor ihnen. Allerdings fiel es ihr schwer, die Worte ihrer Großmutter zu verdrängen.

Dabei hatte Callie die Wahrheit gesprochen. Eigentlich war sie mit ihrem Leben recht zufrieden. Im Frühling und in den Sommermonaten stürzte sie sich mit Begeisterung in den Londoner Gesellschaftstrubel – besuchte Tanzveranstaltungen, Empfänge, Theater und Oper – und wusste sich auch die übrige Zeit des Jahres zu beschäftigen. Sie verfügte über einen großen

Freundeskreis und hatte sich in den letzten Monaten besonders mit Constance angefreundet, der frischgebackenen Gemahlin von Viscount Leighton. Wenn sie Sinclair nach Dancy Park begleitete, verbrachte Callie viel Zeit mit ihr, da Redfields, das Herrenhaus, das Dominic und Constance bezogen hatten, nur wenige Meilen entfernt lag. Der Duke besaß noch eine Reihe anderer Residenzen, die er in regelmäßigen Abständen besuchte, und Callie begleitete ihn häufig auf diesen Reisen. Sie langweilte sich eigentlich nie, liebte es, lange Ausritte zu unternehmen oder ausgedehnte Wanderungen in der Umgebung, und sie hatte keinerlei Vorbehalte, mit den Dorfbewohnern und der Dienerschaft zu plaudern. Seit ihrem fünfzehnten Lebensjahr kümmerte sie sich zudem um den Haushalt des Dukes, in dem es ständig etwas zu tun gab.

Trotz alledem wusste sie, dass ihre Großmutter recht hatte. Es wurde bald Zeit für sie, sich zu vermählen. In zwei Jahren wurde sie fünfundzwanzig, ein Alter, in dem die meisten jungen Mädchen verheiratet waren. Wenn sie nach diesem ominösen Datum immer noch ledig wäre, würde sie über kurz oder lang als Mauerblümchen gelten, eine Bezeichnung, der sie keinen Reiz abgewinnen konnte.

Es war ja auch nicht so, als hätte Callie etwas gegen eine Heirat einzuwenden. Nicht wie ihre Freundin Irene Wyngate, die stets im Brustton der Überzeugung erklärt hatte, sie würde niemals heiraten – eine Einstellung, die sie in der Sekunde aufgegeben hatte, als sie Lord Radbourne kennenlernte. Nein, Callie hatte durchaus den Wunsch zu heiraten, wollte einen Ehemann, hübsche Kinder und ein eigenes Haus haben.

Das Problem bestand bloß darin, dass ihr noch kein Mann begegnet war, den sie heiraten wollte. Zugegeben, es hatte Zeiten gegeben, in denen sie sich in das Lächeln eines hübschen jungen Mannes verliebt hatte oder breite Schultern in einer Husarenuniform ihr Herz höherschlagen ließen. Aber diese Episoden waren nur flüchtige Schwärmereien gewesen, und der Mann war ihr bisher noch nicht begegnet, mit dem sie sich vorstellen konnte, jeden Morgen am Frühstückstisch zu sitzen – ganz zu schweigen von der vagen geheimnisumwitterten dunklen Faszination, mit ihm das eheliche Bett zu teilen.

Callie hatte den Gesprächen anderer jungen Frauen gelauscht, die von diesem oder jenem Gentleman schwärmten, und sie hatte sich gewundert, wie bedenkenlos andere sich in den Bann der Liebe verstrickten. Sie hatte sich gefragt, ob diese jungen Mädchen eine Ahnung hatten von der anderen Seite tiefer Liebe und wehmütig an die bitteren Tränen gedacht, die ihre Mutter noch Jahre nach dem Tod ihres geliebten Ehemannes vergossen hatte. Eine Frau, die sich in ihrem Schmerz in ein stilles trauriges Gespenst verwandelt hatte, bis der Tod sie endlich erlöste. Callie fragte sich, ob das Wissen um den Kummer, den die Liebe mit sich bringen konnte, sie daran hinderte, sich wirklich zu verlieben ... oder ob ihr diese Empfindung einfach ganz fehlte.

Sie verdrängte ihre trüben Gedanken, als die herzogliche Kutsche an den Marmorstufen vor dem hell erleuchteten Haus hielt, ein Lakai herbeieilte und den Wagenschlag öffnete. Sie nahm sich fest vor, sich durch nichts, weder durch die Kritik ihrer Großmutter noch durch ihre Selbstzweifel, diesen Abend verderben zu lassen.

Eilig rückte sie ihre zierliche Halbmaske zurecht, bevor sie die Hand ihres Bruders ergriff, der ihr beim Aussteigen behilflich war.

Im Ballsaal wurden sie von Lady Francesca Haughston begrüßt, die von Callie trotz der blauen Satinmaske sofort erkannt wurde. In einen Traum aus cremefarbenem Tüll, goldener und blauer Seide gehüllt, näherte sich Lady Francesca den neuen Gästen. Sie hatte das Kostüm einer romantischen Schäferin gewählt und sah aus, als sei sie einem Gemälde von Watteau entstiegen. Ihre blonde, kunstvoll hochgesteckte Lockenfrisur war mit blauen Schleifen verziert, den Knauf ihres weißen, blau umwickelten Hirtenstabs schmückte ebenfalls eine große blaue Satinschleife. Der weite blaue Satinrock, seitlich gerafft und von

Rosetten gehalten, gab den Blick auf cremefarbene Tüllwolken des Unterkleides frei. Goldene Seidenpumps vervollständigten das bezaubernde Kostüm.

„Welch ein entzückender Anblick", meinte Rochford gedehnt, während er sich über Lady Francescas Finger beugte.

„Während Sie, wie ich sehe, sich nicht der Mühe einer Kostümierung unterzogen", entgegnete sie spitz. „Das hätte ich mir denken können. Ich fürchte, Sie schulden Lady Odelia eine Erklärung. Sie war richtig besessen von der Idee eines Maskenballs, müssen Sie wissen."

Sie wies mit dem Fächer zur entlegenen Stirnseite des Ballsaals. Auf einem Podest thronte Lady Odelia auf einem hohen, mit Samt bezogenen Lehnstuhl. Sie trug eine karottenrote Perücke, deren Kringellöckchen von einem Goldreif gehalten wurden. Ihr Gesicht war weiß geschminkt. Im Nacken ragte der Halbmond einer hohen steifen Halskrause auf. An ihrem durch ein enges Schnürkorsett flach gedrückten Busen hingen viele Reihen Perlenketten, die bis zur spitz zulaufenden Taille des prächtigen Brokatgewandes reichten. Jeden ihrer Finger schmückte ein kostbarer edelsteinbesetzter Ring.

„Aha, die gute Queen Bess", stellte Rochford fest, der Francescas Block gefolgt war, „allerdings nicht mehr in der Blüte ihrer Jahre."

„Hüten Sie sich um Himmels willen, eine Bemerkung diesbezüglich fallen zu lassen", warnte Francesca. „Sie kann nicht mehr lange genug stehen, um alle Gäste zu empfangen, deshalb beschloss sie, stattdessen Hof zu halten. Ziemlich gewitzt, wie ich finde."

Francesca wandte sich mit einem liebevollen Lächeln an Callie: „Wie schön, dich zu sehen, meine Liebe. Auf dich ist wenigstens Verlass. Du siehst ganz entzückend aus."

Callie erwiderte Francescas Begrüßung herzlich. Sie kannte Lady Haughston seit ihrer Kindheit, da Francesca, die Schwester von Viscount Leighton, in Redfields aufgewachsen war, in direkter Nachbarschaft von Dancy Park, einem Landsitz des

Dukes. Als Kind hatte Callie die um einige Jahre ältere Francesca sehr bewundert. Nachdem sie Lord Haughston geheiratet hatte und aus Redfields fortgezogen war, hatte Callie sie nur noch bei ihren seltenen Besuchen im Elternhaus gesehen. Später, nachdem Callie in die Gesellschaft eingeführt worden war, waren sie sich wieder häufiger begegnet. Und mittlerweile nahm die seit fünf Jahren verwitwete Lady Francesca eine führende Position in der vornehmen Gesellschaft ein. Ihr unfehlbarer Geschmack in Mode- und Stilfragen war berühmt, und sie zählte auch mit Anfang dreißig nach wie vor zu den schönsten Frauen Londons.

„Du stellst mich völlig in den Schatten, liebste Francesca", erklärte Callie lachend. „Du siehst hinreißend aus. Hat Tante Odelia es etwa geschafft, dich zu überreden, das Fest zu organisieren und auch die Gäste zu empfangen?"

„Ach, meine Liebe, nicht nur das. Sie hatte plötzlich Bedenken, einen Ball zu ihren eigenen Ehren zu veranstalten. Also schob sie ihre Schwester Lady Radbourne vor – und natürlich die neue Countess of Radbourne. Ich nehme an, du kennst Irene?" Francesca drehte sich ein wenig, um auch die Dame in ihrer Begleitung mit ins Gespräch einzubeziehen.

„Natürlich", antwortete Callie. Die gehobene Gesellschaft Londons war überschaubar, und sie kannte Lady Irene seit einigen Jahren, wenn auch nur flüchtig. Als sie jedoch vor wenigen Monaten Gideon, Lord Radbourne, heiratete, der durch eine Seitenlinie mit Lady Calandra und dem Duke verwandt war, hatten die beiden sich angefreundet.

Irene begrüßte sie in ihrer offenen Art. „Guten Abend, Callie. Wie schön, dich zu sehen. Erzählt Francesca dir etwa, wie unverschämt ich ihre Gutmütigkeit ausgenutzt habe?"

„Du übertreibst, Irene", wehrte Francesca bescheiden ab.

Irene lachte. Die hochgewachsene junge Frau mit goldblonden Locken war eine atemberaubende Erscheinung im wallenden weißen Gewand einer antiken griechischen Göttin. Ihre ungewöhnlich goldbraunen Augen blitzten vergnügt. Die Ehe bekam Irene ausgezeichnet, sie war schöner denn je.

„Francesca will damit eigentlich nur zum Ausdruck bringen, dass es noch schlimmer war“, erklärte Irene und warf Francesca einen dankbaren Blick zu. „Du weißt selbst, dass ich eine hoffnungslos schlechte Gastgeberin bin. Letztlich blieb die ganze Organisation und Arbeit an ihr hängen. Ihr allein ist es zu verdanken, dass alles dann doch noch gelungen ist und das Fest überhaupt stattfinden kann.“

Francesca wandte sich mit einem gewinnenden Lächeln den nächsten Gästen zu, während Callie Lord Radbourne die Hand schüttelte. Er war als Pirat erschienen, ein Kostüm, das Gideon vorzüglich kleidete, fand Callie. Mit seiner wilden dunklen Haarmähne und der kraftvollen Gestalt wirkte er ohnehin eher wie ein Seemann, der Schiffe enterte und plünderte, nicht wie ein vornehmer Gentleman. Man könnte meinen, er trage den Krummsäbel in der breiten roten Schärpe jeden Tag.

„Lady Calandra“, begrüßte Gideon sie mit einer knappen Verbeugung. „Hocherfreut.“ Über seine markanten Gesichtszüge flog ein verschmitztes Lächeln. „Wie schön, ein bekanntes Gesicht zu sehen.“

Es war allgemein bekannt, dass Gideon sich in Adelskreisen nicht sonderlich wohl fühlte. Widrige Umstände in seiner Kindheit hatten dazu geführt, dass er in ärmlichen Verhältnissen aufgewachsen war. Trotz allem hatte er es in späteren Jahren durch Fleiß und Tüchtigkeit zu Wohlstand gebracht. Nachdem ihm als Erwachsener sein rechtmäßiger Rang in der Aristokratie zugesprochen wurde, fiel es ihm allerdings nicht leicht, sich in der vornehmen Welt zurechtzufinden. Er war kein redseliger Mensch und zog es vor, sich von großen Gesellschaften fernzuhalten. Mit Irene hatte er eine ideale Lebensgefährtin gefunden, deren unverblümte Art und Gleichgültigkeit der Meinung anderer gegenüber seiner eigenen Lebensphilosophie sehr entgegenkam. Bei den seltenen Gelegenheiten, in denen Callie sich mit ihm unterhalten hatte, fand sie ihn ausgesprochen interessant.

„Und ich freue mich sehr, hier sein zu können“, versicherte

Callie ihm. „Der Winter in Marcastle zog sich doch recht monoton in die Länge. Im Übrigen, wer dürfte es schon wagen, Tante Odelias Geburtstagsball zu ignorieren?“

„Halb England scheint der gleichen Meinung zu sein“, bestätigte Gideon mit einem Blick in das Gedränge der Ballgäste.

„Komm, meine Liebe, es ist Zeit, den Ehrengast des heutigen Abends zu begrüßen“, schlug Irene vor und hakte sich bei Callie unter.

„Verräterin“, knurrte ihr Gemahl halb laut, wobei der liebevolle Blick, mit dem er seine Frau bedachte, seinem Vorwurf jegliche Schärfe nahm. „Du ergreifst lediglich die Gelegenheit, um aus dieser lästigen Warteschlange auszubrechen.“

Irene lachte vergnügt. „Du bist herzlich eingeladen, uns zu begleiten, wenn du das wünschst. Francesca kommt ganz gut alleine zurecht.“

„Hmm.“ Lord Radbourne setzte eine nachdenkliche Miene auf. „Gäste begrüßen oder mit Tante Odelia Konversation machen – eine schwierige Entscheidung. Gibt es keine dritte, reizvollere Alternative – zum Beispiel, sich aus dem Fenster eines brennenden Hauses zu stürzen?“

Er schenkte seiner Gemahlin ein Lächeln, das einer Liebeserklärung glich. „Ich denke, ich bleibe lieber hier. Sonst stellt Tante Odelia mich nur wieder zur Rede, weil ich nicht als Sir Francis Drake verkleidet komme, wie sie es vorschlug ... mit einem Globus unterm Arm.“

„Mit einem Globus unterm Arm?“, wiederholte Callie lachend, während sie sich mit Irene entfernte.

„Ja. Weil er um die ganze Welt gesegelt ist – wobei ich mir nicht sicher bin, dass Sir Francis Drake tatsächlich die Welt umsegelte. Aber von solchen Bagatellen lässt Tante Odelia sich nicht stören.“

„Kein Wunder, dass Gideon sich weigerte, in diesem Kostüm zu erscheinen.“

„Nein, aber eigentlich schreckte ihn weniger der Globus ab als die weiten Pluderhosen.“

Callie lachte. „Erstaunlich, dass du es überhaupt geschafft hast, ihn zu überreden, ein Kostüm zu tragen. Sinclair weigerte sich strikt, bis auf die schwarze Halbmaske."

„Nun ja, der Duke hat zweifellos mehr Würde zu verlieren", entgegnete Irene leichthin. „Im Übrigen war ich selbst erstaunt darüber, welche Überredungskünste einer Ehefrau zur Verfügung stehen." Ihre Augen funkelten hinter der goldenen Maske, und ihre Lippen umspielte ein belustigtes Lächeln.

Callie erfasste prickelnde Neugier, und sie spürte, wie ihr das Blut in die Wangen stieg. Im Beisein eines unverheirateten Mädchens verstummten die Gespräche der Damen zum Thema Ehebett, und Callie wusste nur sehr wenig darüber, was in der Verschwiegenheit des ehelichen Schlafgemachs geschah. Da sie auf dem Land groß geworden war, konnte sie wenigstens eine Art Grundwissen über den Paarungsakt aufweisen, zumindest was Pferde und Hunde betraf.

Dennoch blieb ihr die Vielfalt dieser Sinneswelt verschlossen, all die seelischen Wirren und erotischen Wallungen, die mit dieser geheimnisvollen menschlichen Vereinigung verbunden waren. Es war natürlich undenkbar, direkte Fragen danach zu stellen, also war sie gezwungen, sich aus zufällig belauschten Gesprächen oder gelegentlich unbedachten Bemerkungen einen Reim auf das mysteriöse Geschehen zu machen. Irenes Bemerkung unterschied sich allerdings von ähnlichen Äußerungen anderer verheirateter Frauen. In Irenes Stimme hatte ein zufriedener Unterton geschwungen, nein, mehr noch, beinahe ein genüssliches Schnurren, als hätten ihr diese weiblichen „Überredungskünste" große Glücksgefühle beschert.

Callie warf Irene einen flüchtigen Seitenblick zu. Wenn es eine Frau gab, mit der sie über dieses Thema sprechen könnte, dann wäre es Irene. Sie überlegte fieberhaft, wie sie das Gespräch unauffällig in diese Richtung lenken könnte, doch ehe ihr eine Idee in den Sinn kam, ließ sie ihren Blick durch den Raum schweifen, und plötzlich war sie zu keinem Gedanken mehr fähig.

Neben einer der hohen Säulen an den Längsseiten des Ballsaales stand ein Mann, lässig mit der Schulter daran gelehnt, die Arme vor der Brust verschränkt, im Kostüm eines *Cavaliers*, wie die Anhänger von König Charles I. im englischen Bürgerkrieg Mitte des siebzehnten Jahrhunderts genannt wurden. Die breite Krempe seines Hutes war an einer Seite hochgeklappt und mit einer langen Feder geschmückt. Weiche Lederhandschuhe mit langen weiten Stulpen bedeckten Hände und Unterarme. Rehbraune Reithosen steckten in kniehohen Stulpenstiefeln, die an den Absätzen mit goldenen Sporen versehen waren. Über den Hosen trug er ein schlichtes geschlitztes Wams in der gleichen Farbe und darüber ein kurzes, glockig geschnittenes Cape, salopp um den Hals gebunden. Links an seine Hüfte hatte er einen eleganten schmalen Degen gegürtet.

Als wäre er einem Gemälde entstiegen aus der Zeit der tapferen Ritter, die für ihren unglücklichen König gekämpft und gefallen waren. Eine elegante, sehnige und kraftvolle Männergestalt. Die dunkle Halbmaske, die seine obere Gesichtshälfte verbarg, unterstrich das Flair von Romantik und Geheimnis, das er ausstrahlte. Er ließ seinen Blick mit arroganter, gelangweilter Miene durch den Saal schweifen. Dann sah er Callie und stutzte.

Ohne dass er sich bewegt oder seinen Gesichtsausdruck verändert hätte, spürte Callie seine Anspannung. Ihre Augen begegneten den seinen, und sie verzögerte ihre Schritte. Ein träges Lächeln überflog seine Lippen. Mit schwungvoller Geste lüftete er den Hut und vollführte eine höfische Verneigung in ihre Richtung.

Erst jetzt wurde Callie sich bewusst, dass sie ihn anstarrte. Errötend holte sie Irene mit zwei eiligen Schritten ein. „Kennst du den Herrn dort drüben an der Säule?“, fragte sie im Flüsterton. „Den *Cavalier*?“

Irene blickte sich suchend um. „Wo? Ach den … Nein, ich glaube nicht. Wer ist er?“ Sie wandte sich wieder an Callie.

„Ich glaube nicht, dass ich ihn schon einmal gesehen habe“, antwortete Callie. „Er sieht … so verwegen aus.“

„Das liegt zweifellos am Kostüm", erklärte Irene mit leiser Ironie. „Der langweiligste Tölpel gibt im Gewand eines Royalisten eine blendende Figur ab."

„Mag sein", pflichtete Callie ihr ohne Überzeugung bei und bezähmte mit Mühe ihren Wunsch, sich noch einmal nach ihm umzudrehen.

„Calandra! Da bist du ja!", rief Lady Odelia mit donnernder Stimme von ihrem Thron her, als die Freundinnen sich dem Podium näherten.

Callie stieg die drei Stufen hinauf, um ihre Großtante zu begrüßen. „Herzlichen Glückwunsch zum Geburtstag, liebste Tante Odelia."

Lady Odelia war eine Furcht einflößende Dame, selbst wenn sie nicht im pompösen Prunkgewand von Königin Elizabeth auftrat. Jetzt gerade ließ sie sich indes zu einem huldvollen Nicken herab und winkte Callie mit majestätischer Geste zu sich. „Komm Kindchen, gib mir einen Kuss und lass dich anschauen."

Callie beugte sich gehorsam vor und drückte ihrer Großtante einen Kuss auf die Wange. Tante Odelia nahm Callies Hände in die ihren und musterte ihre Großnichte scharf.

„Hübsch wie immer", stellte sie mit zufriedener Miene fest. „Die Hübscheste von allen, das sagte ich schon immer. Ich meine natürlich von allen Lilles", fügte sie mit einem Seitenblick zu Irene hinzu.

Irene nickte lächelnd. Sie war eine der wenigen Menschen, die keine Angst vor Lady Pencully hatten. Im Gegenteil, sie liebte die unverblümte Art der alten Dame und lieferte sich des Öfteren hitzige Wortgefechte mit ihr, die andere Beobachter meist eilig in die Flucht schlugen. Die beiden streitbaren Frauen jedoch, mit rosigen Wangen und blitzenden Augen, waren durchaus zufrieden mit sich und ihrem Gegenüber.

„Ich weiß wirklich nicht, was mit der Jugend von heute los ist", fuhr Lady Odelia fort. „Zu meiner Zeit hätte ein junger Herr sich ein Mädchen mit deinem Aussehen bereits in ihrer ersten Ballsaison geschnappt."

„Nun ja, vielleicht hat Lady Calandra gar nicht den Wunsch, ‚geschnappt' zu werden", wandte Irene schmunzelnd ein.

„Fang du bloß nicht an, ihr mit deinen radikalen Thesen Flausen in den Kopf zu setzen", warnte Lady Odelia. „Callie hat nicht den Wunsch, sich zum Gespött zu machen, hab ich recht, mein Kind?"

Callie unterdrückte ein Seufzen. „Nein, Tante." Würde sie dieses leidige Thema heute den ganzen Abend verfolgen?

„Natürlich nicht! Du bist schließlich ein kluges Mädchen. Aber es ist Zeit, dass du endlich ans Heiraten denkst, Calandra. Bitte doch Francesca, dir dabei zu helfen. Ich war zwar immer der Meinung, sie hat mehr Haare als Verstand, aber immerhin hat sie es geschafft, die da zum Altar zu schleppen." Lady Odelia wies mit dem Finger auf Irene, die ihre Augen zum Himmel drehte. „Dabei hätte ich beinahe gewettet, dass das nie passieren wird."

„Also wirklich, Tante", widersprach Irene mit leisem Vorwurf. „Wenn ich dich und Lady Radbourne so reden höre, könnte ich meinen, dein Enkel und ich hätten nichts mit der Sache zu tun gehabt, einzig und allein Lady Francesca."

„Pah! Wenn ich euch beiden die Sache überlassen hätte, würden wir noch heute warten", schoss Lady Odelia zurück, doch ihr Augenzwinkern schwächte die Schärfe ihrer Worte ab.

Während die beiden Frauen weiterhin spielerisch aufeinander einstichelten, stellte Callie fest, dass Irene es geschickt verstanden hatte, die halsstarrige alte Dame vom ursprünglichen Thema, nämlich Calandras unverheiratetem Status, erfolgreich abzulenken. Sie warf der Freundin einen dankbaren Blick zu, den Irene mit einem Lächeln quittierte.

Callie hörte zerstreut dem Wortgefecht der beiden kämpferischen Damen zu. Als Irene unvermutet mitten im Satz stockte, blickte Callie zu ihr auf und stellte fest, dass die Freundin den Blick über ihre Schulter gerichtet hielt. Im Moment, als Callie sich umdrehen wollte, um zu sehen, was Irenes Interesse so plötzlich gefangen nahm, ertönte eine tiefe männliche Stimme hinter ihr.

„Ich bitte untertänigst um Vergebung, Euer Majestät, Ihre Unterhaltung zu stören. Aber ich ersuche um die Gunst dieser schönen Maid, mir den nächsten Tanz zu gewähren.“

Callie wirbelte herum, ihre Augen weiteten sich, als sie in das maskierte Antlitz des *Cavaliers* starrte.

2. KAPITEL

Von Nahem wirkte der Fremde noch faszinierender als aus der Ferne. Die schwarze Halbmaske, die seine obere Gesichtshälfte verbarg, unterstrich seine markant geschnittene Wangenpartie und den Schwung seiner sinnlichen Lippen. Graue Augen hinter der Maske fixierten Callie mit unverfrorenem Blick, eindeutig eindringlicher und glühender, als schicklich gewesen wäre. Er war von hohem Wuchs mit breiten Schultern, kräftigem Oberkörper und schmalen Hüften. Eine Erscheinung, deren maskuline Ausstrahlung gewiss nicht nur auf das historische Kostüm zurückzuführen war.

Sie müsste ihm einen Korb geben, das wusste Callie, da sie den Mann noch nie zuvor gesehen hatte und seine Aufforderung zum Tanz eine regelrechte Frechheit darstellte. Allerdings hatte sie nicht die geringste Lust, ihn abzuweisen, es drängte sie vielmehr, ihre Hand in die seine zu legen und sich von ihm zum Tanzparkett führen zu lassen.

Aber so weit würde es gar nicht kommen, da Lady Odelia ihn zweifellos für seine Unverfrorenheit zur Rede stellen und abweisen würde. Callie wartete mit einem Seufzer des Bedauerns auf die schroffe Ablehnung der alten Dame.

„Aber selbstverständlich“, hörte sie Lady Odelia sagen, nein, geradezu geschmeichelt flöten.

In Irenes Gesicht spiegelte sich ein ähnlicher Schock, als die Freundinnen sich fassungslos Lady Odelia zuwandten, die dem *Cavalier* ein entzücktes Lächeln schenkte. Als Callie sich nicht rührte, machte sie auch noch eine flatternde Handbewegung, um sie zu verscheuchen.

„Nun geh schon, Kindchen. Steh nicht da wie angewurzelt. Auf das Tanzparkett mit dir, ehe das Orchester wieder zu spielen beginnt.“

Das ließ Callie sich nicht zweimal sagen. Wenn Lady Odelia ihr gestattete, mit diesem Fremden zu tanzen, waren alle Regeln der Schicklichkeit gewahrt und ihrer Großmutter der Wind aus den Segeln genommen, falls sie ihr Vorhaltungen machen sollte. Dennoch empfand sie die Tatsache, mit einem völlig Fremden zu tanzen, den sie auch noch attraktiv fand, als verboten und beinahe anstößig.

Zaghaft legte sie ihre behandschuhten Finger in die angebotene Armbeuge des *Cavaliers* und schritt an seiner Seite zur Tanzfläche. Sie war sich der Wärme des muskulösen Männerarms unter ihrer Hand überdeutlich bewusst.

„Eigentlich dürfte ich nicht mit Ihnen tanzen", erklärte sie und staunte selbst über ihren koketten Tonfall.

„Tatsächlich? Und warum nicht?" Er blickte auf sie herab, und in seinen Augen tanzten belustigte Funken.

„Ich kenne Sie nicht, Sir."

„Wie können Sie dessen so sicher sein?", konterte er. „Schließlich sind wir maskiert."

„Dennoch bin ich sicher, dass wir einander fremd sind."

„Ist das nicht der Reiz einer Maskerade? Da man nicht weiß, wer der andere ist, geht man davon aus, dass man mit einem Fremden tanzt. Die normalen Regeln der Etikette sind außer Kraft gesetzt", erklärte er, und sein Blick wanderte über ihr Gesicht in einer Art, die Callie die Hitze in die Wangen trieb.

„Trifft das etwa auf alle Regeln zu?", fragte sie leichthin. „Ich muss schon sagen, Sir, das erscheint mir reichlich riskant."

„Mag sein, aber das macht die Sache umso aufregender."

„Aha. Und Sie suchen nach Aufregung?"

Er lächelte träge. „Ich suche Vergnügen, Madame."

„Tatsächlich?" Callie zog eine Braue hoch. Im Grund genommen müsste sie dieses Gespräch, das eine ausgesprochen vertrauliche Wendung nahm, augenblicklich beenden. Und dennoch genoss sie das Prickeln, das sie bei seinen Worten, seinem Lächeln durchrieselte.

„Oh ja, das Vergnügen, mit Ihnen zu tanzen", fuhr er fort. Das Funkeln seiner Augen sagte ihr, dass er genau wusste, was ihr durch den Kopf ging.

Die ersten Takte eines Walzers erklangen, und der Fremde

verneigte sich. Callies Herz klopfte schneller, als sie in seine Arme glitt. Sich mit einem Herrn im Walzertakt zu wiegen war weitaus intimer, als gemeinsam mit anderen Tänzern im Kreis zu einem ländlichen Reigen übers Parkett zu hopsen. Ihre Körper berührten einander beinahe, ihre Hand lag in seiner, sein Arm umfing ihre Mitte. Der vor Kurzem in Mode gekommene Tanz war schockierend intim und galt auf dem Lande in konservativen Kreisen immer noch als allzu freizügig. Selbst in London hatte Callie noch keinen Walzer mit einem fremden Herrn getanzt. Schon gar nicht mit einem, dessen Namen sie nicht kannte.

Andererseits konnte sie das erregende Gefühl nicht leugnen, sich in seinen Armen zu wiegen, und sie wusste, dass ihre glühenden Wangen nicht vom Tanzen herrührten.

Anfangs tanzten sie schweigend. Callie war vollauf damit beschäftigt, ihre Schritte den seinen anzupassen, fühlte sich beinahe ebenso gehemmt wie bei ihrem Debüt, fürchtete, aus dem Takt zu geraten und unbeholfen zu wirken. Allmählich fand sie ihr Selbstvertrauen wieder, da ihr Partner sich als exzellenter Tänzer erwies und sie sicher und schwungvoll im Dreivierteltakt durch den Ballsaal drehte.

Nach einer Weile wagte sie es, den Kopf zu heben, und stellte fest, dass der *Cavalier* sie sinnend betrachtete. Im Kerzenschein der Kristallleuchter glänzten seine Augen silbrig grau wie ein stürmischer Gewitterhimmel. Als er den Blick tief in ihre Augen senkte, stockte ihr der Atem. Sie war ihm so nahe, dass sie den Kranz seiner dunklen dichten Wimpern erkennen konnte. Wer mochte er sein? Nichts an ihm kam ihr vertraut vor. Kein Kostüm könnte einen Mann aus ihrem Bekanntenkreis bis zur Unkenntlichkeit verändern. Aber wie kam es, dass sie ihm noch nie begegnet war?

Ein ungebetener Gast vielleicht, der sich einen Maskenball zunutze machte, um sich unter die Gäste zu mischen, ohne eingeladen zu sein. Allerdings schien Lady Odelia ihn erkannt zu haben, also war diese Möglichkeit auszuschließen. Vielleicht ein

Einzelgänger, ein Sonderling, der sich nicht gern in Gesellschaft zeigte. Aber weshalb sollte er dann ausgerechnet zu diesem großen Ball erscheinen? Im Übrigen war sein Benehmen keineswegs das eines scheuen Eigenbrötlers.

Vielleicht hatte er sich einige Jahre in den Kolonien aufgehalten. Ein Soldat oder ein Marineoffizier, vielleicht ... Oder ein Diplomat im auswärtigen Dienst ... Ein passionierter Weltenbummler?

Sie schmunzelte über ihre eigenen erfinderischen Spekulationen. Zweifellos gab es eine völlig banale Erklärung. Schließlich kannte sie nicht jeden Aristokraten.

„Das gefällt mir", stellte ihr Tanzpartner unvermittelt fest.

„Was denn?", fragte Callie verdutzt.

„Ihr Lächeln. Sie musterten mich so lange stirnrunzelnd, dass ich bereits befürchtete, in Ungnade gefallen zu sein, ehe ich Sie kennengelernt habe."

„Dann geben Sie also zu, dass wir einander fremd sind", entgegnete sie mit leisem Tadel.

„Ja, ich gestehe, ich kenne Sie nicht. Eine schöne Frau wie Sie würde ich gewiss wiedererkennen, auch in Kostüm und Maske. Ihre Schönheit lässt sich nicht verbergen."

Schon wieder stieg eine verräterische Hitze in Callie auf, stellte sie zu ihrem Unmut und ihrer Verblüffung fest. Immerhin war sie kein schüchternes Schulmädchen mehr, das sich von einer plumpen Schmeichelei aus der Fassung bringen ließ. „Und Sie, mein Herr, können nicht verbergen, dass Sie ein schlimmer Charmeur sind."

„Sie kränken mich. Dabei dachte ich, ich sei unwiderstehlich."

Callie lachte leise und schüttelte den Kopf.

„Ein Problem ließe sich mühelos aus der Welt schaffen", fuhr er nach einer kurzen Pause fort. „Wenn Sie mir Ihren Namen sagen und umgekehrt, sind wir einander nicht mehr fremd."

Callie schüttelte erneut den Kopf. Der Mann hatte ihre Neugier geweckt. Es war amüsant und ungefährlich, mit ihm zu tanzen und zu schäkern, da er nicht wusste, wer sie war. Und es war unnötig, sich Fragen nach seinen Beweggründen und Absichten zu stellen. Sie musste seine Worte nicht auf ihren Wahrheitsgehalt prüfen oder sich fragen, ob er mit ihr scherzte oder mit der reichen Erbin. Selbst bei wohlhabenden Herren, die ihr den Hof machten, ohne auf ihr Vermögen zu schielen, stellte sie diese Überlegungen an, da ihre vornehme Herkunft und ihr Reichtum ebenso Teil ihrer Persönlichkeit waren wie ihr Lachen und ihr Temperament. Wie sollte sie wissen, was die Männer für sie empfinden würden, wäre sie eine einfache Bürgerstochter und nicht die Schwester eines Dukes. Es gab ihr ein angenehmes Gefühl der Sorglosigkeit, dass dieser Fremde ihr ohne Vorbehalte Komplimente machte.

„Oh nein", wehrte sie ab. „Wir dürfen einander nicht unsere Namen nennen. Das würde den Schleier des Geheimnisses lüften. Haben Sie nicht eben noch gesagt, dies sei der ganze Spaß an einer Maskerade – das Geheimnis und Rätsel, nicht zu wissen, mit wem man es zu tun hat?"

Er lachte. „Sieh da, meine Schöne, Sie haben mich mit meinen eigenen Worten geschlagen. Ich finde es eigentlich ungerecht, dass eine schöne Frau wie Sie auch noch mit Klugheit gesegnet ist."

„Sie verlieren wohl nicht gern und wollen stets recht behalten", konterte Callie.

„Es gibt Situationen, in denen es mir durchaus einerlei ist, zu verlieren. Aber diesmal würde ich es sehr bedauern, Sie zu verlieren."

„Mich verlieren, Sir? Wie können Sie etwas verlieren, das Sie nicht besitzen?"

„Ich würde die Chance verlieren, Sie wiederzusehen", entgegnete er. „Wie soll ich Sie wiederfinden, wenn ich Ihren Namen nicht kenne?"

Callie warf ihm einen schalkhaften Blick zu. „So wenig Selbstvertrauen? Ich könnte mir denken, Sie finden einen Weg."

Er lächelte mit leiser Ironie. „Ihre hohe Meinung von mir ist durchaus schmeichelhaft. Aber Sie geben mir doch wenigstens einen kleinen Hinweis, nicht wahr?"

„Nicht den geringsten", entgegnete Callie liebenswürdig. Es gab ihr ein wunderbar befreiendes Gefühl, nicht sie selbst zu sein, nicht abwägen zu müssen, ob ihre Worte ihrem Bruder oder ihrer Familie schaden könnten. Es war wohltuend, für eine Weile nur eine junge Frau zu sein, die mit einem gut aussehenden jungen Mann kokettierte.

„Wie ich sehe, muss ich wohl jede Hoffnung in diesem Punkt fahren lassen", sagte er. „Sagen Sie mir wenigstens, welche historische Figur Sie in diesem Kostüm darstellen?"

„Können Sie sich das nicht denken?", fragte Callie in gespielter Entrüstung. „Ich bin bestürzt! Dabei dachte ich, mein Kostüm sei unverwechselbar."

„Eine Dame aus der Tudorzeit, schätze ich", überlegte er. „Aber nicht aus der Zeit der Königin, die Lady Pencully darstellt. Aus der Regierungszeit ihres Vaters vermutlich."

Callie neigte den Kopf seitlich. „Damit liegen Sie richtig."

„Also können Sie niemand anderes sein als eine Königin", fuhr er fort.

Sie nickte hoheitsvoll.

„Ich hab's. Die verführerische Anne Boleyn."

Callie lachte hell. „Oh nein, ich fürchte, Sie haben sich für die falsche Königin entschieden. Im Übrigen würde ich niemals wegen eines Mannes meinen Kopf verlieren."

„Catherine Parr. Natürlich, ich hätte es wissen müssen. So schön, das Herz eines Königs zu gewinnen, und so klug, sich seine Gunst zu bewahren."

„Und was ist mit Ihnen? Stellen Sie einen bestimmten *Cavalier* dar oder nur einen beliebigen Anhänger des Königs?"

„Nur einen Royalisten." Er seufzte leise. „Es war die Idee meiner Schwester. Ich habe den Verdacht, dass sie sich mit dieser Maskerade lustig über mich machen wollte."

„Was an Ihrem Kostüm fehlt, ist die Perücke", erklärte Callie. „Eine schulterlange schwarze Lockenperücke."

Er lachte. „Nein. Gegen die Perücke sträubte ich mich. So ein Ding versuchte sie mir auch noch einzureden, aber ich blieb unnachgiebig."

„Ist Ihre Schwester gleichfalls anwesend?"

„Nein, ich besuchte sie auf meiner Reise nach London. Sie kommt erst zu Beginn der Saison." Er musterte Callie mit einem spöttischen Lächeln. „Versuchen Sie zu erraten, wer ich bin?"

Callie schmunzelte. „Sie haben mich ertappt, Sir."

„Aber ich scheue mich keineswegs, mich erkennen zu geben. Mein Name …"

„Nein, das wäre nicht gerecht. Im Übrigen erfahre ich Ihren Namen ohnehin, wenn Sie herausgefunden haben, wer ich bin, und mir Ihre Aufwartung machen."

„Tatsächlich?" In seine Augen trat plötzlich ein Funkeln, das nichts mit Humor zu tun hatte. „Gestatten Sie mir denn, Ihnen meine Aufwartung zu machen?"

Callie legte den Kopf seitlich und gab sich den Anschein, ihre Antwort sorgsam abzuwägen. In Wahrheit aber war sie über ihre eigenen Worte verblüfft, die unbeabsichtigt aus ihr herausgesprudelt waren. Es verstieß gegen die Etikette, einem Herrn, den sie kaum kannte, einen Besuch zu gestatten – zumal er sie gar nicht darum gebeten hatte. Sie war wieder einmal voreilig und unbedacht. Ihre Großmutter wäre entrüstet, würde sie davon erfahren.

Allerdings hatte Callie nicht den Wunsch, ihre Einladung zurückzunehmen. „Warum nicht?", erwiderte sie schmunzelnd.

Der Walzer endete, und sie spürte einen Stich des Bedauerns, als ihr Tanzpartner sie von der Tanzfläche führte. Mit einer galanten Verneigung hob er ihre Hand, und seine Lippen strichen über ihre Finger. Obwohl sie die Berührung durch die Handschuhe nicht spüren konnte, flammte Hitze in ihr auf. Sie sah ihm nach, als er sich entfernte, und fragte sich erneut, wer dieser atemberaubend gut aussehende Mann sein mochte.

Würde er ihr seine Aufwartung machen? Hatte er eine ähnliche Anziehung gespürt wie sie? Würde er sich die Mühe machen, herauszufinden, wer sie war? Oder war er nur ein flatterhafter Charmeur, der alle Frauen umschmeichelte? Callie wusste, dass sie mit ein paar geschickten Fragen an die richtigen Adressen seinen Namen ohne Weiteres herausfinden könnte, aber seltsamerweise fand sie die Ungewissheit amüsant. Durch sie erhöhte sich die Spannung, eine ungewisse Vorfreude, eine prickelnde Erregung, ob er sie tatsächlich aufsuchen würde.

Es blieb ihr allerdings wenig Zeit, über den *Cavalier* zu grübeln, denn ihre Tanzkarte füllte sich, und sie verbrachte die nächste Stunde auf der Tanzfläche, bevor sie sich eine wohlverdiente Pause gönnte, an einem Glas Punsch nippte und mit Francesca plauderte. Und dann entdeckte sie ihre Großmutter, die durch das Gedränge direkt auf sie zusteuerte und den Arm eines mürrisch dreinblickenden aschblonden Herrn umklammert hielt.

Callie seufzte vernehmlich.

Francesca sah sie besorgt an. „Ist etwas nicht in Ordnung?"

„Meine Großmutter. Ich wette, sie hat schon wieder einen Heiratskandidaten an der Angel."

Lady Haughston entdeckte die Dowager Duchess. „Aha, ich verstehe."

„Sie ist besessen von der Idee, mich demnächst zu verheiraten. Ich fürchte, sie lebt in der ständigen Angst, dass ich unweigerlich als alte Jungfer ende, wenn ich mich nicht noch in dieser Saison verlobe."

Francesca musterte das ungleiche Paar, das sich ihnen näherte. „Denkt sie tatsächlich, Alfred Carberry sei der Richtige für dich?", fragte sie stirnrunzelnd.

„Zumindest denkt sie, Alfred Carberry ist der Richtige für sie", antwortete Callie. „Er ist der übernächste Anwärter auf den Grafentitel. Allerdings ist sein Großvater noch quicklebendig und erfreut sich bester Gesundheit, ganz zu schweigen von seinem Vater. Bis es also so weit ist, wird Alfred weit in den Sechzigern sein."

„Und außerdem ist er ein grässlicher Langweiler", betonte

Francesca. „Alle Carberrys sind grässliche Langweiler. Aber wie könnte es auch anders sein, da sie alle in einem gottverlassenen Nest in Northumberland leben. Ich kann mir jedenfalls nicht vorstellen, dass du in einer Ehe mit ihm glücklich wirst."

„Aber er ist ein respektabler Gentleman."

„Mmm, das ist einer der Gründe, warum er so gähnend langweilig ist."

„Aber das ist ganz im Sinne meiner Großmutter."

„Und außerdem ist er fast vierzig."

„Gut. Aber Männer meines Alters neigen zum Leichtsinn. So einer macht sich vielleicht auf und davon und tut Dinge, die keineswegs respektabel sind. Nein, Großmutter bevorzugt solide und langweilige Kandidaten. Natürlich aus guter Familie. Vermögen wäre ihr willkommen, ist aber zweitrangig."

Francesca schmunzelte. „Wie ich dich einschätze, wird deine Großmutter eine Enttäuschung erleben, fürchte ich."

„Ja, und ich bin dazu verdammt, mir ihre endlosen Moralpredigten anzuhören, die ich nun schon den ganzen Winter ertragen musste."

„Du Ärmste", sagte Francesca mitfühlend. „Vielleicht solltest du mich bald besuchen. Ich gebe meinem Butler Anweisung, alle langweiligen und soliden Herren abzuweisen – das gilt natürlich auch für langweilige Damen."

Callie lachte und hielt sich den offenen Fächer vor den Mund. „Lass das bloß nicht Großmutter hören, sonst untersagt sie mir den Umgang mit dir."

„Calandra, mein Kind, da bist du ja. Wieso tanzt du nicht? Und Lady Haughston. Sie sehen wie immer bezaubernd aus."

„Vielen Dank, Duchess", antwortete Francesca und vollführte einen anmutigen Knicks. „Ich darf dieses Kompliment erwidern. Sie sehen wieder einmal fabelhaft aus."

Und das stimmte auch. Callies Großmutter, in ihrer Jugend eine gefeierte Schönheit, war mit ihrem kunstvoll hochgesteckten schneeweißen Haar, ihrer schlanken Figur und hoheitsvollen Haltung immer noch eine attraktive Erscheinung.

Und Callie war stolz darauf, dass die Duchess, die über einen exzellenten Modegeschmack verfügte, nie an der Garderobe ihrer Enkelin herummäkelte. Nur einmal hatte sie ein striktes Verbot ausgesprochen, als Callie in ihrer ersten Ballsaison den Wunsch geäußert hatte, ein farbiges Ballkleid zu tragen statt der monotonen Weiß- und Cremetöne.

„Danke, meine Liebe." Die Duchess lächelte huldvoll. „Callie, du kennst den Ehrenwerten Alfred Carberry, nehme ich an?" Sie stellte sich an Francescas Seite und manövrierte Mr Carberry in Callie Nähe, während sie angeregt plauderte.

„Lady Haughston, wie reizend, dass Sie sich meiner Enkelin annehmen. Sagen Sie, wie ist das werte Befinden Ihrer Frau Mutter? Wir müssen uns dringend unterhalten. Ich könnte schwören, wir haben uns seit Lord Leightons Hochzeit nicht mehr gesehen."

Sie hakte sich bei Francesca unter und wandte sich mit einem liebenswürdigen Lächeln an Mr Carberry und Callie. „Ihr jungen Leute langweilt euch gewiss bei unserem kleinen Plausch. Warum bitten Sie Lady Calandra nicht zum Tanz, Mr Carberry, während Lady Haughston und ich uns über die letzten Neuigkeiten austauschen?"

Francesca straffte leicht indigniert die Schultern, so mir nichts dir nichts zur Altersgruppe der Duchess gezählt zu werden, während der um mindestens sieben Jahre ältere Ehrenwerte Alfred als junger Mann bezeichnet wurde, nahm aber die harmlose List der Duchess mit Humor und bewunderte ihr Talent, die Situation so pfiffig zu manipulieren. Mit einem bedeutungsvollen Blick zu Callie ließ sie sich von der alten Dame entführen.

Callie schenkte dem ihr zugewiesenen Herrn ein verkrampftes Lächeln. „Sie müssen sich nicht verpflichtet fühlen, mit mir zu tanzen, nur weil meine Großmutter …"

„Nicht der Rede wert", erwiderte Mr Carberry im jovialen Tonfall, den er mit seinen jüngeren Geschwistern anschlug. „Es ist mir eine Ehre, Sie auf dem Parkett herumzuwirbeln. Macht Ihnen der Abend Spaß?"

Callie fügte sich in ihr Schicksal und überlegte, wie sie den plumpen Mr Carberry bald wieder loswerden könnte. Zu ihrer Freude begann das Orchester, einen lebhaften bäuerlichen Tanz zu spielen, dessen rasche Schrittfolge ein Gespräch so gut wie unmöglich machte, der allerdings wesentlich länger dauerte als ein Walzer. Während der Drehungen nach links und nach rechts hielt sie heimlich Ausschau nach der geschwungenen Feder eines Cavalierhutes.

Hinterher hörte sie sich lächelnd seinen Dank für den Tanz an, bevor ihre Hand vom nächsten Tänzer ergriffen wurde, einem Mr Waters, den sie nur flüchtig kannte. Sie hatte sich nur einmal während eines Empfangs mit ihm unterhalten, hegte aber den leisen Verdacht, der Herr sei auf der Suche nach einer reichen Frau. Wenigstens verstand er es, geistreich zu plaudern, und war ein passabler Tänzer.

Am Ende des Tanzes schlug Mr Waters einen Rundgang durch den Saal vor, und Callie nickte zustimmend. Die Zeiger der großen Kaminuhr standen kurz vor zehn, was bedeutete, dass die Musiker bald eine längere Pause einlegen würden und die Gäste sich zu einem späten Souper in den angrenzenden Speisesaal begaben. In der Befürchtung, ihre Großmutter würde ihr demnächst wieder einen potenziellen Heiratskandidaten vorstellen, beschloss Callie, sich möglichst außer Sichtweite der Duchess aufzuhalten.

Während sie an der Seite ihres Begleiters gemessenen Schrittes den Saal umrundete, machte sie höfliche Konversation über den gelungenen Maskenball, den wundervollen Klang des Orchesters und die erdrückende Wärme im Saal. Eine der hohen Flügeltüren, die auf die Terrasse führten, stand halb offen.

Ihr Begleiter hielt inne. „Eine Wohltat, die frische Luft, finden Sie nicht auch?“, fragte er. „Man kommt beim Tanzen so rasch außer Atem.“

Callie nickte abwesend, da sie Mr Waters’ Beredsamkeit mittlerweile längst nicht mehr so unterhaltsam fand. Und plötzlich entdeckte sie zu ihrem Schrecken ihre Großmutter im Gespräch mit Lord Pomerance. Hoffentlich hatte die Duchess nicht vor, ihr diesen unerträglichen Schwätzer aufzuhalsen! Er war jünger als Mr Carberry und benahm sich weniger hölzern, war allerdings von unerträglichem Dünkel erfüllt. In seiner aufgeblasenen Selbstüberschätzung war er davon überzeugt, jeder in seiner Umgebung müsse sich brennend für die geringste Kleinigkeit in seinem Leben interessieren.

„Die beiden machen es richtig“, fuhr Mr Waters fort.

„Was?“ Callies Aufmerksamkeit war völlig auf ihre Großmutter fixiert.

Ihr Begleiter nickte zur offenen Tür hinüber. „Ins Freie zu gehen, um frische Luft zu schnappen.“

„Ja, eine gute Idee.“

Die Duchess hob den Kopf und blickte sich suchend um, und Callie ahnte, dass sie Ausschau nach ihr hielt.

Brüsk fuhr sie herum und drehte ihrer Großmutter den Rücken zu. „Sie haben recht … es tut gut, ein wenig frische Luft zu schnappen.“

Sie huschte durch die Tür ins Freie. Ihr überraschter Begleiter stutzte eine Sekunde, bevor er ihr mit einem triumphierenden Lächeln folgte.

Callie entfernte sich eilig von den erleuchteten hohen Fenstern und suchte Zuflucht im Schatten der breiten Terrasse. Die kalte Nachtluft strich über ihre nackten Arme und ihren Hals, was ihr in ihrem erhitzten Zustand nach dem Tanzen im stickigen Ballsaal höchst willkommen war. An der Balustrade blieb sie stehen, in der Gewissheit, dass ihre Großmutter sie in der Dunkelheit nicht sehen konnte, falls sie einen Blick durch die offene Tür werfen sollte.

„Es tut mir leid“, erklärte sie ihrem Begleiter mit einem scheuen Lächeln. „Sie müssen mich für verrückt halten, so eilig ins Freie gestürmt zu sein.“

„Nicht für verrückt. Ein wenig ungestüm, vielleicht“, antwortete Mr Waters lächelnd und griff mit beiden Händen nach ihrer Hand. „Ich will hoffen, Sie hatten es ebenso eilig wie ich … allein zu sein."

Callie verharrte verdutzt, während er ihre Hand hob und einen innigen Kuss auf ihre Fingerspitzen drückte. „Ich wusste nicht …", raunte er, „ich hatte zwar gehofft, wagte aber nicht im Traum daran zu denken, dass Sie meine Gefühle erwidern."

„Wovon reden Sie?" Callie versuchte, ihm ihre Hand zu entziehen, aber Waters hielt sie mit eisernem Griff fest.

Und plötzlich begriff sie, dass es ein Fehler war, ihrer Großmutter in unbedachter Hast zu entfliehen, um nicht von ihren Machenschaften belästigt zu werden. Mit einem ihr näher bekannten Herrn wäre vielleicht nichts dabei gewesen, der vermutlich über ihre missliche Lage gelacht und ihr seine Hilfe angeboten hätte. Doch Mr Waters hatte offensichtlich falsche Schlüsse gezogen … oder nur eine günstige Gelegenheit gewittert, um seinem Ziel näher zu kommen. Callie hatte ihn von Anfang an in Verdacht gehabt, ein Opportunist zu sein.

Sie wich einen Schritt zurück, er folgte ihr, immer noch ihre Hand haltend, und blickte ihr tief in die Augen, während er mit falschem Pathos sprach. „Sie müssen die Tiefe meiner Gefühle für Sie erkennen, die Liebe, die in meinem Herzen brennt …"

„Nein! Mr Waters, ich fürchte, hier liegt ein Missverständnis vor", unterbrach Callie ihn entrüstet. „Bitte, geben Sie augenblicklich meine Hand frei."

„Erst wenn ich eine Antwort erhalten habe. Lady Calandra, ich flehe Sie an, lassen Sie meine Träume wahr …"

„Mr Waters, hören Sie auf!" Mit aller Kraft entriss Callie ihm ihre Hand. „Es tut mir leid, wenn ich Ihnen unbeabsichtigt einen falschen Eindruck von mir vermittelt haben sollte. Ich bitte Sie inständig, lassen Sie uns dieses Gespräch augenblicklich beenden."

Sie wollte an ihm vorbei, aber Waters packte sie an den Armen und hinderte sie daran.

„Nein, hören Sie mich an", bat er. „Ich liebe Sie, Calandra. Mein Herz, meine Seele verzehrt sich nach Ihnen. Ich flehe Sie an, sagen Sie mir, dass auch Sie etwas für mich empfinden, dass in Ihrem Herzen ein Funke glüht …“

„Hören Sie sofort auf damit“, befahl Callie erzürnt. „Lassen Sie uns hineingehen und diese peinliche Angelegenheit schleunigst vergessen.“

„Ich will aber nicht vergessen“, beharrte er aufdringlich. „Jede Sekunde mit Ihnen ist mir kostbar.“

Callies Unmut wuchs mit jeder Sekunde. Seine blumigen Worte klangen hohl, sie war mehr denn je von seiner Unehrlichkeit überzeugt. Dieser Mann empfand nichts für sie, er interessierte sich nur für ihr Vermögen. Mittlerweile hatte sie keine Bedenken mehr, seine Gefühle zu verletzen.

„Ich wette, Sie werden die Angelegenheit liebend gern vergessen, wenn ich meinem Bruder davon erzähle!“, schleuderte sie ihm ins Gesicht und versuchte, sich seinem Griff zu entwinden.

Seine Finger gruben sich schmerzhaft in ihre Arme und hielten sie gefangen. Ein böses Grinsen verscheuchte den schmachtenden Ausdruck in seinen Augen. „Ihr Bruder?“, fragte er verächtlich. „Haben Sie tatsächlich vor, dem Duke zu gestehen, dass Sie mit einem fremden Herrn auf der Terrasse geschäkert haben? Nur zu! Sagen Sie es ihm ruhig. Ich nehme an, er wird auf einer umgehenden Verlobung bestehen.“

„Was sind Sie nur für ein Narr, so zu denken“, widersprach Callie empört. „Ich schäkere nicht mit Ihnen, und wenn ich ihm berichte, was geschehen ist, können Sie sich glücklich schätzen, wenn er Ihnen nicht den Kopf abreißt.“

„Tatsächlich?“ In Mr Waters' Augen glühte ein gefährlicher Funke. „Wird er auch noch den Wunsch haben, mich zur Rechenschaft zu ziehen, wenn Ihr Ruf für immer geschädigt ist?“

Er riss sie gewaltsam an sich und beugte sich über sie, um sie zu küssen.

„Lassen Sie mich gefälligst los!“ Callie wehrte sich erbittert, trommelte mit geballten Fäusten auf ihn ein, wand sich verzweifelt und drehte das Gesicht zur Seite. Gleichzeitig trat sie kräftig mit dem Fuß nach ihm und traf ihn am Schienbein.

Waters fluchte, hielt sie aber weiterhin mit eisernem Griff gefangen, zerrte sie über die Terrasse und stieß sie gewaltsam gegen die Hauswand. Das raue Mauerwerk drückte sich durch den dünnen Stoff schmerzhaft in ihren Rücken. In wildem Zorn krallte Callie die Finger in das Hemd ihres Angreifers, zerkratzte ihm mit den Fingernägeln die Haut und hörte zu ihrer Genugtuung seinen unterdrückten Schrei.

Im nächsten Moment wurde der Kerl jäh nach hinten gerissen. Sie war frei. Sie sah, wie er mit erschrockenen Augen und aufgerissenem Mund nach Luft schnappte, während eine kraftvolle große Hand ihm von hinten die Kehle zudrückte.

„Was denn?" Die Stimme des *Cavaliers* klang gefährlich weich. Seine Hand drückte noch fester zu. Waters' Augen traten aus den Höhlen, er ruderte hilflos mit den Armen. „Nichts zu sagen? Verschlägt es dir die Stimme, wenn du keine Frauen belästigen kannst?"

„Bitte erwürgen Sie ihn nicht", bat Callie mit zitternder Stimme und löste sich von der Hauswand.

„Sind Sie sicher?" Ihr Retter sah sie fragend an. „Ich bezweifle, dass die Welt einen Kerl wie ihn vermissen würde."

„Aber vielleicht hat Lady Odelia etwas dagegen, an ihrem Geburtstag einen toten Gast auf ihrer Terrasse vorzufinden", antwortete Callie trocken.

Er musste trotz der brisanten Situation ein wenig lächeln und lockerte den Griff um den Hals des Übeltäters. „Nun gut. Wenn Sie es wünschen, lass ich ihn laufen."

Waters holte gurgelnd Luft. „Das wird Ihnen noch leidtun", krächzte er.

Da festigte sich die Hand des *Cavaliers* erneut um seine Kehle und schnitt ihm das Wort ab. „Es tut mir jetzt schon leid", sagte er knapp.

Dann packte er ihn bei den Schultern, schleuderte ihn herum, stieß ihn zur Balustrade, ergriff seinen Hemdkragen und zwang ihn, sich nach hinten über die Brüstung zu lehnen.

„Vielleicht kennen Sie sich in Lady Pencullys Haus nicht gut genug aus, um zu wissen, dass die Mauer zum Garten tief und senkrecht abfällt. An Ihrer Stelle würde ich es mir genau überlegen, bevor Sie mich oder diese junge Dame noch einmal bedrohen. Lady Pencully wäre gewiss befremdet, wenn ein Gast von ihrer Terrasse in die Tiefe stürzt. Aber sie wird sich rasch fassen, und niemand wird lästige Fragen stellen, wenn ein betrunkener Gast über die Balustrade auf den Steinweg stürzt. Und es gäbe auch niemanden, der meine Schilderung des Unfalls anzweifeln würde, da Sie bedauerlicherweise nicht mehr unter den Lebenden weilen. Habe ich mich klar genug ausgedrückt?"

Waters, dessen erschrocken hervorquellende Augen in der Dunkelheit riesig wirkten, nickte stumm.

„Gut. Dann haben wir uns also verstanden." Der *Cavalier* trat einen Schritt zurück, gab Waters Gelegenheit, sich aufzurichten, ohne ihn allerdings loszulassen. Er bohrte den Blick in die Augen seines Opfers und fuhr warnend fort: „Sollte mir je ein Wort über diesen Vorfall zu Ohren kommen oder das leiseste Gerücht diese junge Dame betreffend, weiß ich, woher es stammt. Und dann nehme ich Sie mir vor. Ich rate Ihnen also, versiegeln Sie Ihre Lippen. Nein, besser noch, ich halte es für eine gute Idee, wenn Sie London augenblicklich verlassen. Ein ausgedehnter Aufenthalt auf dem Lande wird Ihnen guttun. Ist das klar?"

Waters nickte hastig, wagte es nicht, den *Cavalier* oder Callie anzusehen.

„Gut. Verschwinden Sie."

Der *Cavalier* ließ von ihm ab, und Waters suchte schleunigst das Weite, ohne noch einen Blick zurück zu wagen. Erst jetzt wandte der Retter sich an Callie.

„Geht es Ihnen gut? Hat er Sie verletzt?"

Callie nickte schlotternd, spürte plötzlich, wie ihr die Kälte bis in die Knochen drang. „Ja ... nein ... es geht mir gut. Danke. Ich ..." Die Stimme versagte ihr, sie schluckte schwer.

„Hier, Sie frieren." Er nahm sein Cape ab und hängte es ihr

um die Schultern.

„Danke." Sie klammerte sich an dem Stoff fest und schaute zu ihm auf.

Im schwachen Licht leuchteten ihre tränenverschleierten Augen groß und hilflos. Er zog den Atem scharf ein.

„Sie sind wunderschön. Sie sollten sich nicht dazu verleiten lassen, mit einem ehrlosen Schurken allein auf einer dunklen Terrasse zu sein."

„Ich weiß. Es war dumm von mir." Callie schenkte ihm ein dünnes wässriges Lächeln. „Normalerweise bin ich nicht so naiv, mit einem Mann, den ich kaum kenne, nachts auf einer Terrasse zu lustwandeln. Ich wollte … ich wollte nur meiner Großmutter entwischen und habe impulsiv gehandelt."

„Ihrer Großmutter entwischen?", fragte er mit belustigt blitzenden Augen. „Ist sie denn eine Hexe?"

„Nein, nur eine notorische Kupplerin, die mich unter die Haube bringen will."

„Aha." Er nickte. „Verstehe. Beinahe so schlimm wie eine kupplerische Mutter."

Callie lächelte. „Zum Glück sind Sie zufällig aufgetaucht. Ich stehe tief in Ihrer Schuld. Tausend Dank für meine Rettung." Sie streckte ihm die Hand entgegen.

Seine sehnigen Finger umschlossen die ihren warm und tröstlich. Und dann drückte er seine Lippen sanft auf ihren Handrücken. „Es war mir ein Vergnügen, Ihnen beizustehen. Aber das war kein Zufall. Ich sah, wie der Kerl Sie ins Freie führte, und sein Gesicht gefiel mir irgendwie nicht."

„Sie haben mich beobachtet?", fragte Callie neugierig. Offenbar hatte er Ausschau nach ihr gehalten, so wie sie nach ihm.

„Ich war im Begriff, Sie um einen zweiten Tanz zu bitten", erklärte er, „als die Musik zu spielen aufhörte und mir klar wurde, dass es Zeit zum Souper ist. Im nächsten Moment entschwanden Sie auf die Terrasse."

„Dennoch war es sehr freundlich, uns zu folgen."

„Jeder andere hätte genauso gehandelt."

„Nein", beharrte sie lächelnd. „Nicht jeder." Sie senkte den Blick. „Sie halten immer noch meine Hand, Sir."

„Ja, ich weiß. Soll ich loslassen?" Seine Stimme klang weich und sinnlich.

Callie blickte auf. Der dunkle Glanz seiner Augen löste ein nervöses Flattern in ihrem Magen aus. „Ich ... nein, eigentlich nicht."

„Gut." Sein Daumen strich sanft über ihren Handrücken, und Callie durchrieselte ein Prickeln.

„Nun, da ich den Schurken verjagt habe ... habe ich mir eine kleine Gunst verdient, finde ich."

„Welche Gunst?", fragte Callie ein wenig atemlos. Er stand dicht vor ihr, sie spürte seine Körperwärme, ein feiner Duft nach Seife wehte sie an. Das Herz klopfte ihr bis zum Hals, aber nicht vor Angst wie noch vor wenigen Minuten, sondern in banger Erwartung.

„Ihren Namen, Mylady."

„Calandra", flüsterte sie.

„Calandra", wiederholte er, jede Silbe betonend. „Ein bezaubernder Name."

„Finde ich nicht", widersprach sie. „Und meine Freunde nennen mich Callie."

„Callie." Er strich mit dem Daumen der anderen Hand sanft die Kontur ihrer Wange entlang. „Das passt zu Ihnen."

„Aber ich kenne Ihren Namen immer noch nicht."

„Bromwell. Freunde nennen mich Brom."

„Brom", hauchte sie. Sein Daumen hinterließ eine sengende Spur an ihrer Wange wie züngelnde kleine Flammen.

„Aus Ihrem Mund klingt er viel schöner." Sein Daumen strich ihre Unterlippe entlang, und die Flammen begannen, in ihrer Magengegend zu züngeln. Sein Blick folgte der Spur seines Daumens, seine Augen verdunkelten sich, seine Lippen wurden weich.

Er neigte sich über sie, und Callie wusste, dass er die Absicht hatte, sie zu küssen. Aber statt sich ihm zu entziehen, reckte sie sich ihm entgegen.

Seine Lippen nahmen die ihren in Besitz, und in ihr loderte eine Feuersbrunst. Sie erbebte, jeder Nerv in ihr schien zum Leben zu erwachen und im Einklang mit der trägen, köstlich süßen Berührung seines Mundes auf dem ihren zu sein. Nie zuvor in ihrem Leben hatte sie solche Wonnen verspürt. Der eine oder andere junge Mann hatte es zwar gewagt, ihr ein Küsschen zu rauben, aber nichts hatte sich je so angefühlt wie dieser Kuss – so weich und heiß; ihre Lippen reagierten unendlich empfindsam auf den samtigen Druck seiner Lippen. Noch nie hatte ein Mann seinen Mund an ihrem bewegt, nie zuvor hatte sie ihre Lippen dem Drängen einer Zunge geöffnet. Eine befremdlich berauschende Woge durchspülte sie.

Ein kleiner Laut der Verwunderung entfuhr ihr, ihre Hände schoben sich wie von selbst seine Brust nach oben, um seinen Hals, gruben sich in sein Nackenhaar, während er seine Arme um sie schlang und ihre zarte Gestalt an seinen gestählten Körper presste. Die gebogene Feder seines Hutes kitzelte ihre Wange, und auch diese Berührung erregte ihre empfindsamen Nerven. Mit einem kehligen Laut riss er sich den Hut vom Kopf, und sein Kuss wurde nur noch feuriger und tiefer.

Callie grub Halt suchend die Finger in den weichen Samt seines Wamses. Ihr war, als geriete sie ins Taumeln und stürze in einen bodenlosen Abgrund des Verlangens und der Lust. Fiebernd erregt und zugleich angstvoll, fühlte sie sich mit sprühendem Leben erfüllt wie nie zuvor. Die Hitze seines Körpers drang durch die Schichten ihrer Kleider und umhüllte sie …

Plötzlich hob er den Kopf, holte tief und stockend Atem und blickte auf sie herab. Mit Daumen und Zeigefinger hob er ihre Halbmaske und schob sie nach oben in ihre Stirn.

„Sie sind wunderschön“, raunte er. Und dann nahm er seine Maske ab.

Callie blickte zu ihm auf und nahm verblüfft wahr, dass er ohne die dramatische Maske noch atemberaubender aussah. Markant geschnittene Gesichtszüge, hohe Wangenknochen, buschige schwarze Brauen über großen grauen Augen. Das Antlitz eines Engels, schoss es ihr in einer poetischen Anwandlung durch den Sinn – kein Harfe zupfender Engel auf einer weißen Wolke, sondern ein kriegerischer Held, ein Erzengel, der die Pforten des Himmels mit seinem Flammenschwert bewachte.

„Sie aber auch", hauchte sie andächtig und errötete über die kindliche Aufrichtigkeit ihrer Worte.

Etwas glühte in seinen Augen auf, und er gab ein verlegenes kleines Lachen von sich. „Meine liebe Calandra ... es ist viel zu gefährlich, wenn Sie nachts hier draußen mit mir stehen."

„Kann ich Ihnen denn nicht trauen?", fragte sie zweifelnd.

„Ich warne Sie, mit Ihrem Aussehen sollten Sie keinem Mann trauen ... ganz zu schweigen von Ihren übrigen Reizen." Seine Stimme klang belegt. Er strich mit der flachen Hand ihren Arm entlang, bevor er zögernd von ihr abließ und einen Schritt nach hinten trat. „Wir sollten hineingehen."

Callie rückte ihre Maske zurecht. Es widerstrebte ihr, sich von ihm zu trennen, diesen magischen Moment zu beenden, diese neuen Empfindungen, die in ihr tobten, zu verdrängen. Gleichzeitig verstärkte seine Warnung vor einer unbestimmten Gefahr ihr Interesse. Sie lächelte.

„Vielleicht wollen Sie meinen ganzen Namen erfahren."

„Das würde die Sache vereinfachen", gestand er schmunzelnd. „Aber glauben Sie mir, ich finde Sie."

„Dann sollten Sie nach ..." Callie stockte mitten im Satz, als die Stimme ihres Bruders hinter ihr ertönte.

„Callie? Calandra!"

Sie wirbelte herum. Der Duke stand am Ende der Terrasse an der offenen Glastür und blickte sich suchend um. Dann setzte er sich mit gefurchter Stirn in Bewegung und rief ihren Namen erneut.

„So ein Mist!", entfuhr es Callie, während ihr Retter erstaunt die Brauen hochzog, eine vornehme junge Dame fluchen zu hören. Er hatte Mühe, ein Lachen zu unterdrücken. „Ein weiterer Herr, den Sie nicht zu sehen wünschen, wie?"

„Mein Bruder“, erklärte Callie. „Er macht mir gewiss eine Szene. Na schön, es hat keinen Sinn, länger zu warten. Wollen wir es einfach hinter uns bringen.“ Sie setzte sich in Bewegung mit dem Selbstvertrauen einer jungen Frau, die keine strengere Bestrafung erwartete als eine brüderliche Zurechtweisung.

Ihr Begleiter folgte ihr achselzuckend und holte Callie ein. „Ich bin hier“, rief sie. „Es ist alles in Ordnung, Sinclair. Bitte beruhige dich und mach mir keine Szene.“

Rochford eilte dem Paar entgegen, seine Unmutsfalten glätteten sich. „Was zum Teufel hast du hier draußen zu suchen? Fühlst du dich nicht wohl?“

Als sie ins Licht traten, bemerkte Callie, wie ihr Begleiter den Atem scharf einzog und jäh stehen blieb. Sie wandte sich ihm fragend zu, dann wieder zu ihrem Bruder, der gleichfalls stehen geblieben war.

Rochford starrte den Mann an Callies Seite fassungslos an. Seine Miene hatte sich verdüstert. „Sie!“, fuhr er den *Cavalier* schneidend an. „Finger weg von meiner Schwester!“

3. KAPITEL

Callie war fassungslos über die ungewöhnliche Schroffheit ihres Bruders. „Sinclair!“ Sie trat auf ihn zu und hob beschwichtigend die Hand. „Bitte nein. Du beurteilst die Situation falsch.“

„Tu ich nicht. Ich weiß Bescheid“, erwiderte Rochford, ohne ihren Begleiter aus den Augen zu lassen.

„Nein, du irrst“, widersprach Callie vehement. „Dieser Herr ist mir nicht zu nahe getreten. Er hat mich gerettet.“

Sie wandte sich an ihren Begleiter, der den Duke ebenso eisig anstarrte, und unterdrückte ein Seufzen über dieses starrsinnige männliche Verhalten. „Sir“, versuchte sie einzulenken, „gestatten Sie mir, Ihnen meinen Bruder vorzustellen, den Duke of Rochford.“

„Ja“, antwortete der *Cavalier* kalt. „Ich kenne den Duke.“

„Oh.“ Callie blickte von einem zum anderen und begriff, dass die feindselige Spannung zwischen den Männern nichts mit der gegenwärtigen Situation zu tun hatte.

„Lord Bromwell“, sagte Sinclair, dessen Miene und Haltung noch abweisender wurden. Ohne Callie anzusehen, befahl er: „Calandra, geh in den Saal zurück.“

„Nein“, antwortete Callie aufsässig. „Sinclair, sei vernünftig und lass mich erklären.“

„Callie!“ Sinclairs Stimme klang scharf wie ein Peitschenknall. „Hast du gehört? Geh in den Saal!“

Callie stieg die Zornesröte in die Wangen. Er redete mit ihr wie mit einem Kind, das ins Bett geschickt wurde.

„Sinclair! Sprich nicht in diesem Ton mit mir!“

Er fuhr zu ihr herum. „Zum letzten Mal – geh ins Haus! Augenblicklich!“

Callie zog den Atem scharf ein. Sie war empört und tief gekränkt, Wut kochte in ihr hoch. Sie wollte schon aufbegehren und ihren Bruder in seine Schranken verweisen, sie so anzuherrschen, besann sich jedoch in letzter Sekunde. Sie durfte keinen

Skandal heraufbeschwören. Auf Tante Odelias Ball einen hitzigen Streit auszufechten, wäre der Gipfel schlechten Benehmens gewesen. Jeden Augenblick konnte jemand die Terrasse betreten und Zeuge werden. Vielleicht hielten sich auch Gäste im Garten auf, die den Wortwechsel belauschten. Nein, es war ohnehin peinlich genug, vor einem Fremden zurechtgewiesen zu werden.

Sie funkelte den Duke wütend an, schluckte indes ihre Widerrede hinunter. Dann nickte sie Lord Bromwell knapp zu und rauschte wortlos an ihrem Bruder vorbei.

Der Duke fixierte den anderen Mann stumm, bis Calandra im Ballsaal verschwunden war. Dann wiederholte er mit leiser eiskalter Stimme: „Lassen Sie die Finger von meiner Schwester!“

Bromwell wirkte beinahe amüsiert, als er die Arme vor der Brust verschränkte und sein Gegenüber musterte. „Welch seltsame Ironie … den Duke of Rochford um die Ehre einer jungen Dame besorgt zu sehen. Es ist natürlich etwas anderes, wie ich annehme, wenn es sich bei der jungen Dame um die eigene Schwester handelt. Hab ich recht?“

Mit einem sarkastischen Blick wollte er an dem Duke vorbeitreten, doch der hielt ihn am Arm zurück. Bromwell straffte die Schultern, seine Miene versteinerte sich wieder. Nach einem Blick auf die Hand an seinem Arm sah er dem Duke direkt in die Augen. „Ich warne Sie, Rochford“, knurrte er. „Ich bin kein naiver Junge mehr wie vor fünfzehn Jahren.“

„Ach ja?“, bemerkte Rochford ironisch und ließ den Arm sinken. „Damals waren Sie ein Narr, und Sie wären jetzt ein noch größerer Narr, wenn Sie denken, ich lasse zu, dass Sie meiner Schwester Leid zufügen.“

„Ich habe den Eindruck, Lady Calandra ist eine erwachsene Frau, Rochford. Und der Narr sind Sie, wenn Sie denken, Sie könnten ihrem Herzen Befehle erteilen.“

In den dunklen Augen des Dukes glühte ein teuflisches Feuer. „Verdammt, Bromwell! Zum letzten Mal – halten Sie sich von meiner Schwester fern!“

Lord Bromwell begegnete seinem Blick ungerührt, und dann ging er wortlos an ihm vorüber.

Callie war maßlos wütend. Nie zuvor war sie so zornig gegen Sinclair gewesen, auch nicht gegen einen anderen Menschen. Wie konnte er es wagen, sie herunterzuputzen wie ein tyrannischer Vater? Im Beisein eines Fremden!

Die Kehle war ihr wie zugeschnürt, Tränen brannten ihr in den Augen. Aber sie weigerte sich strikt, ihnen freien Lauf zu lassen. Weder er noch andere sollten bemerken, wie tief seine Worte sie verletzt hatten.

Sie eilte durch den Ballsaal, ohne einen Blick nach links oder rechts zu werfen, wollte nur so schnell wie möglich der beschämenden Szene auf der Terrasse entfliehen. Durch den roten Nebel ihres Zorns bemerkte sie, dass der Saal sich geleert hatte, auch die Musiker hatten die kleine Bühne an der entfernten Stirnseite verlassen.

Das Souper. Die Gäste hatten sich zu einem leichten Mitternachtsmahl im angrenzenden Speisesaal versammelt. Callie schlug die Richtung ein, in letzter Sekunde dachte sie daran, dass sie immer noch Lord Bromwells Cape um die Schultern trug. Im Gehen riss sie sich den Umhang herunter, faltete ihn zu einem handlichen Bündel, betrat den Raum und blickte sich suchend um.

Schließlich entdeckte sie ihre Großmutter, die mit Tante Odelia und einer weiteren älteren Dame an einem runden Tisch saß, mit Delikatessen belegte Teller vor sich. Lady Odelia hatte, wie nicht anders zu erwarten, das Wort wieder einmal an sich gerissen. Die Dowager Duchess hörte ihr höflich zu, in kerzengerader Haltung, ohne mit dem Rücken die Stuhllehne zu berühren, aber ihre Augen waren leer vor Langeweile.

Callie trat an den Tisch und wurde von ihrer Großmutter freudig empfangen. „Calandra! Da bist du ja. Wo hast du nur gesteckt? Ich konnte dich nirgends finden und habe Rochford auf die Suche nach dir geschickt."

„Ja, ich habe ihn gerade gesehen", antwortete Callie knapp und nickte den anderen Damen zu. „Großmutter, ich würde gerne nach Hause fahren, wenn du nichts dagegen hast."

„Aber natürlich." Die Duchess wirkte erleichtert und machte Anstalten, sich zu erheben. „Fühlst du dich nicht wohl?"

„Ich … ich habe Kopfschmerzen, fürchte ich." Callie wandte sich mit einem höflichen Lächeln an ihre Großtante. „Es tut mir leid, Tante Odelia. Es ist ein wunderschönes Fest, aber ich fühle mich ein wenig unpässlich, fürchte ich."

„Ich verstehe. Zweifellos die Aufregung", stellte Lady Odelia selbstgefällig fest und wandte sich ihrer Tischnachbarin zu. „Die jungen Dinger von heute haben einfach nicht mehr die Ausdauer wie wir zu unserer Zeit, finde ich." Damit entließ sie Callie mit einer huldvollen Handbewegung. „Geh nur, Kindchen, geh."

„Ich lasse Rochford durch einen Diener Bescheid sagen, dass wir aufbrechen wollen", sagte die Duchess und winkte einen Lakai herbei.

„Nein! Lass nur … können wir nicht einfach gehen?", fragte Callie. „Mein Kopf droht zu zerspringen. Und Rochford findet den Weg allein nach Hause, nicht wahr?"

„Ich denke schon." Die Duchess musterte das Gesicht ihrer Enkelin ein wenig besorgt. „Du siehst etwas erhitzt aus. Hoffentlich bekommst du kein Fieber."

„Ich denke, Lady Odelia hat recht. Es war etwas zu viel Aufregung", antwortete Callie, „das viele Tanzen und der Lärm …"

„Nun komm, Kindchen." Die Dowager Duchess nickte den Damen zu und setzte sich in Bewegung, als ihr Blick auf das Bündel in Callies Hand fiel. „Was trägst du denn da mit dir herum?"

„Was? Ach das." Callie krallte die Finger in das Stoffbündel. „Das ist nichts. Ich halte es nur für jemand. Es ist unwichtig."

Ihre Großmutter warf ihr einen befremdlichen Blick zu, sagte aber nichts mehr. Als sie den großen Ballsaal durchquerten, ertönte Rochfords Stimme hinter ihnen. „Großmutter, warte bitte.“

Die Duchess drehte sich lächelnd um. „Rochford, wie gut, dass wir dich treffen.“

„Ja“, sagte er knapp. Sein Zorn schien sich etwas gelegt zu haben, stellte Callie fest, aber seine Miene war ohne jeden Ausdruck, als er sie ansah. Callie wandte wortlos den Blick ab. „Es ist Zeit, aufzubrechen.“

„Wir sollen also gehen, nur weil du es befiehlst?“, fragte Callie aufbrausend.

Die Duchess warf ihrer Enkelin einen verwunderten Blick zu. „Aber liebste Callie, du hast doch eben noch gesagt, du willst nach Hause.“

„Das kann ich mir vorstellen“, bemerkte Rochford mit einem scharfen Blick zu seiner Schwester.

Callie hätte sich liebend gern seinen Ton verbeten, ebenso seinen herrischen Befehl, das Fest zu verlassen, aber damit hätte sie sich nur lächerlich gemacht. Sie presste die Lippen aufeinander, hob das Kinn und setzte ihren Weg fort.

„Tut mir leid, Sinclair“, entschuldigte ihre Großmutter sich in ihrem Namen. „Ich fürchte, Calandra fühlt sich etwas unpässlich.“

„Das sehe ich“, antwortete der Duke in einem Anflug von Sarkasmus.

Ein Diener brachte die Mäntel, und man begab sich zur Kutsche. Auf der Fahrt plauderte Rochford mit seiner Großmutter über das gelungene Fest, während Callie sich in Schweigen hüllte, was ihr fragende Blicke der Duchess einhandelte. Ihr Bruder hingegen sah genauso an ihr vorbei wie sie an ihm.

Callie wusste zwar, dass es kindisch war, die Beleidigte zu spielen und nicht mit ihm zu reden oder ihn anzusehen, aber sie brachte es nicht über sich, so zu tun, als sei alles in bester Ordnung. Außerdem befürchtete sie, in Tränen der Wut auszubrechen, wenn sie mit ihm sprach – und das wollte sie um jeden Preis vermeiden. Sollte er sie ruhig für kindisch halten, wichtig war nur, dass er nicht glaubte, er könne sie zum Weinen bringen.

Vor dem Haus sprang Rochford leichtfüßig aus dem Wagen, half der Duchess beim Aussteigen und wollte auch Callie die Hand reichen, die sie geflissentlich übersah und hocherhobenen Hauptes an ihm vorbeirauschte. Sie hörte sein gereiztes Brummen hinter sich und durchquerte die Halle zur breiten Treppe, um sich in ihr Zimmer zu begeben.

Rochford übergab Hut und Handschuhe dem wartenden Diener. Auf dem Weg in sein Arbeitszimmer hielt er nach wenigen Schritten inne und drehte sich um. „Callie."

Sie tat, als habe sie ihn nicht gehört und stieg die Stufen hinauf.

„Callie, bleib stehen!" Seine lauten Worte hallten in der hohen Eingangshalle wider. Als erschrecke ihn der Klang seiner eignen Stimme, fuhr er verhaltener fort: „Calandra, bitte. Das ist lächerlich. Ich will mit dir reden."

Sie drehte sich bedächtig um. „Ich gehe zu Bett", erklärte sie kühl.

„Erst, nachdem wir geredet haben", widersprach er. „Komm in mein Arbeitszimmer."

Callies Augen, ebenso dunkelbraun wie die ihres Bruders, funkelten in erneut aufflammendem Zorn. „Wie bitte? Seit wann ist es mir nicht erlaubt, mein Zimmer ohne deine Einwilligung aufzusuchen? Bin ich dir etwa über jeden meiner Schritte Rechenschaft schuldig?"

„Herrgott noch mal, Callie! Du weißt, dass das nicht stimmt!", widersprach Rochford stirnrunzelnd.

„Nein? Seit einer Stunde werde ich von dir herumkommandiert."

„Callie!" Die Duchess, die sich ebenfalls der Treppe genähert hatte, blickte verwirrt von einem zum anderen. „Rochford! Was hat das alles zu bedeuten? Was ist geschehen?"

„Nichts, weshalb du dir Sorgen machen musst", erklärte Rochford knapp.

„Nein, nichts, bis auf die Tatsache, dass mein Bruder plötzlich den Tyrannen spielt", warf Callie schneidend ein.

Seufzend fuhr Rochford sich durch seine schwarze Mähne. „Rede keinen Unsinn, Callie, du weißt genau, dass ich kein Tyrann bin. Wann habe ich mich je so verhalten?"

„Erst seit Kurzem", fauchte sie und blinzelte gegen die Tränen an, die ihr den Blick verschleierten.

Rochfords sonstige Nachsicht und Güte machten ihr sein plötzlich verändertes Verhalten umso schwerer zu ertragen. Er war stets ein verständnisvoller Bruder, und Callie schätzte ihre harmonische Beziehung umso mehr, wenn sie die Klagen ihrer Freundinnen über deren ältere Brüder oder Väter hörte, die Befehle erteilten und absoluten Gehorsam forderten.

„Es tut mir leid, Callie, wenn ich dich vorhin gekränkt habe", entschuldigte er sich mit erzwungener Geduld, die Callie nur noch mehr erzürnte. „Verzeih, wenn ich zu unfreundlich mit dir war."

„Unfreundlich?" Sie lachte bitter. „So nennst du dein Verhalten auf dem Ball? Unfreundlich? Ich nenne es herablassend und anmaßend. Und herrisch."

Der Duke schnitt eine Grimasse. „Nenn es, wie du willst, Callie. Aber ich muss dich daran erinnern, dass du meine Schutzbefohlene bist. Als dein Bruder habe ich die Pflicht, auf dich aufzupassen und dich vor Schaden zu bewahren."

„Ich bin kein Kind mehr!", rief Callie erbost. „Ich bin sehr wohl in der Lage, selbst auf mich aufzupassen."

„Das sehe ich anders", wandte er ein. „Nachdem ich dich mit einem fremden Mann alleine im Garten vorgefunden habe."

Die Dowager Duchess fasste sich entsetzt ans Herz. „Nein! Callie!"

Callie schoss das Blut in die Wangen. „Ich war nicht im Garten. Wir haben uns auf der Terrasse unterhalten. Es war völlig harmlos. Bromwell ist ein vollendeter Gentleman. Er nahm mich vor einem anderen Herrn in Schutz, der mich belästigte."

„Grundgütiger!" Die Duchess geriet ins Wanken, der Mund

blieb ihr vor Bestürzung offen stehen. „Callie! Du warst mit zwei fremden Männern nachts allein im Garten?“

„Ich war nicht im Garten!“

„Das macht kaum einen Unterschied“, wandte Rochford ein.

„Ich glaube, ich falle in Ohnmacht“, hauchte die Duchess schwach, trat zwischen die beiden Streithähne und holte tief Atem. „Ich fasse nicht, was ich da zu hören bekomme“, fuhr sie an Callie gerichtet fort. „Wie konntest du dich so skandalös benehmen? Denkst du gar nicht an mich? An deine Familie? Sinclair hat vollkommen recht. Selbstverständlich trägt er die Verantwortung für dich. Als dein Bruder und Familienoberhaupt. Es ist sein gutes Recht, dir vorzuschreiben, wie du dich zu benehmen hast, und du hast zu tun, was er dir sagt. Was ist nur in dich gefahren, mit einem fremden Herrn auf die Terrasse zu gehen? Was, wenn euch jemand gesehen hat? Du solltest deinem Bruder dankbar sein, dich rechtzeitig vor Schaden bewahrt zu haben. Mich schaudert bei dem Gedanken, was geschehen wäre, wenn …“

„Nichts wäre geschehen. Ich sagte doch, es war völlig harmlos. Ich habe mich nicht skandalös verhalten“, verteidigte Callie sich mit glühenden Wangen.

„Solange du unverheiratet bist und im Hause deines Bruders lebst, hast du dich seinen Anordnungen zu fügen“, sagte die Duchess streng.

„Und danach habe ich mich den Anweisungen eines Ehemanns zu fügen!“, erwiderte Callie hitzig.

„Nun klingst du wie Irene Wyngate.“

„Großmutter, bitte …“, versuchte Rochford einzulenken, deren Einmischung die Debatte nur noch verschärfte.

„Ich wünschte, ich wäre wie Irene“, schnappte Callie. „Sie beweist wenigstens Rückgrat im Gegensatz zu den meisten Frauen, die ich kenne.“

Sie holte tief Atem, bevor sie höhnisch fortfuhr: „Aber ich werde ohnehin nicht heiraten, solange mein Bruder meine Verehrer wie Verbrecher behandelt.“

Rochford lachte trocken. „Bromwell wird nie dein Verehrer sein."

„Das weiß ich auch", schnappte Callie bissig, „da du ihn vor mir herabgesetzt hast."

„Bromwell?", fragte die Duchess erschrocken. „Der Earl of Bromwell?"

„Ja, genau der."

Die Augen ihrer Großmutter blitzten neugierig, doch bevor sie etwas sagen konnte, fuhr Callie fort: „Was stimmt denn mit Lord Bromwell nicht? Was ist so verwerflich daran, mich mit ihm auf der Terrasse zu unterhalten?"

„Du sollst dich mit keinem Mann nachts auf einer Terrasse unterhalten", antwortete Rochford ausweichend.

„Und warum wird er nie mein Verehrer sein?" Callie bohrte unbeirrt weiter. „Warum hast du in diesem drohenden Tonfall ‚Sie!' gesagt, als du ihn erkannt hast? Wieso ist er für mich unpassend?"

Rochford schwieg lange, bevor er antwortete. „Der Mann ist kein Freund von mir", erklärte er achselzuckend.

„Wie bitte?" Callie zog die Brauen hoch. „Er ist kein Freund von dir? Verbietest du mir etwa, einen Mann zu heiraten, der nicht dein Freund ist? Wen wünschst du dir denn als Ehemann für mich? Einen deiner verstaubten weltfremden Gelehrten? Mr Strethwick vielleicht? Oder Sir Oliver?"

„Hör auf damit, Callie. Du weißt, dass ich es nicht so gemeint habe", knurrte Rochford. „Niemand zwingt dich, einen meiner Freunde zu heiraten. Das weißt du genau."

„Nein, das weiß ich nicht", widersprach sie eigensinnig. „Im Moment weiß ich nicht einmal, ob ich dich wirklich kenne. Ich hätte nie gedacht, dass du so herrschsüchtig bist, so völlig gleichgültig meinen Wünschen und Gefühlen gegenüber."

„Gleichgültig?", wiederholte er ungläubig. „Das Gegenteil trifft zu. Ich sorge mich um dich."

„Wieso? Wieso ist dieser Mann unpassend für mich?", Callie ließ nicht locker. „Ist seine Familie nicht vornehm genug? Sein

Rang nicht hoch genug?“

„Nein, natürlich nicht. Er ist ein Earl.“

„Dann ist er womöglich ein Glücksritter? Hat er es auf mein Geld abgesehen?“

„Nein. Er soll sehr vermögend sein, wie ich höre.“ Rochfords Lippen wurden zu einem schmalen Strich.

„Der Earl of Bromwell gilt als ausgezeichnete Partie“, meldete die Duchess sich zu Wort. „Er ist zwar kein Duke, aber davon gibt es eben nicht viele. Und man kann schließlich nicht erwarten, dass du einen Prinzen königlichen Geblüts heiratest. Ein Earl wäre genug für dich. Im Übrigen entstammt er einer sehr alten und distinguierten Adelsfamilie.“ Sie wandte sich an ihren Enkel. „Sind die Bromwells nicht irgendwie mit Lady Odelia verwandt?“

„Ja, entfernt“, antwortete Rochford. „Das Problem ist nicht sein Stammbaum.“

„Und was ist das Problem?“, hakte Callie nach.

Der Duke blickte zwischen seiner Schwester und seiner Großmutter hin und her. „Das ist eine alte Geschichte. Aber darum geht es nicht.“ Er biss die Zähne aufeinander. „Ich habe in deinem besten Interesse gehandelt, als ich ihn vor dir warnte.“

„Was?! Du hast ihn vor mir gewarnt?“, fragte Callie entsetzt.

Er nickte knapp.

„Wie konntest du das tun?“ Callie hatte das Gefühl, die Luft werde ihr gewaltsam aus den Lungen gepresst. „Ich fasse es nicht, wie du mich auf diese Weise demütigen kannst. Ihm zu sagen, dass ich ihn nicht sehen darf, als sei ich ein unmündiges Kind oder … nicht ganz bei Verstand. Als sei ich unfähig, mir ein eigenes Urteil zu bilden.“

„So etwas habe ich nie gesagt!“, widersprach er heftig.

„Das war auch nicht nötig“, entgegnete Callie zornentbrannt. „Das hast du mit deiner Rede, mit wem ich Umgang pflegen darf und mit wem nicht, doch deutlich zum Ausdruck gebracht.“ Wieder stiegen ihr Tränen in die Augen, die sie hastig fortblinzelte.

„Ich habe nur getan, was in deinem Interesse ist!“

„Und ich habe mich selbstverständlich zu fügen!“ Callie ballte die Fäuste und biss die Zähne aufeinander. Die Stimme drohte ihr zu versagen. Ohne ein weiteres Wort drehte sie sich um und eilte die Treppe hinauf.

„Callie!“, rief Rochford und wollte hinter ihr her, verharrte jedoch am Fuß der Treppe und wandte sich an die Duchess, als erwarte er Hilfe von ihr.

Seine Großmutter verschränkte die Arme vor der Brust und erwiderte seinen Blick mit unbewegter Miene. „An ihrem unmöglichen Benehmen bist nur du schuld. Du hast sie zu lasch erzogen. Du warst zu nachsichtig, und sie hat immer ihren Kopf durchgesetzt und getan, was ihr beliebt. Du hast sie nach Strich und Faden verwöhnt, und jetzt hast du die Quittung.“

Der Duke atmete tief und wandte sich ab, um sein Arbeitszimmer aufzusuchen. Auf halbem Weg drehte er sich über die Schulter. „Ich werde mich beeilen, meine Geschäfte in London morgen zu erledigen. Sorge bitte dafür, dass wir in zwei Tagen abreisen können.“

Callie stürmte rasend vor Wut in ihr Zimmer, wo ihre Zofe Belinda wartete, um ihr beim Auskleiden behilflich zu sein. Callie schickte sie weg, wollte allein sein und hatte nicht die geringste Lust, in ihrem aufgewühlten Gemütszustand zu Bett zu gehen.

Das Mädchen zog sich mit einem bekümmerten Blick auf ihre Herrin zurück, und Callie wanderte aufgebracht im Zimmer hin und her. Irgendwann hörte sie die schleppenden Schritte ihrer Großmutter draußen auf dem Flur, aber nicht die schweren Stiefelschritte ihres Bruders. Zweifellos hatte er sich in sein geliebtes Arbeitszimmer zurückgezogen, um in aller Ruhe in einem Buch zu lesen, oder sich auf seine Besprechungen am nächsten Morgen vorzubereiten. Ihm war ja auch kein himmelschreiendes Unrecht angetan worden. Für ihn war die Sache erledigt.

Callie verzog angewidert das Gesicht und warf sich in den

Sessel neben dem Bett. Nein, diese Behandlung wollte sie sich nicht bieten lassen. Bisher war sie der Ansicht gewesen, sie bestimme ihr Leben selbst, wenigstens innerhalb der Grenzen gesellschaftlicher Gepflogenheiten. Auf eine diesbezügliche Frage hätte sie geantwortet, sie habe die Freiheit, zu tun, was ihr gefällt, und führe ein selbstbestimmtes Leben. Zugegeben, sie nahm oft Rücksicht auf die Wünsche ihrer Großmutter, aber doch nur, um den Hausfrieden nicht zu gefährden, und diese Entscheidung traf sie selbst, nicht weil sie ihr befohlen wurde.

Sie ging, wohin es ihr gefiel, empfing Freunde und Bekannte, die sie sich ausgesucht hatte, bestimmte über ihre Theater- und Opernbesuche, nahm Einladungen zu Teegesellschaften und Soireen an, ohne jemandem Rechenschaft darüber abzulegen. Sie stand dem Haushalt vor, die Dienstboten befolgten ihre Anweisungen. Sie kaufte Dinge, die ihr gefielen, von ihrem eigenen Geld. Rechnungen wurden von ihrem Buchhalter beglichen, wie es in ihren Kreisen üblich war. Und Sinclairs Rechnungen wurden auf die gleiche Weise bezahlt. Ihr Bruder verwaltete Callies Vermögen, nicht ohne bei jeder neuen Investition ihr Einverständnis einzuholen. Wenn sie stets ihre Zustimmung gab, so lag das daran, dass er in den letzten zehn Jahren vorzügliche Arbeit geleistet hatte.

Doch nun musste sie feststellen, dass die Idee ihrer persönlichen Freiheit ein Trugbild war. Sie hatte lediglich bisher ihrem Bruder in allem zugestimmt. Und er hatte nie Einwände gegen ihre Freunde, ihre Geldausgaben, ihre Entscheidungen erhoben. Doch das, was sie für Freiheit gehalten hatte, existierte gar nicht. Sie lebte nur in einem großen Käfig und war den Gitterstäben noch nicht zu nahe gekommen.

Bis heute.

Callie sprang auf die Füße. Das konnte sie sich nicht bieten lassen. Sie war erwachsen, ihre Altersgenossinnen waren alle bereits verheiratet und zogen Kinder groß. Als Sinclair damals Erbe und Titel angetreten hatte, war er fünf Jahre jünger gewesen als Callie heute. Sie war nicht bereit, sich seinen anmaßenden Befehlen zu unterwerfen, damit würde sie sich seiner tyrannischen Willkür ausliefern. Nein. Sie wollte nicht brav zu Bett gehen, sich in den Schlaf weinen und am nächsten Morgen tun, als sei nichts geschehen.

Sie starrte eine Weile nachdenklich vor sich hin, dann eilte sie an ihren zierlichen Schreibtisch und kritzelte hastig ein paar Zeilen auf einen Briefbogen, faltete und versiegelte ihn und legte ihn auf ihr Kopfkissen.

Sie griff nach ihrem Umhang, den sie über einen Stuhl geworfen hatte, und legte ihn sich im Gehen über die Schulter. An der Tür lauschte sie kurz, öffnete einen Spalt und spähte in den dämmrigen Flur hinaus. Mit gerafften Röcken eilte sie die schmale Dienstbotenstiege im hinteren Teil des Hauses hinunter. In der dunklen Küche war es still, der Küchenjunge lag in eine Decke gewickelt vor dem offenen Herd, in dem noch die Glut glomm. Er rührte sich nicht, als sie über ihn hinwegstieg, die Küchentür öffnete und ins Freie trat.

Callie schloss die Tür lautlos hinter sich und schlich den gepflasterten Weg am Haus entlang zur Gartentür, blickte die breite dunkle Straße nach beiden Seiten entlang, zog die Kapuze tief ins Gesicht und setzte sich beherzt in Bewegung.

In einiger Entfernung, auf der anderen Straßenseite, stand seit geraumer Zeit ein Wagen. Der Kutscher schlug den Kragen seines Wollmantels gegen die Kälte hoch und schloss die Augen. Im Wageninnern saßen zwei Männer. Mr Archibald Tilford lehnte sich in die Polster zurück, unterdrückte ein Gähnen und drehte den goldenen Knauf seines Spazierstocks zwischen den Fingern. Ihm gegenüber starrte Archibalds Vetter, der Earl of Bromwell, auf das dunkle Herrenhaus.

„Also ehrlich, Brom, wie lange wollen wir denn noch hier herumsitzen?“, fragte Tilford verdrießlich. „Bei Seatons erwartet mich eine Flasche Port und ein ausgezeichnetes Blatt. Der heiße Ziegelstein, den der Kutscher uns an die Füße gelegt hat, wird auch schon kalt. In kurzer Zeit werden mir die Zehen vor Kälte abfallen."

Der Earl bedachte ihn mit einem kühlen Blick. „Aber Archie, jetzt nimm dich zusammen. Wir warten noch nicht mal eine Viertelstunde."

„Ich kann mir einfach nicht vorstellen, was du dir davon versprichst, ein dunkles Haus anzustarren", fuhr sein Vetter nörgelnd fort. „Was zum Teufel willst du denn mitten in der Nacht sehen?"

„Weiß ich nicht", antwortete Bromwell, ohne den Blick vom Haus zu lassen.

„Um diese Zeit kommt niemand, und niemand verlässt das Haus. Was ist nur in dich gefahren, ausgerechnet jetzt Rochfords Haus zu observieren." Er seufzte. „Mein Gott, es sind fünfzehn Jahre vergangen. Ich dachte, du hättest die leidige Sache endlich vergessen."

Bromwell bedachte sein Gegenüber mit einem bohrenden Blick. „Ich vergesse nie."

Tilford ignorierte achselzuckend die grimmige Miene seines Vetters, von der sich die meisten Männer einschüchtern ließen. „Es ist vorbei, und Daphne hat mittlerweile geheiratet." Bromwell schwieg, und Tilford hakte nach einer Weile nach. „Was hast du vor?"

Bromwell beantwortete die Frage seiner Vetters mit einer anderen. „Was weißt du über Rochfords Schwester?"

Archie zog den Atem scharf ein. „Lady Calandra?" Nach kurzem Zögern fuhr er argwöhnisch fort: „Du denkst doch nicht etwa … an irgendein Spielchen mit der Schwester des Dukes? Alle Welt weiß, dass der Mann sie beschützt wie eine Glucke. Das wüsstest du, wenn du dich nicht die letzten zehn Jahre auf dem Land vergraben hättest, um Geld zu scheffeln."

Bromwell verzog spöttisch die Mundwinkel. „Bisher hast du dich nicht beklagt über das Vermögen, das ich für die Familie angehäuft habe."

„Gott behüte", antwortete Archibald milde. „Aber mittlerweile könntest du doch zur Abwechslung mal dein Leben genießen. Bist du nicht deshalb nach London gekommen, um dich ein Weilchen zu vergnügen?"

„Schon möglich", meinte Bromwell achselzuckend.

„Aber es ist kein Vergnügen, mitten in der Nacht in einer kalten Kutsche herumzusitzen und ein dunkles Haus anzustarren."

„Du wolltest mir etwas über Lady Calandra erzählen."

Archie seufzte. „Na schön. Sie ist jung und schön und vermögend."

„Verehrer?"

„Natürlich. Aber bisher hat sie alle abgewiesen – zumindest jene, die sich durch die schroffe Art des Dukes nicht daran hindern ließen, ihr den Hof zu machen. Man munkelt bereits, dass sie nie heiraten wird, und behauptet, alle Lilles seien eine gefühlskalte Sippe."

Bromwell zog eine Braue hoch. „Ich konnte keine Spur von Gefühlskälte an der Dame entdecken", murmelte er.

Archibald rutschte unruhig auf seinem Sitz hin und her. „Ich wüsste gern, Brom, was dir im Moment durch den Kopf geht."

Ein dünnes Lächeln umspielte Bromwells Lippen. „Ich dachte gerade, wie ausgesprochen nervös der Duke reagierte, als er mich auf dem Ball im Gespräch mit Lady Calandra vorfand. Es war höchst amüsant."

Diese Worte trugen keineswegs dazu bei, seinen Vetter zu beruhigen, im Gegenteil, er wirkte nur noch nervöser. „Der Duke reißt dich in Stücke, wenn du Lady Calandra ein Leid zufügst."

Bromwell warf Archie einen Seitenblick zu. „Denkst du etwa, ich fürchte mich davor, der Duke könnte mir etwas antun?"

„Nein, zum Teufel, das ist mir schon klar. Aber ehrlich gestanden, reicht meine Angst vor ihm für uns beide."

Brom lächelte. „Sei unbesorgt, Archie. Ich habe nicht vor, dem Mädchen etwas anzutun. Im Gegenteil …" Aber sein teuflisches Lächeln vermochte den Vetter nicht in Sicherheit zu wiegen. „Ich habe vor, mich ihr von meiner charmantesten Seite zu zeigen.“

Tilford gab ein tiefes Stöhnen von sich. „Ich wusste es. Du hast einen Plan. Und es wird böse enden, das weiß ich jetzt schon. Bitte Brom, können wir nicht endlich fahren und das alles vergessen?“

„Einverstanden“, antwortete Bromwell. „Fürs Erste habe ich gesehen, was ich sehen wollte.“

Im Begriff, den Vorhang am Wagenfenster zu schließen, stutzte er, beugte sich vor und hob abwehrend die Hand. „Nein, warte. Jemand verlässt das Haus. Eine Frau.“

„Ein Dienstmädchen? Mitten in der Nacht?“ Nun war auch Archibalds Interesse geweckt. Er schob den Vorhang auf seiner Seite zurück. „Ein heimliches Stelldichein mit einem Diener oder …“

„Zum Teufel!“, stieß Bromwell verblüfft aus. „Es ist die Dame persönlich.“

Er beobachtete gespannt, wie die Frau die Kapuze tief ins Gesicht zog und furchtlos auf die Straße trat. Bromwell nahm Archies Spazierstock an sich, stieß mit dem Knauf ein kleines Viereck im Dach auf und gab dem Kutscher mit gedämpfter Stimme Anweisungen.

Dann lehnte er sich in die Polster zurück. Das Pferdegespann zog an, und der Wagen setzte sich in Bewegung, um der Frauengestalt zu folgen.

„Glaubst du, es handelt sich tatsächlich um Lady Calandra?“, fragte Archie zweifelnd. „Was hat sie vor? Ohne Begleitung? Mitten in der Nacht?“

„Ja, was hat sie vor?“, wiederholte sein Vetter sinnend und klopfte mit den Fingern auf den Stockknauf in seiner Hand.

Archie schob den Vorhang wieder einen Spalt beiseite und spähte in die Nacht. „Wir haben sie überholt.“

„Ich weiß.“

An der nächsten Straßenecke bog die Kutsche nach rechts und hielt kurz darauf an. Bromwell öffnete den Wagenschlag und sprang auf den Gehsteig.

„Brom! Was um Himmels willen hast du vor?“, fragte Archie besorgt.

Der Earl antwortete leichthin: „Man kann doch eine Dame nicht spät nachts alleine durch finstere Straßen gehen lassen, findest du nicht auch?“

Er tippte sich lächelnd mit zwei Fingern an die Stirn, klappte die Tür zu und entfernte sich.

4. KAPITEL

Callies eilige Schritte hallten durch die stille nächtliche Straße. In ihrer überstürzten Hast, unbemerkt aus dem Haus zu kommen, hatte sie die nächtlichen Gefahren nicht bedacht. Von einem beklommenen Gefühl beschlichen, eilte sie an den schwarzen abweisenden Häuserfassaden vorbei; eine Begleitung wäre ihr höchst willkommen gewesen, sei es auch nur die der schüchternen Belinda.

Callie war von Natur aus keine ängstliche Person, doch während ihr Zorn allmählich abflaute, kam ihr zu Bewusstsein, dass nachts Diebe und anderes lichtscheues Gesindel ihr Unwesen trieben. Es geschah auch in den vornehmen Wohngegenden Londons, dass Herren auf dem Heimweg von ihrem Club überfallen und ausgeraubt wurden, wie sie in der Zeitung gelesen hatte. Und wenn Einbrecher planten, ein Haus zu plündern, war dies genau der richtige Zeitpunkt, um das Verbrechen zu begehen.

Selbst wenn sich kein Diebesgesindel herumtrieb, könnten ihr auch vornehme Herren im angetrunkenen Zustand gefährlich werden, die in einer Frau, die sich um diese Zeit auf die Straße wagte, leichte Beute witterten, nicht aber eine züchtige Dame der besten Gesellschaft vermuteten. Und Callie hatte nicht den Wunsch, für eine Dirne gehalten zu werden, die nachts ihrem Gewerbe nachging.

Beim Geräusch knirschender Räder und klappernder Pferdehufe zuckte sie erschrocken zusammen. Ohne sich umzudrehen, setzte sie ihren Weg tapfer fort und versuchte, ihre Schritte nicht auffällig zu beschleunigen. Vielleicht würde der Fahrgast im Wagen sie in ihrem langen Umhang für einen Mann halten oder schaute gar nicht aus dem Fenster.

Als der Wagen ratternd an ihr vorüberfuhr und in eine Querstraße einbog, atmete sie erleichtert auf, beschleunigte ihre Schritte und überquerte eine Straßenkreuzung. Der kurze Weg zu Lady Haughstons Haus, den sie schon oft zurückgelegt hatte, erschien ihr nun unendlich lang, und sie zog bereits in Erwägung, umzukehren, schalt sich aber einen Hasenfuß und ging tapfer weiter.

In einiger Entfernung bog eine Gestalt um die Straßenecke und näherte sich ihr. Callie verlangsamte ihre Schritte mit bangem Herzklopfen, doch dann ging sie entschlossen weiter. Wenn sie jetzt kehrtmachte und floh, würde sie dem Fremden vielleicht Anreiz bieten, sie zu verfolgen, und sei es nur, um seine Neugier zu stillen.

Und dann bemerkte sie etwas Ungewöhnliches an der Gestalt, das sie förmlich zwang, ihren Weg fortzusetzen. Sie verengte die Augen, um im schwachen Schein der Gaslaterne besser sehen zu können. Der Mann, der sich ihr näherte, trug keinen Mantel oder Umhang, nicht einmal einen Zylinder. Es handelte sich zwar eindeutig um einen Mann, aber etwas an seiner Kleidung war seltsam. Sein Jackett hatte gebauschte Puffärmel, seine weiten Hosen steckten in hohen Schaftstiefeln. Er trug nicht den üblichen Abendanzug eines vornehmen Herren – seine merkwürdige Kleidung wirkte wie ein Fantasiekostüm. Und seinen Spazierstock schien er seitlich in den Gürtel gesteckt zu haben.

Ihr erster Gedanke war, dass der Mann erheblich einen über den Durst getrunken hatte und ihr zweiter … aber nein, das war unmöglich!

Callie blieb jäh stehen.

Der Mann näherte sich ihr unbeirrt, und mit jedem seiner federnden Schritte wuchs ihre Gewissheit, dass ihre Augen ihr kein Trugbild vorgaukelten.

„Lord Bromwell!“, entfuhr es ihr verblüfft.

Im nächsten Moment wünschte sie, die Worte wären ihr nicht entschlüpft, wünschte, sie hätte auf der Stelle kehrtgemacht und wäre nach Hause geeilt. Wenn er sie erkannte, würde er sie für verrückt halten oder schlimmer noch, für eine Frau ohne Moral. Allerdings käme er nicht auf die Idee, die Schwester eines Dukes würde ihre Gunst verkaufen; er würde ihr vielmehr unterstellen, sie eile zu dieser nächtlichen Stunde zu einem romantischen Stelldichein. Eine heimliche Liebschaft war für eine verheiratete Frau höchst skandalös; eine unverheiratete junge Dame besiegelte damit ihren gesellschaftlichen Ruin.

Callies Herz krampfte sich schmerzlich zusammen bei dem Gedanken an die Verachtung, die sie von Bromwell zu erwarten hatte. Wenn er in Umlauf brachte, er sei ihr nachts auf der Straße begegnet, wären ihr Ruf und ihre Ehre unrettbar verloren; ihr Bruder und ihre Familie wären der gesellschaftlichen Ächtung preisgegeben. Bekannte und Freunde würden ihr zwar keinen Fehltritt zutrauen, und ihr blieb als einzige Hoffnung, dass Bromwell – auch wenn er sie verdammte – als Gentleman die peinliche Begegnung für sich behalten würde, um ihr und ihrer Familie diese grässliche Schmach zu ersparen.

Doch aus welchem Grund sollte sie Nachsicht von ihm erwarten? Er kannte sie nur flüchtig, und Sinclair hatte sich ihm gegenüber ausgesprochen unhöflich, ja sogar feindselig verhalten. Wer weiß, was Sinclair ihm noch vorgeworfen hatte, nachdem er sie fortgeschickt hatte. Bromwell hatte kaum Grund, sie in Schutz zu nehmen. Vermutlich würde er voller Genugtuung die Gelegenheit ergreifen, dem Duke eins auszuwischen und sie in der Gesellschaft bloßzustellen.

Und überhaupt, wieso hatte ihr Bruder sich so verhalten? Sinclairs Einmischung und seine Anmaßung, er könne ihr Vorschriften machen, hatten sie so sehr aus der Fassung gebracht, dass sie vergessen hatte, ihn nach dem Grund seiner Abneigung gegen den Earl zu fragen. Hatte Bromwells schlechter Ruf ihren Bruder bewogen, sie vor ihm zu warnen? War der Mann dafür berüchtigt, junge Mädchen zu verführen?

Wirre Gedanken schwirrten ihr durch den Kopf, jeder beängstigender als der vorhergehende, während sie wie angewurzelt auf dem Gehsteig stand. Ihr letzter Gedanke, an den sie sich hilflos klammerte wie eine Ertrinkende an einen Strohhalm, war die Hoffnung, er habe ihre Stimme nicht erkannt, auch nicht ihr Gesicht unter der tief in die Stirn gezogenen Kapuze. Sie könnte immer noch kehrtmachen und fliehen.

Doch im nächsten Augenblick schwand auch diese Hoffnung. Er war mittlerweile so nah, dass sie sein verblüfftes Gesicht sehen konnte. „Lady Calandra? Sind Sie es wirklich?"

Callie schluckte schwer und straffte die Schultern. Nun galt es, besonnen zu sein und alles daranzusetzen, zu verhindern, dass der Name ihrer Familie durch ihr unüberlegtes Handeln durch den Schmutz gezogen wurde.

„Lord Bromwell. Kein Wunder, dass Sie überrascht sind." Callie suchte fieberhaft nach einer plausiblen Erklärung für ihren nächtlichen Ausflug.

„Wahrhaftig. Zunächst dachte ich, meine Fantasie spiele mir einen Streich." Er blieb zwei Schritte vor ihr stehen. „Was führt Sie nachts allein auf die Straße? Ohne Begleitschutz? Wo ist Ihre Familie?"

Callie wies mit einer vagen Geste über die Schulter. „In ihren Betten. Ich … ich konnte nicht schlafen." Etwas Dümmeres konnte mir wohl nicht einfallen, dachte Callie verzweifelt.

„Deshalb der nächtliche Spaziergang?" Seine hochgezogenen Brauen verrieten seine Zweifel.

„Sie halten mich gewiss für ausgesprochen töricht", antwortete sie beschämt.

„Aber nein." Er lächelte nachsichtig. „Ich habe selbst eine Schwester und bin mir der Engstirnigkeit der Gesellschaft wohl bewusst, deren Regeln den Freiheitsdrang einer jungen Frau so sehr einschränken."

Callie erwiderte sein Lächeln dankbar. Anscheinend waren ihre Ängste unbegründet. Er schien ihr Verhalten nicht zu missbilligen. Sein verständnisvolles Lächeln, seine beruhigende Stimme flößten ihr Vertrauen ein. Und nichts an seinem Benehmen ließ auf einen Verführer schließen, kein lauernder Blick, kein einschmeichelnder Tonfall, keine anzügliche Anspielung.

„Dann werden Sie … nicht darüber sprechen …?"

„Von unserer nächtlichen Begegnung?", beendete er ihren stockenden Satz. „Natürlich nicht. Was soll auch verwerflich daran sein, wenn eine junge Dame einen Spaziergang macht, hab ich recht?"

„Gewiss ... ich habe mir nichts dabei gedacht", stimmte Callie ihm erleichtert zu.

„Aber bitte, wenn Sie gestatten, begleite ich Sie nach Hause." Er bot ihr höflich den Arm.

„Ich gehe nicht nach Hause. Ich bin im Begriff, Lady Haughston einen Besuch abzustatten."

Er wirkte etwas verdutzt, verzichtete zu Callies Erleichterung jedoch auf eine Bemerkung über ihr ungewöhnliches Vorhaben, mitten in der Nacht eine Freundin zu besuchen, sondern sagte lediglich: „Dann ist es mir ein Vergnügen, Sie zum Haus von Lady Haughston zu begleiten, wenn Sie mir den Weg zeigen, da ich mich in London nicht sonderlich gut auskenne, wie Sie wohl schon vermutet haben."

„Durchaus nicht. Aber ich nehme an, wir sind uns vor dem heutigen Abend noch nie begegnet." Callie, die mittlerweile ein wenig Vertrauen gefasst hatte, legte ihre Hand in seine Armbeuge, und die beiden setzten ihren Weg fort.

„Seit ich mein Erbe angetreten habe, verbringe ich den Großteil des Jahres auf meinem Landsitz", erklärte er. „Das Anwesen war damals leider in einem bedauernswerten Zustand, deshalb blieb mir wenig Zeit für ..." Achselzuckend ließ er den Satz unbeendet.

„Frivole Vergnügungen?", schlug sie vor.

Er sah sie lächelnd an. „Es liegt mir fern, zu behaupten, ein Leben in London bestehe aus frivolen Vergnügungen."

Callie schmunzelte. „Ich könnte es Ihnen nicht verdenken. Gewisse Vergnügungen können nämlich ziemlich frivol sein."

„Gegen ein bisschen Frivolität hätte ich nichts einzuwenden."

Der Spaziergang an der Seite dieses Mannes hob Callies Stimmung, erfüllte sie mit einem prickelnden Wohlgefühl. Der Plauderei haftete etwas seltsam Aufregendes an, was vermutlich daran lag, dass sie höchst selten mit einem Mann allein war, abgesehen von der Gesellschaft ihres Bruders. Am Arm eines fremden Herrn nachts durch eine stille dunkle Straße zu schlendern, glich einem Abenteuer. Callie hatte nie zuvor etwas getan, was die Menschen ihrer Umgebung schockiert hätte. Und irgendwie konnte sie keinen Anlass finden, etwas Unrechtes in ihrem Tun zu sehen. Keinerlei Schuldgefühle nagten an ihr, stellte sie zu ihrem eigenen Erstaunen fest. Sie fühlte sich lediglich frei und beschwingt.

Sie wusste allerdings auch, dass ihre Stimmung nicht nur auf Abenteuerlust beruhte. Wenn sie ehrlich war, hatte ihr Wohlgefühl eine Menge mit dem Herrn an ihrer Seite zu tun.

Callie warf ihm einen heimlichen Seitenblick zu, registrierte sein markantes Profil, die hohen Wangenknochen, den Anflug von Bartwuchs zu dieser späten Stunde. Sie spürte seine Kraft und Männlichkeit, nicht nur die Muskelkraft seiner breiten Schultern und seines sehnigen Körpers, sondern das männliche Selbstvertrauen, das er ausstrahlte. Während er mit ihr plauderte, wirkte er dennoch wachsam und auf der Hut, als sei er irgendwie sprungbereit. Er schien zu den Menschen zu zählen, an die man sich vertrauensvoll wenden konnte, wenn man Hilfe in der Not brauchte. Andererseits befürchtete Callie auch, dass er kein Mann war, mit dem man sich ungestraft anlegen sollte.

In mancher Hinsicht glich er ihrem Bruder. Weniger weltgewandt als der Duke, strahlte er einen draufgängerischen originellen Charme aus. Und außerdem spürte sie einen ähnlich eisernen Willen in ihm, der auch Sinclair innewohnte, eine Beharrlichkeit, die der verweichlichten Lethargie mancher Vertreter der englischen Aristokratie fehlte.

Als spüre er ihre Gedanken, sah er ihr in die Augen, und sein dunkler Blick traf Callie mit der Wucht eines Blitzschlags.

Scheu schlug sie die Augen nieder, in der Befürchtung, ihr Blick könnte verraten, welch magische Anziehungskraft er auf sie ausübte. Lord Bromwell brachte sie aus der Fassung wie kein Mann vor ihm. Ihre Beklommenheit bewirkte, dass sie nur noch stärker in seinen Bann geriet, statt auf der Hut vor ihm zu sein. Sie hätte gern gewusst, was Sinclair an diesem Mann störte, warum er so feindselig auf ihn reagiert hatte.

„Ich muss mich für die schroffe Art entschuldigen, wie mein Bruder Sie behandelte“, begann sie und warf ihm wieder einen Seitenblick zu.

Bromwell zuckte gleichmütig die Achseln. „Es ist nur normal, wenn ein Bruder um das Wohl seiner Schwester besorgt ist. Er wollte Sie beschützen. Das verstehe ich sehr gut, da ich, wie gesagt, selbst eine Schwester habe.“

„Ich will nur hoffen, Sie übertreiben ihre Beschützerrolle nicht, wie mein Bruder es tut“, entgegnete Callie lächelnd.

Er lachte leise. „Du lieber Himmel! Sie würde mir das Fell über die Ohren ziehen, wenn ich versuchte, ihr Vorschriften zu machen. Sie ist ein paar Jahre älter als ich, und meist sagt sie mir, was ich zu tun habe, statt umgekehrt.“ Das belustigte Funkeln wich aus seinen Augen, in seiner Stimme schwang ein bitterer Unterton, als er fortfuhr: „Allerdings würde ich niemandem raten, ihr zu nahe zu treten.“

„Ich liebe meinen Bruder und meine Großmutter, aber manchmal ist mir ihre Fürsorge ziemlich lästig“, gestand Callie.

„Hat diese lästige Fürsorge Sie bewogen, Lady Haughston einen nächtlichen Besuch abzustatten?“

Callie zögerte, ehe sie ausweichend antwortete: „Ich besuche Lady Haughston, weil ich sie um einen Gefallen bitten möchte.“

Zu ihrer Erleichterung machte ihr Begleiter sie nicht darauf aufmerksam, dass sie seine Frage nicht beantwortet hatte, und verzichtete auch auf eine Bemerkung über die ungewöhnliche Stunde, jemanden um einen Gefallen zu bitten. Mittlerweile sah Callie nämlich schuldbewusst ein, wie töricht es war, Hals über Kopf fortzulaufen, und sie dankte im Stillen ihrem Schicksal, dass ihr Lord Bromwell unterwegs begegnet war und kein Schurke, der Böses im Sinn hatte.

„Sie müssen mich für kindisch und albern halten“, sagte sie errötend. „Ich gebe zu, im Zorn unüberlegt gehandelt zu haben.“

„Nein.“ Er lächelte offen. „Ich halte Sie für jung und schön.“

Das belustigte Funkeln trat wieder in seine Augen. Nach kurzem Schweigen setzte er hinzu: „Aber ich könnte mir denken, dass Sie die Geduld Ihrer Familie gelegentlich auf eine harte Probe stellen.“

Callie lachte. „Damit mögen Sie recht haben.“

Es fiel ihr schwer, den Blick von ihm zu wenden, obgleich ihr bewusst war, dass sie ihn schon zu lange ansah. Ihre Kehle war trocken, ihr Kopf schien leer zu sein. Sie wusste nicht, was sie noch sagen sollte, und kam sich vor wie ein junges Mädchen bei der ersten Tanzstunde.

„Wie ich sehe, tragen Sie Ihren Federhut nicht mehr“, sagte sie schließlich und stöhnte innerlich über ihre geistlose Bemerkung.

„Nein, ich habe ihn im Ballsaal zurückgelassen. Ich wollte nicht albern wirken, mich damit auf der Straße blicken zu lassen.“

„Albern? Nicht doch! Ich fand Ihren Hut ausgesprochen verwegen“, widersprach sie belustigt.

Das Gespräch hatte wieder einen heiteren Ton angenommen, und Callies Herz klopfte schneller, als sie mit ihm kokettierte wie vor wenigen Stunden auf der Terrasse. Er ging unbeschwert darauf ein, seine Augen leuchteten warm und herzlich.

„Sie haben Ihr Kostüm auch noch nicht abgelegt.“ Er schob ihr die Kapuze mit zwei Fingern nach hinten, bis die Tudorhaube darunter zum Vorschein kam. „Das freut mich. Die Haube kleidet Sie ganz bezaubernd.“

Callie bemerkte, dass sie dicht voreinander stehen geblieben waren. Seine Finger lagen noch immer am Saum ihrer Kapuze.

„Allerdings freue ich mich, dass Sie die Maske abgelegt haben“, fuhr er fort, und seine Stimme klang ein wenig belegt. „Ihr Gesicht ist zu schön, um es zu verbergen.“

Seine Fingerkuppen strichen ihre Wange entlang, und Callie stockte der Atem. Sie dachte, er würde sie wieder küssen, und ihr Herzschlag begann zu rasen. Sie dachte an die Hitze, die zwischen ihnen aufgeflammt war, an den Druck seiner Lippen auf den ihren, samtweich und zärtlich, und gleichzeitig verführerisch fordernd.

Doch dann ließ er die Hand sinken und setzte sich wieder in Bewegung. Callie schritt mit zittrigen Knien voran und fragte sich, was er empfunden hatte, ob auch ihn eine Woge des Verlangens durchspült hatte, oder ob nur sie diese Aufwallung verspürt hatte.

Nach einer Weile erreichten sie das elegante Stadthaus, in dem Francesca wohnte. Callie zwang sich zu einem Lächeln und blieb an den Steinstufen vor dem Portal stehen.

„Wir sind da", erklärte sie und hielt ihm höflich die Hand entgegen. „Danke für Ihre Begleitung. Hoffentlich habe ich Sie nicht zu lange aufgehalten."

„Es war mir ein Vergnügen", versicherte er und nahm ihre Hand. Doch statt sich darüberzubeugen, hielt er sie nur und suchte Callies Blick. „Aber Sie müssen mir versprechen, dass Sie sich nicht wieder in ein gefährliches Abenteuer stürzen. Lassen Sie mich wissen, ehe Sie den nächsten mitternächtlichen Spaziergang planen. Ich biete Ihnen jederzeit meinen Begleitschutz an. Das ist ein Versprechen."

„Und ich verspreche, in Zukunft vorsichtiger zu sein, und werde Ihren Schutz nicht benötigen."

„Sind Sie ganz sicher?" Er zog ironisch eine Braue hoch. Und plötzlich schlang er den Arm um sie, zog sie an sich und küsste sie.

Bromwells Kuss drohte sie zu überwältigen, wie beim ersten Mal, nur noch atemberaubender. Seine Zähne stießen hart gegen ihren Mund, als seine Zunge sich zwischen ihre Lippen drängte. Callie schmeckte süßen Port und sündiges Verlangen; willenlos schmiegte sie sich an ihn, schlang den Arm um seinen Nacken und erwiderte seinen Kuss.

Er ließ die Hand über ihren Rücken bis zu den Rundungen ihrer Hüften gleiten, grub die Finger durch die Stofffülle in ihr pralles Fleisch, hob sie ein wenig hoch und presste sie an seine Lenden. Callie spürte den harten Wulst seiner Erregung an ihrem weichen Fleisch, erschrocken und fasziniert zugleich; feuchte Hitze pulsierte zwischen ihren Schenkeln.

Ein spitzer Laut entfuhr ihr, den er mit einem tiefen Brummen beantwortete, bevor er den Kopf hob und sie mit glühenden Augen lange ansah; in seine angespannten Gesichtszüge mischte sich ein Hauch von Verwunderung.

„Du liebe Güte", raunte er. „Ich fürchte, ich habe mich geirrt. Sie sind es, die mir gefährlich werden könnte." Er atmete stockend, löste die Arme von ihr und trat einen Schritt zurück. „Leben Sie wohl, Mylady." Er trat einen weiteren Schritt zurück und lächelte. „Wir sehen uns wieder. Auch das ist ein Versprechen."

Damit machte er kehrt und entfernte sich. Allerdings bemerkte Callie, dass er im Schatten eines Baumes stehen blieb und sich umdrehte, um sich zu vergewissern, dass ihr geöffnet wurde. Offenbar auf ihren Ruf bedacht, wollte er sich nicht mit ihr am Portal zeigen. Mit einem stillen Lächeln stieg Callie die Steinstufen hinauf, holte tief Atem, um ihr klopfendes Herz zu beruhigen, und bediente den Türklopfer.

Im Haus blieb es still, und erst jetzt kam ihr der Gedanke, Francesca könne sich noch immer auf Lady Odelias Ball vergnügen oder alle Bewohner bereits im Tiefschlaf liegen. Bangen Herzens klopfte sie erneut, irgendwer musste sie hören. Der Butler würde Callie erkennen und sie einlassen, mochte ihm ihr nächtlicher Besuch noch so befremdlich erscheinen.

Zu ihrer großen Erleichterung wurde die Haustür nach einer Weile von einem verschlafenen und zerzausten Diener einen Spalt geöffnet. Beim Anblick der jungen Frau zog er die Brauen überrascht hoch und öffnete die Tür noch einen Spalt.

„Miss?", fragte er verwirrt.

„Ich bin Lady Calandra Lilles", gab Callie sich zu erkennen und bemühte sich um ein würdevolles Auftreten.

Der Diener machte ein skeptisches Gesicht, doch dann tauchte Francescas Butler in Schlafmütze und Morgenrock hinter ihm auf. „Mylady!", rief er erschrocken, dann wies er den Diener barsch zurecht. „Machen Sie die Tür frei, Cooper, und bitten Sie Ihre Ladyschaft herein."

„Ich bitte vielmals um Entschuldigung, Fenton, Sie zu dieser späten Stunde aus dem Bett zu holen", stammelte Callie verlegen beim Betreten der Halle.

„Nicht der Rede wert, Mylady", antwortete Fenton beflissen. „Sie sind uns stets willkommen. Cooper führt Sie in den gelben Salon, während ich Lady Haughston Ihren Besuch melde."

Nach einer förmlichen Verneigung eilte der Butler die Treppe hinauf. Callie folgte dem Diener den Flur entlang in ein kleines Kabinett, in dem Francesca sich gern aufhielt, wie Callie wusste. Die Fenster nach Osten wiesen auf einen Garten und ließen die Morgensonne ein. Das lauschige Zimmer war noch warm, obwohl das Feuer im Kamin schon gelöscht war.

Callie wärmte sich die Hände an der schwelenden Glut. Es dauerte nicht lange, bis Francesca erschien und im Gehen den Gürtel ihres seidenen Hausmantels band. Langes blondes Haar wallte ihr lockig über den Rücken, ihr fein geschnittenes schönes Gesicht war sorgenvoll umwölkt.

„Callie? Was ist geschehen?", fragte sie und eilte ihr mit ausgestreckten Händen entgegen. „Ist etwas passiert?"

„Nein, nein!", antwortete Callie verlegen. „Es tut mir schrecklich leid … ich war unbedacht. Ich wollte dir keinen Schrecken einjagen. Es ist alles in bester Ordnung."

Francescas Gesichtszüge entspannten sich. „Gottlob! Ich dachte schon … nun ja, ich weiß gar nicht, was ich dachte." Ein rosiger Hauch überflog ihre Wangen, dann lachte sie verlegen. „Tut mir leid. Du musst mich für töricht halten."

„Gott bewahre", beeilte Callie sich, ihr zu versichern. „Ich bin doch diejenige, die sich töricht verhält. Ich hätte dich nicht zu dieser späten Stunde aufsuchen dürfen. Selbstverständlich musstest du befürchten, es sei ein Unglück geschehen. Entschuldige bitte vielmals, dass ich dir einen Schreck eingejagt habe."

Francesca tat ihre Entschuldigung mit einer vagen Geste ab.

„Komm, setzen wir uns. Möchtest du eine Tasse Tee?“

„Nein, ich habe deinen Haushalt schon genug durcheinandergebracht“, lehnte Callie dankend ab. „Mir geht es gut.“

Sie setzte sich auf die Kante eines Stuhles, während Francesca auf einem kleinen Sofa Platz nahm und sie mit besorgter Miene musterte.

„Stimmt das auch?“, fragte Francesca argwöhnisch. „Du sagst zwar, es handelt sich nicht um einen Notfall, aber …“ Sie ließ den Blick unstet durchs Zimmer schweifen. „Bist du etwa ohne Begleitung?“

Callie nickte. „Ja. Ich weiß, das war leichtsinnig von mir, aber ich … ich konnte einfach keine Minute länger mehr in diesem Haus bleiben!“

Francesca stutzte. „Sprichst du von Lilles House?“

Callie nickte erneut. „Entschuldige bitte, dass ich mitten in der Nacht bei dir hereinplatze. Du wirst mich zur Hölle schicken, aber ich wusste einfach nicht, wohin ich mich wenden soll.“

„Aber du kannst jederzeit zu mir kommen“, versicherte Francesca und nahm sie bei der Hand. „Und mach dir keine Sorgen wegen der nächtlichen Stunde. Ich lag noch wach und habe gelesen. Im Übrigen gibt es nichts, was Fenton mehr liebt als ein wenig Aufregung. Ich würde mich nicht wundern, wenn er uns in ein paar Minuten Tee und Kekse bringt.“

„Du bist zu gütig.“ Callie lächelte dankbar und fügte ein wenig scheu hinzu: „Weißt du, für mich warst du schon immer so etwas wie eine Schwester.“

Francesca drückte ihr liebevoll die Hand. „Danke, meine Liebe. Ich bin gerührt, denn mir ergeht es nicht anders.“

„Es gab eine Zeit“, fuhr Callie wehmütig fort, „da dachte ich, dass du tatsächlich meine Schwägerin wirst. Ich weiß auch nicht genau warum, aber eine Weile war ich fest davon überzeugt – bis Sinclair mich aufklärte. Ich war damals noch ein Kind.“

Die Freundinnen hingen schweigend ihren Erinnerungen nach. Nach einer Weile besann Callie sich auf den Grund ihres

Besuches. Francesca wartete höflich auf eine Erklärung.

„Es ist wie verhext", seufzte Callie. „Jetzt, da ich hier bin, weiß ich nicht recht, wo ich anfangen soll." Nach einer kurzen Pause setzte sie tapfer wieder an. „Kurzum, Sinclair und ich hatten heute Abend noch einen furchtbaren Streit."

Francesca bekam große Augen. „Du und Rochford? Wieso? Was ist geschehen? Ich dachte immer, ihr beide seid ein Herz und eine Seele und versteht euch blendend."

„Das tun wir auch ... normalerweise", gestand Callie. „Aber heute Abend ..." Es widerstrebte ihr, über familiäre Zwistigkeiten zu reden, selbst wenn es sich um eine langjährige Freundin handelte.

„Du musst es mir nicht sagen, wenn du nicht willst", beteuerte Francesca verständnisvoll. „Wir können über etwas anderes reden ... über Lady Odelias Ball, beispielsweise. Es war ein gelungenes Fest, findest du nicht auch?"

„Ja, gewiss." Callie schmunzelte. „Und du warst wie immer eine vollendete Gastgeberin. Aber ich muss es dir einfach sagen. Ich muss darüber sprechen, und ich ... ich glaube, du kannst mir helfen, wenn du dazu bereit bist."

„Aber natürlich", antwortete Francesca, deren Neugier nun endgültig geweckt war. „Nun sprich, rede dir deinen Kummer von der Seele. Und bemühe dich bitte nicht, irgendetwas zu beschönigen. Immerhin kenne ich deinen Bruder länger als dich und könnte schwören, dass nichts, was du mir über ihn erzählst, mich erschüttern könnte."

„Oh, daran ist nichts Erschütterndes", beschwichtigte Callie sie eifrig. „Es ist eigentlich nichts Besonderes. Es ist nur ... so kenne ich Sinclair gar nicht. So selbstherrlich und anmaßend."

„Aha."

„Jedenfalls hat er sich mir gegenüber noch nie von dieser Seite gezeigt", fuhr Callie fort. „Er war ausgesprochen unhöflich zu einem Gentleman, mit dem ich tanzte, ein Herr, von dem selbst Großmutter sagte, er sei ein völlig akzeptabler Verehrer. Und mich behandelte Sinclair ... wie ... wie ein unmündiges

Kind!“ Hitze stieg ihr in die Wangen, ihre Stimme wurde lauter vor Zorn und Scham über die erlittene Kränkung. „Ich weiß, ich hätte mich nicht mit dem Earl auf der Terrasse aufhalten dürfen, aber das war nicht seine Schuld. Im Gegenteil, er eilte mir zu Hilfe und rettete mich vor den Zudringlichkeiten eines anderen. Aber Rochford gab mir nicht einmal Gelegenheit, die Zusammenhänge zu erklären. Er schickte mich kurzerhand weg wie ein unartiges Kind, das ohne Abendessen zu Bett muss. Es war eine unverzeihliche Kränkung.“

„Das kann ich verstehen“, erklärte Francesca mitfühlend. „Aber Rochford wird das gewiss einsehen, wenn er sich erst einmal beruhigt hat …“

„Oh bitte, ergreife du nicht auch noch seine Partei!“, rief Callie erbost.

„Nein, Liebes, natürlich nicht. Er hat sich abscheulich benommen. Dazu neigen Männer ziemlich häufig, habe ich leider festgestellt. Aber wenn er darüber nachdenkt, wird er gewiss bedauern, voreilig und jähzornig gehandelt zu haben.“

„Das wage ich zu bezweifeln“, widersprach Callie bitter. „Ich versuchte, zu Hause mit ihm darüber zu reden. Aber er weigerte sich strikt, mir eine Erklärung zu geben. Er erklärte nur barsch, er habe in meinem besten Interesse gehandelt … und damit habe ich mich zufriedenzugeben!“

„Hmm. Wie unerfreulich“, bestätigte Francesca.

„Zu allem Überfluss mischte sich Großmutter ein und behauptete, er sei völlig im Recht, und ich hätte mich seinen Anweisungen zu fügen. Und dann sagte sie auch noch, solange ich nicht verheiratet bin, sei er mein Vormund und trage die Verantwortung für mich. Damit stehe ich natürlich auch unter ihrer Fuchtel, das versteht sich von selbst.“

Francesca nickte verständnisvoll, da sie die Dowager Duchess zur Genüge kannte. „Kein Wunder, dass du darüber erzürnt bist.“

Callie atmete erleichtert auf. „Ich wusste, dass du Verständnis für meine Situation hast!“

„Nun ja, niemand will sich von der eigenen Familie Vorschriften machen lassen."

Nachdem sie ihr Herz ausgeschüttet hatte und Francesca ihr Verständnis entgegenbrachte, kam Callie sich beinahe ein wenig kindisch vor. Mit einem verlegenen Lächeln fuhr sie fort: „Eigentlich dürfte ich dich nicht mit meinen Kümmernissen behelligen. Aber ich … ich bin es einfach leid, mich nach den Anordnungen anderer zu richten. Großmutter geht mir schon den ganzen Winter mit ihrem Gerede, ich müsse endlich heiraten, auf die Nerven. Und Tante Odelia sagte mir heute Abend, dass ich bald keinen Mann mehr finde und demnächst als Mauerblümchen ende!"

Francesca verzog das Gesicht. „Lass dich von Lady Pencully nicht ins Bockshorn jagen und zu etwas zwingen, was dir nicht behagt. Ich weiß, das ist leichter gesagt als getan, da ich Lady Odelia ehrlich gestanden fürchte wie der Teufel das Weihwasser. Deshalb gehe ich ihr möglichst aus dem Weg."

„Sie ist ja auch nicht deine Großtante. Eigentlich habe ich sie ganz gern, wenigstens geht sie mir nicht auf die Nerven mit ständigen Ermahnungen, ich hätte meine Pflicht zu tun und dürfe die Familie nicht enttäuschen. Und ich soll mich davor hüten, etwas zu tun, was ein schlechtes Licht auf den Duke und unsere Familie werfen könnte."

„Ja, die Familie kann eine große Last sein", stimmte Francesca ihr von ganzem Herzen zu. „Meine Mutter drängte mich bereits in meiner ersten Saison dazu, eine gute Partie zu machen."

„Und was hast du getan?", fragte Callie neugierig.

„Ich habe sie enttäuscht", antwortete Francesca achselzuckend. „Und das war nicht das erste und nicht das letzte Mal, fürchte ich."

„Ich habe es gründlich satt, ständig anderen Leuten gefallen zu müssen."

„Vielleicht bist du nur bestrebt, es zu vielen Menschen recht machen zu wollen", meinte Francesca nachdenklich. „Vielleicht sollltest du anfangen, an dich selbst zu denken."

„Das ist genau der Grund, warum ich deinen Rat brauche!", rief Callie eifrig. „Du bist der einzige Mensch, der mir helfen kann."

„Wieso kommst du auf die Idee?", fragte Francesca verdutzt. „Ich will dir gerne helfen, wenn ich kann, fürchte aber, weder Rochford noch die Duchess geben viel auf meine Meinung."

„Versteh mich nicht falsch, ich erwarte nicht, dass du mit ihnen sprichst. Ich bitte dich nur, mir zu helfen, einen Ehemann zu finden."

5. KAPITEL

Francesca blinzelte Callie verständnislos an. „Wie bitte?"

„Ich bin fest entschlossen zu heiraten und höre von allen Seiten, dass man sich an dich wenden soll, wenn man einen Ehemann sucht."

„Aber, Callie …" Francesca war völlig verwirrt. „Ich dachte, du regst dich darüber auf, dass deine Großmutter und Lady Odelia dich zur Heirat drängen. Willst du denn schon wieder nach deren Pfeife tanzen?"

„Nein, ganz im Gegenteil. Ehrlich, so ist es nicht", erklärte Callie mit großem Ernst. „Ich bin ja beileibe nicht strikt gegen eine Ehe. Ich bin keine dieser Blaustrümpfe, die ein einsames Leben mit Büchern und hochgeistigen Gesprächen einem Eheleben vorziehen. Ich bin auch kein Freigeist wie Irene und scheue mich auch nicht, mich für ein ganzes Leben an einen Mann zu binden. Ich will heiraten. Ich wünsche mir einen Ehemann und Kinder und ein eigenes Haus. Verstehst du, was ich meine? Ich will nicht den Rest meines Lebens als Rochfords Schwester verbringen oder als Enkeltochter der Dowager Duchess. Ich wünsche mir ein eigenes Leben. Und diesen Wunsch kann ich mir nur erfüllen, wenn ich heirate."

„Aber es steht dir doch frei, ein eigenständiges Leben zu führen … du bist volljährig und verfügst über ein beträchtliches Vermögen."

„Schlägst du vor, dass ich ein eigenes Haus beziehe?", fragte Callie spitz. „Damit alle Welt hinter meinem Rücken tuschelt, was wohl zum Zerwürfnis mit Rochford geführt haben mag? Und meine Großmutter mir die Ohren volljammert wegen meiner Undankbarkeit und Pflichtvergessenheit? Ich habe nicht die Absicht, mit meiner Familie zu brechen. Ich will lediglich ein eigenes Leben führen. Ich will frei sein von Vorschriften und Maßregelungen, an die ich auch mit einem eigenen Hausstand gebunden wäre. Ich wäre gezwungen, eine ältere Gesellschafterin in meine Dienste zu nehmen, vorzugsweise eine Witwe, die bei mir wohnt. Ich wäre nach wie vor eine unverheiratete junge Frau, die ohne Begleitung nichts unternehmen könnte. Du weißt doch, wie das ist, Francesca. Ein weibliches Wesen gewinnt erst als verheiratete Frau ein gewisses Maß an Freiheit. Stell dir vor, ich wünsche mir sehnlichst ein grünes Ballkleid oder eine königsblaue Robe. Irgendeine leuchtende Farbe. Diese ewigen langweiligen Weiß- und Cremetöne habe ich gründlich satt!"

Francesca begann zu lachen. „Das Gefühl kenne ich. Aber du kannst doch nicht heiraten, nur weil du den Wunsch hast, ein grünes oder blaues Ballkleid zu tragen."

„Manchmal finde ich den Gedanken sehr verlockend, muss ich gestehen", entgegnete Callie seufzend. „Aber das ist es natürlich nicht allein. Ich sehne mich danach, verheiratet zu sein. Zuweilen komme ich mir so überflüssig vor, so nutzlos. Ich warte nur darauf, dass mein Leben endlich beginnt. Aber ich will nicht länger warten!"

Francesca war wieder ernst geworden. „Aber meine Liebe, du hast doch eine Menge Verehrer. Du musst nur mit dem Finger schnippen, und die Herren rennen dir das Haus ein und bitten Rochford um deine Hand."

„An Verehrern mangelt es mir nicht", gestand Callie. „Bedauerlicherweise handelt es sich allzu oft um Glücksritter, die es auf mein Vermögen abgesehen haben. Es gibt vermutlich auch andere, die sich scheuen, mir einen Antrag zu machen, weil sie fürchten, als Opportunisten zu gelten, oder die denken, ich würde sie nicht in Betracht ziehen, weil sie weniger vermögend sind oder keine ellenlange Ahnenreihe vorzuweisen haben. Viele Menschen halten mich, ohne mich zu kennen, für hochnäsig und arrogant. Aber das bin ich doch nicht, wie du weißt."

„Nein, das bist du weiß Gott nicht."

„Und wieder andere werden von Rochford verscheucht. Dagegen habe ich nichts einzuwenden, wenn es sich um Männer handelt, die ich nicht ausstehen kann. Aber Sinclair schreckt jeden ab und schüchtert auch sympathische Männer ein, bis sie die Flucht ergreifen."

„Zugegeben, der Duke ist gelegentlich abweisend und schroff", bestätigte Francesca trocken.

„Pah! Sehr milde ausgedrückt. Und wenn ich ihn deshalb zur Rede stelle, setzt er seine Aristokratenmiene auf ...", Callie schürzte die Lippen und verzog das Gesicht zu einer hochnäsigen Grimasse, „... und erklärt mir, er handle lediglich in meinem Interesse."

Francesca lachte. „Oh ja, dieses Gesicht kenne ich nur zu gut. Diese Miene setzt er jedes Mal auf, wenn er keine lästigen Fragen beantworten will."

„Richtig."

„Hast du ... vielleicht ... einen bestimmten Verehrer im Auge?", fragte Francesca behutsam.

„Nein, nein", beeilte Callie sich zu antworten, wobei ihr ungebeten der Name Bromwell durch den Sinn schoss. Könnte sie sich ihn als Ehemann vorstellen?

Der Mann strahlte etwas Faszinierendes aus, etwas, das anziehender war als sein gutes Aussehen und sein gewinnendes Lächeln. Bereits bei der ersten Begegnung mit ihm hatte sie eine Veränderung in sich wahrgenommen – sie hatte sich glücklicher, sprühender gefühlt; ihr war, als leuchte sie von innen. Aber es war völlig absurd, an eine Heirat mit ihm zu denken. Zum einen kannte sie ihn kaum, und außerdem hatte ihr Bruder eine eindeutige Abneigung gegen ihn.

Callie schüttelte heftig den Kopf.

Francesca warf ihr einen argwöhnischen Blick zu, sagte aber nichts. Als Callie gleichfalls schwieg, ergriff Francesca wieder das Wort. „Meinst du nicht, du solltest noch eine Weile warten? Immerhin bist du noch längst nicht über das heiratsfähige Alter hinaus. Nimm dir ein Beispiel an Irene und Constance; beide waren bei ihrer Hochzeit älter als fünfundzwanzig, und du bist gerade mal dreiundzwanzig geworden. Ich rate dir, nichts zu überstürzen. Der richtige Mann wird dir noch begegnen."

Callie schmunzelte verschmitzt. „Du meinst, ich könnte mich doch noch verlieben … bis über beide Ohren in einen gut aussehenden Fremden?“ Schon wieder flogen ihre Gedanken unabsichtlich zu dem Fremden, den sie heute Nacht kennengelernt hatte, aber sie verdrängte sie hastig. In diesem Gespräch geht es nicht um ihn, schalt sie sich. *Nicht im Geringsten.*

Wieder schüttelte sie den Kopf. „Früher habe ich mir das gewünscht. Als ich siebzehn oder achtzehn war, vor meiner ersten Saison.“ Sie zuckte die Achseln. „Aber diese Träume sind ausgeträumt. Seit ich in den Kreisen des *ton* verkehre, ist mir klar, wie unwahrscheinlich so etwas ist. Ich habe viele Herren kennengelernt, aber kein einziger ließ mein Herz höherschlagen. Zugegeben, für den einen oder anderen schwärmte ich eine Weile, kokettierte und tanzte mit ihm, fühlte mich von seinen Komplimenten geschmeichelt, und ein paar Wochen glaubte ich sogar, dieser oder jener sei der Richtige für mich. Aber nach einer Weile stellte ich an jedem Mann Wesenszüge fest, die mir missfielen. Und es dauerte nicht lange, bis ich mich erstaunt fragte, was ich eigentlich an ihm gefunden hatte.“

Mit leiser Wehmut in der Stimme fuhr sie fort: „Ich fürchte, unserer Familie ist es nicht gegeben, sich leicht zu verlieben. Schau dir nur Rochford an. Seit Jahren hat ihn jede Mutter im Visier, die einen Bräutigam für ihre Tochter sucht, und er hat sich noch nie verliebt.“

„Nein. Vielleicht hast du recht“, murmelte Francesca versonnen.

„Und kannst du dir die Duchess vorstellen, sich je solcher Gefühlsaufwallungen hingegeben zu haben? Ich wette, sie hat Großvater nur geheiratet, weil sie sich von dieser Verbindung die größten Vorteile versprach.“

Francesca schmunzelte. „Es fällt mir tatsächlich schwer, mir die Duchess im Liebestaumel vorzustellen.“

„Manchmal frage ich mich, ob unserer Familie etwas fehlt. Aber vielleicht ist das Leben für Menschen wie Sinclair und mich dadurch auch leichter. Meine Mutter war meinem Vater in inniger Liebe zugetan, und sie trauerte um ihn bis zur Stunde ihres Todes. Ich glaube, sie sehnte sich sogar danach, zu sterben, um im Jenseits wieder mit ihm vereint zu sein. Ich habe sie nur als traurige melancholische Frau in Erinnerung, die wie ein Gespenst durchs Leben ging, als habe man ihr die Seele geraubt." Callie wiegte sinnend den Kopf. „Ich glaube wirklich, es lebt sich leichter, wenn man sein Herz nicht an einen anderen verliert."

„Mag sein", meinte Francesca gedehnt. „Andererseits … wenn ich mir Constance und Dominic ansehe …"

Ein warmes Lächeln erhellte Callies Gesichtszüge. „Sie sind so glühend ineinander verliebt, dass man meint, die Sonne geht auf, wenn sie einen Raum betreten. Das stelle ich mir ungeheuer aufregend vor."

Francesca blickte ins Leere. „Das muss es wohl sein."

„Warst du auch einmal unsterblich verliebt?", fragte Callie mit leiser Wehmut.

„Ich glaubte es zu sein", antwortete Francesca knapp.

Callie errötete. „Oh, verzeih! Ich wollte nicht … wie gedankenlos von mir. Ich vergaß, dass du ja verheiratet warst."

„Mmm. Je mehr Zeit vergeht, desto öfter vergesse ich das", erklärte Francesca.

Etwas im Gesichtsausdruck der Freundin ließ Callie vermuten, dass sie selten an ihre Ehe dachte, diese Zeit vielleicht sogar völlig verdrängen wollte.

„Verzeih." Callie griff in spontaner Herzlichkeit nach Francescas Hand.

Sie hatte Lord Haughston nur flüchtig gekannt, da er im Jahr von Callies Debüt verstorben war. Er hatte Francesca nur selten begleitet, wenn sie ihre Familie in Redfields besuchte. Aber Callie hatte ohne rationalen Grund den Eindruck, dass Francescas Bruder Leighton den Mann nicht leiden konnte. Und einmal hatte sie gehört, wie ihre Großmutter eine Bemerkung machte, nach der Francesca vermutlich den Tag verwünschte, an dem sie Lord Haughston begegnet war.

„Sei unbesorgt“, tröstete Francesca die Freundin und tätschelte ihre Hand. „Im Übrigen reden wir nicht über mich, sondern über dich.“

Callie lehnte sich zurück und seufzte. „Also gut. Willst du mir helfen?“

„Natürlich will ich das, daran darfst du nicht zweifeln. Aber ich weiß eigentlich nicht, was ich tun könnte, worauf deine Großmutter sich nicht ebenso gut oder noch besser versteht. Die Dowager Duchess hat die besten Beziehungen und kennt Gott und die Welt im *ton*. Und du brauchst gewiss keine Unterstützung in Fragen des modischen Geschmacks und schon gar keine Nachhilfe in charmanter Ausstrahlung.“

„Wie lieb von dir, das zu sagen. Aber meine Großmutter hat mir versichert, dass du ein goldenes Händchen als Ehestifterin hast. Denk doch nur an die letzten Monate. In der Sommersaison ist es dir gelungen, zwei Paare zusammenzuführen – und beide sind überglücklich.“

„Constance und Irene haben die Liebe ihres Lebens gefunden, aber das hat doch mehr mit ihnen und ihren Ehegatten zu tun als mit mir.“ Francesca lachte hell. „Immerhin hatte ich Constance einem anderen Mann zugedacht.“

„Ich fürchte, du stellst dein Licht unter den Scheffel und verkennst deine wichtige Rolle“, entgegnete Callie. „Ich bin mir sehr wohl bewusst, dass du in allen Bereichen der Etikette die Expertin schlechthin bist. Und ich bin fest davon überzeugt, dass es niemanden gibt, der mir hilfreicher zur Seite stehen könnte als du. Meine Großmutter kennt alle heiratsfähigen Männer, gewiss, und sie bemüht sich, mir jeden einzelnen vorzustellen. Aber ihre Ansichten decken sich nicht im Geringsten mit den meinen. Für sie zählt nur Reichtum, Familienhintergrund und Adelstitel, ohne Aussehen, Charakter oder Temperament in Betracht zu ziehen. Ich bezweifle, dass sie einen Gedanken daran verschwendet, ob ein Ehekandidat auch Humor besitzt. Aber du kennst alle Herren persönlich, nicht nur den Rang, den sie in der Gesellschaft einnehmen. Du wusstest zum

Beispiel genau, wie gut Gideon und Irene zusammenpassen – lange bevor die beiden es selber wussten."

„Nun ja, zumindest weigerte ich mich nicht, es *nicht* zu sehen, wie Irene sich versteift bemühte", entgegnete Francesca.

„Dann verstehst du also, was ich sagen will, nicht wahr?"

Francesca nickte. „Ja. Du willst einen Ehemann finden, der deinen Wünschen entspricht und nicht den Vorstellungen deiner Großmutter."

„Genau. Weder den Vorstellungen meiner Großmutter oder meines Bruders noch denen der Londoner Gesellschaft. Er muss mir gefallen."

„Hoffentlich setzt du keine allzu großen Hoffnungen in meine Fähigkeiten", warnte Francesca. „Aber ich werde dir selbstverständlich helfen, so gut ich kann."

„Gut." Callie lächelte zufrieden. „Ich freue mich, dass du das sagst." Und dann druckste sie herum: „Ich … ich habe nämlich noch eine … sogar größere … Bitte an dich."

Francesca zog fragend die Brauen hoch. „Nur heraus mit der Sprache. Was ist es?"

„Es klingt unverschämt, ich weiß, aber ich … es wäre wahnsinnig nett, wenn wir unsere Suche bald beginnen könnten. Und ich möchte … das heißt, wärst du so lieb und … gestattest mir … darf ich bei dir wohnen?" Auf Callies Wangen hatten sich zwei rote Flecken gebildet, und bevor Francesca etwas sagen konnte, fuhr sie hastig fort: „Sinclair will wieder aufs Land, sobald er seine Geschäfte in London erledigt hat. Und ohne Anstandsdame darf ich natürlich nicht in Lilles House wohnen. Ich könnte zwar meine Großmutter dazu überreden, in London zu bleiben, aber … das will ich ehrlich gestanden vermeiden. Ich bin es leid, dass sie mir ständig über die Schulter schaut, mich auf Schritt und Tritt verfolgt und mir diesen oder jenen Heiratskandidaten ans Herz legt. Genauso wenig will ich mich auf Marcastle vergraben und mir ihre endlosen Vorträge über Pflichtbewusstsein und Verantwortung anhören."

„Dafür habe ich vollstes Verständnis", stimmte Francesca ihr zu. „Du kannst gerne bei mir wohnen! Wir werden großen Spaß haben, Pläne für unser Vorhaben schmieden und nach Herzenslust einkaufen. Wir machen eine Liste aller infrage kommenden Kandidaten. Es bleibt uns genügend Zeit, um zu Beginn der Saison gut vorbereitet zu sein. Aber wird Rochford damit einverstanden sein?"

„Wieso sollte er nicht?" Callie machte ein erstauntes Gesicht. „Sinclair ist momentan nicht gut auf mich zu sprechen, aber ich glaube kaum, dass er so weit gehen würde, mir einen Aufenthalt bei dir zu verbieten. Ich bin sicher, er schätzt dich als meine Gesellschafterin. Und was könnte meine Großmutter dagegen einzuwenden haben, nachdem sie kürzlich ein Loblied auf dich gesungen hat?"

„Gut! Ich werde der Dowager Duchess gleich morgen meine Aufwartung machen und meine Einladung bestätigen."

„Vielen Dank!", rief Callie begeistert. „Du bist wunderbar."

„Unsinn. Ich freue mich, dich bei mir zu haben! Die Zeit vor Beginn der Saison ist ziemlich eintönig, und du bringst Abwechslung und Freude in mein Leben. Außerdem haben wir ein Projekt vorzubereiten!" Francesca lächelte versonnen. Und dann erhob sie sich und sagte mit Bestimmtheit: „Aber jetzt ist es höchste Zeit, zu Bett zu gehen. Wir brauchen ein paar Stunden Schlaf. Willst du über Nacht bleiben? Ich lasse der Duchess eine Botschaft zukommen, dass du die Nacht bei mir verbringst und wohlauf bist."

„Ich habe eine kurze Nachricht für Sinclair auf meinem Kopfkissen hinterlassen, damit er sich keine Sorgen macht, wenn er morgen feststellt, dass ich das Haus verlassen habe." Callie lächelte schuldbewusst. „Aber die beiden werden sich trotzdem Sorgen machen. Ich hätte nicht so überstürzt aus dem Haus laufen dürfen. Aber mir war, als müsse ich jeden Moment platzen, würde ich noch eine Minute länger bleiben."

„Ich kann nachempfinden, wie dir zumute war", versicherte Francesca. „Und es war aufmerksam von dir, eine Nachricht zu hinterlassen. Ich schreibe noch rasch ein paar Zeilen und lasse deine Familie wissen, dass du wohlbehalten bei mir angekommen bist."

„Ich danke dir", wiederholte Callie, und dann lächelte sie spitzbübisch. „Allerdings musst du damit rechnen, dass mein Bruder dir morgen zu ungewöhnlich früher Stunde einen Besuch abstattet."

Francesca war keineswegs erstaunt, dass Callies Vorhersage eintraf. Ihre Zofe weckte sie am Morgen mit der Meldung, der Duke wünsche sie zu sprechen.

„Und er macht ein finsteres Gesicht, dass einem angst und bang werden kann", fügte Maisie hinzu. „Fenton wagte nicht, ihn abzuweisen und führte ihn in den großen Salon. Wenn Sie mir die Bemerkung gestatten, Mylady, sollten Sie sich mit Ihrer Morgentoilette beeilen, sonst stürmt er noch die Treppe herauf und tritt Ihre Tür ein."

„Sei unbesorgt", beschwichtigte Francesca sie. „Der Duke würde sich niemals zu einem derart ungehobelten Benehmen hinreißen lassen. Selbst wenn das Haus in Flammen stünde, würde er zu Fenton sagen: ‚Bitte benachrichtigen Sie Ihre Ladyschaft, im Erdgeschoss gibt es ein kleines Problem mit einem Feuer.'"

Kichernd holte Maisie ein schlichtes Hauskleid aus dem Schrank und zeigte es ihrer Herrin. „Wenn Sie meinen, Mylady. Aber ich habe Sie gewarnt. Er sieht sehr wütend aus."

Francesca seufzte beklommen. Sie fürchtete, Rochford würde seine Zustimmung verweigern, Callie wenigstens bis Saisonbeginn bei ihr wohnen zu lassen. Im Gegensatz zu Callie hatte sie keineswegs den Eindruck, dass Rochford in ihr eine passende Gesellschafterin für seine jüngere Schwester sah. Sie war vielmehr der Meinung, Rochford, der das Leben ohnehin von der ernsthaften Seite sah, halte sie für frivol und leichtlebig, auch wenn Callie ihn anders einschätzte.

Francesca nahm sich Maisies Rat zu Herzen, beeilte sich mit ihrer Morgentoilette und wartete ungeduldig, bis Maisie ihr das Haar zu einem schlichten Knoten im Nacken gebunden hatte.

Normalerweise verwendete Francesca wesentlich mehr Sorgfalt auf ihre äußere Erscheinung, wenn sie Besucher empfing, zumal in Rochfords Fall, aber die Situation erforderte Eile.

Als sie den Salon betrat, stand der Duke am Fenster, den Blick auf die Straße gerichtet, die Hände auf dem Rücken verschränkt. Im dunkelblauen Gehrock und rehbraunen Hosen war er wie üblich tadellos gekleidet, die Weston-Stiefel auf Hochglanz poliert, die Krawatte kunstvoll geschlungen, das schwarze, kurz geschnittene Haar sorgsam frisiert. Als er sich nun umdrehte, bemerkte sie seine düstere Miene, die Brauen zu einer tiefen Stirnfalte zusammengezogen, den Blick seiner dunklen Augen umwölkt.

„Rochford, guten Morgen“, grüßte Francesca und eilte ihm entgegen.

„Verzeihen Sie mein Auftauchen zu so früher Stunde, Lady Francesca“, grüßte er förmlich mit einer höflichen Verneigung.

„Keine Ursache. Ich kann mir vorstellen, dass Sie … in Sorge sind.“

Sie setzte sich und lud ihn mit einer anmutigen Geste ein, auf dem Sofa ihr gegenüber Platz zu nehmen.

„Ja.“ Seine Kieferpartie verhärtete sich. „Ich … nehme an, Lady Calandra ist wohlauf.“

„Oh ja. Aber sie schläft noch. Ich hielt es für angebracht, zunächst unter vier Augen zu sprechen.“

Er nickte, mied aber ihren Blick, als er das Wort wieder ergriff. „Es war sehr rücksichtsvoll, mir eine Nachricht zukommen zu lassen. Wenn ich nicht gewusst hätte, dass sie bei Ihnen Zuflucht sucht, hätte ich mir wirklich Sorgen gemacht.“

Francesca spürte, dass er großen inneren Aufruhr zu verbergen suchte. Der weltgewandte kultivierte Gentleman wirkte ungewöhnlich förmlich und steif.

Bevor sie zum Sprechen ansetzte, fuhr er fort: „Überaus freundlich von Ihnen, Callie aufzunehmen, und ich muss mich für meine Schwester entschuldigen, Ihre Güte ausgenutzt zu haben.“

„Aber ich bitte Sie!“, widersprach Francesca mit Bestimmtheit. „Davon kann keine Rede sein. Callie ist mir jederzeit willkommen, und ich freue mich über ihr Vertrauen zu mir.“

Seine Miene wurde nur noch verschlossener, sofern das noch möglich war. „Ich nehme an, Callie hat Ihnen berichtet, dass wir … eine Meinungsverschiedenheit hatten.“

„Ja, das hat sie.“

Erst jetzt blickte er sie direkt an, schien etwas sagen zu wollen, doch dann lehnte er sich seufzend ins Sofa zurück. „Zum Teufel, Francesca“, knurrte er mürrisch. „Ich fürchte, ich habe eine große Dummheit begangen.“

„Ja, der Meinung bin ich auch.“

Er blickte sie scharf an, und dann huschte ein Anflug von Heiterkeit über seine Gesichtszüge. „Liebe Francesca, Sie hätten wenigstens versuchen können, mir zu widersprechen.“

Francesca schmunzelte. „Und? Was hätte das gebracht?“

Sie beugte sich vor und berührte tröstend seinen Arm. „Beruhigen Sie sich. Ich glaube nicht, dass Ihre Schwester Ihnen lange böse sein wird. Callie liebt Sie und ist unglücklich, sich mit Ihnen überworfen zu haben.“

„Hoffentlich haben Sie recht“, antwortete er mit ungewöhnlicher Heftigkeit. „Ich weiß, dass ich zu streng war. Ich habe mich falsch verhalten, dabei lag mir nur daran, sie zu beschützen.“

Francesca zuckte die Achseln. „Ich habe mir sagen lassen, dass Brüder nun mal so sind. Gelegentlich ist es angenehm, einen Bruder zu haben, das kann ich Ihnen als Schwester versichern. Aber es gibt Zeiten, in denen der Beschützerinstinkt eines Bruders schrecklich lästig ist. Callie ist eine vernünftige Person und hat auch nicht bis gestern noch die Schulbank gedrückt. Ich halte es für ausgeschlossen, dass sie etwas wirklich Leichtfertiges und Unbedachtes tun würde.“

„Es ist ja nicht so, dass ich kein Vertrauen zu Callie hätte“, erwiderte Rochford düster. „Aber der Mann, mit dem ich sie ertappte, weckte meinen Argwohn.“

Francesca runzelte die Stirn. „Welcher Mann machte denn einen so negativen Eindruck auf Sie? Callie scheint ihn für einen wohlerzogenen Gentleman zu halten."

Rochford setzte zum Sprechen an, warf Francesca einen flüchtigen Blick zu und schaute ebenso rasch weg. „Das mag sein. Aber ich fürchte, er ist gegen mich eingenommen und will mir nichts Gutes." Er schüttelte den Kopf, als wolle er böse Gedanken abschütteln. „Es ist eigentlich nichts vorgefallen. Aber als ich ihn in ihrer Begleitung sah ... nun ja, verlor ich die Nerven und war wohl zu barsch. Ich hoffe nur, Callie wird mir das nicht ewig nachtragen."

„Das würde nicht zu ihr passen", beschwichtigte Francesca ihn zerstreut, da sie sich fragte, wieso der Duke ihr den Namen des Unbekannten nicht nennen wollte.

Welchen Grund mochte Sinclair haben, ihr seine Identität zu verschweigen? Sie ging ihr Gedächtnis nach seinen möglichen Feinden durch, kam aber zu keinem Ergebnis. Niemand würde sich Rochford zum Feind machen. Die Menschen waren eher daran interessiert, um seine Gunst zu buhlen, als ihn gegen sich aufzubringen. Im Übrigen hatte er nicht behauptet, dass der Mann sein Feind wäre, sondern nur, dass er ihm nichts Gutes wünschte.

Sie vermutete, Rochford war in typisch männlicher Art der Meinung, seine Vorbehalte gegen den Mann seien für weibliche Ohren nicht geeignet. Kein Wunder, dass Callie sich darüber aufgeregt hatte.

„Ich habe eine Idee", begann Francesca. „Es gibt etwas, was Ihnen und Callie helfen wird, den kleinen Zwist beizulegen."

„Sie machen mich neugierig", sagte er zweifelnd.

Francesca lachte. „Bitte sehen Sie mich nicht so misstrauisch an. Es ist nichts Schlimmes. Ich habe Callie eingeladen, bis zum Beginn der Saison bei mir zu wohnen, und, falls Sie nichts dagegen haben, auch während der Saison. Ich fürchte, Callie langweilt sich in Marcastle. Und die Dowager Duchess ... nun ja ..."

Sie ließ den Satz unvollendet, und Rochford schmunzelte. „Ach ja, die Dowager Duchess."

„Callie ist ein lebensfrohes, aufgewecktes junges Mädchen, und ich könnte mir denken, dass es für die Duchess ermüdend ist, ständig ein Auge auf sie zu haben", fuhr Francesca diplomatisch fort. „Callie ist ihrer Großmutter sehr dankbar für alles, was sie für sie getan hat, aber gelegentlich leidet sie unter ihrer herrischen Art."

„Ja, wem sagen Sie das! Kein Wunder, Großmutter lässt sich keine Gelegenheit entgehen, sie zu belehren. In diesem Winter ist sie Callie damit ziemlich auf die Nerven gegangen, fürchte ich. Es ist mir ein Rätsel, was sie dazu bewogen haben mag, so lange bei uns zu verweilen, statt wie jeden Winter in Bath mit ihren Freundinnen die Kurbäder zu besuchen."

„Wie mir scheint, macht sie sich Sorgen, weil Callie noch nicht verheiratet ist."

Rochford brummte verdrießlich. „Sie treibt es noch so weit, dass Callie sich weigert, jemals zu heiraten, nur um sie zu ärgern." Er warf Francesca einen verlegenen Blick zu. „Sie halten mich gewiss für ungerecht, schlecht über die Duchess zu sprechen, nachdem sie so viel für Callie und mich getan hat, statt ihr Alter im wohlverdienten Ruhestand zu genießen. Aber ehrlich gestanden hält man es auf die Dauer nicht unter ihrem strengen Regiment aus."

„Erwarten Sie bloß kein Mitgefühl von mir, Rochford. Sie kennen meine Eltern", entgegnete Francesca leichthin. „Ich kenne die Duchess zwar als gewissenhaft und aufopfernd, dennoch wird sie sich gerne eine Pause von ihren Pflichten als Anstandsdame für ein lebenslustiges junges Mädchen gönnen, während ich Callies Gesellschaft sehr begrüßen würde. Um diese Jahreszeit ist die Stadt ziemlich langweilig und öde. Callie und ich könnten ins Theater und in die Oper gehen, Soireen und Empfänge besuchen, und nach Herzenslust Einkäufe machen. In ihrer Gesellschaft wäre mein Leben durchaus kurzweiliger."

Der Duke sah sein Gegenüber durchdringend an. „Hat meine

Schwester Ihnen das eingeredet?"

Francesca lachte. „Du meine Güte, sind Sie misstrauisch. Callie hat natürlich nichts gegen meine Pläne einzuwenden, aber Sie müssen mir schon glauben, wenn ich sage, wie sehr ich mich über ihren Besuch freuen würde. Gelegentlich fühle ich mich ein wenig einsam in diesem großen Haus."

Er blickte sie sinnend an. Und dann zuckte er unvermutet die Schultern und sagte gleichmütig: „Wenn Sie und Callie es wünschen, warum nicht? Ich habe nichts dagegen. Sie mag vielleicht etwas anderes behauptet haben, aber eigentlich braucht sie meine Erlaubnis nicht, wenn sie für ein paar Wochen bei einer Freundin wohnen will. Schließlich ist sie erwachsen, und ich bin kein Tyrann."

„Natürlich sind Sie das nicht", beteuerte Francesca und fügte mit einem katzenhaft-verschmitzten Lächeln hinzu: „Allerdings kenne ich Sie lange genug, um mir die Bemerkung erlauben zu dürfen, dass Sie gelegentlich dazu neigen, nun ja, ein wenig herrisch zu sein."

„Tatsächlich?" Er zog seine dichten schwarzen Brauen hoch. „Nennen Sie mir bitte ein Beispiel."

„Ich könnte Ihnen Hunderte nennen", entgegnete sie prompt. „Ich entsinne mich eines Vorfalls. Ich war etwa zehn und ritt mit meinem Pony Ihre Auffahrt entlang und erschreckte diesen grässlichen Pfau, der auf dem Rasen vor dem Haus auf und ab stolzierte. Und Sie erklärten mir, Dancy Park sei Ihr Besitz, und Sie wünschten nicht, dass ich Ihren Vogel verscheuche."

„Gütiger Gott, diesen Pfau hatte ich völlig vergessen", entgegnete er lachend. „Sein Geschrei war unerträglich. Habe ich das wirklich gesagt? Eigentlich verwunderlich, dass ich Sie nicht aufgefordert habe, ihn endgültig zum Teufel zu jagen. Nun ja, wenn Sie so weit in der Vergangenheit graben, möchte ich erwähnen, dass Sie ein recht ungezogenes Kind waren und eine Zurechtweisung mit Sicherheit verdienten."

Francesca protestierte lachend. Die Spannung hatte sich gelöst, und die beiden plauderten von vergangenen Zeiten, bis

Callie ins Zimmer stürmte, jäh auf der Schwelle stehen blieb, die Szene beobachtete und dann erleichtert aufatmete.

Als das Stubenmädchen ihr Tee und Toast ans Bett gebracht und sie davon unterrichtet hatte, dass der Duke im großen Salon warte, war Callie auf das Schlimmste gefasst. Obwohl ihr vor einer weiteren Auseinandersetzung mit Sinclair graute, wollte sie nicht zulassen, dass er seinen ganzen Groll bei Francesca ablud. Sie hatte sich in Windeseile angekleidet und war im Laufschritt nach unten geeilt. Während sie sich nun an der friedvollen Szene erfreute, dachte Callie an Francescas diplomatisches Geschick, mit dem es ihr gelang, nahezu jede gesellschaftliche Katastrophe zu glätten und in einen Triumph für sie zu verwandeln. Offenbar war es ihr auch diesmal nicht schwergefallen, den verdrießlichen Duke aufzuheitern und friedlich zu stimmen.

„Guten Morgen, Rochford", grüßte Callie ein wenig schüchtern und betrat das Zimmer.

Er wandte sich ihr lächelnd zu. „Callie, meine Liebe."

In Callies Brust löste sich ein Knoten. Sie näherte sich ihrem Bruder und streckte ihm beide Hände entgegen. „Oh Sinclair, es tut mir so leid, dass ich gestern so wütend weggelaufen bin. Ich hätte dich und Großmutter nicht beunruhigen dürfen."

Er hatte sich erhoben und nahm ihre beiden Hände in die seinen. „Deine Großmutter weiß noch gar nichts davon. Der Diener brachte mir Lady Haughstons Nachricht noch in der Nacht, also wusste ich, wo du bist. Später fand ich deine Zeilen in deinem Zimmer. Heute verließ ich das Haus, bevor die Duchess zum Frühstück erschien. Sie wird sich zweifellos darüber wundern, was dich bewogen haben mag, mich zu so früher Stunde zu einer geschäftlichen Besprechung zu begleiten ..." Achselzuckend musterte er das Kleid, das Francesca ihr geborgt hatte. „Solange sie dich nicht nach der Herkunft dieses Kleides fragt, dürfte es keine Probleme geben."

„Ein geblümtes Tageskleid gleicht dem anderen", entgegnete Callie. „Sollte ihr das auffallen, behaupte ich einfach, ich hätte es letzten Herbst in Lilles House vergessen, deshalb könne sie sich nicht daran erinnern."

„Kluges Mädchen." Der Duke sah sie mit einem stolzen Lächeln an. „Eigentlich sollte mich dein Einfallsreichtum im Geschichtenerfinden beunruhigen. Aber ich ziehe es vor, darüber hinwegzusehen. Wie dem auch sei, Lady Francesca sagte mir soeben, dass sie dich in ihrer Güte eingeladen hat, bei ihr zu wohnen, bis die Saison beginnt. Ich sagte ihr, dass du dich darüber gewiss freuen würdest."

„Ja, sehr sogar." Callie strahlte übers ganze Gesicht. „Ich bin gern in Marcastle, aber …"

„Ich weiß, ich weiß. Das Landleben verliert auf die Dauer seinen Reiz. Ich habe nichts dagegen, wenn du bei ihr bleiben möchtest. Aber ich muss Lady Francesca warnen: Du wirst sie vermutlich durch jedes Modegeschäft in der Bruton Street schleppen."

„Du tust mir unrecht!", widersprach Callie lachend.

„Du ziehst am besten deinen Mantel an und begleitest mich nach Hause, um für deinen Besuch zu packen. Vermutlich hast du schon eine Liste für die Haushälterin verfasst mit den Dingen, die sie dir nachschicken soll."

„Ach nein", entgegnete Callie leichthin. „Wenn ich etwas brauche, kaufe ich es eben."

Mit einem strahlenden Lächeln verließ sie das Zimmer und eilte beschwingt die Treppe hinauf. Rochford wandte sich an Francesca.

„Sagen Sie später bloß nicht, ich hätte Sie nicht gewarnt."

„Ich denke, ich kann mich zurückhalten, wenn es ums Einkaufen geht", sagte Francesca leichthin.

„Callie verfügt über eigenes Vermögen und hat jederzeit Zugriff darauf, um Garderobe und Sonstiges zu kaufen", erklärte Rochford. „Aber ich werde natürlich meinen Buchhalter anweisen, Ihnen eine adäquate Summe für die Kosten ihres Aufenthaltes in Ihrem Haus zukommen zu lassen."

Francesca straffte die Schultern und spürte, wie ihr die Röte in die Wangen stieg. War es möglich, dass Rochford etwas von ihren finanziellen Nöten ahnte? Hatte er irgendwelche Vermutungen, dass Lord Haughston ihr bei seinem Tod vor fünf Jahren nichts als Schulden hinterlassen hatte? Dass sie ständig am Rande der Armut lebte und ihren Lebensunterhalt vorwiegend von den Geschenken bestritt, die dankbare Eltern ihr zukommen ließen, deren Töchter sie unter ihre Fittiche nahm und durch die Gefahren ihrer ersten Londoner Ballsaison geleitete?

„Unsinn", wehrte sie kühl ab. „Kommt nicht infrage. Ein Gast in meinem Haus bezahlt nicht für Unterkunft und Verpflegung. Wie kommen Sie nur auf diese Idee?"

Rochford richtete sich zu seiner beachtlichen Körpergröße auf und blickte mit kühler Arroganz auf sie herab – mit genau jener Aristokratenmiene, die Callie gestern Nacht so treffend mimisch dargestellt hatte, dass Francesca bei aller Verlegenheit beinahe gekichert hätte.

„Meine liebe Lady Haughston", begann er, als kenne er sie nicht bereits seit Kindertagen. „Halten Sie mich tatsächlich für so unhöflich, Ihnen meine Schwester aufzudrängen – und Sie müssen dies nicht abstreiten, da ich genau weiß, dass Callie Sie gebeten hat, bei Ihnen bleiben zu dürfen, nicht umgekehrt – und zu erwarten, dass Sie die Kosten für ihren Unterhalt tragen?"

„Natürlich will ich nicht …", begann Francesca und stockte wieder. „Ich meine …" Wie kam es nur, dass Rochford es immer wieder schaffte, sie in Verlegenheit zu bringen, obgleich er genau wusste, dass sie im Recht war? Sein unverwandter hochmütiger Blick gab ihr das Gefühl, ihn tatsächlich gekränkt zu haben.

„Gut", sagte der Duke mit einem Kopfnicken, „dann wäre das also erledigt."

„Aber …"

„Ich werde meinen Buchhalter anweisen, sich mit Ihrem Butler in Verbindung zu setzen", fuhr er seelenruhig fort, ohne auf ihren Einwand zu achten. „Nun müssen wir aber aufbrechen."

In der kurzen Wartezeit, bis Callie in Hut und Mantel erschien, dankte er Francesca erneut, seine Schwester aufzunehmen, entschuldigte sich für die frühe Stunde seines Besuches und tauschte weitere höfliche Floskeln mit ihr aus. Dann verneigte er sich und verließ mit seiner Schwester das Haus. Und Francesca fragte sich einigermaßen verwirrt, wer nun eigentlich wen überredet hatte.

6. KAPITEL

Ihre Rückkehr nach Lilles House gestaltete sich weniger unerfreulich, als Callie befürchtet hatte. Ihr Bruder erwähnte ihre nächtliche Flucht, die den Aufruhr ins Rollen gebracht hatte, nicht, und sie war erleichtert, über andere Dinge reden zu können. Da Sinclair der Duchess verschwieg, dass sie die Nacht nicht in ihrem Zimmer geschlafen hatte, musste sie auch keinen langen Vortrag ihrer Großmutter über sich ergehen lassen.

Die Duchess war lediglich überrascht zu hören, dass die Geschwister Lady Haughston so früh am Morgen einen Besuch abgestattet hatten, und noch überraschter, als sie von Francescas Einladung erfuhr. Sie erhob Einwände und sagte, sie könne sich nicht vorstellen, wieso Callie die langweilige Zeit vor Saisonbeginn lieber in London als in Marcastle verbringen wolle. Ihre Argumente klangen allerdings wenig überzeugend, und Callie glaubte sogar, einen Anflug von Erleichterung in ihren Gesichtszügen zu entdecken. Gegen Abend verkündete ihre Großmutter, sie überlege, ob sie die nächsten Monate nicht doch lieber in Bath verbringen solle, um ihre Freundinnen zu besuchen, statt mit Rochford nach Marcastle zurückzukehren.

Das Kofferpacken verlief problemlos, da Callie nur die Garderobe, die sie aus Marcastle mitgebracht hatte, und ein paar neue, in London gekaufte Kleider mitnehmen wollte. Wie Sinclair vorausgesagt hatte, erstellte sie dann doch eine Liste für die Haushälterin in Marcastle mit der Bitte, ihr einige Sachen an Francescas Adresse nachzuschicken. Doch auch das dauerte nicht lange, und sie verabschiedete sich noch am selben Abend von ihrer Großmutter.

Sinclair begleitete sie zum Haus von Francesca, blieb aber nicht lange, verabschiedete sich von den Damen, nahm den Butler zu einem kurzen Gespräch beiseite und verließ das Haus.

Später machten Callie und Francesca es sich in dem kleinen Kabinett gemütlich und schmiedeten Pläne für die bevorstehende gemeinsame Zeit. Der erste Punkt ihres Programms war ein Einkaufsbummel, um Callies Garderobe aufzufrischen. Schließlich konnte sie in der neuen Saison kaum Abendkleider aus dem Vorjahr tragen. Und da die Freundinnen diese Saison frühzeitig zu beginnen gedachten, sollte die gesamte Toilette bis dahin fertig sein.

Also begann der erste Tag von Callies Aufenthalt mit einem Bummel durch Bruton und Conduit Street, wo die feinsten Schneiderinnen und Hutmacherinnen ihre Ateliers hatten. Man kehrte erst spätnachmittags erschöpft und durchfroren, aber durchaus zufrieden zurück.

„Ich glaube, wir haben fast jeden Modesalon der Stadt durchstöbert", meinte Callie seufzend und nahm genüsslich einen Schluck Tee, den Francescas umsichtiger Butler gebracht hatte.

„Die restlichen schaffen wir auch noch", versprach Francesca. „Ich habe noch immer nicht das Richtige für sommerliche Gartenfeste gefunden. Ansonsten bin ich sehr zufrieden mit unserer Kleiderwahl."

„Ja. Trotzdem wünschte ich mir sehnlichst, zu festlichen Anlässen endlich eine andere Farbe als Weiß zu tragen", meinte Callie verträumt. „Ein grünes Ballkleid – oder wenigstens ein blasses Rosa."

Francesca lachte. „Sei froh, dass Weiß dich so vorteilhaft kleidet mit deiner pechschwarzen Lockenpracht, dem hellen Teint und deinen kirschroten Lippen. Da haben wir Blondinen es längst nicht so gut. Wir sehen immer etwas fade in Weiß aus."

„Pah! Ich könnte schwören, dass du niemals fade ausgesehen hast. Alle Welt weiß, dass du zu deiner Zeit die unumstrittene Ballkönigin warst."

„Danke, meine Liebe, es schmeichelt mir zwar, das zu hören, auch wenn es nicht der Wahrheit entspricht. Jedenfalls denke ich, die blauen Akzente lockern das Weiß vorteilhaft auf."

„Du hast natürlich recht." Callie dachte an das schimmernde Satinkleid, das sie gewählt hatte – dessen geraffter Rock über Wolken aus gerüschtem Tüll an jeder Raffung von einer hellblauen Rosette gehalten wurde. Die hochgeschobene Taille wurde von einer blauen Schärpe betont, und die Puffärmel zierten blaue Bänder. „Das andere Ballkleid mit den Spitzenbesätzen und der Perlenstickerei ist auch wunderschön. Mit dir einen Einkaufsbummel zu machen ist ein großes Vergnügen! Wenn ich da an Großmutter denke, die ständig herummäkelt und mich drängt, Kleider mit züchtigen Ausschnitten zu wählen. Welch ein Graus!"

„Du meine Güte!" Francesca hielt sich die Hand ans Herz. „Bekomme ich nun Ärger mit der Duchess? Wobei ich keines der Kleider zu tief ausgeschnitten finde."

„Sind sie auch nicht", beteuerte Callie. „Sogar die jungen Debütantinnen zeigen mehr Busen, als Großmutter mir gestattet, weiß der Himmel warum. Dabei war die Mode in ihrer Jugend wesentlich freizügiger als heute. Aber sie wird keine Kritik an einem Kleid üben, das deine Anerkennung findet, da sie immer wieder betont, du hast in Modefragen den besten Geschmack sämtlicher Damen der Gesellschaft."

„Dieses Kompliment weiß ich sehr zu schätzen, denn die Dowager Duchess of Rochford ist der Inbegriff der Eleganz."

Die Freundinnen verbrachten noch eine Weile damit, bei Tee und Gurkensandwichs ihre Einkäufe zu bewundern, freuten sich über bunte Bänder, fantasievolle Knöpfe und Schals, die sie bei Grafton günstig erstanden hatten, genauso wie über ihre diversen Pelerinen und Kleider aus den eleganten Modesalons.

Schließlich stellte Francesca ihre Teetasse ab und tupfte sich mit der Serviette die Mundwinkel. „Falls du nicht zu müde bist, könnten wir heute Abend ins Theater gehen und uns ein wenig umsehen, ob wir einen passenden Kandidaten im Publikum entdecken."

„Ja gerne, nach dem köstlichen Tee fühle ich mich wieder gestärkt und unternehmungslustig", erklärte Callie, und ihre dunklen Augen sprühten vor Begeisterung. „Das klingt wunderbar."

„Gut. Dann gebe ich Sir Lucien Nachricht und bitte ihn,

uns zu begleiten. Er ist stets ein unterhaltsamer Plauderer." Francesca setzte sich an den kleinen Schreibtisch vor dem Fenster und schrieb ein paar Zeilen. „Von der Loge aus können wir uns einen Überblick verschaffen, welche Junggesellen sich in London aufhalten, die du eventuell kennenlernen solltest. Und außerdem sollten wir uns überlegen, welche Forderungen du an einen Ehemann stellst."

„Eigentlich bin ich nicht sehr wählerisch", erklärte Callie. „Er muss nicht besonders wohlhabend sein oder aus einer der besten Familien kommen. Großmutter wirft mir gern vor, ich sei nicht wählerisch genug." Sie seufzte. „Allerdings sollte er nicht unvermögend und von Adel sein, um auszuschließen, dass er mich wegen meines Geldes und meiner Familie heiratet."

„Und sein Aussehen?"

„Ist mir auch nicht so wichtig. Ausgesprochen hässlich darf er allerdings nicht sein, aber auch nicht zu schön – mir gefallen markant geschnittene Männergesichter. Und kluge Augen." Ungebeten drängte sich ihr das Bild grauer Augen unter buschigen dunklen Brauen auf. Callie hatte sich nie große Gedanken über das Aussehen ihres Auserwählten gemacht, aber seit ihrer Begegnung mit dem Earl of Bromwell stellte sie fest, dass er ziemlich genau ihrem Wunschbild entsprach. Wobei sie selbstverständlich den törichten Gedanken entschieden von sich wies, einen Mann wegen seines Aussehens zu heiraten.

„Er muss auch ein angenehmer Unterhalter sein", erklärte Callie eifrig, „und Sinn für Humor sollte er haben. Einen ernsten grüblerischen Ehemann könnte ich nicht ausstehen. Einen Gelehrten will ich natürlich auch nicht. Viele von Rochfords Freunden langweilen mich zu Tode mit ihren endlosen Vorträgen über Geschichte oder Politik." Sie warf der Freundin einen halb belustigten, halb verschämten Blick zu. „Ich glaube, das alles klingt ziemlich oberflächlich."

„Keineswegs. Rochfords hochgebildete Freunde hätten vermutlich die gleiche Wirkung auf mich." Francesca wedelte mit dem Briefbogen durch die Luft, um die Tinte schneller trocknen zu lassen, bevor sie ihn faltete und versiegelte.

„Ein Langweiler wäre nichts für mich", fuhr Callie fort. „Ich meine, Rochford ist eigentlich nicht langweilig, solange er nicht mit seinen neunmalklugen Gelehrten zusammen ist, Wissenschaftler und Historiker und so. Aber ich möchte auch keinen, der keine klugen Antworten parat hat oder nicht versteht, worüber Sinclair spricht." Sie schwieg nachdenklich. „Du liebe Güte, ich fürchte, ich habe weitaus höhere Ansprüche, als ich eingestehen wollte."

„So soll es auch sein. Du stellst nämlich einen hoch dotierten Preis auf dem Heiratsmarkt dar, und diesen Preis verdient nur ein Mann mit besonderen Qualitäten. Im Übrigen erleichtert uns dieses Ausleseprinzip die Wahl erheblich. Wenn du Langweiler ablehnst, können wir von vornherein einige Kandidaten streichen."

„Du bist sehr streng", lachte Callie.

„Nur aufrichtig", antwortete Francesca, erhob sich vom Schreibtisch und zog an der Klingelschnur, um den Diener zu rufen. „Ich habe Sir Lucien eingeladen, mit uns vor dem Theater zu speisen."

Francesca wusste, dass ihr guter Freund und verlässlicher Begleiter einer Einladung zum Dinner nicht widerstehen konnte. Lucien, ein eingefleischter Junggeselle, ein Dandy von erlesenem Geschmack, der sich stets nach der neuesten Mode zu kleiden wusste, war ständig knapp bei Kasse – zum Teil bedingt durch sein schmales Einkommen, zum größeren Teil allerdings durch seine hohen Ausgaben für Garderobe und eine luxuriöse Wohnung, die er in der vornehmsten Gegend Londons angemietet hatte. Mit seinem fabelhaften Aussehen, seinem vortrefflichen Geschmack und seinem Talent als glänzender Unterhalter war er ein gern gesehener Gast, und vornehme Gastgeberinnen wetteiferten untereinander um die Gunst seiner Anwesenheit.

Der Bote war mit der Einladung unterwegs, während die Freundinnen sich nach oben begaben, um sich für den Abend vorzubereiten. Der Sinn eines Theaterbesuchs bestand nicht in erster Linie im Kunstgenuss, sondern bot vielmehr Gelegenheit, zu sehen und gesehen zu werden. Deshalb gaben vor allem die Damen sich für einen Theaterbesuch bei der Wahl ihrer Garderobe ebenso große Mühe wie zum Besuch eines festlichen Balles oder einer Redoute.

Nach einem kurzen Schläfchen mit einem in Lavendelwasser getränkten Tuch über den Augen, fühlte Callie sich wieder erfrischt und munter. Nach dem Bad kleidete sie sich mithilfe ihrer Zofe Belinda an und wählte ihr Lieblingskleid aus weißer Seide, an Dekolleté und Saum mit einer breiten cremefarbenen Samtborte eingefasst. Dazu hätte sie gern die dunkelgrünen Ziegenlederpumps getragen, die sie am Nachmittag bestellt hatte, die aber erst in einigen Tagen geliefert werden sollten. Deshalb entschied sie sich für hohe Schuhe aus silberfarbenem Brokat. Eine schlichte einreihige Perlenkette und passende Ohrringe, Elfenbeinfächer und ellbogenlange Handschuhe vervollständigten ihre Erscheinung.

Sie setzte sich an den Frisiertisch und ließ sich von Belinda das Haar zu einem Krönchen hochstecken, aus dem sich Lockenspiralen kringelten. Kürzere Löckchen umrahmten wippend Stirn und Wangen. Belinda gab sich große Mühe mit ihrem Kunstwerk, angespornt durch Francescas Zofe Maisie, die für ihre Frisierkünste berühmt war, und Callie war sehr zufrieden mit dem Ergebnis.

Unten im Salon traf sie Sir Lucien im Gespräch mit ihrer Gastgeberin bei einem Glas Sherry. Bei Callies Eintreten sprang er auf und verneigte sich formvollendet.

„Lady Calandra! Es ist mir ein großes Vergnügen, zwei so bezaubernde Damen ins Theater ausführen zu dürfen. Offenbar sind mir die Götter wohlgesonnen."

„Sir Lucien", begrüßte Callie ihn liebenswürdig.

Lucien war weltgewandt, geistreich und gut aussehend, der ideale Begleiter – der sich, wie Callie vermutete, mehr für die elegante Toilette einer Dame interessierte als für ihre Person.

Natürlich würde niemand je vor einem jungen Mädchen über derlei Dinge sprechen, aber Callie hatte bald erkannt, dass Sir Luciens Schmeicheleien und Komplimente ein heiteres Spiel ohne tiefere Bedeutung waren. Er besaß zwar in jeder Hinsicht einen ausgeprägten Sinn für Ästhetik und bewunderte die Schönheit einer Frau oder den raffinierten Schnitt eines Kleides, aber Callie hatte in seinem Blick noch nie jene seltsame Glut bemerkt, mit der manche Männer sie ansahen. Lord Bromwell, zum Beispiel – in seinem Blick hatte sie diese beunruhigende Glut wahrgenommen, die auch seinem Körper entströmt war, als er sie geküsst hatte.

„Wie reizend, dass Sie kommen konnten", dankte Callie Sir Lucien und verdrängte ihre unangemessenen Gedanken an Lord Bromwell. „Wobei zu befürchten ist, dass Sie eine andere Gastgeberin enttäuschen."

Sir Lucien hob entschuldigend die Hände. „Ich hatte vor, die Einladung zu Mrs Doddingtons Hauskonzert anzunehmen, und kann Ihnen nicht genug danken, mir dieses Martyrium erspart zu haben. Die Dame verwöhnt ihre Gäste zwar mit erlesenen Delikatessen – der bedauernswerte Lethingham versucht seit Jahren, ihr die Köchin abspenstig zu machen – aber ihr Musikgeschmack spottet jeder Beschreibung. Und zu allem Überfluss besteht sie auch noch darauf, dass ihre beiden Töchter im Duett zu Klavierbegleitung singen, und das ist weiß Gott mehr, als einem Mann zugemutet werden dürfte."

Während des Dinners unterhielt er die Damen mit amüsanten Anekdoten. Das war ja auch der Grund, weshalb es ihm nie an Einladungen mangelte – er schaffte es, jede Gesellschaft, sei es ein Festessen oder eine Soiree, mit seinem Sprachwitz aufzulockern. Nach den ereignislosen Monaten in Marcastle empfand Callie seine Gesellschaft als willkommene Unterhaltung und aufschlussreiche Informationsquelle. Sir Lucien wusste die neuesten Klatschgeschichten über jeden im *ton* – welcher junge Lord sich demnächst tunlichst außer Landes begeben sollte, wenn er nicht im Schuldgefängnis landen wollte, welcher jüngste Spross aus herrschaftlichen Kreisen nicht die geringste Ähnlichkeit mit seinem Vater hatte oder welcher aristokratische Heißsporn einen anderen wegen fauler Tricks beim Kartenspiel zum Duell forderte.

Lucien fragte nicht nach dem Grund für Callies verfrühten Aufenthalt in der Stadt. Nach seinem Dafürhalten packte jeder einigermaßen zurechnungsfähige Zeitgenosse jede Gelegenheit beim Schopfe, um einen Aufenthalt auf einem Landsitz, mochte das Anwesen noch so prächtig sein, gegen ein Leben in London einzutauschen. Erst später, als man sich in der Theaterloge niedergelassen hatte und Callie und Francesca sich über einzelne Herren im Publikum unterhielten, wurde Sir Lucien neugierig.

Er beugte sich vor und blickte Callie forschend an. „Verehrte Lady Calandra, falls meine Ohren mich nicht täuschen, scheinen Sie einige Herren auf ihre Ehetauglichkeit zu überprüfen. Oder sollte ich mich irren?“

Callie errötete verlegen, und Francesca antwortete an ihrer Stelle: „Aber selbstverständlich, Lucien – worüber reden Damen denn sonst? In jeder Saison wird ein neuer Heiratsmarkt eröffnet.“

„Aber wieso, Lady Calandra?“ Er zog eine Braue hoch. „Haben Sie etwa die Absicht, die Herzen der Hälfte aller Männer in London zu brechen, wenn Sie den Bund der Ehe eingehen?“

„Die Herren werden den Verlust verschmerzen“, entgegnete Callie mit einem feinen Lächeln. „Aber ja, ich ziehe eine Vermählung in Erwägung.“

„Haben Sie denn schon einen glücklichen Kandidaten ins Auge gefasst?“

„Lucien …“, meldete Francesca sich warnend zu Wort. „Ich hoffe, Sie spielen nicht mit dem Gedanken, dieses Gerücht zu verbreiten. Sonst laufen uns sämtliche Glücksritter und Abenteurer das Haus ein.“

„Aber liebste Francesca!“ Mit gekränkter Miene legte Lucien beschwörend die Hand ans Herz. „Wie können Sie so von mir denken? Ich verliere selbstverständlich kein Sterbenswörtchen darüber, wenn Lady Calandra und Sie es nicht wünschen. Im Übrigen …", ein ironisches Lächeln umspielte seine Lippen, „bereitet es mir ein viel zu großes Vergnügen, den Lauf der Dinge zu verfolgen." Damit hob er das Lorgnon an der Silberkette seines Revers vor die Augen und suchte die Logen mit Blicken ab. „Mal sehen … wen könnten Sie in Betracht ziehen? Bertram Westin? Er sieht zwar teuflisch gut aus, aber er soll dem Kartenspiel etwas zu sehr zugeneigt sein."

„Nein, den Mann konnte ich noch nie sonderlich gut leiden", entgegnete Callie und ließ ihrerseits möglichst unauffällig den Blick schweifen, um nicht den Eindruck zu erwecken, nach einer bestimmten Person Ausschau zu halten, obgleich sie nichts dagegen gehabt hätte, Lord Bromwell unter den Zuschauern zu entdecken.

Nicht, dass sie ihn als Heiratskandidaten in Betracht gezogen hätte, aber es gelang ihr seit Tagen nicht, sich den Mann aus dem Kopf zu schlagen, und sie konnte der Versuchung nicht widerstehen, sich heimlich danach umzusehen, ob er sich nicht doch unter den Zuschauern befand.

„Da drüben sehe ich Lord und Lady Farrington", sagte Francesca und hob ihren Fächer. „Dritte Loge rechts von der Bühne. Der älteste Sohn erbt einmal ein großes Vermögen." Sie furchte die Stirn. „Wobei er sich selten in Gesellschaft zeigt. Weshalb eigentlich?"

„Er gilt als Sonderling", lieferte Sir Lucien prompt die Erklärung. „Man munkelt, dass er Beziehungen einer eher – wie soll ich mich ausdrücken? – kommerziellen Natur vorzieht. Derlei Begegnungen fallen ihm leichter, als mit jungen Damen höfliche Konversation zu pflegen, wenn Sie verstehen …"

„Ach du liebe Güte", stöhnte Francesca. „Den jungen Mann streichen wir wohl besser von unserer Liste."

„Was halten Sie von Sir Alastair Surton?", fragte Sir Lucien, der sein Lorgnon auf einen Herrn in der dritten Parkettreihe richtete.

Callie schüttelte energisch den Kopf. „Er redet ausschließlich von Pferden und Hunden. Ich liebe zwar Hunde und Pferde und reite leidenschaftlich gern, aber ich unterhalte mich gelegentlich auch über andere Themen."

„Sie haben recht", stimmte Lucien ihr zu. „Er ist ein ziemlich langweiliger Bursche. Aber ich befürchte, so früh vor Saisonbeginn ist die Auswahl ziemlich begrenzt."

„Wir wollen uns ja auch nur einen ungefähren Überblick verschaffen", erklärte Francesca. „Sozusagen als erste Erkundung. So nennt man das doch beim Militär, hab ich recht?"

„Da bin ich leider überfragt. Ich bin kein Kenner militärischer Begriffe."

Francesca tippte ihn spielerisch mit dem Fächer an.

„Wissen Sie, Lady Calandra", fuhr Sir Lucien fort. „Eigentlich wäre es gar nicht nötig, sich lange nach dem idealen Gatten umzusehen. Er sitzt nämlich direkt neben Ihnen in dieser Loge."

„Sie als eingefleischter Junggeselle bieten sich als Ehekandidat an?", fragte Francesca skeptisch und zog eine Braue hoch.

„Vielleicht hatte ich bisher noch nicht den rechten Anreiz zu heiraten", verteidigte Sir Lucien sich mit einem ironischen Funkeln in den Augen. „Wenn Sie ehrlich sind, meine Damen, werden Sie mir beipflichten, dass Sie kaum einen angenehmeren und unterhaltsameren Herrn finden als mich. Im Übrigen bin ich ein ausgezeichneter Tänzer."

„Unbestritten", sagte Callie lächelnd.

„Und wer eignet sich wohl besser, amüsante Geschichten über langweilige und enervierende Verwandtschaft zu erzählen?"

„Niemand", antwortete Francesca.

„Und", fügte er triumphierend hinzu, „Sie hätten einen ausgezeichneten Berater in Modefragen."

„Was könnte ich mir mehr wünschen?", stellte Callie fest.

„Das einzige Problem besteht darin, dass Sie heiraten müssten, Lucien", gab Francesca zu bedenken.

„Ja, das wäre allerdings ein Nachteil", gab er zu, und dann schenkte er Callie ein strahlendes Lächeln. „Allerdings würde mir bei Lady Calandras Schönheit dieses Opfer nicht schwerfallen."

Callie lachte. „Vorsicht, Sir Lucien. Eines Tages nimmt Sie eine Dame beim Wort, und was dann?"

Er schmunzelte. „In diesem Fall könnte ich immer noch eine längere Reise auf den Kontinent antreten."

Amüsiert ließ Callie den Blick erneut durch den Theatersaal schweifen. Eine Bewegung an der Tür einer Loge zog ihre Aufmerksamkeit an. Zwei Herren legten ihre Mäntel ab und ließen sich auf den vorderen Plätzen nieder. Einer davon war der Earl of Bromwell.

Callies Herz begann schneller zu klopfen, sie wandte sich hastig ab. Erst nach einer Weile wagte sie wieder den Blick zu heben.

Es handelte sich tatsächlich um ihren *Cavalier* vom Maskenball, diesmal im schwarzen Abendanzug, mit schneeweißer Hemdbrust und einer elegant geschlungenen Seidenkrawatte. Er hatte einen Arm auf die Brüstung gelegt und wandte sich seinem Begleiter zu. Callie konnte nur sein Profil sehen, erinnerte sich allerdings genau an seine Gesichtszüge und das Lächeln, das mit dem Kranz kleiner Fältchen um die Augen begann und sich bis zu den Mundwinkeln ausbreitete. Das Grau seiner Augen, das je nach Gemütslage von Silbergrau bis zum Dunkelgrau eines stürmischen Gewitterhimmels wechselte.

Callie wandte sich an ihre Freunde. „Wer sind die beiden Herren in der Loge zu unserer Rechten – etwa in der Mitte des Zuschauerraums? Einer hat dunkles Haar; der andere ist brünett."

Francescas Blick folgte der angegebenen Richtung. „In der Loge neben Lady Whittington und ihrer Tochter?"

Callie nickte, und diesmal blickten Lord Bromwell und sein Begleiter direkt zu ihrer Loge herüber. Der Earl deutete mit einem höflichen Lächeln eine Verneigung an.

„Ja", sagte Callie mit belegter Stimme und schlug die Augen nieder.

„Kennst du ihn?", fragte Francesca erstaunt.

„Nicht wirklich. Ich … er war bei Lady Pencullys Maskenball."

„Wer denn nicht?", fragte Sir Lucien trocken, der gleichfalls den Blick den beiden Herren zuwandte. „Den Dunkelhaarigen kenne ich nicht, aber der andere ist Archibald Tilford." Er wandte sich an Callie. „Den sollten Sie nicht in Betracht ziehen. Angenehmer Bursche, lebt allerdings von der Apanage seines Vetters … Moment mal." Sir Lucien schwieg stirnrunzelnd und richtete sein Lorgnon zur betreffenden Loge. „Ja, das könnte sein Vetter sein. Der Earl of Bromwell. Er wäre ein ausgezeichneter Bewerber. Ich bin ihm nur einmal begegnet, das ist schon ein paar Jahre her. Ja, er könnte es tatsächlich sein."

„Der Earl of Bromwell …", meinte Francesca sinnend. „Ich denke nicht, dass … oh!" Sie straffte die Schultern. „Meinen Sie etwa den Bruder von Lady Swithington?"

Sir Lucien nickte. „Ja, er hält sich nur selten in London auf. Nachdem er sein Erbe antrat, zog er sich auf sein Landgut in Yorkshire zurück … das muss etwa zehn Jahre her sein, kurz nachdem ich mein Studium in Oxford beendete. Beim Tod des alten Earls war der Besitz hoch verschuldet, aber sein Sohn hat mittlerweile sämtliche Schulden getilgt und soll geradezu in Geld schwimmen, wie man hört."

„Und wie kam er zu solchem Reichtum?", fragte Callie.

Sir Lucien warf ihr einen verdutzten Blick zu. „Keine Ahnung. Ich hörte nur, dass die Familie nicht gern darüber spricht. Der Geruch von Geschäftstüchtigkeit, verstehen Sie?"

„Eigentlich nicht. Ich begreife nicht, wieso manche Menschen der Meinung sind, Geld verdienen sei verwerflich, als wäre Tüchtigkeit eine Schande. Sinclair sagt immer, er sieht nicht ein, wieso adelige Herkunft verbietet, Geld zu verdienen."

„Für manche Herren stellt der Adelstitel nun mal den einzigen Wert dar, den sie zu bieten haben", antwortete Sir Lucien.

„Bedauerlicherweise wird man davon allerdings nicht satt", bemerkte Francesca trocken und studierte weiterhin die Herren in der anderen Loge, die nun nicht mehr in ihre Richtung blickten, sondern miteinander plauderten, wobei der Earl gelegentlich einen Blick auf den Programmzettel in seiner Hand warf.

Schließlich richtete Francesca eine vorsichtige Frage an Callie: „Möchtest du ihn der Liste möglicher Kandidaten hinzufügen?"

Callie zuckte die Achseln und bemühte sich, eine gleichmütige Miene zur Schau zu tragen, als würden nicht tausend Schmetterlinge in ihrem Magen flattern, seit er ihr zugenickt hatte. „Ich … nun ja, auf dem Ball machte er einen angenehmen Eindruck auf mich."

Sie sah Francesca an. Etwas in den Augen der Freundin weckte Callies Argwohn. Hatte sie Bedenken? Francesca tauschte einen flüchtigen Blick mit Lucien und setzte ihren Fächer in Bewegung.

„Was ist?", fragte Callie und straffte die Schultern. „Was weißt du über diesen Mann? Gibt es einen dunklen Fleck in seiner Vergangenheit?"

„Nein, ich kenne ihn doch gar nicht", versicherte Francesca und verlagerte ihr Gewicht ein wenig.

Callie musterte sie prüfend, bis Francesca fortfuhr: „Ich kenne seine Schwester … flüchtig."

„Weißt du etwas über sie?"

„Ich kenne sie, wie gesagt, nur flüchtig", antwortete Francesca ausweichend. „Sie lebt seit Jahren in Wales, glaube ich, auf dem Landsitz ihres wesentlich älteren Gemahls, der allerdings kürzlich das Zeitliche gesegnet haben soll. Als Witwe wird sie zweifellos wieder in London auftauchen, um sich den nächsten wohlhabenden Gemahl zu angeln."

Callie glaubte, einen bitteren Unterton in Francescas Stimme zu hören, und hätte gern den Grund dafür erfahren. Es war nicht Francescas Art, sich despektierlich über andere zu äußern;

sie ging auch nie auf spitze Bemerkungen anderer ein und verstand es stets, Kritik in eine scherzhafte Form zu bringen. Aber Callie spürte deutlich, dass sie der Schwester des Earls keine Zuneigung entgegenbrachte. Callie hätte gern nachgehakt, ahnte allerdings, dass Francesca dieses Thema nicht vertiefen wollte.

„Endlich, der Vorhang hebt sich“, sagte Francesca erleichtert und wandte ihre Aufmerksamkeit der Bühne zu.

Auch Callie widmete sich dem Geschehen auf der Bühne und nahm sich vor, in der Pause noch einmal auf das Thema zurückzukommen, wenn Lucien sich anbieten würde, den Damen ein Erfrischungsgetränk zu bringen.

Das Stück erwies sich als weder kurzweilig noch besonders dramatisch, und Callie hatte Mühe, sich auf den Ablauf zu konzentrieren. Immer wieder geriet sie in Versuchung, einen Blick zur Loge des Earls hinüberzuwerfen, was sie sich strikt untersagte. Er sollte nicht denken, sie sei an ihm interessiert. Aber ihren Gedanken konnte sie nicht verbieten, sich mit seiner Person zu beschäftigen.

Woher rührte die Abneigung ihres Bruders gegen ihn? Francesca und Sir Lucien, zwei Säulen des Londoner Gesellschaftslebens, hatten Bromwell zunächst nicht erkannt, obgleich sie wesentlich vertrauter mit Klatsch und Gerüchten waren als Sinclair. Der Earl war offenbar kein berüchtigter Lebemann, wie Callie nach der unliebsamen Szene auf der Terrasse befürchtet hatte. Stünde er im Ruf, junge Mädchen zu verführen, wüsste Lucien davon und hätte mit Sicherheit eine dezente Form gefunden, Callie vor dem notorischen Herzensbrecher zu warnen.

Wenn er also kein skandalumwittertes Leben führte, wieso konnte Sinclair ihn nicht leiden? Lord Bromwell war ihm offensichtlich bekannt, obgleich er seit Jahren auf seinem Landsitz in Yorkshire wohnte. Callie hätte liebend gern gewusst, welche Verbindung zwischen ihm und Sinclair früher einmal bestanden haben mochte.

Vielleicht hatte Sinclair irgendwann in der Vergangenheit eine geschäftliche Beziehung zu ihm gehabt. Im Gegensatz zu den meisten Aristokraten sah Sinclair in regelmäßigen Abständen persönlich auf seinen zahlreichen Besitztümern nach dem Rechten und kümmerte sich um lukrative Investitionen – auch um Investitionen von Callies geringerem Vermögen. Vielleicht hatte Sinclair den Eindruck, der Earl habe sich bei einem Geschäftsabschluss nicht korrekt verhalten. Ihr Bruder würde jedenfalls keinen Mann nur deshalb verachten, weil er sich persönlich bemühte, seinen Reichtum zu mehren, auch wenn man in Adelskreisen die Nase über ein ausgeprägtes Maß an Geschäftssinn rümpfte.

Vielleicht, überlegte Callie weiter, hatte Sinclair lediglich übertrieben auf die Situation reagiert, weil er um sie besorgt war. Als er sie auf der nächtlichen Terrasse in Begleitung eines Mannes ertappte, hatte er in seiner Besorgnis in dem Fremden irrtümlich einen Frauenhelden vermutet.

Das schien eine plausible Erklärung zu sein. Wenn Sinclair diesen Schluss gezogen hatte, würde er bald erkennen, dass er impulsiv reagiert hatte, und als aufrechter Mann zugeben, sich ins Unrecht gesetzt und den Mann voreilig verurteilt zu haben. Wenn er seinen Irrtum erkannte, würde Sinclair seinen Fehler einsehen und sich entschuldigen.

Andererseits hatte Sinclair Lord Bromwell beim Namen genannt; folglich musste er ihn kennen, auch wenn Francesca und Sir Lucien ihn nicht persönlich kannten. Und Callie hatte den Eindruck gehabt, auch Bromwell habe Sinclair erkannt.

Sie war immer noch in Grübeleien versunken, als der Vorhang zur Pause fiel und viele Besucher ihre Plätze verließen, um im Foyer umherzuwandeln. Sir Lucien erbot sich, den Damen eine Erfrischung zu bringen und verließ die Loge. Callie wandte sich an Francesca in der Absicht, das Gespräch erneut auf Bromwells Schwester zu bringen, aber kaum hatten die Freundinnen einige allgemeine Anmerkungen zum Stück und zu den Schauspielern ausgetauscht, klopfte es an der Logentür.

Callie, die vergeblich auf ein kurzes Gespräch unter vier Augen gehofft hatte, verbarg ihre Enttäuschung, als Francesca die Besucher bat, einzutreten, da es allgemein üblich war, sich in den Theaterpausen gegenseitig kurze Besuche in den Logen abzustatten.

Beide Damen drehten sich lächelnd um. Die Tür öffnete sich und der blonde Herr, den Sir Lucien als Mr Tilford bezeichnet hatte, betrat die Loge. Hinter ihm erschien der Earl of Bromwell.

7. KAPITEL

Callie umklammerte den Elfenbeingriff ihres Fächers mit kalten Fingern, ihr Puls begann zu rasen, und sie hoffte inständig, eine kühle Miene beizubehalten.

„Lady Haughston“, begann der blonde junge Herr schüchtern. „Ich hoffe, Sie halten mich nicht für anmaßend. Wir haben einander letzte Saison anlässlich einer Soiree bei Lady Billingsley kennengelernt. Ich bin Archibald Tilford.“

Francesca hatte – so schien es Callie – keine Erinnerung an diese Begegnung, doch der junge Mann wirkte so nervös und unsicher, dass er ihr leidtat und sie ihn mit einer anmutigen Neigung des Kopfes begrüßte.

„Natürlich. Mr Tilford. Treten Sie näher.“

„Vielen Dank, überaus gütig von Ihnen, Mylady“, bedankte Tilford sich erleichtert und trat näher, gefolgt von seinem Begleiter.

Die Loge, die Callie soeben noch geräumig erschienen war, wirkte plötzlich sehr eng. Es gab keine Möglichkeit, den Blick auf etwas anderes zu lenken als auf den Mann, der ihr seit zwei Tagen im Kopf herumspukte.

Callie hatte vermutet, das Cavalierskostüm hätte ihr ein romantisches Idealbild von Lord Bromwell vorgegaukelt und ihn verwegener und schöner aussehen lassen, als er in Wirklichkeit war. Während sie ihn nun heimlich beobachtete, musste sie gestehen, dass Bromwell in dem modischen schwarzen Abendanzug noch umwerfender aussah. Seine sehnige schlanke Figur hatte die Wattierung eines samtenen Wamses nicht nötig, und die schmal geschnittenen modischen Hosen betonten seine langen muskulösen Beine. Auch klirrende Sporen und ein gegürtetes Schwert waren überflüssig, um seine männliche Ausstrahlung zu betonen.

„Lady Haughston, bitte gestatten Sie mir, Ihnen meinen Vetter Richard, Earl of Bromwell, vorzustellen“, fuhr Mr Tilford fort.

„Guten Abend, erfreut, Ihre Bekanntschaft zu machen“, grüßte Francesca höflich und bot ihm die Hand. Dann wies sie mit einer anmutigen Bewegung zu Callie an ihrer Seite. „Lady Calandra Lilles.“

Bromwells Augen leuchteten auf, als er sich mit einer respektvollen Verneigung an Callie wandte. „Lady Calandra und ich, wir sind einander bereits begegnet … falls Sie sich erinnern, Mylady.“

„Aber ja“, antwortete Callie und war erleichtert, dass ihre Stimme natürlich und gelassen klang. „Wie könnte ich Lady Pencullys Maskenball vergessen?“

„Aha. Deshalb habe ich Sie nicht erkannt, Lord Bromwell“, meldete Francesca sich zu Wort. „Wir waren ja in Kostüm und Maske.“

„Manche Gäste bleiben auch kostümiert in Erinnerung“, antwortete der Earl mit weicher Stimme. „So wie Sie, Lady Haughston – im Kostüm einer romantischen Schäferin, wenn ich nicht irre.“

„Ja, richtig, Sir.“

„Und Lady Calandra kam als Catherine Parr, obgleich sie zu jung ist für die Rolle dieser Königin.“

„War das dein Kostüm?“, fragte Francesca an Callie gerichtet. „Und ich dachte, du wärst als Anne Boleyn erschienen.“

„Eigentlich wollte ich nur eine Hofdame zur Zeit Heinrichs VIII. sein“, antwortete Callie. „Es war Lord Bromwell, der mir die Rolle der Königin zuwies.“

„Es war mir augenblicklich klar, dass Ihnen diese Rolle zukommt“, entgegnete er.

Es klopfte erneut an der Tür, zwei weitere junge Herren traten ein, wodurch es wirklich sehr eng in der Loge wurde, zumal einen Moment später auch Sir Lucien mit den Getränken für die Damen erschien.

Es blieb Bromwell keine andere Wahl, als ein paar Schritte vorzutreten, um Platz zu machen, wodurch er sich zwangsläufig Callie näherte und zwischen ihr und der Brüstung zu stehen kam.

„Wie ich höre, ist der Duke abgereist“, bemerkte er im Plauderton. „Deshalb bin ich überrascht, Sie hier zu sehen.“

„Ich bleibe einige Zeit zu Gast bei Lady Haughston“, antwortete Callie. „Sie lud mich freundlicherweise ein, bis zum Beginn der Saison bei ihr zu wohnen, während meine Familie auf dem Landsitz weilt.“

Er stand so dicht vor ihr, dass sie den Kopf in den Nacken legen musste, um ihn anzusehen. Seine Augen leuchteten dunkelgrau im schwachen Schein der Theaterbeleuchtung, in der Farbe stürmischer Gewitterwolken. Er musterte sie aufmerksam, und sie wünschte, seine Gedanken lesen zu können. Hatte er in den letzten Tagen an sie gedacht? Hatte sich in seine Überraschung, sie wiederzusehen, Freude gemischt?

Er war in Begleitung seines Vetters in ihre Loge gekommen, obgleich Mr Tilford Francesca nur flüchtig kannte. Das könnte ein Zeichen sein, dass der Earl Interesse an ihr zeigte. Obgleich Callie sehr wohl wusste, dass Francescas blonde Schönheit das Interesse der Männer weckte, vermutete sie, Bromwell sei ihretwegen gekommen, immerhin war er nicht neben Francesca stehen geblieben, sondern hatte sich geschickt in ihre Nähe manövriert.

Callie wandte den Blick, um das Glücksgefühl zu verbergen, das dieser Gedanke in ihr auslöste.

„Ich bin Lady Haughston zu Dank verpflichtet“, erklärte der Earl, „da ich schon befürchtet hatte, Sie vor meiner Abreise nach Norden nicht wiederzusehen.“

„Liegen Ihre Besitzungen im Norden?“, fragte Callie, als habe sie nicht erst vor einer Stunde von Sir Lucien einen genauen Bericht darüber erhalten.

„In Yorkshire. Ich weiß, dass ich in der Londoner Gesellschaft einen seltsamen Ruf habe. Ich verlasse London, wenn sich andere zu Beginn der Saison auf einen längeren Aufenthalt in der Stadt vorbereiten. Aber Frühling und Sommer sind die wichtigsten Jahreszeiten, um mich um die Landwirtschaft zu kümmern." Er zog eine Braue hoch. „Nun werden Sie gleich ein entsetztes Gesicht machen und mich fragen, ob ich mich tatsächlich persönlich um die Bestellung meiner Felder und den Viehbestand kümmere."

„Aber nein", entgegnete Callie. „Ich halte es für angebracht, sich persönlich um seinen Besitz zu kümmern, um zu gewährleisten, dass alles gut bewirtschaftet wird. Außerdem respektieren Pachtbauern einen Gutsbesitzer umso mehr, der sich für ihre Arbeit interessiert."

„Sie sind eine ungewöhnliche Frau. Normalerweise bekomme ich zu hören, ich benehme mich wie ein Bauer und nicht wie ein Aristokrat."

„Ihrer Gelassenheit entnehme ich, dass Sie diese Kritik nicht sonderlich zu stören scheint."

„Zugegeben, die Meinung anderer ist mir ziemlich gleichgültig", gestand er. „Ein weiterer Grund, warum ich nicht so recht in die gehobenen Kreise passe."

„Nicht alle Menschen sind engstirnig", wehrte Callie ab.

Er lächelte. „Es freut mich zu hören, dass Sie es nicht sind."

Sie senkte den Blick, verwirrt über die Empfindungen, die sein Lächeln in ihr auslöste. Sie neigte nicht dazu, sich von den Worten oder dem Lächeln eines Herrn aus der Fassung bringen zu lassen. Sie war auch kein junges Ding mehr, das gestern noch die Schulbank drückte, sondern bewegte sich seit fünf Jahren in der vornehmen Gesellschaft. Charmante Äußerungen und bewundernde Männerblicke waren ihr nichts Neues. Sie hatte auch vor langer Zeit gelernt, schmeichelhaften Komplimenten keine allzu große Bedeutung beizumessen, und geriet nicht außer Atem, wenn ein Mann ihr schöne Augen machte.

Aber bei diesem Mann war alles anders. Er musste sie nur ansehen, und das Herz klopfte ihr bis zum Hals; wenn er sie anlächelte, begann es in ihr zu flattern. Callie fragte sich bang, ob er ahnte, welchen Tumult er in ihr auslöste.

Nach einem kurzen Blick zu seinem Vetter wandte Bromwell sich wieder an Callie: „Zu meinem Bedauern muss ich mich verabschieden. Der arme Archie ist schon unruhig, da er befürchtet, ich bringe ihn in Verlegenheit, wenn ich zu lange bleibe. Er behauptet, ich hätte in den Jahren des Landlebens meinen gesellschaftlichen Schliff verloren ... falls ich je etwas Derartiges besaß."

„Sie übertreiben, Mylord."

Er zuckte mit den Achseln. „Ich war nie in der Kunst höflicher Konversation bewandert, da ich dazu neige, meine Meinung offen zu äußern."

„Das wird in gehobenen Kreisen freilich nicht gern gesehen", stellte Callie leichthin fest. „Bislang hatte ich allerdings nicht den Eindruck, dass Sie um Worte verlegen sind. Wenn ich mich recht entsinne, verstehen Sie sich ausgesprochen weltmännisch darauf, Komplimente zu verteilen."

„Nun ja, bei Ihnen kommen mir schmeichelhafte Komplimente leicht über die Lippen. Ich muss ja nur die Wahrheit sagen."

„Sehen Sie?" Callie zog eine Braue hoch. „Weltmännisch."

Er lächelte. „Nun, da wir einander offiziell vorgestellt wurden, wage ich zu hoffen, dass Sie mir gestatten, Ihnen meine Aufwartung zu machen."

Sie schlug in ungewohnt mädchenhafter Scheu lächelnd die Augen nieder, um Zeit zu gewinnen.

Callie konnte das Glücksgefühl nicht leugnen, das sie bei seinen Worten durchrieselte. Er wollte sie wiedersehen. Aber sie war sich auch des warnenden Untertons in ihrem Gewissen bewusst. Sinclair hatte ihr untersagt, Bromwell wiederzusehen. Wenn sie ihm gestattete, ihr einen Besuch abzustatten, widersetzte sie sich Sinclair, was sie bisher noch nie getan hatte, wenigstens nicht in wichtigen Punkten.

Wenn sie nur den Grund für Sinclairs Abneigung gegen diesen Mann wüsste. Gab es ein verborgenes Geheimnis, eine Charakterschwäche, einen Fehltritt, der Sinclairs Ablehnung gegen diesen Mann erklären würde? Es geschah nur allzu häufig, dass Menschen ihr wahres Wesen verbargen und nach außen einen völlig falschen Eindruck vermittelten. Callie bewegte sich zwar lange genug in den Kreisen des *ton*, um den Charakter eines Menschen beurteilen zu können, allerdings gab es auch Männer, die undurchdringliche Masken trugen. Sie hatte auch vor langer Zeit die Erfahrung gemacht, dass einige Herren sich Damen gegenüber sehr charmant und liebenswürdig präsentierten, aber ihre Geschlechtsgenossen unnachgiebig bekämpften. Es wäre angebracht, die Anweisungen ihres Bruders zu befolgen.

Und dennoch … Bromwells Lächeln löste etwas in ihr aus, was noch kein Mann vor ihm geschafft hatte. Und wenn sie an seine Küsse dachte, rauschte ihr das Blut in den Adern. Jede Faser in ihr hatte sich bei ihrer ersten Begegnung nach ihm gesehnt; sie hatte sich an ihn geschmiegt, um seine maskuline Kraft zu spüren. Allein der Gedanke an seine Küsse ließ sie erröten. Sie wollte ihn wiedersehen, mehr noch, sie wollte seine Lippen auf den ihren spüren. Ihr Verlangen war vielleicht unmoralisch und anstößig; ungehörig und leichtfertig war es allemal. Aber im Augenblick war ihr das einerlei. Zum ersten Mal in ihrem Leben wollte sie etwas Verbotenes tun.

Sie hob ihm ihr Gesicht entgegen. „Ich würde Sie gerne wiedersehen, Mylord“, erklärte sie freimütig. „Aber falls Sie vergessen haben – ich wohne bei Lady Haughston, deren Zustimmung Sie einholen sollten.“

Das Lächeln seiner Lippen, das Funkeln seiner Augen versetzten Callies Blut in Wallung. „Nein, das habe ich nicht vergessen. Ich wollte nur hören, ob Ihnen mein Besuch willkommen wäre.“

Mit diesen Worten verbeugte er sich, drehte sich um und begab sich zur Tür, wo Francesca sich mit Mr Tilford und einem Neuankömmling unterhielt. Bromwell verabschiedete sich mit einer Verneigung und sagte noch etwas zu Francesca, die Callie einen flüchtigen Blick zuwarf und ihm lächelnd antwortete. Callie hatte das sichere Gefühl, Francesca hatte ihm ihr Einverständnis gegeben, seine Aufwartung machen zu dürfen.

Der Rest des Abends zog sich ermüdend in die Länge. Das

Stück vermochte Callies Interesse nicht zu fesseln, die nur mit Mühe der Versuchung widerstand, zur Loge des Earls hinüberzusehen. In der zweiten Pause erschienen weitere Besucher in ihrer Loge, mit denen sie plauderte, während sie in Gedanken ganz woanders weilte.

Auf der Heimfahrt war Callie einsilbig, auch Francesca schien der Sinn nicht nach einer Unterhaltung zu stehen, und Lucien neckte die Damen wegen ihrer ungewöhnlichen Schweigsamkeit, worauf Francesca ihm mit einem müden Lächeln gestand, der Einkaufsbummel am Nachmittag habe sie doch sehr strapaziert.

„Dann will ich die Damen nicht länger behelligen", entschuldigte sich Sir Lucien, begleitete die Freundinnen noch höflich ins Haus und verabschiedete sich.

Auf der Treppe nach oben wandte Francesca sich an Callie. „Hast du Lust, noch ein Weilchen mit mir in meinem Zimmer zu plaudern?"

„Ja gern", antwortete Callie mit leisem Argwohn, die sich fragte, ob Sinclair Francesca geraten habe, ihr den Besuch des Earls nicht zu gestatten. Vielleicht bedauerte sie sogar, Callie eingeladen zu haben, bei ihr zu wohnen.

„Ist etwas nicht in Ordnung?", fragte sie zaghaft, nachdem sie sich in Francescas Schlafgemach in zwei Fauteuils niedergelassen hatten.

„Nein, nein", wehrte Francesca lächelnd ab. „Du denkst doch nicht etwa, ich will dir einen Vortrag halten, wie?"

Callie schüttelte den Kopf. „Ich weiß, dass du mich nicht belehren willst. Aber vielleicht bedauerst du, mich eingeladen zu haben."

„Du liebe Güte, wie kommst du auf diese Idee?!", widersprach Francesca heftig. „Ich bin entzückt, dich bei mir zu haben. Ich frage mich nur …", sie zögerte, und auf ihrer glatten Stirn bildete sich eine steile Falte, „… ob Rochford damit einverstanden wäre, wenn der Earl of Bromwell uns seine Aufwartung macht."

„Weißt du etwas Nachteiliges über ihn?", fragte Callie skeptisch. „Bist auch du gegen ihn eingenommen?"

„Nein, im Gegenteil! Er machte einen ausgesprochen angenehmen Eindruck auf mich. Er ist wohlerzogen und höflich. Im Übrigen sieht er sehr gut aus, was dir gewiss nicht entgangen ist." Sie bedachte Callie mit einem amüsierten Blick.

„Wie könnte mir das entgangen sein?", antwortete Callie errötend.

„Allerdings weiß ich so gut wie nichts über ihn – nur das Wenige, was Lucien uns berichtet hat", fuhr Francesca fort. „Ich bin dem Earl heute Abend zum ersten Mal begegnet."

Offenbar verstieß Francesca unwissentlich gegen die Anweisungen des Dukes, da Callie ihr verschwiegen hatte, dass Sinclair ihr untersagt hatte, den Earl zu sehen, dem er wiederum nahegelegt hatte, sich von Callie fernzuhalten.

Aber Callie brachte es nicht über sich, die Freundin über diesen Sachverhalt aufzuklären. „Wenn du ihn nicht kennst", begann sie vorsichtig, „warum denkst du, ich sollte ihn nicht sehen?"

Francesca schüttelte den Kopf. „Das denke ich eigentlich gar nicht. Ich habe nur kein sehr gutes Gefühl dabei." Nach einer Pause fragte sie unverhohlen: „Hast du wegen Bromwell mit Rochford gestritten?"

„Ja", gestand Callie kleinlaut. Sie durfte die Freundin nicht belügen. „Sinclair war auf der Suche nach mir und fand uns auf der Terrasse. Aber daran war nichts Verfängliches. Er hat mich nicht ins Freie gelockt. Vielmehr war ich so leichtsinnig, mich von einem anderen Herrn überreden zu lassen, frische Luft zu schnappen, und als ich wieder in den Saal wollte, wurde er zudringlich …"

„Callie!", entfuhr es Francesca aufgebracht. „Hat er …"

„Nein, nein. Er versuchte aber, mich zu küssen", fuhr Callie fort, deren Wangen vor Verlegenheit und Zorn in Erinnerung an die widerwärtige Szene flammend rot geworden waren. „Doch plötzlich tauchte Lord Bromwell auf, und der dreiste

Kerl suchte das Weite. Er … wir … nun, es dauerte eine Weile, bis ich mich beruhigt hatte. Und dann entdeckte Sinclair mich mit dem Earl.“

„Hast du Rochford die Situation erklärt?“, fragte Francesca.

„Das habe ich versucht“, antwortete Callie heftig. „Aber er hörte mir nicht zu. Er gab weder mir noch Bromwell die Chance einer Erklärung und nannte mir auch keinen Grund für seine abweisende Haltung. Nun höre ich auch von dir, Sinclair könne etwas gegen den Earl haben, ohne mir den Grund dafür zu nennen.“

Francesca presste die Lippen aufeinander und wandte das Gesicht zur Seite. Callie hatte den Verdacht, dass sie mehr sagen wollte, als sie sich gestattete.

„Was weißt du?“, hakte sie eindringlich nach. „Warum willst du nicht darüber sprechen?“

„Ich weiß nicht, wieso Rochford so abweisend reagierte, und es steht mir nicht zu, Mutmaßungen darüber anzustellen“, antwortete Francesca reserviert und ausweichend.

„Du weißt zwar nichts Konkretes, hast aber einen Verdacht“, fuhr Callie beharrlich fort. „Aber ich habe ein Recht, mehr darüber zu erfahren. Denn ich bin diejenige, die davon betroffen ist.“

„Gewiss, andererseits …“, Francesca hob ratlos die Schultern, „… ist das eine Sache zwischen dir und Rochford.“

„Aber er weigert sich, mit mir darüber zu sprechen.“

Mit einem tiefen Seufzer sagte Francesca endlich: „Ich vermute, deinem Bruder geht es mehr um die Schwester des Earls als um ihn selbst. Sollte Rochford allerdings einen persönlichen Groll gegen Bromwell hegen, so weiß ich nichts davon.“

„Er hat etwas gegen … wie war ihr Name doch gleich? Lady Smittington?“

„Swithington“, verbesserte Francesca sie, und wieder spürte Callie einen Anflug von Bitterkeit in ihrem Ton. „Lady Swithington … Daphne.“

„Du kennst sie also?“

Francesca nickte. „Ja, sie lebte in London zu der Zeit, als ich mein Debüt hatte. Sie war verwitwet, ihr wesentlich älterer Gemahl war etwa ein Jahr zuvor verstorben. Damals war sie in aller Munde, was allerdings an den Gerüchten über sie tatsächlich der Wahrheit entsprach, habe ich nie erfahren. Wie du selbst weißt, werden junge Mädchen tunlichst von Klatsch ferngehalten, in erster Linie von Skandalgeschichten. Jedenfalls stand die Dame im Ruf, ein unmoralisches Leben zu führen, schon vor dem Tod ihres Gemahles."

„Sie hatte also Affären?", fragte Callie neugierig.

Francesca nickte. „Ja, darüber wurde gemunkelt."

„Aber Sinclair kann doch ihren Bruder nicht für ihre lockere Moral verantwortlich machen!", erklärte Callie entrüstet.

„Nein, für so engstirnig halte ich ihn nicht. Aber vielleicht glaubt er, der Earl sei aus dem gleichen Holz geschnitzt wie sie", gab Francesca zu bedenken.

„Aber das wäre doch reine Spekulation. Das kann er doch nicht wissen."

Francesca zuckte mit den Achseln. „Ich habe keine Ahnung, was Sinclair über Bromwell denkt oder weiß. Ich kann nur wiederholen, ich habe nichts Nachteiliges über den Mann gehört", versicherte sie und fuhr beschwichtigend fort: „Aber du weißt selbst, wie angreifbar der gute Ruf einer jungen Frau ist. Vermutlich will Rochford nur verhindern, dass dein Name mit einer übel beleumundeten Person in Verbindung gebracht wird. Oder er befürchtet, du könntest dir womöglich in den Kopf setzen, den Bruder von Lady Swithington zu heiraten, die mit allerlei Skandalen in Verbindung gebracht wurde. Wahrscheinlich hält Rochford es für das Beste, wenn du nichts mit ihm und seiner Familie zu tun hast."

„Aber das ist doch völlig an den Haaren herbeigezogen!", entgegnete Callie aufbrausend und begann, rastlos im Zimmer hin und her zu wandern. „Es ist ungerecht, Lord Bromwell die Skandale seiner Schwester anzulasten." Sie verharrte und blickte Francesca forschend an. „Was hältst du wirklich von

Lord Bromwell? Glaubst du, er ist ein schlechter Mensch?"

Francesca sah sie mit einem gequälten Gesichtsausdruck an und meinte seufzend: „Callie, bitte ... ich kann mir kein Urteil über ihn erlauben. Ich kenne ihn doch kaum. Er machte, wie gesagt, einen angenehmen Eindruck auf mich. Aber der äußere Eindruck kann gelegentlich trügen. Immerhin ist er Lady Daphnes Bruder, also könnte er ähnliche Charaktereigenschaften aufweisen wie sie. Andererseits müssen die Mitglieder einer Familie einander nicht zwangsläufig im Wesen gleichen. Ich habe zwei Brüder. Der eine ist ein wunderbarer Mensch, während der andere niederträchtig und gemein ist." Francescas schönes Gesicht verhärtete sich. „Und ich wäre tief bedrückt, wenn man mich mit Terence vergleichen würde, nur weil ich seine Schwester bin."

„Siehst du!", rief Callie triumphierend. „Es wäre also falsch, zu behaupten, Lord Bromwell sei ebenfalls ein schlechter Mensch."

Francesca schwieg eine Weile, bevor sie sagte: „Gewiss, wenn das die Beweggründe deines Bruders sein sollten. Aber wir kennen seine Motive nicht, und wenn er so große Einwände gegen eine Bekanntschaft zwischen dir und diesem Mann hat ..."

„Und was ist mit mir?", fiel Callie ihr aufbrausend ins Wort. „Was ist mit meinen Beweggründen? Wieso nimmt mein Bruder sich die Freiheit heraus, Entscheidungen für mich zu treffen? Ich bin eine erwachsene Frau. Wieso kann ich nicht selbst entscheiden, mit wem ich Umgang pflege? Mit wem ich meine Zeit verbringen möchte?"

„Ja, natürlich, diese Entscheidung sollte ausschließlich bei dir liegen", pflichtete Francesca ihr bei.

„Ich werde mich nicht dazu hinreißen lassen, etwas Törichtes zu tun, das kannst du mir glauben", fuhr Callie, wieder ruhiger geworden, fort. „Und bin sehr wohl in der Lage, zu erkennen, ob ein Mann versucht, mich zu benutzen."

„Ja, gewiss."

„Deshalb finde ich, dass nicht Sinclairs Meinung über diesen Mann zählt, sondern meine eigene."

„Dennoch bin ich davon überzeugt, dass Rochford dich nur schützen will", wandte Francesca ein.

„Zweifellos", entgegnete Callie spitz. „Aber ich bin es endgültig leid, mir ständig sagen zu lassen, was ich zu tun oder zu lassen habe."

„Das verstehe ich."

„Und ich nehme mir die Freiheit heraus, meine eigenen Entscheidungen zu treffen."

Wieder nickte Francesca. „Ich weiß, meine Liebe, ich weiß."

„Dann hast du nichts dagegen einzuwenden?", fragte Callie. „Oder willst auch du mir verbieten, dass er mich besuchen darf?"

Francesca zog erstaunt die Brauen hoch. „Aber meine Liebe … das liegt mir fern. Ich wollte dich lediglich warnen, da ich mir nicht sicher bin, ob dir klar ist, wie Rochford darüber denkt."

„Darüber bin ich mir auch nicht im Klaren", antwortete Callie nachdenklich. „Sinclair war bei dieser Begegnung sehr wütend, was gar nicht zu ihm passt … Wenn ich darüber nachdenke, frage ich mich, ob er nur wütend war, weil er mich nicht finden konnte. Vielleicht hatte seine Verstimmung gar nichts mit dem Earl zu tun. Vielleicht hätte er auf jeden Fremden so reagiert."

„Mag sein."

„Ich glaube, hinterher tat es ihm leid, dass er die Fassung verlor", sagte Callie und fügte nach einer kurzen Pause hinzu, „aber ich will dich nicht belügen. Sinclair bat mich, Lord Bromwell nicht wiederzusehen."

„Verstehe. Aber du willst dich darüber hinwegsetzen?", fragte Francesca.

Callie reckte das Kinn. „Ich … ich will selbst darüber entscheiden. Sinclair hat kein Recht, über mein Leben zu bestimmen. Ich liebe meinen Bruder, aber ich lasse mir keine Vorschriften von ihm machen. Allerdings habe ich auch Verständnis dafür, wenn du dich nicht mit Sinclair anlegen willst."

Francesca hob nun ihrerseits das Kinn. „Ich fürchte mich nicht vor dem Duke of Rochford."

„Wenn du Lord Bromwell nicht gestattest, mir seine Aufwartung zu machen, werde ich dir nicht böse sein."

„Vielen Dank, meine Liebe", antwortete Francesca mit ruhiger Stimme, nur ihre Augen blitzten kämpferisch. „Ich wäre wütend auf mich, wenn ich mir von Rochford oder einem anderen Menschen vorschreiben ließe, wen ich in meinem Haus empfange. Ich ließ Lord Bromwell wissen, dass er uns jederzeit willkommen ist. Und wenn deinem Bruder das nicht gefällt … nun, dann muss er sich damit abfinden, dass weder du noch ich unter seinem Kommando stehen."

„Vielen Dank, Francesca." Callie strahlte übers ganze Gesicht, eilte zu ihr und schlang die Arme um sie. „Ich bin überglücklich, bei dir sein zu dürfen."

„Ich bin es auch", antwortete Francesca und tätschelte ihr den Rücken.

Mit einem Kuss auf die Wange wünschte Callie ihr eine gute Nacht und zog sich zurück.

Francesca fühlte sich erschöpft und dennoch innerlich ruhelos. Sie trat ans Fenster, hob die schwere Draperie ein wenig an, blickte sinnend in die schwarze Nacht und fragte sich, ob sie richtig gehandelt hatte.

Sie wollte nichts tun, wodurch Callie in Gefahr geraten könnte, verletzt zu werden. Sie war tatsächlich in Sorge, Lord Bromwell könne vom gleichen Schlag sein wie seine Schwester. Und sie fragte sich, ob ihre Zustimmung nur darauf beruhte, Callie das Recht auf ihre eigenen Entscheidungen zuzubilligen, oder ob ein seit Jahren schwelender Groll gegen Rochford ihr Einverständnis beeinflusst hatte.

Wie auch immer, Francesca nahm sich vor, ein besonders wachsames Auge auf Callie und Bromwell zu haben. Ihr würde nicht das geringste Anzeichen entgehen, das ihn als Lebemann,

Schürzenjäger oder Frauenheld ausweisen könnte. Nichts und niemand sollte Callie Schaden zufügen, solange sie unter ihrem Dach wohnte.

Aber sie war unschlüssig, ob sie Rochford wissen lassen sollte, dass Lord Bromwell Interesse an Callie zeigte und umgekehrt. Andererseits durfte sie Callie nicht hintergehen – genauso wenig wie sie mit Rochford über Dinge sprechen konnte, die fünfzehn Jahre zurücklagen. Mittlerweile wunderte sie sich allerdings nicht länger darüber, dass Rochford sich gescheut hatte, ihr den Grund seines Streits mit seiner Schwester zu nennen.

Deshalb blieb ihr nur eine Wahl: Sie musste Callie über die Dinge aufklären, die sie wusste. Aber wie sollte sie Callie klarmachen, dass sie sich von Bromwell fernhalten sollte, weil Rochford nicht wünschte, dass sie Umgang mit dem Mann pflegte, dessen Schwester einst seine Geliebte war?

8. KAPITEL

Zwei Tage später machte Lord Bromwell seine Aufwartung, blieb weniger als eine halbe Stunde, die angemessene Dauer eines Antrittsbesuches. Francesca verließ das Zimmer nicht, und in den letzten zehn Minuten sprach Lady Tollingford mit ihrer Tochter Lady Mary vor. Also ergab sich keine Gelegenheit eines Gesprächs unter vier Augen zwischen Callie und Lord Bromwell, und die Unterhaltung erschöpfte sich in allgemeinen Betrachtungen über das Wetter, den Theaterbesuch vor Kurzem und die Gala, die der Prince of Wales in zwei Wochen anlässlich des Staatsbesuches des Außenministers des österreichischen Kaiserreiches geben würde.

Callie hatte nichts anderes erwartet. Ein erster Besuch war lediglich ein Prolog, der Auftakt zu einer Werbung, der einer Anstandsdame, den Eltern oder dem Vormund der zu umwerbenden Dame Gelegenheit bot, den Bewerber genauer unter die Lupe zu nehmen.

Lord Bromwell, eine hochgewachsene breitschultrige Erscheinung im maßgeschneiderten Gehrock aus dunkelblauem feinsten Tuch und eng anliegenden braunen Hosen bestand diese Musterung mit Bravour. Er sah gut aus, hatte ausgezeichnete Manieren und beherrschte die gesellschaftlichen Gepflogenheiten perfekt, obwohl er viele Jahre nicht in der Stadt gelebt hatte. Dabei waren weder sein Benehmen noch seine Rede geziert und exaltiert, nichts an ihm ließ darauf schließen, dass er aufdringlich um die Gunst der Gastgeberin buhlte oder ein falsches Bild von sich geben wollte.

Callie wusste nach einem Blick zu Francesca, dass ihre ursprünglichen Bedenken durch diesen kurzen Besuch teilweise ausgeräumt wurden. Niemand wusste besser als Lady Haughston, was sich in der Gesellschaft schickte und was nicht. Und wenn jemand einen Glücksritter erkannte oder einen, den Francescas Bruder Dominic als Hochstapler bezeichnen würde, so war sie es. Und Callie konnte sehen, wie Francesca sich mit jeder Minute bei Bromwells Besuch mehr entspannte, ihr Lächeln gelöster und offener strahlte und wie sich aus dem anfänglichen Austausch höflicher Belanglosigkeiten eine angenehme Unterhaltung entspann.

Callie, die Bromwells belustigten Blick auffing, erwiderte ihn gleichfalls belustigt, und ein schwindelerregendes Glücksgefühl stieg in ihr auf.

Tags darauf sprach Lord Bromwell erneut vor, diesmal, um die Damen zu einer Spazierfahrt in seinem offenen Einspänner durch den Hyde Park einzuladen. Gegen fünf Uhr nachmittags erging sich die vornehme Welt in Londons weitläufigen Parkanlagen. Man flanierte zu Fuß, ritt hoch zu Ross, fuhr in eleganten Equipagen, um neueste Hutkreationen, edle Pferdegespanne, glänzend polierte Karossen vorzuführen, und nicht zuletzt, um seine Reitkünste zu präsentieren.

Lord Bromwell, Francesca und Callie saßen etwas gedrängt in Bromwells offener Karriole, einem sportlichen Gefährt, das mehr auf Schnittigkeit und Geschwindigkeit, denn auf Bequemlichkeit ausgerichtet und eigentlich nur für zwei Passagiere gedacht war. Callie musste es hinnehmen, dass Francesca sie nicht einmal im offenen Wagen allein mit Bromwell durch den Park fahren ließ, wobei sie sich fragte, ob die Freundin nicht doch Näheres über Rochfords Abneigung gegen den Earl wusste, als sie ihr gestehen wollte. Callie zögerte nämlich nach wie vor, zu glauben, Sinclair könne den Earl ablehnen, nur weil dessen Schwester einen schlechten Ruf genoss.

Aber wieso sollte Francesca ihr etwas verschweigen? Da sie sich bereit erklärt hatte, Lord Bromwell zu empfangen, dachte sie gewiss nicht schlecht über ihn, woraus Callie wiederum schloss, dass er sich nichts Nachteiliges zuschulden hatte kommen lassen. Also erklärte sie sich die übertriebene Fürsorge der Freundin damit, dass sie Rochfords Unmut nicht herausfordern wollte.

Dennoch wünschte Callie, Francesca würde ihre Rolle als Anstandsdame nicht so genau nehmen. Es war ihr kaum möglich, mit Bromwell zu reden, zumindest nicht über triviale Phrasen hinausgehend, da Francesca zwischen ihnen in der Kutsche saß.

Im Verlauf der nächsten Woche tauchte Lord Bromwell beinahe bei jeder Geselligkeit auf, zu der auch die Freundinnen eingeladen waren. Er stattete zwei weitere Besuche in Francescas Haus ab, sie begegneten ihm bei Lady Batterseas Abendgesellschaft und tags darauf bei Mrs Mellenthorpes festlichem Bankett und zwei Tage später anlässlich der Carrington Soiree.

Zu Callies Missvergnügen wich Francesca bei keiner dieser Gelegenheiten von ihrer Seite, und es ergab sich nicht eine Minute, in der sie mit Bromwell allein hätte sein können. Sie kamen einander lediglich bei der Begrüßung und beim Abschied ein wenig näher, wenn er ihr die Hand küsste. Nein, Francesa trieb es entschieden zu weit. Was könnte denn schon geschehen mitten im Gedränge einer öffentlichen Veranstaltung?

Callie war nicht daran gewöhnt, so streng beaufsichtigt zu werden. Sie bewegte sich seit Jahren im *ton*, und selbst ihre Großmutter gestattete ihr mehr Freiheiten bei einer Abendgesellschaft. Wobei Francesca keineswegs ein wie immer geartetes Verbot aussprach; sie machte es sich lediglich zur Gewohnheit, Callie nicht von der Seite zu weichen, sobald Bromwell auftauchte. Hätte er sie bei einem Ball zum Tanz aufgefordert, hätte Francesca sich vermutlich mit dem nächstbesten Herrn gleichfalls aufs Parkett begeben, um sich zu vergewissern, dass ihr Schützling sich nicht mit ihrem Tanzherrn in einen verschwiegenen Winkel zurückzog.

Nicht einmal Sinclair könnte Einwände erheben, dass Callie und Bromwell dasselbe Fest besuchten, da sie ununterbrochen unter Francescas wachsamer Aufsicht stand. Statt der Freundin dankbar zu sein, grollte Callie im Stillen unter dem sanften Zwang der Zügel, die Francesca ihr anlegte.

Am folgenden Samstag besuchte sie mit Francesca eine Abendgesellschaft bei Lady Fotheringham, und Callie hielt im dicht gedrängten Saal Ausschau nach Bromwell, doch nach einer halben Stunde gab sie die Hoffnung auf, dass er erscheinen würde. Gemeinsam mit Francesca plauderte sie angeregt mit Irene und Gideon, die gleichfalls beschlossen hatten, bis Saisonbeginn in London zu bleiben. Als sie einmal den Kopf drehte, entdeckte sie plötzlich Bromwell, der durch die offenen Flügeltüren den großen Saal betrat.

Callie versteifte sich, ihre Finger krallten sich um den Griff ihres Fächers. An Bromwells Seite, die Hand vertraulich in seine Armbeuge gelegt, schritt eine auffallend attraktive rothaarige Dame von schlankem hohem Wuchs und eleganter Haltung in einer Abendtoilette aus schwarz schimmernder Seide, Dekolleté und Saum mit schwarzer Spitze und Pailletten verziert. Der tiefe Ausschnitt betonte ihre schön geschwungenen hellen Schultern, der üppige Busenansatz wölbte sich über dem gerüschten schwarzen Spitzenbesatz. Das elegante Schwarz brachte ihre kastanienroten Locken, den elfenbeinhellen Teint und ihre hellblauen Augen vorteilhaft zur Geltung. Nur ihre Lippen waren eine Spur zu schmal, aber diese winzige Unvollkommenheit vermochte das atemberaubend schöne Erscheinungsbild nicht zu beeinträchtigen. Ein sanftes Lächeln umspielte ihren Mund, während sie liebevoll zu ihrem Begleiter aufblickte.

Eisige Kälte umfing Callies Herz, als Bromwell das Lächeln der Frau erwiderte. Als spüre Francesca die Veränderung in Callie, folgte sie ihrem Blick, straffte die Schultern und flüsterte ein Schimpfwort.

Callie wandte sich ihr verblüfft zu, ebenso taten dies Irene und Gideon.

„Wer ist …“, begann Irene und zögerte. „Ach ja, ich entsinne mich. War sie nicht auf unserem Verlobungsball? Lady …“, sie stockte, versuchte sich an den Namen zu erinnern und wandte sich fragend an Gideon.

„Bitte frage mich nicht“, erklärte ihr Gemahl. „Ich sehe diese Dame zum ersten Mal.“

Es erschien unglaubwürdig, dass ein Mann sich nicht an diese attraktive Frau erinnerte, wobei Callie in Gideons Fall allerdings eine Ausnahme machte. Er war so vernarrt in Irene, dass er keinen Blick für eine andere Frau übrig hatte.

„Swithington“, erklärte Francesca spitz. „Lady Daphne Swithington.“

„Oh!“ Callie reagierte überrascht und leicht befremdet über die Welle der Erleichterung, die sie ergriff. „Lord Bromwells Schwester.“

„Ja. Offenbar ist sie zur Saison angereist.“ Francesca klang keineswegs begeistert.

Callie warf Francesca einen forschenden Seitenblick zu. Gewiss störte sie mehr an der Dame als nur die Tatsache, dass Lady Swithington keinen untadeligen Ruf genoss. Schließlich waren viele Jahre vergangen, seit die Frau sich skandalös benommen hatte – was immer damals geschehen sein mochte – und sie hatte seither die Gesellschaft gemieden. Ihr Erscheinen erregte zwar einiges Aufsehen, aber niemand wandte sich ab und zeigte ihr die kalte Schulter. Selbst wenn Lady Swithington noch gebrandmarkt war, konnte Callie sich nicht erklären, warum Francesca, die es selbst nicht allzu genau mit gesellschaftlichen Regeln nahm, sich so zugeknöpft gab. Aber möglicherweise war Francescas verstorbener Gemahl einer der Herren, denen man nachsagte, eine Affäre mit Lady Daphne gehabt zu haben.

Lord Bromwell und seine Schwester begrüßten einige Gäste mit einem Kopfnicken und steuerten geradewegs auf ihre Gruppe zu. Bromwell verneigte sich höflich. „Lady Haughston, Lady Calandra, gestatten Sie mir, Ihnen meine Schwester Lady Swithington vorzustellen“, begann er.

Francesca nickte mit einem frostigen Lächeln. „Lady Swithington und ich sind alte Bekannte.“

„Oh ja“, bestätigte die Dame mit einem weit weniger reservierten Lächeln. Callie stellte fest, dass sie älter war, als sie von Ferne vermutet hätte. Ein Kranz feiner Fältchen umgab ihre Augenwinkel, und auch wenn sie nicht lächelte, zogen sich zwei tiefe Falten von ihren Nasenflügeln zu den Mundwinkeln. „Lady Haughston und ich, wir kennen uns von früher, nicht wahr?" Sie wandte sich lächelnd an Callie. „Lady Calandra! Wie ich mich freue, Sie endlich kennenzulernen. Ihren Bruder kenne ich schon sehr lange, aber damals waren Sie noch ein kleines Mädchen." Sie gab ein kleines entschuldigendes Lachen von sich. „Du meine Güte, nun habe ich unser Alter verraten, nicht wahr, Francesca. Wie grässlich von mir."

Francescas kühles Lächeln war gewichen. Ohne auf die Bemerkung der Dame einzugehen, fuhr sie mit einer Stimme wie aus Glas fort: „Ich nehme an, Sie kennen Lord und Lady Radbourne."

„Aber natürlich. Von Ihrer Verlobungsfeier, nicht wahr?" Lady Swithington strahlte das Paar an. „Damals hatte ich soeben mein Trauerjahr hinter mir, deshalb fand ich nichts dabei, daran teilzunehmen, zumal die liebe Lady Odelia mich eingeladen hatte. Sie ist eine angeheiratete Cousine unseres Vaters, müssen Sie wissen, und war immer besonders gütig zu uns. Hab ich nicht recht, Brom, mein Lieber?"

„Ja, Lady Odelia ist ein Schatz", antwortete Bromwell mit einem Anflug von Ironie, worauf seine Schwester ihn spielerisch mit dem Fächer antippte.

„Aber Bromwell …, deine Freunde könnten sich eine falsche Vorstellung von ihr machen."

Gideon schmunzelte. „Keine Sorge – wir alle sind mit Lady Odelia verwandt und kennen sie sehr gut."

Bromwell räusperte sich. „Nun, da Lady Daphne in London weilt, schlage ich vor, wir treffen uns nächste Woche zu einem Ausflug nach Richmond Park. Zweifellos wird unser Vetter Mr Tilford mit von der Partie sein. Und ich würde mich außerordentlich freuen, wenn Sie alle daran teilnehmen." Er ließ seinen Blick über die Runde schweifen. „Lord und Lady Radbourne? Lady Haughston?" Schließlich erreichte er Callie und blieb lange auf ihr haften. „Lady Calandra?"

„Das klingt sehr verlockend, vorausgesetzt das Wetter spielt mit", beeilte Callie sich zu antworten, in der Befürchtung, Francesca würde ablehnen. „Ich muss gestehen, dass ich die freie Natur ein wenig vermisse. Ein langer Ausritt würde uns allen guttun."

„Ja, dem stimme ich zu", sagte Francesca mit bedeutend weniger Begeisterung. „Allerdings haben weder Lady Calandra noch ich Pferde zur Verfügung. In der Stadt finde ich nie genügend Zeit zum Ausreiten, deshalb stehen unsere Pferde in Redfields."

„Das soll Ihre Sorge nicht sein", wandte Bromwell ein. „Ich habe letzte Woche einige Tiere bei Tattersall ersteigert und vorläufig in einem Mietstall untergebracht. Mit dem Ausflug bietet sich eine gute Gelegenheit, den Pferden Bewegung zu verschaffen."

„Auch wir haben Pferde nach London gebracht", ergänzte Lord Gideon. „An Reitgelegenheit soll es uns nicht fehlen."

„Nun, wenn das so ist …", willigte Francesca wohl oder übel ein, „… freue ich mich darauf."

Callie glaubte ihr zwar nicht, war aber froh um ihre Einwilligung, denn die Aussicht auf einen Reitausflug in dem großen Park vor den Toren der Stadt erschien ihr sehr verlockend. Sie liebte lange Ausritte auf den Ländereien ihres Bruders und fühlte sich in der Stadt ein wenig eingeengt, besonders in letzter Zeit, da ihre gesellschaftlichen Verpflichtungen ihr keine Zeit ließen, im Hyde Park auszureiten.

Der Ausflug wurde für den darauffolgenden Dienstag vereinbart, und man hoffte, dass ihnen das Wetter keinen Strich durch die Rechnung machen würde. Bromwell und seine Schwester verweilten noch ein paar Minuten, wobei Francesca sich ungewohnt einsilbig gab, während Lady Daphne die Wortführung übernahm und eine launige Reiseschilderung zum Besten gab. Sie schilderte eine Fahrt vom abgelegenen Landgut ihres verstorbenen Gemahls in Wales nach London mit allen erdenklichen Hindernissen, angefangen von einem vergessenen Koffer über ein gebrochenes Wagenrad bis zu einem durch einen Schneesturm erzwungenen dreitägigen Aufenthalt in einem schäbigen Dorfgasthof.

Bald verabschiedeten sich Irene und Gideon und kurz darauf auch Bromwell und Lady Daphne, die Callies Hand herzlich drückte und ihr zuflüsterte, sie freue sich darauf, sich während des Ausflugs länger mit ihr unterhalten zu dürfen. Bromwell beugte sich über Callies Hand. Bei der Berührung seiner Lippen durchrieselte sie eine prickelnde Wärme, unwillkürlich krümmten sich ihre Finger um die seinen, und als er sich wieder aufrichtete, schien in seinen Augen ein Feuer zu lodern.

Nachdem die Geschwister gegangen waren, wandte Callie sich an Francesca und flüsterte ihr zu: „Du musst mich nicht nach Richmond Park begleiten, wenn dir nicht danach ist. Irene und Gideon werden an meiner Seite sein und mich aufs Beste behüten. Ich werde dich entschuldigen und sagen, du fühlst dich unpässlich."

„Und Daphne die Genugtuung geben, ich hätte nicht den Mut gehabt, einen Tag in ihrer Gesellschaft zu verbringen?" Francescas blaue Augen glitzerten wie Eiskristalle. „Unsinn. Ich komme sehr gut damit zurecht." Mit versteinerter Miene murmelte sie zwischen den Zähnen: „Unser Alter verraten, von wegen! Als wäre sie nicht sechs Jahre älter als ich!"

Callie verbarg ihr Lächeln hinter ihrem Fächer. Noch nie hatte sie erlebt, dass Francesca eine spitze Bemerkung über eine andere Frau gemacht hätte. Sie war sich ihrer Schönheit und ihrer geachteten Position in der Gesellschaft bewusst und hatte es nicht nötig, Eifersucht oder Neid gegen andere Frauen zu empfinden. Wenn andere Damen ihr diese Gefühle entgegenbrachten, verstand sie es charmant, ihnen den Wind aus den Segeln zu nehmen, ohne je feindselig oder bitter zu reagieren. Irgendwie fand Callie es beruhigend, dass sogar Francesca zu Gefühlen der Abneigung fähig war und sie auch zeigte.

Allerdings hatte Lady Daphne auf Callie den Eindruck gemacht, eine angenehme und freundliche Person zu sein, wobei sie sich hüten würde, dies Francesca gegenüber zu erwähnen – genauso wenig, wie sie die Freundin fragen würde, warum sie Lady Daphne nicht leiden konnte. Die Frage wäre zu unhöflich und zu persönlich gewesen, zumal Callie den Verdacht hatte, die Antwort könne etwas mit Francescas Gemahl zu tun haben, der im Ruf gestanden hatte, ein zügelloser Wüstling zu sein. Andererseits hätte Callie gern gewusst, was Lady Daphne getan hatte, um Francesca gegen sich einzunehmen.

Ein Blick ins Gesicht der Freundin genügte, um Callie wissen zu lassen, dass ihre Neugier nicht befriedigt werden würde. Selbst ein taktvoller Versuch würde Francesca keinen Hinweis entlocken, deshalb wandten sich Callies Gedanken einem weit angenehmeren Thema zu, nämlich dem Ausflug am kommenden Dienstag, an dem sie einen ganzen Tag in Lord Bromwells Gesellschaft verbringen durfte.

„Nun …“, murmelte Lady Swithington, als sie sich von Calandra und Francesca entfernten. „Wie ich sehe, zeigst du Interesse an der kleinen Schwester des Dukes. Interessant.“ Sie warf ihrem Bruder einen prüfenden Seitenblick zu.

„Ich hätte dich vorher davon unterrichten müssen“, erklärte Bromwell entschuldigend. „Aber als ich sie und ihre Gesellschaft bei unserem Eintreffen entdeckte, hielt ich es für eine gute Gelegenheit, ihre Reaktion zu sehen, wenn ich sie dir vorstelle.“

„Wieso?“ Daphnes ohnehin schmaler Mund wurde noch schmaler. „Du hast doch nicht erwartet, dass ein Mitglied der stolzen Lilles-Sippe auch nur eine Spur von Reue zeigt.“

„Ich wollte nur sehen, ob sie eine Ahnung hat, was ihr Bruder dir angetan hat“, entgegnete er. „Bisher hatte ich das Gefühl, sie weiß von nichts. Es liegt ja auch schon so viele Jahre zurück. Dennoch war ich neugierig.“

„Und was hast du herausgefunden?“

Er schüttelte Kopf. „Sie weiß wirklich nichts, dessen bin ich mir sicher.“ Er wandte sich Daphne zu. „Was ich allerdings von Lady Haughston nicht behaupten kann.“

„Pah.“ Mit einem verächtlichen Laut schnipste Daphne ihren Fächer auf und fächelte sich Luft zu. „Francesca! Die war immer schon schrecklich etepetete.“

Die Geschwister bahnten sich einen Weg durch das Gedränge der Gäste bis zum Getränketisch am anderen Ende des Saales. Bromwell reichte Daphne ein Glas Punsch, und sie beobachteten das bunte Treiben. Hin und wieder erhaschten sie einen Blick auf Francesca und Callie, die immer noch an der gleichen Stelle standen und sich unterhielten.

„Und … was hast du mit der kleinen Lady Calandra vor?“, fragte Daphne gedehnt. „Jedenfalls hoffe ich, du machst ihr nicht ernstlich den Hof.“

„Ich will nicht leugnen, dass ich ernste Absichten habe“, antwortete ihr Bruder in einem Anflug von Sarkasmus.

„Aber doch nicht, um sie zu heiraten.“

„Du solltest mich gut genug kennen“, meinte er leichthin. „Ich würde dir niemals zumuten, eine Verbindung mit der Familie Lilles einzugehen.“

„Ja, ich kenne dich“, stimmte sie ihm mit einem selbstgefälligen Lächeln zu. „Aber was hast du vor? Es wäre angemesen, es dem Duke mit gleicher Münze heimzuzahlen.“

Bromwell sah sie verdutzt an. „Was meinst du damit? Denkst du etwa, ich wäre fähig, das Mädchen zu verführen und sie dann sitzen zu lassen?“

Daphne zog die Schultern hoch, ihre Miene wurde bitter. „Immerhin wäre es eine gerechte Vergeltung für das, was ihr Bruder mir angetan hat, und längst nicht so niederträchtig, wie ihr ein Kind anzuhängen und sie fallen zu lassen.“

„Nein. Ich bin nicht wie Rochford“, wehrte Bromwell stirnrunzelnd ab. „Und ich weiß, dass du dieses Schicksal keiner anderen Frau wünschst.“

Daphne lächelte honigsüß. „Manchmal vergesse ich, wie gut du bist. Natürlich hast du recht. Ich würde keiner anderen Frau wünschen, die Schande und Schmach zu erleiden, die Rochford mir angetan hat. Es ist nur so ungerecht, dass der Duke nie dafür büßen musste.“ Sie beobachtete ihren Bruder, dessen Blick auf Lady Calandra am anderen Ende des Saals gerichtet war. Mit einem schmollenden Unterton setzte sie hinzu: „Ich hätte allerdings nichts dagegen, wenn einem Mitglied der stolzen Lilles ein Zacken aus der Krone gebrochen würde."

Bromwell nickte. Erst vor Kurzem hatte er eine ähnliche Bemerkung seinem Vetter Archie gegenüber gemacht. „Aber es wäre Callie gegenüber ungerecht", entgegnete er stirnrunzelnd.

„Callie?" Daphne zog erstaunt die Brauen hoch.

„Alle nennen sie so, auch Lady Odelia und Lady Haughston. Calandra klingt irgendwie zu förmlich für sie."

„Sag bitte nicht, du hast eine Zuneigung zu diesem Mädchen gefasst", entgegnete Daphne schnippisch.

„Nein, natürlich nicht." Sein Stirnrunzeln vertiefte sich. „Sie ist ein hübsches Ding, aber sie bedeutet mir nichts."

„Freut mich zu hören. Es wäre nicht klug, einer Lilles zu vertrauen", bemerkte Daphne bitter.

„Ich weiß."

Nach einer Pause fuhr Daphne fort: „Was sind denn nun deine Absichten mit der Dame?"

„Den Duke ein wenig in Unruhe versetzen", antwortete er mit einem spöttischen Lächeln. „Mir gefällt der Gedanke, ihn ein Weilchen auf die Folter zu spannen. Er soll sich fragen, was ich beabsichtige ... Ob ich seiner Schwester etwas über seine Vergangenheit erzähle. Ob ich versuche, sie gegen ihn aufzubringen oder sie ihm zu entfremden. Ob ich mich so verhalten könnte, wie er es getan hat. Ob ich mich um ihre Zuneigung bemühe und mich dann von ihr abwende. Meiner Erfahrung nach erwartet ein ehrloser Mann ehrloses Verhalten von anderen."

„Es wird ihm jedenfalls nicht gefallen, wenn du ihr den Hof machst", pflichtete Daphne ihm bei.

„Genauso ist es. Er hat mir bereits eine Warnung erteilt."

„Tatsächlich?" Sie sah ihn neugierig an. „Was hat er getan? Was hat er gesagt?"

„In seiner arroganten Art", erklärte ihr Bruder, „befahl er mir herrisch, ich soll mich von seiner Schwester fernhalten, als müsse er nur mit den Fingern schnipsen und alle Welt gehorcht ihm."

„Was hast du geantwortet?"

„Zuerst wollte ich ihm einen Fausthieb versetzen", gestand Brom mit einem spöttischen Funkeln in den Augen. „Aber Lady Odelia hätte gewiss etwas dagegen gehabt, wenn an ihrem Geburtstagsfest Blut geflossen wäre. Zwei sich prügelnde Herren auf ihrer Terrasse hätten die festliche Stimmung gewiss erheblich gedämpft." Achselzuckend fuhr er fort: „Doch dann überlegte ich mir, es würde mehr Spaß bringen, ihn zu provozieren, um ihm zu zeigen, dass nicht alle Welt nach seiner Pfeife tanzt … nicht einmal seine eigene Schwester. Sobald er erfährt, dass wir uns seinem Verbot widersetzt haben, wird er vermutlich umgehend nach London reisen, wütend wie ein angeschossener Bär und …", seine Mundwinkel zogen sich verächtlich nach unten, „… dann wird er mir einen Besuch abstatten."

Broms graue Augen blitzten kämpferisch.

„Du meinst, er wird dich fordern?", fragte Daphne besorgt. „Aber nein, Brom! Er soll ein ausgezeichneter Schütze sein. Du könntest tödlich verletzt werden!"

„Du scheinst zu vergessen, meine Liebe – auch ich bin ein sehr guter Schütze."

„Ja, das weiß ich", entgegnete sie gereizt. „Trotzdem … du riskierst dein Leben … Der Preis ist zu hoch."

„Wie dem auch sei, ich bezweifle, dass es so weit kommen wird. Rochford hat sich noch nie einem Duell gestellt, und ich denke nicht, dass er jetzt damit anfangen wird."

„Aber wenn du ihn provozierst …"

Bromwell hob gleichmütig die Schultern. „Ich halte es für wahrscheinlicher, dass wir die Angelegenheit an Ort und Stelle klären, und zwar mit unseren Fäusten." Mit einem grimmigen Lächeln ballte er die Hand zur Faust.

„Bist du sicher?", fragte Daphne besorgt. „Das letzte Mal …"

Er wischte ihren Einwand beiseite. „Damals war ich siebzehn. Ihn zu fordern war der Leichtsinn eines Grünschnabels. Mir würde es größere Genugtuung verschaffen, ihm einen Tritt in seinen arroganten Hintern zu versetzen."

„Nun ja, mein Lieber, wenn das dein Wunsch ist", sagte Daphne im nachsichtigen Tonfall der älteren Schwester und hakte sich bei ihm unter. „Dieses Vergnügen sei dir gegönnt."

Der Dienstagmorgen erwachte klar und frisch, eine bleiche Februarsonne strahlte vom wolkenlosen Himmel, ein idealer Tag für einen Reitausflug in den königlichen Park von Richmond. Callie sprudelte bereits beim Frühstück vor Begeisterung über, während Francesca dem Ausflug mit gemischten Gefühlen entgegensah, der Freundin allerdings den Spaß nicht verderben wollte. Sie nickte lächelnd und bestätigte, der Tag sei wunderschön, die Gesellschaft höchst angenehm, und wie wunderbar es sei, dass Reitkostüme nicht nur die Figur vorteilhaft betonten, sondern auch zu den wenigen Kleidungsstücken gehörten, die nicht weiß sein mussten.

Callies Reitkostüm aus grünem Samt, das sie in ihrem Kaufrausch vor Beginn der Saison in einem exklusiven Schneideratelier anfertigen ließ, trug sie heute zum ersten Mal. Entgegen dem Modediktat der diesjährigen Saison, das eine hochgeschobene Taille vorschrieb, betonte das schmal geschnittene Jackett ihre Taille und war mit schwarzen Aufschlägen an Kragen und Manschetten versehen. Dazu trug sie einen kecken grünen, schwarz eingefassten Samthut, schräg in die Stirn gesetzt, der ihr ein leicht verwegenes Aussehen verlieh.

Francesca fand, dass Callie ganz entzückend darin aussah, und nahm sich vor, den Tag in Daphnes Gegenwart gelassen durchzustehen, um Callie das Vergnügen zu gönnen, Lord Bromwell zu gefallen.

Eine Stunde später versammelte sich eine fröhliche Gruppe für den Ausflug nach Richmond Park, bestehend aus Lord und Lady Radbourne, Lord Bromwell und seiner Schwester, Francesca und Callie sowie Archie Tilford, Miss Bettina Swanson und deren Bruder Reginald, einem liebenswürdigen jungen Mann, der sein Studium in Oxford soeben beendet hatte. Miss Swanson und ihr Bruder fuhren im eleganten Landauer von

Lord Radbourne, der sein Pferd freundlicherweise Francesca überließ.

„Der Wallach ist gewiss froh, einen besseren Reiter im Sattel zu haben als mich", erklärte er ihr schmunzelnd. Aus Lord Radbourne, der als Kind lange Zeit kränkelte, war nie ein schneidiger Reiter geworden wie aus anderen Aristokraten.

„Und Ihnen, Mylady", erklärte Bromwell an Callie gewandt, nahm sie beim Ellbogen und führte sie zu einer zierlichen weißen Stute, „habe ich Bellissima zugedacht." Ein flüchtiges Lächeln erhellte seine Gesichtszüge. „Der Name passt. Sie ist gefügig, ohne träge zu sein, und hat eine ausgezeichnete Abstammung. Ich war mir nicht sicher, wie gut Sie reiten."

„Ich halte mich ganz passabel im Sattel", erklärte sie mit einem schalkhaften Lächeln.

„Ich nehme an, Sie reiten wie eine Amazone, und ich müsste mich schämen, Ihnen ein allzu frommes Pferd zugeteilt zu haben."

Callie lachte leise und streichelte die samtige Schnauze der Stute. „Ich sehe, dass Bellissima keineswegs lammfromm ist. Habe ich recht, meine Schöne?" Sie wandte sich wieder an Bromwell. „Vielen Dank, Mylord. Sie haben eine ausgezeichnete Wahl getroffen, und ich werde den Ausflug mit ihr genießen."

„Das hoffe ich." Nach einer Pause fügte er hinzu: „Bitte nennen Sie mich Bromwell oder Brom, wie alle meine Freunde."

Callie sah ihn an. Seine Worte machten sie ein wenig schwindelig und atemlos. „Aber für solche Vertraulichkeiten kennen wir uns nicht gut genug, Mylord."

„Wirklich nicht?" Er heftete den Blick auf ihren Mund, und sie wusste, dass er an ihre Küsse dachte und an die Leidenschaft, die diese Zärtlichkeiten in ihnen geweckt hatte. Er löste den Blick von ihren Lippen und meinte leichthin: „Ich hoffe, das wird sich bald ändern."

Er trat einen Schritt zurück und streckte ihr die Hände entgegen. „Erlauben Sie mir, Ihnen in den Sattel zu helfen." Damit umfing er ihre Mitte, schwang sie in den Sattel und machte sich daran, die Steigbügel zu justieren. Dabei streifte er die Handschuhe ab, um besser arbeiten zu können.

Callie spürte, wie sein Arm ihr Bein streifte, selbst durch die Falten des schweren Samtrocks und den Reitstiefel spürte sie die Berührung. Gespannt beobachtete sie seine Hand, als er den Gurt festzog. Lange sehnige Finger, die geschickt hantierten. Sie malte sich aus, wie diese Finger ihren Arm entlang über ihren Hals nach oben glitten und ihr Gesicht umfingen.

Hastig wandte sie sich ab, senkte den Blick auf ihre Hände, die sich an den Zügeln festklammerten. Sie spürte, wie ihr die Hitze in die Wangen stieg. Wie absurd, schalt sie sich, auf welch verbotene Abwege ihre Gedanken in Bromwells Nähe gerieten. Sie fürchtete, dass er etwas ahnte. In seinen Augen lag etwas Wissendes. Vielleicht entsann er sich ihrer Reaktion auf seine Küsse, die sie in einer Art erwidert hatte, die nicht anders als schamlos zu bezeichnen war.

Hielt er sie möglicherweise für eine Frau mit Erfahrung auf diesem Gebiet? Hegte ihr Bruder eine Abneigung gegen Bromwell, weil er seinen Ruf als Frauenheld kannte? Als Schürzenjäger und Wüstling? Machte Bromwell ihr den Hof, weil er ihr unterstellte, eine Frau mit lockerer Moral zu sein? Schuldbewusst dachte sie, dass sie ihm ja auch reichlich Grund geben hatte, sie dafür zu halten. Schließlich hatte er sie mitten in der Nacht ohne Begleitung auf der Straße aufgelesen. Und dann hatte sie sich von ihm küssen lassen, ohne sich zur Wehr zu setzen – im Gegenteil, sie war förmlich in seinen Armen geschmolzen.

Beklommenheit legte sich wie ein kalter Schatten um ihr Herz, obwohl sie nicht glauben wollte, dass dies der Grund seiner Aufmerksamkeiten war. Ein Frauenheld hätte wohl kaum seine Nachmittage und Abende damit verbracht, eine behütete junge Dame zu umwerben. Ein Mann, dem lediglich an der Eroberung einer lüsternen Frau gelegen war, hätte mit tausend anderen leichteres Spiel gehabt. Trotz alledem machte er ihr den

Hof. Diese Ausdauer ließ auf ein tieferes Interesse schließen, als ein Schürzenjäger aufbringen würde. Andererseits war Callie auch realistisch genug, um sich einzugestehen, dass derlei Überlegungen lediglich ihrem Wunschdenken entspringen mochten.

Sie ließ den Blick über die Ausflügler schweifen, die gleichfalls im Begriff waren, aufzusitzen. Ihr Blick traf Lady Swithington, die Callie eindringlich musterte. Und sie las in den hellblauen Augen der anderen Frau eine kalte und tiefe Abneigung.

9. KAPITEL

Unwillkürlich zog Callie die Zügel straffer, worauf ihre Stute nervös zu tänzeln begann. Nachdem sie das Tier beruhigt hatte, blickte sie erneut zu Bromwells Schwester hinüber, die ihr nun freundlich zulächelte.

„Was für ein fantastisches Bild Sie abgeben, Lady Calandra", sagte sie bewundernd. „Ihre schwarze Lockenfülle, die dunklen Augen und das weiße Pferd. Ich fürchte, Sie stellen uns alle in den Schatten."

„Niemand könnte sich mit Ihrer Schönheit messen, Lady Swithington", versicherte ihr Mr Swanson.

„Wahrhaftig nicht", stimmte Archie Tilford in das Loblied ein. „Damit will ich natürlich nicht sagen, dass Lady Calandra nicht gleichfalls eine große Schönheit ist. Niemand könnte schöner sein als die beiden Damen." Er warf unstete Blicke in die Runde und bekam rote Ohren. „Nicht zu vergessen Lady Haughston, Lady Radbourne und Miss Swanson, die ebenso schön sind. Ich meine, wer wollte sich zwischen Aphrodite und der schönen Helena von Troja entscheiden? Und wir haben nun fünf Schönheiten in unserer Mitte, nicht zwei und … ähm …"

Lord Radbourne musste laut lachen, was er mit einem gespielten Hustenanfall zu kaschieren versuchte, worauf Lady Radbourne, deren Schultern zu zucken begannen, sich seitlich abwandte und die Hand vor den Mund hielt.

„Nun lass es gut sein, Archie", riet Lord Bromwell seinem Vetter in schonungsloser Offenheit. „Unsere Zeit reicht nicht, um abzuwarten, bis du dich aus dieser Peinlichkeit herausgewunden hast. Meine Damen, Sie sind die Krönung aller Schönheit, und ich wage zu behaupten, es gibt keinen Gentleman in London, der nicht gerne den Platz mit uns tauschen würde. Und nun wollen wir endlich aufbrechen."

Alle nickten erleichtert, und die Gruppe setzte sich in Bewegung; einige ritten vor dem Landauer her und der Rest dahinter. Zunächst war es mühsam, auf den belebten Straßen der Großstadt voranzukommen, man ritt schweigend hintereinander und konzentrierte sich auf das geschäftige Getriebe.

Callie war froh um das Schweigen, das ihr erlaubte, ihren Gedanken nachzuhängen. Immer wieder sah sie Lady Swithingtons Blick vor sich, in dem sie tiefe Abneigung, ja sogar Hass zu lesen geglaubt hatte. Oder war es nur eine Sinnestäuschung? Aber wieso sollte sie sich so etwas einbilden? Und wieso sollte Bromwells Schwester sie hassen?

Als sie die Randbezirke der Großstadt und weniger belebte Straßen erreichten, kamen Gespräche auf. Callie verdrängte ihre Grübeleien und nahm sich vor, sich den Ausflug nicht verderben zu lassen.

Es bildeten sich Grüppchen von jeweils zwei oder drei Reitern, die nebeneinanderher ritten und munter miteinander plauderten und lachten. Callie war zunächst in Sorge, ob Francesca gezwungen wäre, neben Bromwells Schwester zu reiten, stellte jedoch erleichtert fest, dass Lady Swithington ihr Pferd neben die offene Kutsche lenkte, mit dem jungen Reginald Swanson flirtete und sich auch bemühte, mit Lord Radbourne zu kokettieren.

Callie warf Irene einen Blick zu, die lediglich die Augen verdrehte und ihre angeregte Plauderei mit Francesca fortsetzte. Es bestand auch keinerlei Grund zur Besorgnis, da Gideon ein tödlich gelangweiltes Gesicht machte, Lady Daphne keinerlei Beachtung schenkte und sein Blick immer wieder zu seiner Gemahlin flog.

Bromwell lenkte seinen Wallach neben Callies Stute. Zu Callies Verwunderung schien Francesca keinen Einwand dagegen zu erheben, da sie weiterhin an Irenes Seite blieb. Mr Tilford hatte sich zum Beschützer der anderen beiden Damen erkoren, und Callie und Bromwell bot sich die Gelegenheit, sich während einer langen Wegstrecke ungestört zu unterhalten.

Die ganze letzte Woche hatte sie diese Zweisamkeit herbeigesehnt, doch nun fühlte sie sich beklommen und wusste nicht, was sie sagen sollte. Ein völlig neuer Zug an ihr, da sie in ihrer sprühenden Art noch nie auf den Mund gefallen war. Vor jedem Besuch einer Gesellschaft pflegte ihre Großmutter sie ernstlich zu ermahnen, nicht vorlaut zu sein und die Aufmerksamkeit nicht unnötig auf sich zu lenken, wobei Callie nie Bedenken hatte, sich über diese Ermahnungen hinwegzusetzen.

Sie führte ihre ungewohnte Hemmung auf die Tatsache zurück, dass es ihr wohl zum ersten Mal in ihrem Leben wirklich wichtig war, einem Mann zu gefallen. Nachdem sie eine Bemerkung über das Wetter als zu banal verworfen hatte und auch den Hinweis auf die Schönheiten der Natur geistlos fand, versuchte sie es mit einem anderen Thema. „Mit dieser Stute haben Sie einen sehr guten Kauf getätigt."

Kaum hatte sie den Satz ausgesprochen, befürchtete sie, damit die schlechteste Wahl getroffen zu haben. Bromwell aber wandte sich ihr lächelnd zu, und ihre Selbstkritik schwand.

„Gefällt sie Ihnen? Das höre ich gerne", antwortete er. „Ich dachte nämlich beim Kauf der Stute an Sie."

Er zügelte sein Pferd mit einem seltsamen Ausdruck in den Augen, als sei er von seinen eigenen Worten überrascht, bevor er entschuldigend fortfuhr: „Besser gesagt, ich dachte an den Ausflug nach Richmond und hoffte, dass Sie und Lady Haughston daran teilnehmen würden. Ich habe das Pferd natürlich für meinen Landsitz gekauft, hatte aber auch im Hinterkopf, Sie zu einem Ausritt auf Bellissima verlocken zu können."

„Ich fühle mich geehrt, dass Sie mir dieses Vergnügen gönnen", bedankte Callie sich und tätschelte den Hals des anmutigen Pferdes, um das Glücksgefühl, das sie bei seinen Worten durchströmte, zu verbergen. „Sie geht weich und geschmeidig und hat ein feuriges Temperament."

„Ich war mir nicht sicher, ob sie zu lebhaft ist", gestand er. „Aber sie machte auf mich einen vielversprechenden Eindruck, und ich wollte sie mir nicht entgehen lassen. Wie ich sehe, war meine Besorgnis, ob Sie mit ihr umgehen können, unnötig."

„Mein Vater setzte mich auf ein Pony, sobald ich laufen konnte", erklärte Callie schmunzelnd. „Er war ein begeisterter

Reiter und Pferdenarr. Ich habe nicht viele Erinnerungen an ihn, aber ich sehe ihn noch vor mir, wie er neben dem Pony herging, um mich aufzufangen, falls ich aus dem Sattel rutsche."

Bromwell sah sie stirnrunzelnd an. „Ihr Vater ist früh verstorben? Das tut mir leid."

Callie nickte. „Ja, in einem kalten Winter zog er sich eine fiebrige Erkältung zu und starb wenige Wochen später. Ich durfte mich nicht einmal von ihm verabschieden, da meine Mutter in Sorge war, ich könnte mich bei ihm anstecken."

„Tut mir leid", wiederholte er. „Wie taktlos von mir, schmerzliche Erinnerungen aufgewühlt zu haben."

Sie lächelte ihn an. „Keine Sorge, ich habe keine schmerzlichen Erinnerungen. Eigentlich erinnere ich mich nur vage an meinen Vater. Ich war erst fünf, als er starb. Manchmal bin ich mir nicht sicher, ob ich mich tatsächlich an sein Gesicht erinnere oder nur an das Porträt von ihm, das im Schlafzimmer meiner Mutter hing. Manchmal beneide ich meinen Bruder, der ihn so viel länger kannte als ich."

„Nicht jeder kann von sich behaupten, er schätze sich glücklich, seinen Vater länger gekannt zu haben", entgegnete Bromwell mit leicht herabgezogenen Mundwinkeln.

„Haben Sie Ihren Vater nicht ... ich meine ...", Callie geriet ins Stocken. Ihre Frage war vermutlich zu persönlich.

„Nein, habe ich nicht", antwortete er achselzuckend. „Ich hatte nichts für ihn übrig, als er noch lebte, und habe nicht um ihn getrauert, als er starb."

„Das tut mir schrecklich leid!", entfuhr es Callie, die spontan die Hand nach ihm ausstreckte, sie aber hastig wieder zurückzog.

„Nein, mir tut es leid. Wer seinen Vater nicht ehrt, gilt bekanntlich als undankbar. Aber ich bin ein schlechter Lügner und kann nicht behaupten, dass mir etwas an ihm lag. Er war ein harter gefühlskalter Mann, dem eigentlich nur das eigene Wohl am Herzen lag, und ich wette, unter seinen Bekannten gab es kaum jemanden, der seinen Tod aufrichtig bedauerte. Aber ich hätte dieses Thema nicht anschneiden dürfen." Er lächelte ihr aufmunternd zu. „Das ich hiermit beende. Wir wollen lieber von Ihnen sprechen. Wie kam es, dass Ihr Reitunterricht nach dem Tod Ihres Vaters fortgesetzt wurde? War auch Ihre Mutter eine Pferdenärrin?"

„Oh nein." Callie lachte auf. „Meine Mutter hatte nichts für Pferde übrig. Aber da ich leidenschaftlich gerne ritt, wollte sie fortführen, was mein Vater sich gewünscht hätte. Das war ihr sehr wichtig. Sie liebte ihn über alles. Also gab unser Stallmeister mir Reitunterricht und später mein Bruder Sinclair." Sie wandte sich Bromwell zu. „Deshalb ist mein Bruder so ... fürsorglich mit mir. In vieler Hinsicht war er mir Vater und Bruder zugleich, und es fällt ihm schwer, die Rolle des Beschützers abzulegen."

„Ich mache Ihrem Bruder keinen Vorwurf, seine Schwester zu beschützen", antwortete Bromwell. „Dafür habe ich Verständnis, denn auch ich tue alles, um meine Schwester zu beschützen."

Während seiner Rede wanderte sein Blick zu Daphne hinüber, die auf dem breiten Feldweg, den sie erreicht hatten, immer noch neben dem offenen Landauer herritt. Sie lachte über eine offenbar witzige Bemerkung von Mr Swanson, den Kopf in den Nacken gelegt. Ihr schwarzes strenges Reitkostüm ohne Zierrat betonte ihren südländischen dunklen Typ vortrefflich. Nun beugte Lady Daphne sich aus dem Sattel und klopfte Mr Swanson vertraulich auf die Schulter. Der junge Mann errötete bis zu den Wurzeln seiner sandfarbenen Haare, während seine Schwester ein verdrießliches Gesicht zog. Gideon, der seinen Mitreisenden keine Beachtung schenkte, kritzelte etwas in ein schwarz gebundenes Notizbuch.

Callie, die so manche Geschichten über Lord Radbournes Missachtung gesellschaftlicher Gepflogenheiten gehört hatte, verkniff sich ein Lächeln und wandte sich wieder ihrem Begleiter zu, dessen Stirn sich verdüstert hatte.

„Viele Leute verkennen Lady Daphne", erklärte er nun.

„Dabei hat sie ein überaus warmherziges und lebhaftes Naturell.“

„Sie scheint sehr freundlich zu sein“, bestätigte Callie, die nicht recht wusste, was sie sagen sollte. „Und sie ist sehr schön.“

„Ja. Darauf ist sie auch sehr stolz. Aber sie hat unter ihrer Schönheit auch viel zu leiden gehabt. Frauen sind oftmals neidisch und … scheuen sich, Freundschaft mit ihr zu schließen.“

Callie rief sich die wenig schmeichelhaften Bemerkungen Francescas über Lady Swithington ins Gedächtnis. War der schlechte Ruf, den die Dame genoss, durch Missgunst übertrieben? Verzerrt? Flirtete sie nur gern? Callie wusste, wie rasch man sich die Kritik des *ton* zuziehen konnte. Und eine schöne Frau gab zu Eifersüchteleien Anlass, zumal bei Geschlechtsgenossinnen, die von der Natur weniger begünstigt waren.

Andererseits mochten Bromwells Worte auch als Verteidigungsrede eines liebenden Bruders zu werten sein. Liebe machte Menschen häufig blind für die Fehler anderer. Und immer wieder tauchte Daphnes hasserfüllter Blick vor Callies innerem Auge auf. Was hatte er zu bedeuten? Jedenfalls stand er im krassen Gegensatz zu ihren liebenswürdigen schmeichelhaften Worten und dem honigsüßen Lächeln, die sie Callie zugedacht hatte.

Wo immer auch die Wahrheit liegen mochte, Callie respektierte Bromwells Loyalität.

„Haben Sie noch mehr Geschwister?“, fragte sie.

„Nein. Wir beide wuchsen gemeinsam auf und standen einander sehr nahe. Mein Vater war der Meinung, die Kinder aus der Nachbarschaft seien uns nicht ebenbürtig und kein guter Umgang. Und die Kinder adeliger Familien wohnten zu weit entfernt, um Freundschaft mit ihnen zu schließen. Meine Schwester ist ein paar Jahre älter als ich …“ Er zwinkerte Callie scherzhaft zu. „Wobei ich mich hüten würde, eine diesbezügliche Bemerkung in ihrer Gegenwart zu machen. Jedenfalls war ich durch den Altersunterschied kein wirklicher Spielgefährte für sie, und außerdem musste sie ständig auf mich aufpassen. Später, als ich sieben oder acht war, interessierte sie sich mehr für hübsche Kleider und Frisuren, als mit mir Käfer und Schmetterlinge im Garten zu sammeln. Als ich elf wurde, hatte sie ihr Debüt in London und heiratete kurz darauf."

„Das klingt, als seien Sie häufig allein gewesen."

Er nickte. „Ja, ziemlich oft. Aber das störte mich nicht, ich war immer schon ein Einzelgänger."

„Ich hatte zwar auch keine gleichaltrigen Spielkameraden, aber ich verbrachte viel Zeit mit unserer Dienerschaft und meiner Kinderfrau, mit der Köchin, den Stubenmädchen. Meine Großmutter rümpfte häufig die Nase darüber."

„Ihre Mutter vermutlich auch, nehme ich an", stellte Bromwell fest.

Callie zog die Schultern hoch. „Meine Mutter beschäftigte sich nicht sehr mit meiner Erziehung."

Er sah sie verblüfft an. „War sie lieblos?" Nach kurzem Überlegen fügte er hinzu: „Tut mir leid, das sollte ich nicht fragen."

„Nein, nein, seien Sie unbesorgt. Es stört mich nicht, über meine Mutter zu reden. Mit Sinclair kann ich kaum über sie sprechen, das macht ihn traurig, der sie ja viel länger kannte als ich. Und er erinnert sich an sie, wie sie vor dem Tod unseres Vaters war. Eine sehr warmherzige und liebevolle Mutter, die oft ins Kinderzimmer kam, um mit uns zu spielen, als Vater noch am Leben war. Ich erinnere mich an Spaziergänge mit ihr durch den Garten. Sie erklärte mir Pflanzen und Blumen und nannte mir ihre Namen. Sie liebte ihren Garten. Ich durfte ihr beim Blumenpflücken und beim Binden der Blumengestecke helfen."

„Demnach muss sie eine gute Mutter gewesen sein", stellte Bromwell fest.

„Das war sie auch. Und ich weiß, dass sie mich liebte. Aber nach dem Tod meines Vaters veränderte sie sich völlig. Sie hat ihn sehr geliebt, und die Trauer um ihn hat ihr jede Lebensfreude genommen, beinahe als wäre ein Teil von ihr mit ihm gestorben und nur ihr Körper hätte noch bei uns geweilt. Sie interessierte sich für nichts mehr, kümmerte sich nicht mehr um ihren Garten oder die Blumen. Sie machte zwar lange Spaziergänge, zu denen durfte ich sie aber nicht mehr begleiten. Sie wollte allein sein, saß oft stundenlang auf einer Bank und starrte ins Leere."

Callie wandte sich Bromwell zu. „Vermutlich halten Sie mich für sehr selbstsüchtig, mich darüber zu beklagen, dass meine Mutter mir zu wenig Aufmerksamkeit schenkte, nachdem sie diesen tragischen Verlust erlitten hatte."

„Nein, ich halte Sie nicht für selbstsüchtig", widersprach er bedächtig. „Auch Sie haben durch den Tod Ihres Vaters einen großen Verlust erlitten – nicht genug damit, dadurch wurde Ihnen auch die Zuneigung Ihrer Mutter entzogen."

„Ja." Callie war überrascht und verlegen, dass ihr Tränen in den Augen brannten. Es waren so viele Jahre seit dem Tod ihres Vaters vergangen und auch seit dem ihrer Mutter. Sie hatte vor langer Zeit aufgehört, um ihre Eltern zu weinen, aber irgendwie weckte die aufrichtige Anteilnahme dieses Mannes eine seltsame Mischung aus Trauer, Dankbarkeit und Zärtlichkeit in ihr, die ihr die Tränen in die Augen trieb.

Sie blinzelte heftig und ließ den Blick über die Felder und Wiesen wandern, um ihren inneren Aufruhr zu beruhigen. „Danke für Ihr Verständnis", murmelte sie.

„Meine Mutter starb kurz nach meiner Geburt", begann Bromwell. „Meine Kinderfrau war mir wie eine Mutter, wurde aber später durch eine strenge Erzieherin ersetzt. Dennoch besuchte ich sie im Dorf, wann immer ich Gelegenheit dazu hatte. Sie war die Schwester eines Pachtbauern meines Vaters, eine Witwe, die ihr Kind verloren hatte, kurz nachdem meine Mutter gestorben war. Ihr Bruder hatte einen Sohn in meinem Alter. Henry war mein einziger Freund abgesehen von Daphne. Ich habe also Verständnis für Ihre Gefühle."

„Sehen Sie Henry noch heute?"

„Oh ja." Er schmunzelte. „Zu meiner Schande muss ich gestehen, dass er eigentlich immer noch mein einziger Freund ist. Er ist mein Gutsverwalter. Sein älterer Bruder übernahm die

Farm, und Henry war immer sehr lerneifrig. Ich brachte ihm Rechnen und Schreiben bei, als wir noch klein waren, und versorgte ihn heimlich mit Büchern, die er gierig verschlang. Als ich das Erbe antrat, machte ich ihn zu meinem Gutsverwalter. Sein Vorgänger hatte meinen Vater jahrelang unbemerkt bestohlen, der sich zu vornehm war, um je einen Blick in die Geschäftsbücher zu werfen. Weder mein Vater noch sein Verwalter waren bei den Pächtern und Landarbeitern beliebt." Er hielt inne. „Tut mir leid, ich wollte eigentlich nicht über so langweilige Themen reden. Zweifellos bereuen Sie es jetzt schon, an dem Ausflug teilgenommen zu haben."

„Keineswegs", widersprach Callie aufrichtig. „Ich habe meinem Bruder häufig zugehört, wenn er über seine Geschäfte sprach – also über die Verwaltung der Güter. Seine Geschäfte an der Börse interessieren mich wenig, muss ich gestehen. Aber die Landwirtschaft interessiert mich. Dabei geht es nicht nur um trockene Zahlen, sondern um Ackerbau und Viehwirtschaft, um Menschen, die das Land bearbeiten, und um ihre Familien. Am Erntedankfest und an Weihnachten durfte ich immer lange aufbleiben und mit den Bauern feiern. Und als ich älter wurde, machte ich lange Ausritte mit einem Stallburschen und besuchte die Familien der Pächter, wenigstens in Marcastle und Dancy Park. Mit den anderen Landgütern bin ich weniger vertraut, weil ich dort zu wenig Zeit verbracht habe."

„Guter Gott, wie viele Anwesen besitzt Ihr Bruder denn noch?"

„Nun ja, abgesehen von dem Haus in Schottland, wozu allerdings nur wenig Land gehört – dorthin zieht er sich gelegentlich zurück, um allein zu sein und zu angeln und von seinen Pflichten als Duke Ferien zu machen – besitzt er ein Herrenhaus in den Cotswolds, ein Teil der Mitgift meiner Mutter, das er für mich verwaltet. Dann gibt es den Landbesitz in Cornwall, auf dem nicht einmal ein Haus steht, nur eine abweisende uralte Burg, die kaum erhaltenswert ist und allmählich verfällt. Aber in der Umgebung befinden sich Zinnminen, deshalb reist er gelegentlich dort hin, um nach dem Rechten zu sehen. Dann gibt es noch ein Herrenhaus in Sussex. Das wären alle, glaube ich. Nun ja, außer Lilles House in London, aber das ist ja kein Landgut."

„Das ist alles?" Bromwell lachte laut. „Sie beschämen mich. Und ich war stolz darauf, dass ich mein Landgut in Yorkshire aus den Schulden brachte und ein Haus in London kaufen konnte."

Verlegene Röte übergoss Callies Wangen. „Oh Gott, nein! Ich wollte mich nicht hervortun, das müssen Sie mir glauben. Was mögen Sie von mir denken? Und das alles nur, weil er ein Duke ist. Ich meine, Sinclair scheint ziemlich tüchtig darin zu sein, seine Güter zu verwalten. Aber es sind ja auch nur deshalb so viele Besitztümer, weil irgendeiner unserer Vorfahren eine reiche Erbin geheiratet hat, deren Mitgift in den Besitz der Rochfords überging, und jedes Mal, wenn einem unserer Ahnen ein weiterer Titel verliehen wurde, kam ein Landgut dazu …" Beschämt stockte sie mitten im Satz. „Mit meinem Geschwätz mache ich alles nur schlimmer, wie? Aber das alles gehört meinem Bruder, nicht mir."

„Abgesehen von dem Herrenhaus in den Cotswolds", korrigierte er augenzwinkernd.

Callie stöhnte gequält auf. „Es tut mir leid. Ehrlich, es ist nicht so …" Sie wusste nicht, wie sie sich ausdrücken sollte.

Der Earl lachte wieder. „Kein Grund, sich zu entschuldigen. Ich nehme das nicht als Großtuerei. Es entspricht nur der Wahrheit. Sie sind eben eine Frau von sehr hohem Status."

Callie verdrehte die Augen. „Wie furchtbar. Das klingt, als sei ich schrecklich … überspannt."

„Sie? Ich kenne niemanden, der weniger überspannt wäre als Sie. Im Gegenteil, Sie sind, meine Verehrteste, ganz entzückend."

„Nein, ich fürchte, ich bin ein Plappermaul. Ständig sprudelt alles aus mir heraus. Meine Großmutter behauptet ja auch, das sei einer meiner schlimmsten Fehler."

„Ihre Großmutter scheint nicht besonders freundlich zu sein.“

Callie lachte. „Nein, das wäre ungerecht. Sie ist lediglich stolz auf die Familie, und das kann ich ihr nicht verdenken. Sie hat stets ihre Pflicht erfüllt, obwohl sie gezwungen war, auf ein ungebärdiges Mädchen aufzupassen, nachdem sie endlich die Sorge los war, eigene Kinder aufzuziehen. Sie erwartet, dass man seinen Pflichten nachkommt, genau, wie sie es tut. Was andere wünschen oder woran sie Freude haben, zählt für sie nicht.“

„Und was wünschen Sie sich?“, fragte er.

„Ich bin mir nicht sicher. Ich würde mir wünschen, keinen verknöcherten Mann heiraten zu müssen, nur weil er ein Aristokrat ist, oder die erforderliche Anzahl Kinder in die Welt zu setzen, um der Familie einen Gefallen zu tun, nur weil es die Pflicht der Schwester eines Dukes ist.“ Sie seufzte tief. „Manchmal wünsche ich mir … ich weiß nicht …, dass ich eine einfache Miss Soundso wäre, die kein Vermögen besitzt.“

„Ich fürchte, kein Vermögen zu besitzen, würde Ihnen auch nicht gefallen.“

„Ich weiß. Ich klinge wie ein undankbares Kind. Natürlich wäre ich nicht glücklich, wenn ich jeden Penny umdrehen müsste oder … Hüte machen oder Kleider nähen müsste, um mir meinen Lebensunterhalt zu verdienen. Ich habe nur manchmal das Gefühl, alle Menschen sehen in mir nur Rochfords Schwester, nicht eine eigenständige Person. Niemand sieht mich als die Frau, die ich bin.“

„Ich kann Ihnen versichern“, sagte er und blickte ihr direkt ins Gesicht. „Wenn ich Sie ansehe, sehe ich Sie und nur Sie.“

Callie, die seinen Blick erwiderte, hatte plötzlich das Gefühl, als existiere die Welt um sie herum nicht mehr. Es gab keine winterliche Landschaft, keine Begleiter, nichts. Alles, was sie sehen konnte, waren seine Augen, silbrig leuchtend im Sonnenlicht, eingerahmt von dichten schwarzen Wimpern, und alles, was sie fühlen konnte, war dieses atemlose Sehnen, das wie eine Spirale in ihr aufstieg, bis sie glaubte zu vergehen.

In seinen Augen entdeckte sie eine Fülle von Empfindungen, die offenbar mit ähnlicher Macht in ihm tobten. Jäh wandte er sich ab und atmete tief. Auch Callie richtete den Blick zur Seite und bemühte sich, eine gleichmütige Miene aufzusetzen, um zu verbergen, wie deutlich ihre Gefühle ihr ins Gesicht geschrieben waren.

„Hier ist die Abzweigung in den Park", sagte Bromwell unvermutet und klang irgendwie erleichtert.

Callie nickte. Die Ausflügler bogen in den Park ein. Die Landschaft zog sich sanft wogend in die Ferne. Kein Haus war in Sicht, nur weites Land; eingerahmt von Baumgruppen und Sträuchern, zog es sich hügelan bis zu einer Bergkuppe. Keine grünen Wiesen wie im Frühling, sondern die kahlen braunen Äste der Laubbäume ragten in den blassblauen Winterhimmel, und nur Eiben und Lärchen leuchteten wie grüne Farbtupfer. Und dennoch: Die Wintersonne tauchte dieses friedliche Bild unberührter Natur in bleiches Licht und zauberte eine märchenhafte Landschaftsidylle, deren Schönheit durch ein Rudel Rehe am Waldrand vollendet wurde. Die Tiere hoben die Köpfe und äugten zu den Reitern herüber, bevor sie die Flucht ergriffen.

Mit einem herausfordernden Blick zu Bromwell bohrte Callie ihre Stiefelabsätze in die Flanken der Stute, die augenblicklich im Galopp davonsprengte, als habe sie nur darauf gewartet, endlich losstürmen zu dürfen. Bromwell stieß einen Jubelschrei aus und nahm die Verfolgung auf. Beide Reiter jagten den Weg entlang und ließen ihre Gesellschaft weit hinter sich.

Callie genoss den frischen Wind, der ihr ins Gesicht fuhr und an den Haaren zerrte, und freute sich an der Kraft des edlen Pferdes unter ihr. Die wilde Jagd über Stock und Stein vermittelte ihr ein jauchzendes Hochgefühl. Der Wind riss ihr den flotten Jägerhut vom Kopf, der wirbelnd durch die Luft flog und im welken Gras landete. Callie lachte nur, hatte keine Lust, anzuhalten.

Bromwell holte auf, und obwohl sie die Stute anspornte, ihr

Bestes zu geben, überholte er sie mit einem verwegenen Lächeln und ritt eine Weile vor ihr her. Dann zügelte er seinen Wallach, ließ ihn im Trab und bald im Schritt gehen. Und Callie tat es ihm gleich. Sie hatten die Gruppe weit hinter sich gelassen, die nun in der Talmulde ihren Blicken entzogen war. Und Callie war froh um den Sichtschutz, da Bromwell sein Pferd wendete und zu ihr zurückritt. Bei ihr angekommen, beugte er sich unvermutet aus dem Sattel, schlang einen Arm um ihre Mitte, zog sie hoch und setzte sie vor sich seitlich in den Sattel.

Den anderen Arm schlang er um ihren Rücken, um ihr Halt zu geben. Callie war zu verdutzt, um sich zu wehren. Seine Hand strich über ihre Wange und grub sich in ihr Haar. Seine Brust hob und senkte sich schnell unter seinen heftigen Atemzügen. Er sagte nichts, doch seine Absicht stand ihm deutlich ins Gesicht und in die funkelnden Augen geschrieben.

Mit fliegendem Atem hob Callie ihm ihr Gesicht entgegen. Einen langen Moment verharrten beide reglos, die glühenden Blicke ineinander versenkt. Und dann legte sich sein Mund auf den ihren.

Feuer flammte in Callie auf, drohte sie zu versengen. Sie erbebte in seinen Armen, vor Sehnsucht fiebernd, sein Mund stillte ihren Hunger und verstärkte ihn gleichzeitig. Callie grub ihre Finger in sein Nackenhaar, zog ihn näher an sich. Stöhnend drängte er seine Lippen zwischen die ihren. Er küsste sie, bis sie glaubte, die Sinne würden ihr schwinden.

„Callie … Callie", raunte er, löste sich widerstrebend von ihrem Mund; seine Lippen hauchten sanfte Küsse an ihre Wange, während seine Hand zärtlich ihren Rücken nach unten strich. „Danach habe ich mich schon den ganzen Tag gesehnt. Gütiger Himmel, danach sehne ich mich seit zwei Wochen."

Callie lachte leise und barg ihr Gesicht an seiner Schulter. „Ich mich auch."

Seine Antwort war ein tiefes Stöhnen; er presste sie enger an sich, und sie glaubte, seinem Körper entströme noch glühendere Hitze. Er küsste sie wieder, und seine Hand tastete sich seitlich zu ihrem Mieder.

Doch dann hob er den Kopf. „Wir müssen aufhören. Die anderen holen uns bald ein."

Er zögerte. Seine Augen verdunkelten sich, und einen Moment glaubte Callie, er wolle sich über seine eigene Warnung hinwegsetzen, doch dann wandte er leise fluchend das Gesicht ab. Nach einem letzten heftigen Kuss ließ er sie von seinem Schoß gleiten, stellte sie auf die Erde und schwang sich aus dem Sattel. „Wir müssen Ihren Hut suchen."

„Mmh", stimmte Callie halb betäubt zu. Es fiel ihr schwer, an etwas anderes zu denken als an das Prickeln ihrer geschwollenen Lippen, das seltsam schwere Sehnen in ihrem Busen ... das drängende Pulsieren zwischen ihren Schenkeln.

Sie blickte zu ihm auf, und Bromwell stockte der Atem. Ihr Gesicht war gerötet, ihre Lippen rosig und feucht, ihre dunkelbraunen Augen glühten fiebrig. Eine Haarlocke hatte sich gelöst und kringelte sich an ihrer Wange. Das Bild einer Frau, die im Liebesspiel unterbrochen worden war. Das Verlangen in ihm bäumte sich auf wie ein wildes Tier.

Einen Augenblick lang konnte er nicht sprechen. Seine Hände ballten sich zu Fäusten, und schließlich stieß er zwischen den Zähnen hervor: „Callie, sehen Sie mich nicht so an, sonst verliere ich das letzte bisschen Verstand, das ich noch habe."

Blinzelnd verdrängte Callie ihren sinnlichen Tagtraum. Ihr Blick schärfte sich, ihre Lippen kräuselten sich zu einem aufreizenden Lächeln. Dann wandte sie sich ab, glättete den Rock ihres Kostüms und nahm die Zügel der Stute auf.

Gemeinsam schlenderten sie den Weg zurück, den sie entlanggaloppiert waren, und schwiegen. Beide waren sich deutlich bewusst, was soeben geschehen war. Das sinnliche Verlangen, das ihr Blut in Wallung gebracht hatte, war zu mächtig, um ein beiläufiges Gespräch zu führen. Callie nestelte an ihrem Haar, versuchte, lose Strähnen festzustecken, und Bromwell nahm ihr die Zügel ab, damit sie beide Hände benutzen konnte. Dabei streiften seine Finger die ihren, und bei dieser flüchtigen Berührung flammte die Glut zwischen ihnen wieder auf.

Als sie die Hügelkuppe erreichten, entdeckten sie die Gesellschaft in der Ferne, die an einer windgeschützten Stelle am Waldrand haltgemacht hatte. Kutscher und Stallbursche hoben einen Picknickkorb von der Gepäckablage des Landauers.

Callie atmete erleichtert auf, dass ihr noch ein paar Minuten gegönnt waren, um sich zu fassen, bevor sie musternden Blicken ausgesetzt wäre. Gleich darauf entdeckte sie ihren Hut im Gras, den Bromwell aufhob und ihr mit einer schwungvollen Geste reichte.

„Ist mein Haar einigermaßen in Ordnung?“, fragte sie bang, als sie die lange Nadel fand, die gottlob noch im Hut steckte. Sie befestigte das kecke Gebilde im Haar und zog den kurzen feinen Schleier in die Stirn.

„Sie sehen entzückend aus“, antwortete er zärtlich lächelnd.

„Sehen Sie mich nicht so an“, tadelte sie und erwiderte sein Lächeln. „Man wird mit Sicherheit wilde Spekulationen anstellen, was wir getan haben könnten.“

„Vermutlich schöpft man Verdacht. Aber wir waren nicht lange genug weg, um viel angestellt zu haben. Und ich kann Ihnen versichern, weder meine Schwester noch mein Vetter werden ein Wort darüber verlieren.“

„Francesca und die Radbournes reden auch nicht darüber“, ergänzte Callie. „Und Mr Swanson ist so sehr in Ihre Schwester verschossen, dass er wohl kaum etwas bemerkt hat.“

Er lachte leise. „Vermutlich haben Sie recht. Wäre nur noch Miss Swanson, die wohl noch zu jung und naiv ist, um sich etwas dabei zu denken.“

Sie setzten ihren Weg schweigend fort, bis Bromwell wieder das Wort ergriff. „Ich hoffe sehr, Sie halten mich nicht für einen Tölpel ohne Manieren. Normalerweise neige ich nicht dazu, junge Damen aus dem Sattel zu zerren.“

„Ach ja?“, murmelte sie und warf ihm einen verstohlenen Seitenblick zu. „Ich hatte allerdings den Eindruck, Sie hätten Übung darin.“

Um seine Mundwinkel zuckte ein Anflug von Belustigung. „Sie sind ein unartiges Mädchen. Ich versuche, mich gebührend bei Ihnen zu entschuldigen."

„Das ist nicht nötig. Ich … ähm … war ja nicht ganz unbeteiligt." Callie brachte es nicht über sich, ihm direkt ins Gesicht zu sehen. Ihre Wangen glühten ohnehin schon vor Verlegenheit.

Er sah sie erstaunt an, und sie hob den Blick. Seine markanten Wangenknochen waren gerötet, und Callie dachte zunächst, ihre Worte hätten ihn in Verlegenheit gebracht, doch dann bemerkte sie den Glanz in seinen Augen und wusste, dass sie erneut sein Verlangen geweckt hatte.

„Teuerste Lady Calandra …", murmelte er. „Sie machen aus mir noch einen Hanswurst."

„Ich?", fragte Callie verdutzt. „Wie käme ich dazu?"

„In Ihrer Nähe bin ich ständig drauf und dran …" Er stockte.

„Was denn?", fragte Callie verwirrt.

„Bin ich ständig drauf und dran, den Kopf zu verlieren wie vorhin", antwortete er, „und aller Welt zu zeigen, wie begehrlich meine Gefühle für Sie sind."

Sie starrte ihn verständnislos an, bis sie begriff, und dann übergoss sich ihr Gesicht tiefrot. „Lord Bromwell!"

„Sehen Sie? Bei Ihnen vergesse ich sogar die Kunst salonfähiger Unterhaltung."

„Soso. Wollen Sie damit etwa durchblicken lassen, dass Ihre ‚begehrlichen Gefühle' meine Schuld sind?" Callie zog die Brauen hoch.

„Ich habe keine andere Erklärung für mein tollkühnes Benehmen als die, dass Sie mich zum Wahnsinn treiben", erklärte er mit einem dünnen Lächeln. „Aber das dürfte Ihnen klar sein. Ich nehme an, Sie sind daran gewöhnt, Männer verrückt zu machen."

„Nein. Sie wären der erste, fürchte ich", entgegnete sie trocken.

„Das kann ich mir nicht vorstellen. Alles an Ihnen zieht mich magisch an und macht mich verrückt." Er verlangsamte seine

Schritte. „Ihr Haar. Ihre Augen. Die Form Ihrer Lippen, wenn Sie lächeln. Dann kann ich an nichts anderes mehr denken, als daran, diese Lippen zu küssen."

Callies Verlegenheitsröte vertiefte sich, ihr Atem beschleunigte sich. „Brom..."

Er blieb stehen, und sie wandte sich ihm zu. Die Luft zwischen ihnen schien zu vibrieren vor Hitze und Verlangen. Dann nahm Callie all ihren Willen zusammen und wandte sich ab.

„Ich fürchte, Sie sind uns keine große Hilfe ...", murmelte sie mit zittriger Stimme, „... in unserem Bemühen so zu tun, als sei nichts geschehen, wenn wir bei unserer Gesellschaft angekommen sind."

„Sie haben völlig recht." Er atmete mehrmals tief ein und aus und setzte sich mit energischen Schritten in Bewegung. „Nun ... Lady Calandra ...", sagte er im Plauderton, „... ist das nicht ein wunderschöner Wintertag für einen Reitausflug?"

Sie lachte hell und passte ihre Schritte den seinen an. So wanderten sie nebeneinanderher, redeten kaum, und wenn, dann nur über Belanglosigkeiten. Und als sie die Ausflügler erreichten, schien alles normal zu sein, beide wirkten nur etwas erhitzt und zerzaust von der wilden Jagd.

In Callies Herzen sah es allerdings anders aus. Und sie fürchtete, nichts würde je wieder so sein wie bisher.

10. KAPITEL

Die Damen hatten sich auf einer Wolldecke niedergelassen, Francesca in einigem Abstand von Lady Daphne, während die Herren noch unschlüssig herumstanden. Callie bemerkte Francescas leicht gerötete Wangen, ein Zeichen, dass sie gereizt und nicht bester Laune war. Miss Swanson und Irene saßen zwischen den beiden, wobei Letztere eine betont gleichmütige Miene zur Schau trug und das junge Mädchen in ihrer Naivität arglos zu sein schien.

„Aha, Lady Calandra und Bromwell. Wie unartig, sich einfach aus dem Staub zu machen", begrüßte Lady Daphne das Paar mit einem süffisanten Lächeln und hob tadelnd einen Zeigefinger. „Mit solchem Benehmen läuft man Gefahr, ins Gerede zu kommen, hab ich recht?"

„Allerdings nur, wenn jemand es darauf anlegt, böse Gerüchte in die Welt zu setzen, Lady Swithington", entgegnete Francesca spitz.

„Nun ja, von uns wird gewiss niemand eine Bemerkung darüber fallen lassen", antwortete Lady Daphne leicht pikiert. „Wir alle kennen ja den Sturm und Drang der Jugend, nicht wahr?" Sie lächelte kokett in die Herrenrunde.

„Um Lady Calandras guten Ruf müssen Sie sich jedenfalls keine Sorgen machen, Lady Swithington", warf Irene gelassen ein. „Alle Welt kennt Callies untadeligen Lebenswandel."

„Selbstverständlich, daran zweifelt niemand", bestätigte Bromwell und setzte sich neben seine Schwester. Callie ließ sich neben Francesca nieder, die sich mit einem Lächeln an sie wandte.

„Ein wunderbarer Tag für einen Reitausflug. Hat dir die wilde Jagd gefallen?"

„Oh ja, sehr." Callie griff Francescas Themenwechsel erfreut auf. „Lord Bromwells Stute ist ein prachtvolles Tier. Er scheint ein ausgezeichneter Pferdekenner zu sein."

„Das will ich meinen", stimmte seine Schwester stolz in das

Lob ein. „Brom hat mich in derlei Dingen immer ausgezeichnet beraten … und natürlich meinen lieben verstorbenen Gemahl."

Die Unterhaltung mündete, wie nicht anders zu erwarten, in ein Fachgespräch über Pferde, in dessen Verlauf Callie sich zurücklehnte, die Worte an sich vorüberziehen ließ und gelegentlich eine passende Bemerkung beisteuerte. Sie weigerte sich strikt, daran zu denken, was zwischen ihr und Bromwell vorgefallen war. Dafür blieb später Zeit, wenn sie allein in ihrem Zimmer ungestört in Erinnerungen schwelgen durfte.

Nach dem Verzehr von kaltem Braten, Käse und Brot unternahmen Francesca und Callie einen Spaziergang in Begleitung von Archie und Miss Swanson, während die anderen sich ausruhten. Und am späteren Nachmittag machte man sich nach einem lockeren Ritt durch den Park auf den Rückweg.

„Schade, dass dieser herrliche Tag bald zu Ende geht", erklärte Lady Daphne, und Miss Swanson beteuerte, dies sei der schönste Tag ihres Besuchs in London. Auch Mr Swanson gab eifrig seine Meinung zum Besten und versicherte, es sei ein „kapitaler Spaß" gewesen.

„Wir müssen bald wieder einen Ausflug unternehmen", fuhr Lady Daphne lächelnd fort. „Was wäre denn noch amüsant? Ah, ich weiß! Ich habe eine tolle Idee: Wie wäre es mit einem vergnügten Abend in Vauxhall Gardens?"

Miss Swanson klatschte begeistert in die Hände, und auch Mr Swanson und Archie Tilford waren sich darin einig, es sei ein fabelhafter Vorschlag, den Vergnügungspark zu besuchen. Francesca hingegen lächelte verkrampft und murmelte etwas in sich hinein.

„Nächsten Dienstag?", drängte Lady Daphne. „Bitte sagen Sie Ja, Lady Calandra."

Calandra warf Francesca einen fragenden Blick zu, die nicht den Eindruck erweckte, mit Lady Daphne einen vergnügten Abend verbringen zu wollen.

„Nun, ich weiß nicht recht", meinte Francesca ausweichend.

„Wenn ich mich recht entsinne, habe ich nächsten Dienstag bereits eine Verabredung."

„Aber Sie haben doch nichts dagegen, wenn Lady Calandra mitkommt, nicht wahr?" Daphne ließ nicht locker, ohne das geringste Anzeichen des Bedauerns über Francescas Absage zu zeigen. „Wir sind ja eine große Gesellschaft, die den jungen Damen ausreichend Schutz bietet. Lord und Lady Radbourne sind mit von der Partie, nicht wahr?" Sie sah Gideon und Irene flehend an.

Irenes Blick erfasste Lady Daphne, flog zu Francesca und dann zu Callie. „Ich denke, das ließe sich einrichten."

„Na bitte, sehen Sie." Lady Daphne lächelte triumphierend.

„Natürlich steht es Lady Calandra frei, zu tun, was ihr beliebt", erklärte Francesca zugeknöpft.

Hin- und hergerissen zwischen ihrem Wunsch, an dem Ausflug teilzunehmen und ihrer Gewissensnot, Francesca nicht zu enttäuschen, kam Callie sich vor wie eine Verräterin. „Ich … weiß nicht. Eigentlich sollte ich Lady Haughston zu ihrer Verabredung begleiten."

„Lass nur, meine Liebe." Francesca machte eine wegwerfende Geste. „Es ist unnötig, dass du dich opferst und auf das Vergnügen verzichtest. Es handelt sich lediglich um einen Besuch bei einer alten Freundin. Geh ruhig und amüsier dich."

„Gut, dann ist es abgemacht. Das wird ein Heidenspaß." Bromwells Schwester strahlte und verwickelte Miss Swanson in ein Gespräch über Dominokostüme und Masken für das Ereignis.

Callie ritt langsamer, gesellte sich zu Francesca und Irene und sagte mit gedämpfter Stimme: „Francesca, ich kann Lady Swithington gerne eine Nachricht zukommen lassen und behaupten, ich fühle mich unpässlich."

Francesca lächelte. „Nein, ich käme mir schäbig vor, wenn ich dir die Freude verderbe, nur weil ich die Gesellschaft dieser Frau nicht ertrage. Ich würde Lady Swithington zwar nicht als Anstandsdame gutheißen, Gott bewahre! Aber wenn Irene und

Gideon mit von der Partie sind, habe ich keinerlei Einwände. Und ich weiß, wie sehr du dich darauf freust."

„Ich achte darauf, dass die Schicklichkeit gewahrt bleibt", beteuerte Irene.

In Vauxhall Gardens herrschten lockere Sitten, das war allgemein bekannt. Aber solange eine Dame den Park in Begleitung eines ehrbaren Herrn besuchte, nahmen sich junge Männer, die gern Ausschau nach Frauen ohne Begleitung hielten und an den Logen vorbeischlenderten, wo vornehme Herrschaften bei Champagner dinierten, keine Freiheiten heraus.

Callie hatte Vauxhall bereits einige Male in Begleitung ihres Bruders besucht, und der Vergnügungspark war ihr als verzauberter Ort in Erinnerung geblieben, mit seinen verschlungenen Pfaden, Springbrunnen, Felsengrotten und Burgruinen aus Pappmaschee im Schein der Laternen am Wegrand und bunten Lampions in den Bäumen. In einem Pavillon spielte ein Orchester zum Tanz, berühmte Sänger traten auf, gelegentlich gaben Akrobaten und Jongleure ihre Kunst zum Besten, und Seiltänzer balancierten über den Köpfen der staunenden Zuschauer.

Callie freute sich auch auf die Aussicht, das Spektakel nicht unter Sinclairs wachsamen Augen genießen zu können, und der Gedanke, in Gesellschaft von Lord Bromwell auf den Pfaden zu wandeln, erfüllte sie mit prickelnder Erwartung.

„Vielen Dank", sagte Callie zu Irene und wandte sich wieder an Francesca. „Aber nur, wenn du wirklich nichts dagegen hast."

„Sei unbesorgt", antwortete Francesca gelassen. „Ich denke, nicht einmal deine Großmutter hätte Einwände gegen einen Besuch in Vauxhall in großer Gesellschaft, zumal in Begleitung von Irene und Gideon. Falls du aber darauf bestehst, dass ich mich dem Ausflug anschließe, wäre ich gezwungen, einen Abend in Gesellschaft dieser Frau zu verbringen, obgleich ich mir noch vor einer Stunde geschworen habe, ihr tunlichst aus dem Weg zu gehen."

Callie warf Irene einen fragenden Blick zu, die nur mit den

Achseln zuckte und die Brauen hob.

„Also gut", sagte Callie stürmisch. „Vielen, vielen Dank!"

„Nicht der Rede wert. Warum sollst du auf ein Vergnügen verzichten, nur weil mir diese Person auf die Nerven geht." Sie nickte Callie aufmunternd zu. „Und jetzt will ich mir den Wind um die Ohren wehen lassen, um meine trübe Stimmung zu vertreiben."

Sie brachte ihr Pferd in schnellen Trab, ließ Reiter und Kutsche hinter sich und schlug erst in einiger Entfernung eine langsamere Gangart ein.

Callie wandte sich an Irene. „Weißt du, was Francesca gegen Lady Swithington aufgebracht hat?"

„Nicht wirklich. Wobei Lady Swithingtons aufdringliche Art ziemlich enervierend sein kann. Andererseits bringt Francesca im Umgang mit anstrengenderen Menschen eine Engelsgeduld auf, wenn ich etwa an meine Schwägerin denke."

Callie, die Lady Wyngate, die Gattin von Irenes Bruder Humphrey, kannte, unterdrückte ein Schmunzeln.

„Lady Swithingtons Benehmen ließ früher einmal einiges zu wünschen übrig", fuhr Irene fort. „Aber das liegt Jahre zurück. Und da sie sich seither in Wales oder einer anderen gottverlassenen Gegend aufhielt, hat sie wohl keinen größeren Skandal verursacht. Wenigstens ist uns nichts davon zu Ohren gekommen. Allerdings flirtet sie für ihr Leben gern, so viel ist klar." Irene wirkte erstaunlich gelassen, obgleich ihr Gatte das neueste Opfer von Daphnes Koketterie war. „Allerdings verstehe ich nicht, wieso Francesca sich daran stört. Eigentlich war ich es, die ihr gerne eine Ohrfeige gegeben hätte."

„Tatsächlich?", fragte Callie überrascht.

Irene lachte. „Aber ja. Nur weil Gideon mir mit flehenden Blicken zu verstehen gab, ich möge ihn retten, konnte ich ihrem neckischen Treiben eine heitere Seite abgewinnen."

In Irenes Augen leuchtete tiefe Zärtlichkeit, und Callie schlug unwillkürlich die Augen nieder im Gefühl, zu tief in ihre Privatsphäre einzudringen. Dann fuhr Irene mit einem Achselzucken fort: „Vielleicht war Francesca auch ärgerlich, weil Lady Swithington ständig von dir redete. Natürlich nur Gutes – wie schön du bist, was für feine Manieren du hast, wie gut du im Sattel sitzt. Lady Daphne hoffte damit womöglich, ihrem Bruder einen Gefallen zu tun, aber vielleicht wäre es klüger gewesen, nicht so viel zu plappern, da alle nur daran dachten, dass du mit Bromwell allein vorausgeritten bist. Bei einer anderen, weniger unbescholtenen jungen Dame, hätte es gewiss Klatsch gegeben."

Callie fühlte, wie ihre Wangen sich erhitzten. „Hat man darüber getuschelt? Mir war nicht klar, dass wir so lange fortblieben. Ich ... ich hatte nur großen Spaß an dem schnellen Ritt." Sie wandte das Gesicht zur Seite, um Irenes goldbraunen Augen nicht zu begegnen.

„Nein, natürlich nicht. Dein Ruf ist so untadelig, dass ihm nur ein weit ungehörigeres Benehmen schaden könnte. Im Übrigen seid ihr tatsächlich nicht lange weggeblieben." Irene machte eine Pause. „Lady Swithington erwähnte auch ihre Bekanntschaft mit dem Duke mehr als einmal. Vielleicht fand Francesca, dass sie sich damit zu sehr in den Vordergrund drängte."

Callie nickte, war aber nach wie vor der Meinung, dass mehr dahinterstecken musste als die Banalitäten, die Irene erwähnt hatte, um in der stets ausgeglichenen und unerschütterlichen Francesca solch tiefen Groll zu wecken. Sie scheute sich indes, Verdächtigungen auszusprechen, sogar Irene gegenüber.

Der Heimweg verlief ohne Zwischenfälle. Lord Bromwell hielt sich von Callie fern, und das war gut so. Es wäre aufgefallen, hätte er ihre Gesellschaft wieder gesucht, nachdem er die halbe Wegstrecke durch den Park neben ihr geritten war. Allerdings vermisste Callie seine Gegenwart und hätte gern noch mehr Erinnerungen gesammelt, in denen sie nachts in ihrem Bett schwelgen könnte.

Er verabschiedete sich höflich von ihr, nur der warme Glanz seiner Augen verriet gewisse Empfindungen für sie, dann schwang er sich in den Sattel und entfernte sich mit seiner Schwester und den Freunden. Irene und Gideon lehnten Francescas Einladung zum Tee dankend ab und verabschiedeten sich gleichfalls.

Francesca und Callie waren sich darüber einig, keine Pläne für den Abend zu machen, sondern sich nach einem erfrischenden Bad und einem leichten Abendessen zeitig zu Bett zu begeben. Sosehr Callie Francescas Gesellschaft liebte, heute freute sie sich darauf, mit ihren Gedanken allein zu sein. Sie genoss ein ausgiebiges wohliges Bad, dem Belinda von Zeit zu Zeit eine Kanne heißes Wasser zufügte. Danach setzte sie sich, eingehüllt in ihren Morgenmantel, auf einen Hocker vor dem Kamin und bürstete sich das Haar trocken.

Sie ließ den Ausflug noch einmal im Geist vorüberziehen, entsann sich jedes Wortes, jeder Geste, schwelgte in Gedanken an Broms heiße Küsse, an seine grauen Augen, seine glühenden Blicke. Sie errötete in Erinnerung daran, wie sie sich seinen Zärtlichkeiten hingegeben hatte. Im Rückblick auf diese Erlebnisse geriet ihr Blut wieder in Wallung. So etwas hatte sie nie zuvor getan, und es waren herrliche und beängstigende Empfindungen zugleich, die sie durchströmten.

Sie hatte keine Ahnung, was mit ihr geschah, wusste nicht einmal, was sie sich wünschte. Sie wusste nur, dass sie von jauchzender Lebensfreude erfüllt war wie nie zuvor und jeden Morgen mit sprühendem Tatendrang und erregender Abenteuerlust erwachte.

Das alles musste enden. Das wusste sie. Und sie wusste auch, wie wenig wahrscheinlich es war, dass dieses Ende angenehm sein würde. Früher oder später würde Sinclair nach London zurückkehren – oder irgendein Wichtigtuer würde sich genötigt sehen, ihren Bruder und ihre Großmutter davon zu unterrichten, dass der Earl of Bromwell sich eifrig bemühte, Lady Calandra den Hof zu machen. Und Callie wollte sich gar nicht ausmalen, wozu Sinclair fähig wäre, wenn er erfuhr, dass sie seine strikte Anweisung, keinen Umgang mit Bromwell zu pflegen, missachtet hatte. Nein, sie verspürte nicht die geringste

Lust, diesen Gedanken weiterzuverfolgen.

Sie wünschte sich kein Zerwürfnis mit ihrem Bruder und wollte auch nicht daran denken, wie sie reagieren würde, falls er sie für den Rest der Saison nach Marcastle befahl. Jedenfalls wollte sie sich keine Vorschriften von ihm machen lassen, andererseits war ihr die Vorstellung unerträglich, einen Bruch mit ihm herbeizuführen. Wie würde sie reagieren, wenn es zum Schlimmsten käme und sie sich zwischen Sinclair und Bromwell entscheiden müsste?

Dieser Punkt führte zwangsläufig zur bedeutsamen Frage, was geschehen würde, wenn sie sich für Bromwell entschied. Er zeigte deutliches Interesse an ihr, aber wozu führte das? Was wünschte sie sich?

Sie war sich keineswegs sicher, was Bromwell für Sie empfand. Seine Aufmerksamkeiten schienen dafür zu sprechen, dass er Empfindungen für sie hegte. Seit Sinclairs Warnungen schwelte in Callie noch immer ein Funken Argwohn. Sinclair war weder unvernünftig, noch neigte er dazu, die Fassung leicht zu verlieren. Da er strikt darauf bestanden hatte, sie habe sich von Bromwell fernzuhalten, musste sie sich zwangsläufig fragen, ob mit dem Mann etwas nicht stimmte und sie ihn nur nicht durchschaute. Meinte Bromwell es ernst mit seinen Aufmerksamkeiten, oder spielte er nur mit ihren Gefühlen?

Er hatte sich nicht näher über seine Absichten geäußert, und sie war sich nicht einmal über ihre eigenen Absichten im Klaren. Sollte Bromwell morgen um ihre Hand anhalten, wüsste sie nicht, was sie ihm antworten würde.

Zugegeben, ihre Gefühle für ihn waren mit nichts zu vergleichen, was sie je für einen Mann empfunden hatte. Jede seiner Berührungen ließ sie erbeben. Die Vorfreude auf ein Wiedersehen mit ihm berauschte sie geradezu. Wenn er sie küsste, ergriff ein befremdlich süßes Sehnen von ihr Besitz. Und ein Tag, an dem sie ihn nicht sah, erschien ihr leerer als alle trüben Regentage in der Vergangenheit, und wenn er ein Zimmer betrat, war ihr, als leuchte ein Licht in ihrem Innern. War das Liebe?

Oder nur Schwärmerei?

Callie wusste die Antwort nicht. Sie wusste nur, dass sie sich wünschte, diese Gefühle würden nie vergehen.

Lady Swithington hielt Wort und lud für den darauffolgenden Dienstag zu einem Besuch in Vauxhall Gardens ein. Nicht nur das, sie trug die Einladung persönlich bei einem Besuch vor. Francesca lächelte steif, wiederholte ihre Verpflichtung eines angeblich zugesagten Besuches bei einer alten Freundin und gab ihrer Hoffnung Ausdruck, dass Callie zusagen würde.

Allerdings war ihr dabei ein wenig unbehaglich zumute. Callie wünschte sich von ganzem Herzen dieses Vergnügen, das Francesca ihr auch gern gönnte; dennoch scheute sie sich, darüber nachzudenken, wie der Duke of Rochford dazu stehen würde, wenn er wüsste, dass seine Schwester einen Abend in Gesellschaft seiner früheren Geliebten verbringen wollte.

Letztlich trug der Duke selbst Schuld an der verfahrenen Situation mit Lady Swithington, und niemand konnte von Francesca erwarten, ihn vor seiner eigenen Dummheit zu schützen, heute genauso wenig wie damals. Sie hatte lediglich die Aufsichtspflicht für Callie übernommen. Zugegeben, in ihren Augen war Lady Swithington keineswegs der passende Umgang für Callie.

Allerdings schien die vornehme Gesellschaft verziehen oder zumindest vergessen zu haben, welchen Ruf die Dame vor ihrer Heirat mit Lord Swithington vor fünfzehn Jahren genossen hatte. Francesca war sich nicht einmal sicher, ob Lady Daphnes Affäre mit dem Duke überhaupt an die Öffentlichkeit gedrungen war, da Rochford an Diskretion und Verschwiegenheit seinesgleichen suchte. Daphne hatte damals zwar in aller Öffentlichkeit zielstrebig Jagd auf ihn gemacht, doch Francesca war sich ziemlich sicher, dass nur wenige Menschen tatsächlich gesehen hatten, wie Rochford und Daphne einen ihrer heimlichen Treffpunkte verließen. Dieses Pech schien wohl nur ihr beschieden gewesen zu sein.

Wie auch immer, Lady Daphne erfreute sich wieder großer Beliebtheit und war ein gern gesehener Gast in der vornehmen Gesellschaft. Lady Odelia Pencully, die unangefochtene Alleinherrscherin des *ton*, schien ihr sogar besondere Zuneigung entgegenzubringen. Würde Francesca ihrem Schützling den Umgang mit Lady Swithington verbieten, hätte sie mit Callies Verständnislosigkeit zu rechnen. Und Francesca konnte und durfte sie nicht darüber aufklären, warum Rochford Einwände gegen einen gesellschaftlichen Verkehr seiner Schwester sowohl mit Lady Daphne als auch mit ihrem Bruder Lord Bromwell hatte, da Rochford hartnäckig über die skandalösen Vorkommnisse vor fünfzehn Jahren Schweigen bewahrte.

In dieser äußerst vertrackten, ja ausweglos erscheinenden Situation nagten Gewissensbisse an Francesca, ihre Teilnahme an diesem Ausflug zu verweigern. Aber Lady Swithingtons Anwesenheit war ihr bereits in Richmond Park so unerträglich gewesen, dass sie sich nicht überwinden konnte, ihr noch einmal zu begegnen. Francesca hatte gehofft, fünfzehn Jahre würden ihre Wunden heilen, aber Daphne hatte die Narben wieder aufgerissen und ihr sämtliche Gründe ins Gedächtnis zurückgerufen, weshalb sie diese Person verabscheute. Und jedes Mal, wenn Daphne Rochfords Namen erwähnte, hatte Francesca sich mehr und mehr verkrampft, bis sie glaubte, laut schreien zu müssen.

Sie beschwichtigte ihre Bedenken mit Irenes und Gideons Zusage und der weiterer zuverlässiger Freunde. Callie wäre also nicht ohne Begleitschutz mit Lady Daphne und ihrem Bruder allein, im Übrigen würde niemand Callie in Dominokostüm und Halbmaske erkennen; nichts würde also ihrem guten Ruf schaden. Und sollte Rochford sich später darüber aufregen oder ihr Vorwürfe machen, hätte er vor fünfzehn Jahren besser darauf achten sollen, mit wem er sich einließ, dachte Francesca mit leisem Groll.

Also entzog sie sich dem abendlichen Vergnügen und versuchte auch nicht, Callie den Ausflug auszureden. Als sie am folgenden Dienstag zusah, wie Callie die Kutsche bestieg, die Lady Swithington ihr geschickt hatte, wurde sie allerdings erneut von Unbehagen befallen.

Callie winkte der Freundin fröhlich zu und lehnte sich in die Polster zurück auf der kurzen Fahrt zu Lady Daphnes Haus, wo die Freunde sich treffen wollten. Sie trug ein weißes Kleid, gesäumt mit silberglänzender Spitze, darüber einen schwarzen Domino-Umhang, mit weißer Seide gefüttert, ein elegantes und zugleich dramatisches Kostüm, das sie sich von Francesca geborgt hatte. Die weite Kapuze war umgeschlagen und zeigte das weiße Seidenfutter. Mit ihrer schwarzen Lockenfülle und der Halbmaske war sie eine geradezu geheimnisvoll elegante Erscheinung, dachte Callie und kicherte bei dem Gedanken, denn eigentlich kam sie sich keineswegs elegant und geheimnisvoll vor. Sie bebte vor Aufregung wie ein junges Mädchen vor ihrem ersten Ball, ihre Wangen glühten, ihr Herz schlug schnell.

Vor Lady Swithingtons hell erleuchtetem Herrenhaus empfing Callie ein livrierter Lakai und ließ sie mit einer Verneigung ein. Der Butler führte sie in den Empfangssalon, wo eine Schar junger Leute munter miteinander plauderte. Außer Lady Swithington waren die Geschwister Swanson anwesend, Mr Tilford und zwei junge Herren sowie eine junge Dame, die Callie nicht kannte.

„Lady Calandra!“ Daphne rauschte herbei und ergriff Callies beide Hände. „Ich freue mich überaus, dass Sie kommen konnten, und darf Ihnen die anderen Gäste vorstellen, die uns zu unserer kleinen Lustbarkeit begleiten.“

Die jungen Herren waren nach der neuesten Mode gekleidet mit allem Zierrat, der in dieser Saison unverzichtbar war. Einer trug eine Blume im Knopfloch, groß wie eine Untertasse, an der Uhrkette des zweiten baumelten so viele goldene Klunker, dass zu befürchten war, die Kette müsse unter der Last reißen. Ihre Rede würzten die Dandys mit affektierten Floskeln, über die sie sich köstlich zu amüsieren schienen, wobei Callie allerdings der Grund ihrer Heiterkeit leider entging.

Miss Swanson und die fremde junge Dame, eine Blondine mit einem schrillen Kichern, schienen die beiden Herren umwerfend charmant zu finden; sie hingen an ihren Lippen und wollten sich über jedes banale Bonmot vor Lachen schier ausschütten.

Als die Blonde ein besonders schrilles Lachen von sich gab, zuckte Lady Daphne ein wenig zusammen und stellte sie als Miss Lucilla Turner vor; bei den Herren handelte es sich um Mr William Pacewell und Mr Roland Sackville. Unmittelbar nach der Vorstellung wusste Callie nicht mehr, wer von den beiden der eine oder der andere war. Da sie allerdings wenig Interesse daran hatte, sich mit ihnen zu unterhalten, störte sie das nicht sonderlich.

Sie nickte Mr Swanson und seiner Schwester zu, erleichtert, zwei bekannte Gesichter zu sehen, und blickte sich suchend nach den anderen um.

„Ach, Sie halten wohl Ausschau nach meinem Bruder", stellte Lady Daphne mit einem bedeutsamen Lächeln fest. „Er will uns später in Vauxhall treffen. Sie wissen ja, wie Männer sind, ständig beschäftigt und auf Tour."

„Ja, ich verstehe." Callie bemühte sich lächelnd, ihre Enttäuschung zu verbergen. „Lord und Lady Radbourne verspäten sich wohl gleichfalls, nehme ich an."

„Anscheinend, aber es ist ja noch früh am Abend. Ich lasse Ihnen eine Erfrischung bringen, solange wir auf sie warten."

Sie winkte einem Diener, und kurz darauf hielt Callie ein Glas Fruchtlikör in der Hand, nippte daran und unterhielt sich mit Lady Daphne, fühlte sich jedoch irgendwie gehemmt und deplatziert. Callie war keineswegs schüchtern, aber das hohle Geschwätz, das affektierte und lärmende Gehabe der beiden Herren störte sie beträchtlich.

Die Minuten krochen dahin, und Irene und Gideon ließen immer noch auf sich warten. Lady Daphne warf gelegentlich einen flüchtigen Blick zur Kaminuhr, lächelte und meinte leichthin, die Radbournes wurden vermutlich aufgehalten und würden gewiss bald erscheinen.

Nachdem Miss Turner zum wiederholten Mal gefragt hatte, wann man endlich aufbreche, meinte Lady Daphne schließlich seufzend: „Nun, ich denke, wir sollten uns auf den Weg machen. Lord Bromwell erwartet uns auch schon bald in Vauxhall."

„Und was ist mit Lord und Lady Radbourne?", fragte Callie.

„Ich habe keine Ahnung, wo sie bleiben. Aber mit Sicherheit verspäten sie sich nur. Mein Butler wird ihnen ausrichten, wo sie uns in Vauxhall treffen."

„Vielleicht sollte ich auf sie warten", schlug Callie vor, der nicht wohl war bei dem Gedanken, ohne Gideon und Irene aufzubrechen. Auch Francesca würde es nicht gern sehen, wenn sie mit Lady Swithington und diesen fremden jungen Leuten loszog.

„Um Himmels willen, nein", protestierte Lady Swithington heiter. „Was ist, wenn sie tatsächlich verhindert sind und gar nicht erscheinen? Dann wären Sie um das Vergnügen gebracht. Vielleicht haben die Radbournes ohnehin beschlossen, uns gleich im Park zu treffen. Sie wollen doch gewiss nicht den Abend alleine hier verbringen."

Damit hatte sie natürlich recht. Callie hatte keine Lust, stundenlang in einem fremden Haus herumzusitzen. Eigentlich sollte sie sich bei Lady Swithington entschuldigen und wieder zu Francesca fahren. Allerdings wusste sie nicht, wie sie Bromwells Schwester taktvoll beibringen sollte, dass Francesca sie als Anstandsdame für ungeeignet hielt. Irene und Gideon würden gewiss später noch dazustoßen, und dann hätte sie völlig umsonst auf das Vergnügen verzichtet. Und außerdem freute sie sich auf ein Wiedersehen mit Bromwell und einen Spaziergang durch den romantisch beleuchteten Park.

Es wäre auch eine Zumutung, die anderen warten zu lassen, bis Lady Daphnes Equipage sie in Francescas Haus abgesetzt hatte. Also bemühte sie sich um ein Lächeln und nickte. „Sie haben recht. Wir sollten aufbrechen."

Die vier Damen bestiegen Lady Swithingtons Kutsche, während die Herren eine Mietdroschke herbeiwinkten. Callies Zweifel schwanden während der Fahrt. Die Unterhaltung zwischen den Damen verlief angenehm, mit jeder Minute stieg Callies Selbstvertrauen und ihre Vorfreude auf den Vergnügungspark und das Wiedersehen mit Bromwell stellte sich wieder ein.

Als sie dem Wagen entstieg, hatten sich Callies Bedenken verflüchtigt. Vauxhall übte wie eh und je einen magischen Reiz aus. Die Herren besorgten die Eintrittskarten und reservierten eine Loge an der Hauptpromenade.

Die Gruppe schlenderte die breite Kiesallee entlang zu ihrer Loge nahe des Pavillons, wo das Orchester bald zum Tanz aufspielen würde. Man nahm die Plätze ein und beobachtete die flanierenden Parkbesucher. Callie fühlte sich in ihrem Dominokostüm und der Maske unbeschwert und frei, konnte zwanglos die Passanten beobachten – in der Gewissheit, dass niemand sie erkannte und sie nicht befürchten musste, dass irgendein Wichtigtuer ihrer Großmutter berichtete, sie gesehen zu haben.

Ein Diener servierte hauchdünn geschnittene Schinkenscheiben, gebratene Hühnerschenkel nebst diversen Salaten und schenkte aus einer großen Karaffe Arrakpunsch ein, der in Vauxhall Gardens gern getrunken wurde, ein ziemlich starkes süßes Gebräu, an dem Callie anfangs nur nippte. Aber bald verlor sie ihre Hemmungen und genoss das Vergnügen.

Es machte ihr großen Spaß, das bunte Gemisch der Flaneure aus allen Gesellschaftsschichten zu bestaunen. Darunter zahlreiche Herren, Dandys und Gentlemen, athletisch gebaute kräftige Männer und schmächtige junge Burschen. Es gab auch einige Frauen ohne Begleitung, die den Männern kokette Blicke zuwarfen. Callie beobachtete das Gedränge fasziniert und errötete über manch zotige Bemerkungen einiger Passanten.

Zu ihrem Erstaunen beäugten einige der jungen Stutzer sie und die anderen Damen in der Loge ziemlich unverfroren. Miss Swanson und Miss Turner kicherten unschicklich unter den dreisten Blicken. Lady Daphne kicherte zwar nicht, aber Callie sah zu ihrer Verblüffung, wie sie über ihren Fächer hinweg dem einen oder anderen flotten Burschen kokette Blicke zuwarf.

Callie erwartete eigentlich, dass ihre Begleiter die aufdringlichen Spaziergänger ihres Weges schickten. Sie konnte sich gut vorstellen, wie Sinclair auf derlei Dreistigkeiten reagiert hätte. Wobei bereits die Anwesenheit ihres Bruders in der Loge genügt hätte, um die frechen Burschen daran zu hindern, den Damen anzügliche Blicke zuzuwerfen.

Im Musikpavillon begann das Orchester zu spielen, und vereinzelte Paare begaben sich auf die Tanzfläche. Höflichkeitshalber ließ Callie sich von Mr Tilford zum Tanz bitten und anschließend von Mr Pacewell – zumindest vermutete sie, dass es sich um Mr Pacewell handelte –, der ihr allerdings mehrmals schmerzhaft auf die Zehen trat und dessen Atem abstoßend nach Alkohol roch, worauf sie beschloss, auf weitere Tänze zu verzichten, bis Bromwell eintraf ... wenn er eintraf, woran sie mittlerweile zu zweifeln begann.

Auch Lord und Lady Radbourne waren noch nicht gekommen, und Callies Stimmung sank beträchtlich. Unterhaltung und Gelächter in der Loge wurden umso lauter, je mehr die Gäste dem starken Arrakpunsch zusprachen. Die Mädchen kicherten schriller, die Männer grölten vor Lachen, begannen, mit schwerer Zunge zu sprechen, und stellten ihre Gläser geräuschvoll ab. Einmal verfehlte Mr Sackville oder vielleicht Mr Pacewell – je betrunkener die Herren wurden, desto schwerer fiel es Callie, die beiden auseinanderzuhalten – die Tischplatte; sein Glas fiel zu Boden und zersplitterte in tausend Scherben. Alle außer Callie fanden dieses Missgeschick umwerfend komisch. Mr Swanson lehnte sich lachend nach hinten, sein Stuhl geriet ins Wanken, kippte um und der junge Mann landete auf dem Hosenboden, worauf die Heiterkeitsausbrüche kein Ende nehmen wollten.

Callie nippte an ihrem Glas und versuchte, dem Treiben keine Beachtung zu schenken, was ihr nicht gelingen wollte. Mr Pacewell – oder welcher auch immer, jedenfalls der, der sein

Glas nicht zerbrochen hatte – neigte sich Miss Turner zu, glotzte ihr tief in den Ausschnitt und murmelte ihr etwas ins Ohr.

Callie wandte sich rasch ab und blickte zu Lady Swithington hinüber. Falls sie gehofft hatte, die Dame würde sich wenigstens den Anschein von Sittsamkeit geben, so hatte sie sich geirrt. Daphne saß vorn in der Loge, die Arme auf die Balustrade gelegt, und unterhielt sich leise mit einem fremden Mann draußen auf der Promenade. Der Mann beugte sich nah zu Daphne herunter, ein lüsternes Lächeln umspielte seine Lippen, dann strich er mit einem Finger über ihre Hand und den Unterarm bis zum Ellbogen hinauf.

Callie wusste gar nicht mehr, wohin sie den Blick wenden sollte. In ihrer Verlegenheit nahm sie noch einen Schluck und hüstelte, als das starke Getränk ihr in der Kehle brannte.

Wo blieb denn nur Bromwell? Wieso war er nicht gekommen? Sie wünschte verzweifelt, er wäre hier. Er würde dem Treiben ein Ende setzen, hoffte sie zumindest. Aber wenn er sich ebenso benahm wie die anderen Herren? Wenn er sich an dem Trinkgelage beteiligte, den Frauen auf der Promenade und in den angrenzenden Logen lüsterne Blicke zuwarf?

Ein zweiter Fremder war stehen geblieben, spähte in die Loge, und Callie sah zu ihrem Entsetzen, wie Lady Daphne und Miss Swanson die Fremden hereinbaten. Callie schob ihren Stuhl möglichst weit nach hinten an die Rückwand, um Abstand zu gewinnen, und überlegte fieberhaft, was sie tun sollte.

Mittlerweile hatte sie die Hoffnung aufgegeben, dass Irene und Gideon noch erscheinen würden; sie bezweifelte auch, dass Brom noch käme. Dieser Abend war zu einem Zechgelage ausgeartet, an dem sie sich keineswegs beteiligen wollte. Aber sie wusste auch nicht, wie sie diesem Albtraum entfliehen könnte. Der Gedanke, sich allein durch das Gedränge der Passanten zu schlängeln, ließ sie erschauern. Zu dieser nächtlichen Stunde war der Vergnügungspark kein sicherer Ort für eine Dame, sie wäre anzüglichen Bemerkungen und lüsternen Blicken ausgesetzt – wenn nicht schlimmeren Zudringlichkeiten.

Keinen der Herren in ihrer Begleitung kannte sie gut genug, um ihm vertrauen zu können, sie vor Belästigungen fremder Männer zu beschützen. Zudem waren sie allesamt zu betrunken, um überhaupt fähig zu sein, sie zu einer Mietdroschke zu bringen.

Callie stellte ihr Glas ab und rieb sich die Schläfen, fühlte sich selbst ein wenig benebelt und fragte sich, wie viel sie getrunken hatte. Ein Glas – nein, zwei mit Sicherheit, denn immer, wenn sie ihr Glas abstellte, wurde es augenblicklich nachgefüllt. Lady Daphne hatte den Diener vermutlich angewiesen, dafür zu sorgen, dass ihre Gäste mit Getränken stets wohlversorgt waren.

Und schon wieder war der Diener zur Stelle. Callie schüttelte zwar verneinend den Kopf, er aber nahm keine Notiz von ihrer Ablehnung, füllte ihr Glas und entfernte sich. Seufzend versuchte sie, ihre Gedanken zu ordnen, und nahm sich vor, keinen Schluck mehr zu trinken, auch wenn sie noch so nervös war. Sie brauchte einen klaren Kopf, um mit der Situation fertig zu werden.

„Was? So ganz allein?“, fragte eine nuschelnde dunkle Stimme. Einer der beiden Fremden, die Daphne in die Loge gebeten hatte, ließ sich schwer auf einen nahe stehenden Stuhl fallen. „Das darf doch nicht sein, ein hübsches junges Ding wie Sie.“

Er schenkte ihr ein Lächeln, von dem er gewiss überzeugt war, es sei höchst verführerisch und charmant.

„Ich fühle mich recht wohl, allein zu sein“, erwiderte Callie frostig.

Aus einem unerfindlichen Grund schien er ihre ablehnende Bemerkung amüsant zu finden, denn er lachte in sich hinein. „Aha, ein bisschen prüde, wie?“ Er hielt ihr das Glas hin. „Hier, trinken Sie ein Schlückchen, das lockert Sie ein wenig auf.“

„Nein danke.“

Achselzuckend schüttete er den Inhalt in sich hinein. Dann beugte er sich vor und beäugte sie. „Wassn los? Wollen Sie keinen Spaß haben?“

Callie wich zurück. Sein Atem stank säuerlich nach Alkohol, und seine Augen waren glasig und blutunterlaufen. „Nein", entgegnete sie schroff. „Und nun gehen Sie endlich!"

Eine höfliche Ablehnung hätte bei dem Trunkenbold wohl nichts genützt. Er glotzte sie noch einen Moment mit zusammengekniffenen Augen an, und Callie dachte eine Schrecksekunde lang, er würde handgreiflich werden. Doch dann zuckte er mit den Achseln, kam schwankend auf die Füße und entfernte sich.

Zu ihrer Bestürzung sah Callie, dass einige Gäste die Loge verlassen hatten, während sie versucht hatte, den Betrunkenen loszuwerden. Miss Swanson und Miss Turner und die beiden Dandys waren verschwunden. Callie blickte sich suchend um und entdeckte die vier mit einiger Erleichterung auf dem Tanzboden, bevor sie im Gedränge der Tanzenden untertauchten.

Callie schaute sich in der Loge um. Mr Swanson schien seine Grenzen erreicht zu haben, er lag halb auf dem Tisch, den Kopf in die verschränkten Arme gebettet, und schnarchte. Mr Tilford schenkte sich ein weiteres Glas Punsch ein und schlurfte durch die Hintertür ins Freie.

Callie wandte sich Lady Swithington zu, die mit den beiden Fremden schäkerte und lachte. Kokett spielte sie mit ihrem Fächer, öffnete und schloss ihn, und berührte damit den einen oder den anderen auf befremdlich anzügliche Weise.

Einer hob ihre Finger und drückte einen unschicklich langen Kuss auf ihren Handrücken, ohne dass Daphne Anstalten machte, sich ihm zu entziehen. Sie lachte kehlig, neigte sich ihm zu und flüsterte ihm etwas ins Ohr.

„Lady Swithington", sagte Callie laut und vernehmlich. „Ich ... ich möchte gehen. Francesca macht sich gewiss schon Sorgen um mich."

Es dauerte einen Moment, bis Daphne sie wahrnahm. „Aber meine Liebe. Es ist noch früh. Sie wollen uns doch nicht jetzt schon verlassen."

„Ich ... Lord und Lady Radbourne sind nicht gekommen,

und ich … ich fürchte, dies ist nicht der richtige Ort für mich. Wenn Sie freundlicherweise Ihren Wagen vorfahren lassen …“ Sie hatte keine Ahnung, wie sie die Kutsche unbehelligt erreichen sollte, aber sie hatte das dringende Bedürfnis, augenblicklich von hier fortzukommen, bevor die Situation sich noch weiter zuspitzte.

Lady Daphne lachte hell und machte eine anmutige Handbewegung. „Aber nein, Sie dürfen noch nicht gehen. Brom muss jeden Augenblick auftauchen. Lassen Sie sich doch von Lord und Lady Radbourne diesen vergnüglichen Abend nicht verderben.“

„Ich bin … ich glaube nicht, dass Lord Bromwell noch kommt“, antwortete Callie und hatte Mühe, die Fassung zu bewahren. „Es ist schon recht spät.“

Lady Daphne erhob sich. „Der Abend hat doch kaum begonnen. Nein, Sie können noch nicht gehen. Kommen Sie.“ Sie streckte Callie die Hand entgegen. „Kommen Sie mit uns. Wir wollen tanzen. Der bedauernswerte Willoughby braucht eine Partnerin, nicht wahr, Mr Willoughby?“

Besagter Willoughby beäugte Callie unter schweren Lidern, dann schüttelte er den Kopf. „Nein, sie kommt nicht mit. Sie ist ein Trauerkloß.“

„Siehst du?“, bestätigte der Betrunkene triumphierend. „Hab ich doch gleich gesagt.“

„Ich möchte gehen“, beharrte Callie. „Und meiner Meinung nach sollten Miss Swanson und Miss Turner gleichfalls gehen. Sie tanzen mit diesen fremden Herren, völlig ohne Aufsichtsperson.“

„Einverstanden, wenn Sie es wünschen“, antwortete Daphne großmütig. „Sobald Brom angekommen ist. Wobei ich bezweifle, dass Miss Turner und Miss Swanson darüber erfreut sind, wenn Sie ihnen den Abend verderben“, fügte sie lachend hinzu. „Aber bitte, wenn Sie nicht mit uns tanzen wollen …“

Sie hakte sich mit einem strahlenden Lächeln bei den beiden Männern unter. „Kommen Sie, meine Herren. Ich brenne darauf, das Tanzbein zu schwingen."

Der Mann, der nicht Willoughby hieß, lachte anzüglich und murmelte: „Und nicht nur das, möchte ich wetten."

Lady Swithington, keineswegs entrüstet über die anstößige Bemerkung, zwinkerte ihm kokett zu. „Wir werden sehen, nicht wahr?"

„Lady Swithington!", entfuhr es Callie entrüstet.

Daphne gab vor, sie nicht zu hören, und verließ beschwingt mit ihren Begleitern die Loge. Callie starrte dem Trio entgeistert nach. Dann drehte sie sich langsam um. Mr Swanson schlief schnarchend über dem Tisch liegend seinen Rausch aus. Sie war allein und hatte sich nie in ihrem Leben einsamer gefühlt als in diesem Moment. Draußen auf der Promenade flanierten die nächtlichen Besucher, Lady Daphne war mit ihren Galanen in der Menge untergetaucht und von der restlichen Gesellschaft war auch nichts mehr zu sehen.

Callie setzte sich bekümmert wieder auf den Stuhl an der Rückwand. Was sollte sie nur tun? Sie wollte nichts lieber, als durch das Gedränge zum Ausgang laufen, in eine Mietdroschke springen und endlich nach Haus fahren. Aber sie machte sich auch Sorgen um die leichtsinnige Miss Swanson und Miss Turner, die eindeutig mehr Arrakpunsch getrunken hatten, als ihnen bekam, und die beiden Dandys in ihrer Begleitung machten keinen vertrauenswürdigen Eindruck. Callie machte sich Vorwürfe, nicht verhindert zu haben, dass die flatterhaften Mädchen sich in Gefahr brachten. Es wäre unverantwortlich, sie jetzt allein zu lassen.

„Sieh da! Was macht denn das hübsche Ding ganz allein auf ihrem Stuhl?"

Callie fuhr erschrocken auf. Ein Mann in mittleren Jahren lehnte an der Brüstung der Loge. Sie sprang mit klopfendem Herzen auf, ihre Hände ballten sich zu Fäusten.

„Gehen Sie! Ich warte auf meinen Bruder, der jeden Moment hier sein muss", log sie und hoffte, glaubhaft zu klingen, während sie sich suchend nach einem Gegenstand umschaute, der ihr als Waffe dienen könnte. Sie entdeckte eine leere Flasche, griff danach und näherte sich langsam dem Tisch, wo Mr Swanson schnarchte.

„Ach, tatsächlich? Ihr Bruder?“ Der Fremde schien ihr nicht zu glauben. „Wie kann er nur so leichtsinnig sein, seine hübsche Schwester allein zu lassen. Vielleicht sollte ich Ihnen Gesellschaft leisten, bis er eintrifft.“

„Nein. Auf keinen Fall! Gehen Sie!“ Callie hatte den Tisch erreicht und umklammerte den Flaschenhals.

Der Mann lachte hämisch. „Aha! Sie suchen wohl Streit, wie?“ Er legte die Hände an die Brüstung, als wolle er zum Sprung ansetzen.

Callie hob die Flasche und schlug zu. Verblüfft stellte sie fest, dass sie ihn zwar getroffen hatte, aber nur gegen die Brust und nicht auf den Kopf, auf den sie gezielt hatte. Der Mann hielt inne und starrte sie verdattert an.

„Zum Teufel“, knurrte er gekränkt. „Das war aber nicht nötig.“ Er ordnete sein Jackett, bedachte sie mit einem finsteren Blick, machte kehrt und entfernte sich schwankend.

Callie atmete erleichtert auf, zog sich wieder in den hinteren halbdunklen Winkel der Loge zurück und hielt Ausschau nach einer zweiten Waffe, um sich gegen weitere Angriffe zu verteidigen. Sie entdeckte noch eine leere Flasche auf dem Fußboden und bückte sich danach. Als sie sich wieder aufrichtete und umdrehte, stand schon wieder ein Fremder vor der Loge.

Mit einem gellenden Schrei hob sie die Flasche hoch über den Kopf.

„Callie? Sind Sie das?“, fragte der Mann und sprang leichtfüßig über die Balustrade. „Was zum Teufel tun Sie hier ganz allein?“

„Brom!“ Die Flasche entglitt ihrer Hand, und Callie warf sich schluchzend an seine Brust.

11. KAPITEL

Bromwell schlang die Arme eng um sie. „Callie? Was ist geschehen? Was ist los?“

„Oh Brom ...“ Sie klammerte sich an ihn. „Es ist nichts geschehen. Es ist alles in Ordnung, wirklich.“

Und seltsamerweise meinte sie das genauso, wie sie es sagte. Nun, da Bromwell bei ihr war, war alles wieder gut. Sie fühlte sich nicht mehr bedroht, ihre Angst war verflogen. Sie fühlte sich geborgen, schmiegte die Wange an seine breite Brust und hörte seinen kraftvollen Herzschlag an ihrem Ohr.

„Wo sind denn die anderen?“, fragte er. „Wieso sind Sie hier mutterseelenallein?“

„Bin ich gar nicht“, antwortete Callie gefasst, löste sich widerstrebend aus seinen Armen und trat einen Schritt zurück. Mit einem dünnen Lächeln wies sie auf Mr Swanson, der zusammengesunken über dem Tisch hing.

Die Miene des Earls verfinsterte sich. „Zum Teufel! Ist der Mann etwa besoffen?“

Callie nickte. „Ich fürchte, alle haben etwas zu viel Punsch getrunken. Ich fühle mich ehrlich gestanden auch ein wenig beschwipst.“

„Aber wo ist meine Schwester? Wo sind Lord und Lady Radbourne und die anderen? Wieso hat man Sie hier alleine gelassen?“

„Irene und Gideon sind gar nicht gekommen, warum, weiß ich nicht. Die anderen wollten tanzen.“ Sie wies mit dem Arm zur Promenade und dem Pavillon hinüber. „Und ich dachte schon, Sie kommen auch nicht mehr.“

„Aber wieso das denn? Daphne sagte ...“ Er stockte mitten im Satz, auf seiner Stirn standen zwei steile Falten. „Wie lange sind Sie schon hier?“

„Ich bin mir nicht sicher. Es kommt mir vor wie eine Ewigkeit.“

„Und offenbar ausreichend lange für Mr Swanson, um sich

sinnlos zu betrinken", ergänzte Bromwell trocken.

„Ja, es war wohl lange vor zehn Uhr, denn Miss Turner wollte unbedingt hier sein, bevor das Orchester mit dem Abendkonzert begann."

Bromwell blickte düster auf die Promenade hinaus, atmete tief und sagte: „Ich begreife nicht, was in meine Schwester gefahren ist, Sie alleine mit dem betrunkenen Mr Swanson zurückzulassen. War er schon in diesem Zustand, als sie ging?"

Callie nickte und lächelte dünn. „Als Beschützer taugt er jedenfalls nicht viel."

„Das sehe ich." Der Earl verzog ärgerlich das Gesicht. „Ich entschuldige mich, nicht früher hier gewesen zu sein. Offenbar habe ich nicht richtig zugehört, als Daphne mir die Zeit nannte. Ich fürchte, Lady Haughston wird mir nie wieder gestatten, über ihre Schwelle zu treten."

„Vielleicht ist es besser, wenn Lady Haughston nicht erfährt, was sich heute Abend hier zugetragen hat", sagte Callie. „Sie macht sich nur unnötig Sorgen. Und ich bin sicher, dass so etwas nie wieder vorkommt."

Weil ich nie wieder den Fehler begehen werde, eine Einladung von Lady Swithington anzunehmen, schwor Callie sich im Stillen.

Bromwell nickte zerstreut. „Nun … Ich werde später mit Daphne darüber sprechen. Jetzt halte ich es für das Beste, wenn ich Sie nach Hause begleite."

„Ja, dafür wäre ich Ihnen dankbar", stimmte Callie zu, gab aber nach kurzem Zögern zu bedenken: „Obwohl Miss Swanson und Miss Turner noch hier sind. Vielleicht sollten wir uns vergewissern, dass ihnen nichts zugestoßen ist."

„Aber die Mädchen sind doch gewiss nicht allein."

„Nein, sie wollten mit Mr Pacewell und Mr Sackville tanzen."

„Pacewell und Sackville! Gütiger Himmel! Diese eitlen Pfaue?" Bromwell rollte die Augen zum Himmel. „Zwei ausgemachte Narren, aber von diesen Dummköpfen haben die Damen kaum etwas zu befürchten. Zunächst ist wichtig, dass ich Sie nach Hause bringe, dann komme ich zurück und kümmere mich um die anderen."

Callie lächelte. „Vielen Dank."

Endlich gestattete er sich ein Lächeln und legte ihr sanft die Hand an die Wange. „Es tut mir unendlich leid, Callie, dass Sie in diese scheußliche Situation gebracht wurden."

„So schlimm war es gar nicht", lenkte sie ein. Und wenn sie in seine Augen blickte, waren die ausgestandenen Schrecken beinahe vergessen.

„Zu gütig von Ihnen. Aber ich weiß genau, dass dieser Abend nicht nach Ihrem Geschmack war. Und ich werde meine Schwester zur Rede stellen."

„Ich möchte aber nicht, dass es zwischen Ihnen und Lady Swithington zu Differenzen kommt."

„Seien Sie unbesorgt." Er lächelte wieder. „Wir werden uns darüber nicht entzweien. Aber ich fürchte, Daphne hat sich zu lange nicht in gehobenen Gesellschaftskreisen bewegt. Möglicherweise hat sie vergessen, dass eine junge unverheiratete Dame strikten Regeln unterworfen ist. Im Übrigen ist Daphne nicht an diesen starken Punsch gewöhnt, der in Vauxhall ausgeschenkt wird. Sie war allzu unbedacht. Nun setzen Sie die Kapuze auf, und wir stürzen uns ins Gedränge."

Er half Callie, die weite Kapuze über ihre Locken zu ziehen. Seine Hände verharrten eine Weile an dem Seidenstoff, während er ihr tief in die Augen blickte. Und dann, als käme er wieder zu sich, ließ er die Hände sinken, wandte sich ab und reichte ihr den Arm.

Ihre Hand in seine Armbeuge gelegt, verließ Callie an Bromwells Seite die Loge durch die Hintertür, erreichte die Promenade und blieb einen Moment an der geschnitzten, bunt bemalten Vorderseite der Loge stehen.

Callie blickte sich neugierig um; jetzt, da ihre Angst gewichen war, konnte sie sich am Anblick des Lustgartens erfreuen und wünschte, Bromwell wäre den ganzen Abend bei ihr gewesen. In seiner Gegenwart hätte sie all die Lustbarkeiten unbeschwert genießen können. Sie wandte sich bittend an ihn.

„Könnten wir noch einen kurzen Spaziergang machen, bevor wir gehen? Ich habe kaum etwas von dem Park gesehen.“

Er wirkte unschlüssig. „Es wäre nicht schicklich, da Sie ohne Anstandsdame sind.“

„Aber ich bin doch nicht in Gefahr“, protestierte Callie. „Sie sind ja bei mir.“

„Böse Zungen würden behaupten, ich sei die Gefahr.“

Sie lächelte. „Aber wir beide wissen, dass Sie es nicht sind.“

Erst vor wenigen Minuten hatte sie sich bang gefragt, ob Bromwell sich genau so benommen hätte wie die anderen. Aber sobald er auftauchte, hatte sie gewusst, wie töricht es war, diese Möglichkeit überhaupt in Erwägung zu ziehen. Callie begriff eigentlich nicht, wieso dieser Abend so unerfreulich verlaufen war. Lady Swithingtons Verhalten erschien ihr durchaus befremdlich – was sie Francesca allerdings verschweigen würde. Jedenfalls wurde Callie den Verdacht nicht los, dass der unglückliche Verlauf des Abends irgendwie von Lady Daphne eingefädelt worden war, wobei sie sich den Grund dafür nicht erklären konnte.

Aber warum auch immer Lady Daphne sich so merkwürdig verhalten hatte, ob mit Absicht oder nur aus Leichtsinn, Callie war davon überzeugt, dass Lord Bromwell nichts damit zu tun hatte. Seine Anwesenheit hätte bestimmt verhindert, dass die Dinge aus dem Ruder liefen. Die Mischung aus Verblüffung und Unmut in seiner Miene hatte ihr alles gesagt, was sie wissen musste.

Seine Gesichtszüge wurden weich. „Einverstanden. Wir machen einen kleinen Spaziergang. Bald beginnt das Feuerwerk, und es wäre schade, wenn Sie dieses Schauspiel verpassen.“

Callie nickte, und sie bogen in einen Seitenweg ein, der sich durch Gebüsch und Bäume schlängelte. Die Wege waren von Laternen erleuchtet, die einen goldenen Schein verbreiteten, in den Bäumen hingen Lampions, die wie Sterne durch die Zweige blinkten. Sie schlenderten an einer Burgruine aus Pappmaschee vorbei, die dramatisch von innen beleuchtet war. Auch kleine Springbrunnen säumten den Weg, gleichfalls kunstvoll beleuchtet, sodass die Fontänen wie Silberperlen glänzten.

Plötzlich gab es einen Knall. Erschrocken blickten beide in den Himmel. Die erste Leuchtrakete zerbarst in einem sprühenden Regen goldener Funken, die in weitem Bogen über den Nachthimmel glitten und allmählich verglühten. Und schon schoss die nächste Rakete zischend in die Nacht, und wieder eine. Und bald war der Himmel übersät von schillernd bunten Funkenbögen, die sich wie Blumenkelche öffneten, herniedersanken und erloschen.

Sie schlenderten weiter auf schmaler werdenden Pfaden, begegneten nur noch selten flanierenden Besuchern. In der Ferne hörte Callie helles Frauenlachen, gefolgt von eiligen Schritten. Danach waren sie ganz allein. Nach einer Weile setzten sie sich auf eine Steinbank am Ufer eines kleinen Teiches und bewunderten das furiose Finale des bunten märchenhaften Lichtspektakels. Die Nacht war wieder still und die Luft geschwängert vom beißenden Geruch des Pulverdampfes.

„Das war wunderschön“, sagte Callie andächtig. „Vielen Dank.“

„Es tut mir nur leid, dass der erste Teil des Abends für Sie so unangenehm verlief“, antwortete er mit weicher Stimme.

Sie schüttelte den Kopf. „Das macht nichts.“

Er strich mit dem Zeigefinger ihre Wange entlang. „Sie sind so schön. Ich wünschte …“

„Was denn?“, fragte Callie, als er nicht weitersprach.

Bromwell schüttelte den Kopf. „Ich weiß nicht recht. Nur, dass die Dinge anders wären.“

Callie furchte die Stirn. „Welche Dinge? Was meinen Sie damit?“

„Nichts. Hören Sie nicht auf mich. Ich bin in einer merkwürdigen Stimmung heute Abend.“ Er stand auf und trat ans Ufer des Teiches.

Callie folgte ihm und wölbte beide Hände um seine Hand.

„Was für eine Stimmung? Kann ich Ihnen irgendwie helfen?"

„Schön wär's." Er wandte sich ihr zu, sein Blick wanderte über ihre Gesichtszüge, als wolle er sich jede Einzelheit einprägen. „Ich muss immer an Sie denken seit unserem Reitausflug nach Richmond Park. Nein, seit ich Sie zum ersten Mal sah. Manchmal denke ich, Sie haben mich verhext." Seine Stimme klang gepresst, als koste es ihn Mühe, die Worte auszusprechen.

„Das lag nicht in meiner Absicht", erklärte sie zaghaft.

„Ich weiß. Das macht ja einen Teil Ihres Reizes aus. Sie sind ungekünstelt und natürlich, und dennoch üben Sie mit einem einzigen Blick einen magischen Bann auf einen Mann aus."

„Ich wusste gar nicht, dass ich … einen magischen Bann ausübe", stellte sie fest, um einen scherzhaften Ton bemüht.

„Vielleicht verspüre nur ich Ihre Macht." Er hob ihre Hand und küsste sie. Seine Lippen fühlten sich an wie Samt auf ihrer Haut, ein Wonneschauer durchrieselte sie. „Ehrlich gestanden wäre ich sehr glücklich darüber."

Er drehte ihre Handinnenfläche nach oben und drückte einen Kuss darauf. Unwillkürlich krümmte Callie die Finger um die Stelle, als wolle sie seinen Kuss einfangen wie ein Vögelchen. Sie spürte ihren Herzschlag wie ein Rauschen in den Ohren, das sich vibrierend in ihrem ganzen Körper fortsetzte.

Sie wollte seine Arme wieder spüren, von seinem Mund kosten, von seiner Wärme und seinem Duft eingehüllt sein, wollte sich an seinen sehnigen Körper schmiegen, wie damals im Richmond Park. Noch nie hatte sie sündiges Verlangen verspürt, aber dieser Mann raubte ihr den Verstand.

Er hob den Kopf und sah sie an.

Im nächsten Moment lag Callie in seinen Armen, und ihre Lippen verschmolzen miteinander. Ein Feuersturm flammte auf. Brom presste sie an sich, sein Mund und seine Zunge forderten Einlass zwischen ihre Lippen. Callie schlang die Arme um ihn, wollte ihm näher und noch näher sein. Er stöhnte, und sie spürte das Beben, das seinen sehnigen Körper durchflog. Er löste den Kuss, und seine Lippen zogen eine heiße Spur über ihre Wange zu ihrem Ohr, knabberten an ihrem empfindsamen Ohrläppchen, neckten es mit zarten Bissen.

Mit belegter Stimme raunte er ihren Namen, bedeckte ihr Gesicht, ihre Kehle mit zarten Küssen. Jedes Fleckchen Haut, das seine Lippen berührten, erglühte in der Hitze ihres Verlangens.

Mit dem letzten Rest klaren Verstandes löste er die Umarmung und zog Callie sanft vom Weg tiefer in den Schatten der Sträucher und Bäume. Callie ließ sich willig von ihm führen, angespornt vom hämmernden Pulsieren in ihrem Leib. Sie küssten sich wieder und wieder, seine Hände glitten unter ihren Domino-Umhang, erkundeten ihre Rundungen, und als seine Hand nach oben glitt und sich um ihren prallen Busen wölbte, glaubte sie beinahe, seine Berührung würde ihr Fleisch unter dem Mieder verbrennen. Er tauchte die Finger in ihren Ausschnitt und liebkoste ihre Brüste, und Callie wünschte sich sehnlichst, seine Hände überall an ihrem Körper gleichzeitig zu spüren. Er schob ihren Umhang beiseite und legte seinen Mund auf das weiche bebende Fleisch ihrer Brüste. Callie zog den Atem scharf ein und grub die Finger in die Aufschläge seines Gehrocks, klammerte sich an ihn wie eine Ertrinkende, und die Welt um sie herum begann, sich in Spiralen zu drehen. Ihr eigener Körper war ihr fremd, sie war von einem machtvollen Sehnen erfüllt, in ihrem Schoß sammelte sich feuchte Hitze, die sich nahezu schmerzhaft verstärkte. Sie wollte mit ihm zusammen sein, vereint mit ihm sein. Zu ihrem Entsetzen schoss ihr der Wunsch durch den Sinn, ihre Beine um ihn zu schlingen und sich in schamlos intimer Weise an ihn zu pressen.

Bromwells Hände glitten ihren Rücken entlang, wölbten sich um ihr Gesäß, seine Finger gruben sich in das weiche pralle Fleisch und pressten sie gegen den harten Wulst seiner Begierde. Callie zitterte, ihr fliegender Atem ging stoßweise. Ihr war, als taumle sie gefährlich nah an einem Abgrund, begierig und unsicher zugleich und auch ein wenig verängstigt.

Bromwell ließ ein tiefes Grollen hören und löste sich von ihr.

„Barmherziger Gott, Callie …“

Er hüllte sie fest in ihren Domino-Umhang, zog sie wieder an sich, schlang die Arme um sie und barg die Stirn an ihrem Haar. Sie hörte seinen keuchenden Atem. Lange standen sie reglos eng umschlungen, bis ihr Herzschlag sich allmählich beruhigte.

„Wenn wir so weitermachen“, begann Bromwell endlich, „vergesse ich mich vollends.“ Er drückte einen Kuss auf ihren Scheitel. „Ich muss Sie nach Hause bringen.“

Callie wusste, dass er recht hatte, wollte aber nicht gehen. Sie wollte diesen Augenblick für immer in die Länge ziehen. Sie wollte sich von ihrem lustvollen Verlangen treiben lassen bis zur glückseligen Erfüllung, nach der sie sich so heftig sehnte.

Erst jetzt wurde ihr bewusst, dass sie mitten im Vergnügungspark, nur geschützt vom Dunkel der Nacht, in Bromwells Armen lag und leidenschaftliche Zärtlichkeiten mit ihm tauschte, sich weit sittenloser benahm als die frivolen Damen im Separee vorhin. Wie heuchlerisch von ihr, sich über Lady Daphnes kokettes Spiel mit ihrem Galan zu ereifern und kurz danach trunkene Zärtlichkeiten mit ihrem Bruder zu tauschen.

Sie hatte sich höchst unmoralisch verhalten, und dennoch brachte sie es nicht über sich, dies zu bedauern. Ehrlich gestanden bedauerte sie im Augenblick nur, dass sie diese Liebkosungen nicht fortsetzen durfte.

Callie öffnete die Augen, legte den Kopf in den Nacken, um Bromwell ins Gesicht sehen zu können. Seine Lippen waren leicht geschwollen und gerötet, seine Augen dunkel und halb verhangen. In seinem Gesicht spiegelte sich sinnliches Verlangen so deutlich, dass ihr beinahe schwindelig wurde.

Und darin lag der Unterschied zwischen ihr und Lady Daphne, schoss es ihr durch den Sinn. Daphne kokettierte schamlos mit einem fremden Mann. Vermutlich hätte sie mit jedem geflirtet, der auf ihre Verlockungen eingegangen wäre. Während Callie sich nicht vorstellen konnte, diese machtvollen Gefühle für einen anderen Mann zu empfinden. Es war Lord Bromwell, und nur er, der diesen Sturm der Leidenschaft in ihr entfachte.

Sie holte stockend Atem, wieder hatte sie das Gefühl, über einem Abgrund zu schweben, und diesmal war der Gedanke noch Furcht einflößender. Wenn sie jetzt strauchelte und zu Fall kam, würde sie nicht nur ihre Jungfräulichkeit verlieren, sondern auch ihr Herz.

Bromwell und Callie sprachen wenig auf der Heimfahrt. Ihre Gedanken kreisten um die Leidenschaft, die immer noch zwischen ihnen glühte. Keiner wollte darüber sprechen, beide waren vollauf damit beschäftigt, ihren inneren Aufruhr zu bezähmen.

Er brachte sie bis zu Francescas Haustür, wartete, bis der Butler öffnete, um sich zu verabschieden. Dann eilte er mit grimmiger Miene die Stufen hinunter zur Mietdroschke und erteilte dem Kutscher Anweisung, zurück in den Vergnügungspark zu fahren.

Bromwell strebte mit energischen Schritten auf das Separee seiner Schwester zu. Dort empfing ihn eine Szene betrunkener junger Männer, einer beschwipsten, albern kichernder Miss Swanson und einer anderen jungen Dame, die er noch nie gesehen hatte. Seine Schwester saß auf dem Schoß eines fremden Mannes, der dreist ihren entblößten Hals küsste.

Zum zweiten Mal setzte er mit einem elastischen Schwung über die Balustrade, statt die Loge durch die hintere Tür zu betreten, näherte sich zielstrebig seiner Schwester, ergriff sie am Ellbogen und zog sie unsanft auf die Beine.

Sie drehte sich mit einem wütenden Schrei nach ihm um und erschrak. „Brom!“ Sie fasste sich erstaunlich rasch. „Da bist du ja, mein Lieber. Ich fragte mich schon, wo du so lange bleibst.“

„Hast du dich auch gefragt, wo Lady Calandra bleibt?“, fragte er barsch.

„Ich nahm an …“, ein Lächeln umspielte ihre Lippen, als sie ihm einen vielsagenden Blick zuwarf, „… dass sie bei dir ist.“

„Zu deinem Glück und dem dieser Trunkenbolde war sie tatsächlich mit mir zusammen“, schoss er zurück, in seinen Augen blitzte kalter Zorn.

Daphne blinzelte verdutzt und schwieg.

„Was soll denn das?“ Der Mann, auf dessen Schoß Daphne gesessen war, kam schwankend auf die Füße. „Was erlauben Sie sich? Ich sollte Sie fordern, in diesem Ton mit … mit der Dame zu sprechen.“

„Ich bin der Bruder dieser Dame und lasse mich nur von einem Gentleman zum Duell fordern. Typen Ihrer Sorte werfe ich mit einem Tritt in den Hintern zur Tür hinaus.“

„Was? Bei Gott, Sir!“ Der Fremde hob die Arme und nahm eine Position ein, die nur entfernt der Grundstellung eines Faustkämpfers ähnelte. „Sagen Sie mir das ins Gesicht! Das wagen Sie ja doch nicht.“

„Wenn ich nicht irre, habe ich es soeben getan“, antwortete Bromwell. Mit angeekelt verzogenen Mundwinkeln packte er den Kerl an den Rockaufschlägen und beförderte ihn mit einem kräftigen Schwung halb über die Brüstung der Loge, packte ein Bein des Trunkenbolds und kippte ihn kurzerhand über die Brüstung, bis er auf dem Kiesweg landete.

Dann näherte er sich den beiden anderen Männern, die noch am Tisch saßen und ihn mit glasigen Augen anstarrten. Beide sprangen auf, taumelten zur Hintertür und waren verschwunden.

„Vetter!“ Archie Tilford erhob sich und vollführte eine tadellose Verbeugung, die nur dadurch beeinträchtigt wurde, dass er sich zu weit vorbeugte und gezwungen war, sich an einem Stuhl festzuhalten, um nicht kopfüber auf den Bretterdielen zu landen. „Freut mich, dich zu sehen. Gut gemacht, diese Kerle hinauszubugsieren. Ich konnte sie nicht leiden.“

„Verdammt, Archie, wieso hast du nichts unternommen?“, fragte Bromwell aufgebracht.

„Tja …“ Tilford dachte ernsthaft über die Frage nach. „Handgreiflichkeiten liegen mir nicht. So etwas ist eher deine Sache.“

Bromwell schnitt eine angewiderte Grimasse und wandte sich an Mr Pacewell und Mr Sackville, deren modische Aufmachung mittlerweile reichlich derangiert wirkte. „Und ihr Jammergestalten! Sind denn alle hier völlig besoffen?"

Die drei schauten sich um und wechselten Blicke, als seien sie um eine Antwort verlegen.

„Du meine Güte", stöhnte Bromwell voller Abscheu. „Archie, du und deine Freunde, greift Mr Swanson unter die Arme und macht, dass ihr nach Hause kommt."

Die Herren beeilten sich, zu gehorchen, zerrten den leblosen Swanson vom Stuhl, legten sich seine schlaffen Arme um die Schultern und schleppten ihn aus dem Separee. Miss Turner und die mittlerweile in Tränen aufgelöste Miss Swanson sammelten ihre Masken und Fächer ein. Miss Turner hatte offenbar auch noch einen Schuh verloren und wusste partout nicht, wo sie ihn suchen sollte.

Bromwell warf seiner Schwester einen finsteren Blick zu. „Nun, dann werden Sie sich wohl ein Paar Schuhe von Lady Swithington borgen müssen. Sie wird nach unserer Ankunft in ihrem Haus Ihre Eltern schriftlich davon unterrichten, dass Sie beide wegen der späten Stunde bei ihr übernachten. Hoffentlich genügt das, um Ihren guten Ruf zu retten – vorausgesetzt, keiner Ihrer Bekannten hat Sie heute Nacht ohne ihre Verkleidung in Vauxhall gesehen."

Seine Vorhaltungen löste einen weiteren Tränenstrom und bitteres Wehklagen bei Miss Swanson aus, und sogar Miss Turners einfältiges Dauerlächeln begann zu schwinden. Der Earl ließ die bedauernswerten Geschöpfe stehen und wandte sich wieder mit einem strafenden Blick an seine Schwester.

„Na schön, Brom", erklärte diese gereizt und nahm ihre Sachen an sich. „Ich bin fertig. Mein Gott, hast du dich in einen sauertöpfischen Hagestolz verwandelt. Ist das etwa Lady Calandras Einfluss? Ich muss schon sagen, du benimmst dich ausgesprochen uncharmant."

„Sei still!" Seine Miene war versteinert, seine Augen funkelten kalt. „Kein Wort über sie, oder du wirst noch mehr zu hören bekommen, als dir lieb ist. Wir sprechen später darüber, nachdem deine Schützlinge zu Bett gebracht wurden."

Achselzuckend legte sie sich ihr Dominocape um die Schultern und verließ das Separee, gefolgt von den zerknirschten Mädchen. Bromwell begleitete die Damen schweigend nach Hause. Miss Swanson schniefte noch immer und betupfte sich die Augen mit einem Spitzentüchlein. Miss Turner wirkte bedrückt und litt unter Übelkeit. Lady Daphne hielt das Gesicht dem Fenster zugewandt, obgleich der geschlossene Vorhang ihr die Sicht nach draußen versperrte.

Sobald sie das Haus betraten, brachte Daphnes Zofe die beiden Mädchen zu Bett, während Daphne sich seufzend an den Schreibtisch setzte und zwei Briefe an die jeweiligen Eltern verfasste, wie Bromwell es ihr aufgetragen hatte. Nachdem sie einen Diener damit losgeschickt hatte, wandte sie sich mit verschränkten Armen an ihren Bruder.

„Also gut, heraus mit der Sprache, bevor du daran erstickst", erklärte sie knapp.

„Was zum Teufel hast du dir dabei gedacht?", platzte er heraus. „Lady Calandra allein in der Loge zurückzulassen … Ist dir nicht klar, welchen Schaden du ihrem Ruf damit zufügen könntest?"

„Also Brom, seit wann hast du dich in einen prüden Moralapostel verwandelt? Ich wollte dir doch nur helfen."

„Mir helfen? Indem du Callie mit Trunkenbolden allein lässt, die niemand kennt? Mitten in der Nacht in Vauxhall Gardens?"

„Nun übertreibst du aber maßlos, findest du nicht?", entgegnete Daphne entrüstet. „Das klingt ja, als hätte ich sie mitten auf der Promenade stehen lassen. Dabei saß sie geschützt in einem geschlossenen Separee."

„Und jeder Passant konnte sehen, dass sie ohne Begleitung war", schleuderte er ihr entgegen. „Ach, ich vergaß, bis auf den Herrn, der sturzbetrunken über dem Tisch lag!"

„Ich wusste, dass du bald kommst", hielt Daphne ihm gelassen entgegen, „sie war nur ein paar Minuten allein. Was kann ich dafür, dass dieser dämliche Swanson sich betrinkt. Woher sollte ich wissen, dass er keinen Alkohol verträgt? Ich wollte lediglich dafür sorgen, dass du ein Weilchen allein mit ihr sein kannst." Sie näherte sich ihm mit ausgestreckten Händen. „Nun komm schon, sei mir nicht mehr böse. Ich wollte dir wirklich nur helfen. Ich hab doch gesehen, wie Lady Haughston ihren Schützling mit Argusaugen bewacht, und versuchte nur, eine Situation zu schaffen, in der ihr beide ein bisschen Zeit für euch habt." Daphne lächelte listig. „Lange genug, bis du dein Ziel erreicht hast."

„Wie bitte? Denkst du, ich habe vor, ihren guten Namen zu beschmutzen?", fragte er fassungslos und übersah geflissentlich ihre ausgestreckten Hände. „Daphne, wie kannst du so von mir denken? Ich sagte dir doch, dass ich nicht die Absicht habe, ihr Schaden zuzufügen. Wieso sollte ich so etwas tun? Es war ihr Bruder, der dich verletzt hat. Er sollte dafür bezahlen, nicht Callie."

„Wen stört es, wenn sie ein wenig leidet?", fauchte Daphne. „Sie ist eine Lilles, genau wie er, und ebenso hochmütig und kalt wie der Duke. Und dann noch diese Hexe Francesca Haughston! Die beiden passen ausgezeichnet zueinander, spielen die feinen Damen mit ihrem vornehmen Getue, als hätten sie nie einen sündigen Gedanken. Oh nein, die wären sich viel zu schade, auch nur an ein Schäferstündchen mit einem Mann zu denken."

Daphnes Gesichtszüge waren verzerrt, ihre Stimme klang bitter. Ihr Bruder starrte sie entgeistert an. „Daphne! So habe ich dich noch nie … gesehen … oder reden gehört …"

„Du hast ja auch nicht fünfzehn Jahre wie eine Gefangene in Wales gelebt mit einem grässlichen alten Mann!", schrie sie empört. „Nie durfte ich nach London reisen, nie Spaß haben. Eine Reise nach Bath war das Äußerste, was der Geizkragen mir zugestand! Und ich wurde immer älter, musste zusehen, wie meine Schönheit verblüht …" Ihre Tränen quollen über und liefen ihr über die Wangen.

„Daphne …" Bromwell konnte keine Tränen sehen, sein Zorn

verflog, er legte den Arm um ihre Schultern. „Es tut mir leid. Es war furchtbar für dich, einen alten Mann heiraten zu müssen, den du nicht geliebt hast. Und dann auch noch der Verlust deines ungeborenen Kindes … Das alles war schrecklich. Du hättest wirklich ein besseres Schicksal verdient. Ich wünschte, ich wäre damals älter und klüger gewesen und nicht kopflos losgestürmt, um Rochford zum Duell zu fordern. Ich wünschte bei Gott, ich hätte dir damals helfen können. Aber glaube mir, du bist immer noch die schönste Frau in ganz London."

Daphne lehnte sich besänftigt an seine Schulter und blickte hinter einem Tränenschleier zu ihm auf. „Wirklich? Hältst du mich immer noch für die schönste Frau in ganz London?"

Der Gedanke an Callie schoss ihm durch den Sinn, den er rasch von sich wies. „Natürlich bist du das", antwortete er beschwichtigend, „daran hat sich nichts geändert. Und das weißt du auch."

„Danke. Ich wusste, dass du sie nicht mehr liebst als mich", stellte sie zufrieden fest und wischte sich die Tränen von den Wangen.

„Sie mehr lieben als dich? Unsinn, natürlich nicht", entgegnete Bromwell, nahm den Arm von ihrer Schulter und reichte ihr sein Taschentuch. „Wie kommst du nur auf diese Idee?" Er entfernte sich ein paar Schritte. „Ich liebe sie nicht. Aber es wäre sträflich, eine unschuldige Frau zu verletzen. Der Duke of Rochford ist der Einzige, der für seine Schandtaten büßen soll. Ihn möchte ich zwingen, mir Rede und Antwort zu stehen."

„Und wie willst du das bewerkstelligen?", fragte Daphne. „Wie kannst du Rochford Schaden zufügen, ohne ihn über seine Schwester aus der Reserve zu locken? Wenn du sie umwirbst, weckst du Erwartungen in ihr. Ein Gentleman überhäuft eine Frau nicht mit Aufmerksamkeiten, ohne sie verführen zu wollen oder um ihre Hand anzuhalten. Wenn du ihr keinen Antrag machst, gerät sie in Gewissenskonflikte. Und im *ton* wird man sich die Mäuler darüber zerreißen."

„Aber ich habe doch erst begonnen, ihr den Hof zu machen.

Ich habe nicht …" Er hielt jäh inne.

„Was hast du nicht? Hast du ihr nicht praktisch jeden Tag einen Besuch abgestattet?", fragte Daphne. „Hast du sie nicht zum Reitausflug nach Richmond Park und zu Spazierfahrten in deiner Karriole eingeladen? Bist du nicht bei jeder Soiree aufgetaucht, die auch sie besuchte?"

Bromwell furchte die Stirn. „Ich habe vielleicht häufiger ihre Nähe gesucht, als ursprünglich beabsichtigt", gestand er. „Ich konnte ja nicht ahnen, dass sie so streng bewacht wird, und hatte gehofft, ihr irgendwann näherzukommen."

„Siehst du! Aus diesem Grund habe ich dieses kleine Tête-à-Tête in Vauxhall Gardens arrangiert", erklärte Daphne triumphierend. „Um dir Gelegenheit zu geben, mit ihr allein zu sein. Wenn es keine Gerüchte über einen Skandal gibt, wie sollte Rochford unruhig werden?"

Bromwell fuhr sich nervös durchs Haar. „Ich weiß nicht, was ich sagen soll. Wenn du recht hast, ist ihr Ruf bereits in Gefahr."

„Genau", stimmte Daphne ihm zu. „Deshalb …"

„Vielleicht sollte ich es dabei bewenden lassen."

„Wie bitte?" Daphne starrte ihn entgeistert an. „Soll das heißen, du ziehst dich zurück? Du hast deine Meinung geändert und willst Rochford nicht zur Rechenschaft ziehen?"

Bromwell zog die Mundwinkel zu einem freudlosen Lächeln hoch. „Ich habe die Hoffnung nicht aufgegeben, bald von Rochford zu hören."

„Und Lady Calandra? Willst du etwa aufhören, ihr den Hof zu machen?"

„Ich bin mir nicht sicher", antwortete er zerstreut. „Darüber muss ich nachdenken."

Daphne wollte etwas erwidern, aber er hörte ihr nicht mehr zu. Er ging aus dem Zimmer und ließ Daphne stehen, die ihm verblüfft nachschaute.

Bromwell ließ sich vom Diener Hut und Mantel reichen und verließ das Haus. Auf der Straße setzte er den Zylinder auf, schlüpfte in die Ärmel des Mantels und eilte mit weit ausholenden Schritten den Gehsteig entlang. Ein scharfer Nachtwind blähte den schweren Stoff, die Kälte fuhr ihm in die Knochen, aber er knöpfte den Mantel nicht zu und stapfte mit finsterer Miene weiter.

Sollte er seine Besuche bei Callie einstellen? Bei diesem Gedanken krampfte sich sein Magen zusammen. Er dachte an ihr Lächeln, ihre lustig tanzenden, dunklen Augen, ihre schwarze Lockenfülle, in denen er so gern seine Finger vergrub. Die Vorstellung, sie nicht mehr zu sehen, nie wieder in die Arme zu schließen, nie wieder die Berührung ihrer Lippen zu spüren, machte ihn so wütend, dass er die Fäuste ballte.

Aber wenn er ihr weiterhin den Hof machte, wie würde es enden? Mit großer Wahrscheinlichkeit damit, dass er und Rochford aufeinander losgingen, sich im Morgengrauen ein Pistolenduell lieferten oder sich bestenfalls in einem erbitterten Faustkampf die Nasen blutig schlugen. Jedenfalls stand fest, dass die kaum begonnene Affäre nicht so enden würde, wie die vornehme Gesellschaft es erwartete – Bromwell würde ihr keinen Heiratsantrag machen. Er schnaubte verächtlich bei dem Gedanken an Rochfords Reaktion, wenn er um die Hand seiner Schwester anhielte.

Rochford würde niemals seine Einwilligung geben, also konnte Bromwell diesen Schritt niemals tun. In die Familie des Mannes einzuheiraten, der seine Schwester verführt und schändlich im Stich gelassen hatte? Eine völlig absurde Vorstellung. Damit würde er sich Daphne gegenüber ehrlos halten und Verrat an ihr üben.

Da er nicht die Absicht hatte, Callie zu heiraten, durfte er sie auch nicht mehr sehen. Daphne hatte es deutlich zur Sprache gebracht. Callie erwartete seinen Heiratsantrag, wenn er ihr weiterhin den Hof machen würde. Schon nach den wenigen Wochen seiner Werbung um sie war davon auszugehen, dass Gerüchte in Umlauf kamen, wenn er seine Aufmerksamkeiten und Besuche plötzlich einstellte.

Der Gedanke, Callie den bösen Zungen der Klatschbasen

auszusetzen, verursachte ihm Magenschmerzen, wobei ihm bewusst war, dass alles nur noch schlimmer werden würde, wenn er länger zögerte. Jeder Blumenstrauß, den er in ihr Haus liefern ließ, jeder Tanz auf einem Ball würde die lauernden Beobachter darin bestärken, dass sein Antrag bald zu erwarten wäre. Und wenn er dann seine Besuche einstellte, würden Klatsch und Tratsch noch giftigere Blüten treiben.

Und wenn Rochford wutschnaubend anreiste, um ihn zur Rede zu stellen, wäre der Skandal komplett, Callies Ruf wäre ruiniert, die üble Nachrede würde sie ihr ganzes Leben lang verfolgen.

Bromwells Miene verfinsterte sich noch mehr. Wieso hatte er nie überlegt, dass seine Werbung um Callie die perfekte Rache an Rochford darstellte? Er hätte die offene Rechnung mit dem Mann bereits bei der ersten Begegnung auf der nächtlichen Terrasse von Lady Pencully mit einem kräftigen Aufwärtshaken begleichen müssen. Die ganze Geschichte hatte schließlich nichts mit Callie zu tun. Sie hatte sich nichts zuschulden kommen lassen, um übler Nachrede ausgesetzt zu werden, und dennoch war sie es, die am meisten darunter leiden würde.

Er dachte an sein Gespräch mit Archie vor einiger Zeit, wie gleichgültig er damals mit den Schultern gezuckt hatte, als sein Vetter ihm zu bedenken gab, dass Callie unschuldig sei und es nicht verdiente, für ihren Bruder büßen zu müssen. Mit welchem Recht warf er Daphne eigentlich vor, mit ihrem leichtfertigen Benehmen Callies Ruf zu schaden? Ohne zu bedenken, dass er seit Wochen einen Racheplan verfolgte, der Callie erheblich schadete. Er war ein Narr, ein hohler gefühlskalter Narr gewesen.

Und er sah keine Möglichkeit, den Schaden wiedergutzumachen, den er bereits angerichtet hatte. Es blieb ihm keine andere Wahl, er musste dafür sorgen, dass sie nicht noch tiefer verletzt wurde. Er musste seine Besuche bei Callie einstellen. Das war der einzig richtige Schritt. Warum aber erfüllte ihn der Vorsatz, das Richtige zu tun, mit dieser dumpfen Leere?

12. KAPITEL

Callie war zwar ein wenig enttäuscht, als Lord Bromwell am folgenden Vormittag nicht vorsprach, dachte sich aber nicht viel dabei. Sie fühlte sich ohnehin nicht ganz auf der Höhe, klagte über Kopfschmerzen und ein flaues Gefühl im Magen, und die schräg einfallenden Sonnenstrahlen stachen ihr intensiver als sonst in die Augen von den Nachwirkungen des starken Arrakpunsches, den sie am Abend zuvor getrunken hatte. Callie, die nie mehr trank als ein Glas Weißwein zum Dinner oder gelegentlich ein Gläschen Fruchtlikör oder Sherry, beschloss, in Zukunft die Finger von Hochprozentigem zu lassen.

Francesca stellte ein paar Fragen über den Verlauf des Abends. Callie hatte sich vorgenommen, ihr nichts von den Vorfällen in Vauxhall Gardens zu berichten, sah sich indes genötigt, sie davon zu unterrichten, dass Lord und Lady Radbourne nicht erschienen waren, da das Thema mit Sicherheit bei einem nächsten Treffen mit Irene und Gideon zur Sprache kommen würde.

Nachdem sie von den bunten Lampions in den Bäumen und dem märchenhaft schönen Feuerwerk erzählt hatte, gestand Callie: „Lord und Lady Radbourne sind leider nicht gekommen."

„Wie bitte?" Francesca ließ ihre Handarbeit sinken und straffte die Schultern. „Sie sind nicht gekommen?"

„Nein."

„Aber was … wer … du liebe Güte, ich hätte dich begleiten müssen", stöhnte Francesca.

„Sei unbesorgt. Der Abend verlief ohne Zwischenfälle. Lady Swithington war da und Lord Bromwell, wir waren eine ziemlich große Gesellschaft. Miss Swanson mit ihrem Bruder und noch eine junge Dame, die ich nicht kannte."

„Ich kann mir nicht vorstellen, wieso Irene uns nicht Bescheid gab, dass sie verhindert war", sagte Francesca bekümmert. „Zum Glück hast du den Domino-Umhang und die Maske getragen. Du hast die Maske doch hoffentlich nicht abgesetzt, wie?“

„Nein, natürlich nicht. Niemand hätte mich erkannt“, versicherte Callie. „Ich lehnte sogar ab, zum Tanz geführt zu werden“, flüchtete sie sich in eine Notlüge.

Francesca nickte ein wenig erleichtert, doch die Stirnfalte wollte nicht weichen. „Ich denke, ich werde Irene am Nachmittag einen Besuch abstatten.“

„Denkst du, einer der beiden ist plötzlich krank geworden?“

„Ich weiß nicht, was ich denken soll“, antwortete Francesca bedächtig. „Aber ich muss erfahren, warum sie nicht gekommen sind. Auf Irene ist sonst stets Verlass. Möchtest du mich begleiten?“

Callie lehnte dankend ab. Ihr war nicht nach Ausgehen zumute, und sie hoffte, ein Mittagsschlaf mit einem in Lavendelwasser getränkten Tuch über der Stirn würde ihre Kopfschmerzen lindern. Im Übrigen würde Lord Bromwell vielleicht einen Besuch abstatten.

Wie sich herausstellte, meldete er sich auch am Nachmittag nicht. Aber der Mittagsschlaf im abgedunkelten Zimmer war erholsam, und als Francesca heimkehrte, wurde sie von Callie fröhlich begrüßt.

Francesca hingegen machte keinen fröhlichen Eindruck. Im Gegenteil: Ihre tiefblauen Augen funkelten zornig, und sie reckte kampfeslustig ihr zartes Kinn.

„Diese Lady Swithington! Diese unverschämte Person!“, fauchte sie auf Callies Frage, ob sie etwas bedrücke.

„Was heißt das?“

„Das heißt“, antwortete Francesca und betonte jedes einzelne Wort, „wie ich von Irene erfuhr, teilte Lady Swithington ihr am Sonntag in einer Notiz mit, der Ausflug nach Vauxhall Gardens könne leider nicht stattfinden, aber sie hoffe, das Vergnügen demnächst nachholen zu können.“

„Oh.“ Callie war nicht wirklich überrascht, obgleich sie gehofft hatte, die ganze Sache würde sich als eine Verkettung unglücklicher Zufälle herausstellen.

Francesca ging ruhelos im Zimmer auf und ab und machte sich ihrem Ärger über Lady Swithingtons falsches Spiel Luft, aber Callie hörte ihr nur mit halbem Ohr zu.

Bromwells Schwester hatte also den Verlauf des gestrigen Abends genau geplant. Der hemmende Einfluss von Lord und Lady Radbourne war ihr unerwünscht, wobei sie Callie das wohlweislich verschwiegen und vorgegeben hatte, nichts über ihren Verbleib zu wissen. Wiederholte Male hatte sie versichert, das Ehepaar würde gewiss nicht mehr lange auf sich warten lassen. Es war ihr nicht nur daran gelegen, ihr eigenes skandalöses Benehmen keiner Kritik auszusetzen, es war ihr auch wichtig, dass Callie nicht beaufsichtigt wurde.

Aber warum? Es ergab keinen Sinn. Die einzige Konsequenz, die Callie daraus zog, bestand darin, Lady Daphne von nun mit Argwohn zu begegnen.

Brom war vermutlich nicht in die Pläne seiner Schwester eingeweiht. Er hatte aufrichtig schockiert und verärgert gewirkt, als er Callie allein im Separee antraf. Und er hatte eindeutig mit Irene und Gideon gerechnet. Des Weiteren hatte er sich mit keinem Wort für seine Verspätung entschuldigt. Er wirkte sogar erstaunt, dass die Gesellschaft sich schon so lange im Vergnügungspark aufhielt. Als Callie eine Bemerkung darüber machte, sie habe kaum noch mit seinem Erscheinen gerechnet, hatte er gestutzt und gemeint: „Aber Daphne sagte …“, ohne den Satz zu beenden. Callie hatte den Eindruck, er war im Begriff zu erklären, seine Schwester habe ihn zu dieser späten Stunde bestellt.

Callie zog aus all dem den Schluss, dass Daphne sie aus einem unerklärlichen Grund nicht leiden konnte, obgleich sie sich ihr gegenüber zuckersüß und freundlich gab. Wollte Daphne ihren Bruder gegen sie einnehmen? Und wenn ja, warum?

Hätte Callie dem dreisten Kerl nicht eine Flasche über den Schädel geschlagen, wäre der Trunkenbold vielleicht über die

Brüstung geklettert und zudringlich geworden. Und was hätte Brom sich gedacht, wenn er Callie in den Armen eines fremden Mannes vorgefunden hätte?

Callie durchrieselte ein Frösteln. Falls das der Grund für Daphnes schamloses Benehmen war, so war sie eine kalte und gefühllose Person, die es darauf angelegt hatte, Callie schnöde bloßzustellen und ihr hinterhältig in den Rücken zu fallen. Dabei konnte sie sich des Erfolgs ihrer Intrigen keineswegs sicher sein. Wie sich herausstellte, war der Schuss ja tatsächlich nach hinten losgegangen; Bromwell war rechtzeitig erschienen und hatte seiner Schwester bestimmt Vorhaltungen gemacht, ihre Schutzbefohlene allein gelassen zu haben.

Callie war froh, dass für den Abend keine gesellschaftlichen Verpflichtungen geplant waren. Ihr war nicht nach Gesellschaft zumute, zumal mit der Möglichkeit zu rechnen war, Lady Swithington zu begegnen. Sie verbrachte einen behaglichen stillen Abend zu Hause und schrieb Briefe an ihre Großmutter und ihren Bruder. Allerdings musste sie sich insgeheim gestehen, dass sie sich nach Lord Bromwell sehnte, und sie überlegte, wann ein ganzer Tag vergangen war, ohne ihn gesehen zu haben.

Callie rechnete am nächsten Tag in freudiger Erwartung mit seinem Besuch, aber zu ihrer Verwunderung blieb er auch diesmal fern. Am späten Nachmittag fragte Francesca beiläufig: „Wo bleibt denn unser Freund? Ich muss sagen, ich habe mich an Bromwells Besuche gewöhnt."

Ein kleiner Stich fuhr durch Callies Herz. „Ich weiß es nicht."

Francesca zog die Stirn kraus, aber ihre Stimme klang heiter. „Eigenartig. Nun, wir werden ihn ins Gebet nehmen, wenn wir ihn sehen."

Aber sie sahen ihn nicht – nicht bei Mrs Cutternans Soiree, auch nicht am folgenden Nachmittag bei Francescas Einladung zum Tee. Callie plauderte lächelnd mit den Gästen und bemühte sich, nicht den Anschein zu erwecken, sie erwarte jeden Moment Lord Bromwells Erscheinen. Allerdings war es ihr kaum möglich, den Gesprächen zu folgen, da ihre Gedanken ständig abschweiften und sich mit der Frage beschäftigten, ob er seine Aufwartung später machen würde, und wenn nicht, warum nicht.

Hatte sie etwas Falsches gesagt? Etwas Falsches getan? Hatte er den Eindruck gewonnen, sie habe sich leichtsinnig verhalten, weil sie den Vergnügungspark nicht umgehend verlassen wollte, nachdem die Herren zu viel getrunken hatten und laut geworden waren? Hätte sie seiner Meinung nach den Park ohne die Radbournes gar nicht besuchen dürfen?

Aber er würde ihr wohl kaum den Besuch in Begleitung seiner Schwester vorwerfen. Hätte Lady Swithington allerdings ihre Freunde zur Ordnung gerufen, statt sich zügellos zu benehmen, wäre der Abend nicht zu einem Zechgelage ausgeartet. Könnte er tatsächlich Callie die Schuld daran geben, obgleich es eindeutig die Pflicht seiner Schwester gewesen wäre, mehr Vernunft an den Tag zu legen?

Aber vielleicht ging es ihm gar nicht darum. Vielleicht hatte er an Callies späterem Verhalten Anstoß genommen. Immerhin hatte sie ihn gedrängt, noch einen kleinen Rundgang durch den Lustgarten zu machen. War das zu dreist von ihr? Hatte sie den Eindruck erweckt, von den unangenehmen Erlebnissen nicht genügend abgestoßen zu sein? War sie ihm zu vergnügungssüchtig erschienen? Zu leichtlebig?

Oder hielt Bromwell sie sogar für eine liederliche Person? Die Erinnerung an die Küsse am Springbrunnen trieb ihr die Schamröte ins Gesicht. Vielleicht hielt er sie für kühn und schamlos? Das wäre freilich ungerecht, denn er hatte sich mit gleicher Leidenschaft an den Zärtlichkeiten und Küssen beteiligt. Aber sie wusste natürlich auch, dass Männer in ihrem moralischen Urteil über Frauen häufig nicht gerecht waren. Ein junger Mann durfte eine Affäre mit einer Frau haben, ohne dass ein Hahn danach krähte. Eine junge unverheiratete Frau hingegen wäre ruiniert, wenn sie sich mit einem Mann einließ. Ein Mann durfte den Wunsch haben, mit einer Frau das Bett zu teilen; wenn sie sich ihm allerdings hingab, verlor er die Achtung vor ihr und weigerte sich oftmals, sie zu heiraten. Derlei Geschichten kamen ihr immer wieder zu Ohren, seit sie in die Gesellschaft eingeführt worden war.

Sie spürte die besorgten Blicke, die Francesca ihr gelegentlich zuwarf. Und als die letzten Gäste gegangen waren, kam Francesca direkt zur Sache. „Vielleicht", begann sie, „musste Lord Bromwell überstürzt abreisen wegen eines Notfalls auf seinem Landgut oder etwas Ähnlichem, und es blieb ihm keine Zeit, uns eine Nachricht zukommen zu lassen."

„Ja, das wäre denkbar", antwortete Callie und rang sich ein Lächeln ab. „Aber vielleicht ist er auch nur wankelmütig. Solche Männer soll es ja geben."

„Den Eindruck erweckte er allerdings nicht", antwortete Francesca und ihre Stirnfalte vertiefte sich. „Ich habe mir überlegt … Ach was, es ist zu früh für Ratespiele. Wir warten einfach ab, ob er uns davon unterrichtet, was geschehen ist. Vielleicht steht er bereits morgen mit einer plausiblen Erklärung vor der Tür."

Callie konnte sich keine plausible Erklärung denken, da er mittlerweile Gelegenheit gefunden haben sollte, ihnen eine Nachricht zukommen zu lassen. Andererseits lag ihr daran, dieses Gespräch möglichst rasch zu beenden, da es ihr mit jeder Sekunde schwerer fiel, ihre Besorgnis und Angst zu verbergen. Wenn Francesca dieses Thema noch länger erörterte, fürchtete sie, in Tränen auszubrechen.

Zum Glück schien auch Francesca den Wunsch zu haben, die Sache ruhen zu lassen, und begann, über die Kleiderfrage für den heutigen Opernbesuch zu plaudern. Callie griff das Thema erleichtert auf, und die Freundinnen besprachen sämtliche Accessoires in allen Einzelheiten.

Gideon und Irene hatten die Damen in ihre luxuriöse Loge eingeladen. Callie verwandte besondere Sorgfalt auf Toilette und Frisur. Falls sie Lord Bromwell heute Abend zufällig begegnete, wollte sie besonders vorteilhaft aussehen, um ihm zu zeigen, dass sie glücklich und guter Dinge war.

Aber es kam zu keiner Begegnung in der Oper, und Callie wusste nicht, ob sie darüber traurig oder erleichtert sein sollte. Ein zufälliges Treffen hätte bedeutet, dass er nicht gezwungen war, die Stadt wegen eines Notfalls auf seinem Landgut oder einer andersgearteten Dringlichkeit zu verlassen. Es wäre allerdings der Beweis dafür, dass er sie schlicht und einfach nicht sehen wollte.

Am nächsten Nachmittag nahm Callie sich vor, Freunde zu besuchen. In den letzten Tagen war sie nicht ausgegangen, um auf Lord Bromwells Besuch zu warten. Nun wollte sie nicht länger untätig im Haus herumsitzen und verdrängte tapfer die nagende Sorge, er könne ausgerechnet in ihrer Abwesenheit vorbeischauen. Es geschah ihm ganz recht, wenn er sie nicht antraf, damit würde er wenigstens wissen, dass sie ihm nicht nachtrauerte.

Als sie am Spätnachmittag zurückkam, konnte sie jedoch nicht widerstehen, die Visitenkarten auf dem Silbertablett in der Halle durchzufächern, um zu sehen, ob Bromwells Karte dabei war. Sie war nicht dabei.

Francesca hatte Lord Bromwells Namen seit ihrer kurzen Diskussion vor zwei Tagen nicht wieder erwähnt. Und Callie bewunderte die Fähigkeit der Freundin, immer wieder neuen Gesprächsstoff zu finden, ohne den wunden Punkt zu berühren.

Am nächsten Abend fand Lady Smythe-Furlings Ball statt. Die Dame war keineswegs berühmt für glanzvolle Feste, aber es war das einzige gesellschaftliche Ereignis an diesem Abend, und Callie war mittlerweile fest entschlossen, jede Gelegenheit zu nutzen, um sich in der Öffentlichkeit zu zeigen. Sie wollte sich vergnügen, wollte tanzen und plaudern, alles tun, um sich von trüben Gedanken und Zweifeln abzulenken.

Bereits kurz nach dem Betreten des Ballsaals bereute Callie ihre Entscheidung und wünschte, sie wäre nicht gekommen. Nachdem sie Lady Smythe-Furling und deren beide Töchter begrüßt hatte, ließ sie den Blick durch den Saal schweifen. Am Rande des Tanzparketts entdeckte sie Bromwell im Gespräch mit Lord Westfield.

Ihr Herzschlag geriet ins Stolpern; nur mit Mühe gelang es ihr, eine gleichmütige Miene beizubehalten. Er war hier! Hoffnung durchflutete Callie, sosehr sie sich auch dagegen sträubte. Er würde sich ihr zuwenden und lächeln, und dann würde er den Saal durchqueren und sie begrüßen, und alles wäre wieder gut.

Doch er wandte sich ihr nicht zu, blickte nicht in ihre Richtung. Callie schlenderte durch den Saal, plauderte mit Freunden und Bekannten, sorgsam darauf bedacht, sich von ihm fernzuhalten. Sie weigerte sich standhaft, Ausschau nach ihm zu halten. Wenn er mit ihr sprechen wollte, würde er zu ihr kommen.

Er kam nicht.

Sie tanzte mit dem Gastgeber und mit dem Gemahl von Lady Smythe-Furlings ältester Tochter. Sie tanzte mit Francescas gutem Freund Sir Lucien, der den ganzen Abend nicht von ihrer Seite wich, wofür sie ihm von Herzen dankbar war. Francesca hatte ihm vermutlich etwas ins Ohr geflüstert, und Callie war froh, dass er sich ihr so aufmerksam widmete und ihr Unbehagen milderte.

Sie war auch sehr erleichtert, dass ihre Tanzkarte sich füllte, und die Gäste den Eindruck gewinnen mussten, sie genieße den Ball. Sie plauderte, sie lachte, sie kokettierte sogar ein wenig mit Sir Lucien, der wie immer Charme und Witz versprühte.

Callies Inneres aber tobte in wilder Aufruhr, ihre Seele und ihr Herz waren wund. Bromwell war hier, der Mann, der sie erst vor wenigen Nächten leidenschaftlich geküsst hatte, der Mann, der ihr in den letzten Wochen seine ganze Aufmerksamkeit geschenkt hatte – er hatte es nicht einmal für nötig befunden, sie zu begrüßen. Vermutlich war es besser so, überlegte sie, da sie nicht wusste, ob es ihr gelungen wäre, die Fassung zu wahren. Es war schwer genug, beherrscht zu erscheinen, ohne mit ihm zu sprechen.

Die Stunden krochen in quälender Langsamkeit dahin. Callie sehnte sich danach, zu fliehen, sich auf ihr Bett zu werfen und zu weinen, aber sie wollte sich nicht fortstehlen, wollte niemandem Gelegenheit bieten, über sie zu tuscheln.

Man munkelte ohnehin bereits dies und jenes über sie. Lord Bromwell hatte sie in den letzten Wochen mit Aufmerksamkeiten förmlich überschüttet, und jedem Ballbesucher musste auffallen, dass er an diesem Abend kein Wort mit ihr sprach. Callie spürte die heimlichen Blicke; Gespräche verstummten, wenn ihr Blick eine Gruppe streifte. All diese Beobachtungen verstärkten ihren Kummer – umso wichtiger war es ihr, sich nichts davon anmerken zu lassen.

Francesca begann früher als sonst Ermüdungserscheinungen zu zeigen, verbarg ein gelegentliches Gähnen hinter ihrem Fächer und entschuldigte sich charmant bei den Umstehenden wegen ihrer Schläfrigkeit. Callie vermutete, Francesca täusche die Müdigkeit ihr zuliebe nur vor, um sich alsbald zu entschuldigen und das Fest vorzeitig zu verlassen.

Es überraschte sie nicht, als Francesca verkündete, sie sei zu erschöpft, um länger zu bleiben, und damit den Freundinnen Gelegenheit gab, sich zu verabschieden. Callie atmete erleichtert auf, als sie sich in die weichen Lederpolster der Kutsche zurücklehnte.

„Tausend Dank“, sagte sie leise zu Francesca.

„Ohnehin ein langweiliges Fest“, entgegnete sie und tätschelte Callies Arm. „Wie fühlst du dich, meine Liebe?“

„Ganz gut“, antwortete Callie beiläufig. „Zugegeben, ein wenig verwirrt, aber …“ Sie zuckte mit den Schultern, ohne den Satz zu beenden.

Francesca nickte; sie war zu feinfühlig, um Callie weiter zu bedrängen. Stattdessen stellte sie sachlich fest: „Man darf den Launen der Männer keinen großen Wert beimessen. Allerdings fürchte ich, Lord Bromwells seltsames Verhalten wurde irgendwie von seiner abscheulichen Schwester beeinflusst.“

Callie lachte trocken. „Liebste Francesca, du schaffst es doch stets, mich zum Lachen zu bringen."

„Freut mich. Meine Mutter sagte mir einmal, ich hätte die Gabe, auch eine ernste Sache zu bagatellisieren." Nach kurzer Pause fügte sie heiter hinzu: „Und ich glaube nicht, dass sie das als Kompliment meinte."

Für den Rest der Heimfahrt schwieg Francesca in ihrer taktvollen Art. Im Haus angekommen, wünschte sie Callie eine gute Nacht und begab sich in ihr Kabinett, um noch ein paar Dinge zu erledigen, wie sie sagte.

Callie eilte die Treppe hinauf, die lange unterdrückten Tränen schnürten ihr die Kehle zu. Ihre Zofe Belinda, die in ihrem Zimmer wartete, schickte sie kurzerhand zu Bett, ohne auf das erschrockene Gesicht des Mädchens zu achten.

Endlich war sie allein. Sie stand eine Weile im Zimmer, und allmählich fiel der Schutzpanzer von ihr ab, mit dem sie sich umgeben hatte. Den ganzen Abend hatte sie sich jede Gefühlsregung untersagt, hatte nicht einmal zugelassen, an ihren Schmerz zu denken, um eine kühle Fassade zu präsentieren. Doch nun stellte sie sich endlich der Wahrheit: Lord Bromwells Gefühle für sie waren erloschen. Aus unerfindlichen Gründen hatte er das Interesse an ihr verloren. Mit dieser bitteren Tatsache musste sie sich abfinden.

Ein gequälter Laut brach sich Bahn – halb Stöhnen, halb Schluchzen. Callie warf sich aufs Bett und ließ ihren Tränen freien Lauf.

Am nächsten Morgen erschien sie blass und übernächtigt zum Frühstück, lehnte jedoch Francescas Angebot, keine Besucher zu empfangen, mit Bestimmtheit ab.

„Nein, ich will mich nicht verstecken, und Mitleid will ich schon gar nicht. Natürlich wird es Gerede geben, warum Lord Bromwell meiner überdrüssig wurde. Wenn ich mich aber trübsinnig in mein Schneckenhaus verkrieche, gebe ich den Lästerzungen nur noch mehr Gesprächsstoff."

„Du bist ein tapferes Mädchen", lobte Francesca anerkennend. „Ich fürchte allerdings, wir werden uns in nächster Zeit vor neugierigen Besuchern kaum retten können."

Wie sich herausstellte, hielt der Ansturm sich in erträglichen Grenzen. Allerdings war Callie an diesem Nachmittag vollauf damit beschäftigt, gute Miene zum bösen Spiel zu machen. Sie bemühte sich, immer wieder glaubhaft zu versichern, Lord Bromwells Anwesenheit kaum bemerkt zu haben, da sie sich vor Verehrern kaum retten konnte, die sie um einen Tanz baten.

Am späten Nachmittag waren keine Besucher mehr zu erwarten, und Francesca gab dem Butler sicherheitshalber Anweisung, niemand mehr vorzulassen. Erschöpft nahmen die Freundinnen im kleinen Salon Platz, um sich bei einer Tasse Tee von dem Besucherstrom zu erholen.

Francesca war gerade im Begriff, Tee einzuschenken, als lautes ungeduldiges Klopfen an der Haustür bis in den Salon drang. Francesca und Callie wechselten erstaunte Blicke, ließen sich aber nicht weiter stören. Kurz darauf erschien der Butler mit gequälter Miene.

„Ähm ..." Nach kurzem Zaudern sprudelte er heraus: „Verzeihung, Mylady, Seine Gnaden der Duke of Rochford besteht darauf, Sie zu sprechen." Nicht einmal Fenton hatte es gewagt, dem Duke die Tür zu weisen.

Francesca und Callie sahen einander alarmiert an. Ein schreckliches Ende eines schrecklichen Tages, schoss es Callie durch den Kopf. Offenbar waren Sinclair die häufigen Besuche von Lord Bromwell zu Ohren gekommen, und nun hatte er vor, sie zur Rechenschaft zu ziehen.

„Gut, Fenton, bitten Sie ihn herein", sagte Francesca seufzend und erhob sich. Callie erhob sich gleichfalls.

Kurz darauf stürmte der Duke ins Zimmer. Er trug Reitkleidung, der lehmbespritzte Zustand seiner Stiefel ließ darauf schließen, dass er nach einem halsbrecherischen Ritt umgehend Francesca aufgesucht hatte, ohne sich die Zeit zu nehmen, sich in Lilles House umzukleiden. Sein dunkles Haar war windzerzaust, seine Miene eisig, und in seinen Augen glühte ein zorniges Funkeln, das nichts Gutes verhieß.

„Was zum Teufel geht hier vor?", fragte er mit donnernder Stimme an Callie gewandt, ohne ein Wort der Begrüßung. „Ich erhielt einen Brief von Großmutter, in dem sie mich davon unterrichtete, dass du ständig in Bromwells Begleitung gesehen wirst. Einige Damen sollen sogar Andeutungen gemacht haben, man habe demnächst eine ‚wichtige Ankündigung' zu erwarten."

„Es tut mir leid, wenn Großmutters Brief dich aufgebracht hat, Sinclair", antwortete Callie kühl. „Allerdings hättest du dir die Mühe ersparen können, persönlich anzureisen."

„Verdammt noch mal, Callie!", brüllte er. „Spiel hier nicht die Unschuldige! Ich habe dir den Umgang mit diesem Mann untersagt. Und Sie …", damit fuhr er zu Francescas herum. „Zum Teufel! Wie konnten Sie so pflichtvergessen sein und zulassen, dass dieser Mann um meine Schwester herumscharwenzelt?"

„Ich muss schon sehr bitten!", wies Francesca ihn mit erhobener Stimme zurecht. „Was erlauben Sie sich! Wollen Sie mir Vorschriften machen, welche Gäste ich in meinem Haus empfange?"

„Begreifen Sie denn nicht, was dieser Mann im Schilde führt?", knurrte Rochford. „Wieso lassen Sie zu, dass ein Mann, der mich hasst, meiner Schwester den Hof macht?"

„Wenn Ihnen so sehr missfällt, wen ich in meinem Haus empfange, haben Sie zweifellos den Wunsch, Callie meiner Fürsorge zu entziehen", entgegnete Francesca empört. „Da Sie mich für pflichtvergessen halten und obendrein auch noch Kritik an der Wahl meiner Freunde üben, so frage ich mich, wieso Sie Ihre Zustimmung gaben, dass Callie bei mir wohnt."

Der Duke schwieg betreten. Dann zog er die Brauen in der Stirnmitte zusammen, doch bevor er zu einer Erwiderung ansetzen konnte, trat Callie vor. „Niemand entzieht mich irgendeiner Fürsorge", begann sie schneidend. „Ich bin eine erwachsene Frau und bestimme selbst, wo ich bleibe." Sie wandte sich an Francesca. „Es sei denn, Francesca, du willst, dass ich gehe, wegen des unmöglichen Benehmens meines Bruders."

Francesca bezähmte ihren Groll so weit, dass sie Callie ein dünnes Lächeln schenken konnte. „Du bist mir stets willkommen, Callie. Das weißt du." Mit einem flüchtigen Seitenblick ließ sie Rochford wissen, dass diese Einladung ihn ausschloss. Wieder an Callie gewandt, fuhr sie fort: „Ich halte es für angebracht, dich und den Duke allein zu lassen, um diese Angelegenheit unter vier Augen zu besprechen."

„Nein, Francesca, bitte gehe nicht …", begann Callie.

Francesca schüttelte energisch den Kopf. „Ich glaube nicht, dass dein Bruder deiner Meinung ist. Der Earl of Bromwell und seine Schwester sind seine persönliche Angelegenheit."

Sie streifte Rochford mit einem kühlen Blick, verließ das Zimmer und schloss die Tür leise hinter sich. Der Duke blickte ihr nach. Seine Miene verfinsterte sich nur noch mehr. Dann wandte er sich wieder seiner Schwester zu, aber Callie fuhr ihn an, ehe er sprechen konnte.

„Wie kannst du so ungebührlich mit Francesca reden?" Ihre Augen funkelten zornig. „Wie abscheulich von dir, als hättest du ein Recht, ihr vorzuschreiben, was sie zu tun hat, welchen Umgang sie haben darf! Ich fasse es nicht, Sinclair!"

„Mir ist vollkommen klar, dass ich Lady Haughston keine Vorschriften machen kann", verteidigte Rochford sich grollend. „Allerdings hätte ich sie für so vernünftig gehalten, um nicht zuzulassen, dass ein Mann dich in der Öffentlichkeit wie ein Schatten begleitet, bis die ganze Stadt darüber tuschelt. Noch dazu Bromwell, ausgerechnet er!"

„Francesca trifft nicht die geringste Schuld. Sie hat mit Argusaugen über mich gewacht, seit ich bei ihr wohne. Und niemand soll es wagen, mir zu unterstellen, ich hätte mich skandalös benommen."

„Nein, das behaupte ich ja gar nicht", entgegnete Rochford gereizt.

„Und woher sollte Francesca wissen, dass du fuchsteufelswild wirst, wenn ein untadeliger Gentleman mir den Hof macht? Sie kannte Lord Bromwell gar nicht, bevor ich ihn ihr vorstellte.“

„Ich dachte, ich hätte mich deutlich genug ausgedrückt, als ich dich explizit bat, keinen Umgang mit ihm zu haben“, entgegnete Rochford. „Offenbar ist dir das, was ich dir sage, völlig gleichgültig.“

„Ich bin kein Kind, das sich vorschreiben lässt, welchen Umgang es zu pflegen hat, noch dazu ohne einen triftigen Grund! Wenn dich etwas an Bromwell stört, hättest du mich darüber aufklären müssen, was dir an ihm nicht passt.“

Rochford trat verlegen von einem Fuß auf den anderen.

„Was? Was stimmt mit Lord Bromwell nicht?“ Callie ließ nicht locker. „Warum hasst du diesen Mann?“

„Ich hasse ihn nicht“, antwortete Rochford bitter. „Der Mann ist mir völlig gleichgültig. Er ist es, der mich hasst. Er hasst mich seit vielen Jahren. Ich habe die Befürchtung, er versucht, dich für sich einzunehmen, um dir Schaden zuzufügen … um dich irgendwie zu verletzen.“

„Aber wieso?“, fragte Callie verständnislos. „Er hat nie eine Andeutung gemacht, dass er dich hasst. Ich entsinne mich nicht einmal, dass er je ein Wort über dich verloren hätte. Aus welchem Grund sollte er dich so sehr verdammen, dass er mir den Hof macht, nur um sich an dir zu rächen?“

„Das sind Dinge, die man nicht mit einer Dame bespricht“, sagte ihr Bruder abwehrend.

Callies dunkle Augen sprühten vor Zorn. „Wenn das so ist, haben wir uns wohl nichts mehr zu sagen.“

Sie machte auf dem Absatz kehrt und wollte zur Tür.

„Herrgott noch mal, Callie! Ich versuche doch nur, dich zu beschützen.“

Sie blieb stehen und drehte sich um. „Das ist zwar ein nobler Zug von dir. Wenn dein Schutzbedürfnis allerdings so weit geht, mich wie ein unmündiges Kind zu behandeln und nicht als erwachsene Frau, verzichte ich dankend auf deinen Schutz.“

Rochfords Lippen wurden zu einem schmalen Strich. Callie, der unvermutet Tränen in die Augen sprangen, wollte erneut fliehen.

„Warte! Callie, warte! Geh nicht. Ich erkläre dir alles."

Sie drehte sich langsam um und wartete.

„Vor fünfzehn Jahren forderte Bromwell mich zum Duell." Nach einer Pause fügte er hinzu: „Weil er mich beschuldigte, seine Schwester entehrt zu haben."

13. KAPITEL

Callie starrte ihn fassungslos an. „Was? Wie kann er dir so etwas unterstellen?"

Ein schwaches Lächeln überflog die Gesichtszüge des Dukes. „Wieso fragst du nicht, ob seine Anschuldigungen zutreffen?"

„Nie im Leben! Ich bitte dich, Sinclair! Für wie dumm hältst du mich eigentlich?", widersprach Callie heftig. „Ich weiß doch, dass du keine Frau entehren würdest. Allerdings bin ich auch nicht so naiv zu glauben, du hättest nie eine Affäre gehabt. Daran ist nichts Verwerfliches, und deine Frauengeschichten … sind … nun ja … irgendwie professioneller Natur, vermute ich."

Er schüttelte schmunzelnd den Kopf. „Wieso kam ich nur auf die Idee, dass dich diese Nachricht schockiert?"

„Keine Ahnung. Aber ich wüsste gern, wieso Bromwell dir so etwas vorwirft. Er ist doch kein Dummkopf."

Achselzuckend bemühte Rochford sich um eine Erklärung. „Er war damals sehr jung und falsch informiert. Wie sollte er wissen, dass ich nicht zu den Männern gehöre, die sich einer Frau aufdrängen … oder ein unberührtes junges Mädchen entehren. Er war der Annahme, ich hätte … eine Affäre mit Lady Daphne, um die sich damals eine Schar von Verehrern bemühte."

„Und du?"

„Ich nicht." Ihr Bruder schüttelte den Kopf. „Ich fühlte mich zu der Zeit zu einer anderen Dame hingezogen, aber … Lady Daphne zeigte Interesse an mir. Sie war jung verwitwet und trug sich mit der Absicht, beim zweiten Mal eine bessere Partie zu machen als in ihrer ersten Ehe. Sie war eine besitzergreifende Frau und glaubte, kein Mann könne ihrer Schönheit widerstehen. Und sie hatte mich als ihr nächstes Opfer ins Visier genommen. Ich aber hatte kein Interesse daran, sie zu heiraten … ich wollte überhaupt nichts mit ihr zu tun haben. Als ich ihr erklärte, dass sie sich in meinem Fall vergeblich Hoffnungen machte, geriet sie in Zorn." Er zuckte mit den Schultern. „Sie konnte es nicht ertragen, abgewiesen zu werden. Um sich an mir zu rächen, redete sie ihrem Bruder vermutlich ein, ich hätte mir ihre Zuneigung erschlichen und sie fallen gelassen, als ich mein Ziel bei ihr erreicht hatte. Seinen Andeutungen entnahm ich, dass sie auch noch behauptete, sie erwarte ein Kind von mir."

„Gütiger Himmel!", entfuhr es Callie. „Deshalb hat er dich zum Duell gefordert?"

Rochford nickte. „Auf Pistolen im Morgengrauen. Er wollte mir nicht glauben."

„Hast du die Forderung angenommen?"

„Natürlich nicht." Der Duke verzog das Gesicht. „Bromwell war ein Grünschnabel von siebzehn oder achtzehn Jahren, der sein Studium in Oxford gerade begonnen hatte. Ich konnte doch nicht zulassen, dass er sein Leben aufs Spiel setzt, und wollte mich nicht auf ein verbotenes Duell einlassen, da ich mir nichts zuschulden hatte kommen lassen."

„Du warst damals ja auch noch blutjung", stellte Callie fest. „Vor fünfzehn Jahren? Damals warst du dreiundzwanzig."

„Mag sein, aber durch den frühen Tod unseres Vaters war ich gezwungen, rasch erwachsen zu werden. Zu der Zeit verwaltete ich bereits seit fünf Jahren das Familienerbe. Außerdem fühlte ich mich um Jahrzehnte älter als der junge Hitzkopf. Aber …" Er seufzte kopfschüttelnd. „Ich habe mich sehr ungeschickt verhalten, war maßlos wütend wegen Daphnes Lügengeschichten, ich war wütend … auf die ganze Welt. Ich habe den Jungen mit sarkastischen Worten knapp abgefertigt und ihm gesagt, dass ich mich mit einem Grünschnabel nicht auf ein Duell einlasse. Kurz und gut, ich habe ihn in Verlegenheit gebracht und tief gekränkt. Und das auch noch im Club im Beisein anderer. Er fühlte sich in seinem Stolz verletzt. Er hasste mich, nicht nur, weil ich Daphne seiner Meinung nach entehrt hatte, sondern auch, weil ich ihn vor den Augen seiner Freunde herabsetzte. Er ging zurück nach Oxford, aber seinen Hass gegen mich hat er nie vergessen."

Callie näherte sich ihrem Bruder und legte ihm tröstend die

Hand auf den Arm. „Sinclair, das tut mir schrecklich leid. Ich wünschte, du hättest mir das alles früher gesagt."

„Über derlei Dinge spricht man nicht mit seiner kleinen Schwester. Im Übrigen komme ich dabei nicht besonders vorteilhaft weg."

„Und seither hasst Lord Bromwell dich?", fragte Callie nachdenklich. Nun wurden ihr manche Zusammenhänge klar – warum Brom ihr den Hof gemacht und plötzlich die kalte Schulter gezeigt hatte. Offenbar hatte sein einziges Ziel darin bestanden, sie zu demütigen, um sich an ihrem Bruder zu rächen. „Hat er je die Wahrheit erfahren?"

Wieder zuckte Rochford die Achseln. „Von verschiedenen Seiten hörte ich, dass er mich immer noch hasst. Lady Daphne fand einen anderen Ehemann. Ich glaube nicht, dass sie je ein Kind zur Welt brachte, was sie mühelos mit einer Fehlgeburt hätte erklären können – ein weiterer tragischer Schicksalsschlag in ihrem Leben. Sie war immer schon eine geschickte Lügnerin. Ihr Bruder war nicht der Einzige, den sie hinters Licht führte."

Seine Kieferknochen traten vor Wut hervor, und Callie tätschelte ihm den Arm. „Es tut mir leid. Niemand, der dich kennt, würde glauben, du hättest eine Frau benutzt und im Stich gelassen."

„Vermutlich würde mich niemand beschuldigen, mich ehrlos verhalten zu haben, aber es gibt Menschen, die glauben, ich hätte eine Affäre mit ihr gehabt."

„Auch die Frau, zu der du dich hingezogen fühltest?", fragte Callie vorsichtig.

Er lächelte dünn. „Sie verliebte sich in einen anderen, fürchte ich. Daran trifft Daphne keine Schuld. Man kann nie wissen, wo die Liebe hinfällt, habe ich festgestellt."

Callie furchte wehmütig die Stirn. Sie hatte nie in Erwägung gezogen, Sinclair könne seine große Liebe verloren haben. Es war ihr auch nie in den Sinn gekommen, es könne eine Frau geben, die nicht begeistert zugestimmt hätte, seine Gemahlin zu werden. Sie hatte angenommen, Rochford sei zu kühl und reserviert für die Liebe und hatte es deshalb vorgezogen, unverheiratet zu bleiben.

Als ahne Rochford ihre Gedanken, griff er das Thema wieder auf. „Wie dem auch sei, ich fürchte, Bromwell weiß bis heute nicht, wer seine Schwester wirklich ist. Auch brüderliche Liebe kann einen Menschen für viele Dinge blind machen. Und keiner von beiden hat längere Zeit in London gelebt. Nach seinem Studium in Oxford hielt Bromwell sich längere Zeit auf dem Kontinent auf, und seit er vor einigen Jahren das Erbe antrat, lebt er auf dem Lande. Daphnes zweiter Gemahl war klug genug, sie an die Kandare zu nehmen. Einige Jahre ließ sie sich nur sehr selten in der Londoner Gesellschaft blicken. Und ich vermute, Bromwells Freunde hatten kein Interesse daran, ihn über die lockere Moral seiner Schwester aufzuklären. Also befindet er sich immer noch im Glauben, seine Schwester sei ein unschuldiges Opfer."

„Ich denke, das trifft zu", sagte Callie. „Er erzählte mir nichts über die damaligen Vorfälle, aber er sprach stets liebevoll von seiner Schwester. Und ich habe sie kennengelernt. Sie machte eigentlich einen … liebenswürdigen Eindruck auf mich."

„Oh ja, Daphne ist eine glänzende Schauspielerin und weiß, sich beliebt zu machen – Großtante Odelia zum Beispiel schwärmt in den höchsten Tönen von ihr. Ich kann Bromwell keinen Vorwurf machen. Auch ich würde jeden Mann hassen, der dir in irgendeiner Weise Schaden zufügen will. Aber ich befürchte, darauf hat er es abgesehen."

„Du hättest früher mit mir darüber sprechen müssen."

„Ich weiß. Das ist mir jetzt klar geworden. Ich muss endlich aufhören, in dir die kleine Schwester zu sehen. Ich vergesse immer wieder, dass du eine erwachsene Frau bist – eine wunderbare und kluge Frau."

„Nun ja, anscheinend nicht klug genug", widersprach Callie mit einem müden Lächeln, „um Bromwells falsches Spiel zu durchschauen. Ich fühlte mich von seinen Aufmerksamkeiten geschmeichelt. Nun erst begreife ich den Grund, weshalb er mir so beharrlich den Hof machte. Aber sei unbesorgt, mittlerweile hat er seine Besuche eingestellt. Er wollte damit nur Rache an dir üben, das ist mir klar geworden. Er war offenbar nur darauf bedacht, dass alle Welt Notiz von seiner Werbung um mich nimmt, und als er die Beziehung zu mir abrupt abbrach, war ich in der Öffentlichkeit bloßgestellt, was für reichlich Gesprächsstoff und Spekulationen sorgte. In gewisser Weise, wenn auch wesentlich harmloser, erging es mir nicht anders als seiner Schwester vor vielen Jahren."

„Das tut mir schrecklich leid, Callie." Der Duke nahm sie in die Arme und zog sie an sich. „Ich hätte alles getan, um dir diese Kränkung zu ersparen."

Callie barg ihre Wange an seiner Brust, ließ sich einen kurzen Moment von seiner brüderlichen Zuneigung trösten und genoss das Gefühl, das sie schon als kleines Kind hatte, Sinclair würde alles irgendwie wieder zurechtrücken.

Doch dann löste sie sich von ihm und lächelte zu ihm auf. „Mach dir keine Sorgen. Es wäre klüger gewesen, wenn ich auf dich gehört hätte. Nun muss ich für meinen Eigensinn büßen. Wie auch immer, ich komme darüber hinweg. Am meisten ärgere ich mich über meine Dummheit und fühle mich in meinem Stolz gekränkt. Die Situation ist zwar peinlich, aber mein guter Ruf ist unbefleckt. Und das Gerede werde ich verkraften. In ein paar Wochen ist Gras über die Sache gewachsen, und es wird neue Skandalgeschichten geben, über die die Klatschbasen lästern können."

„Ich hatte Schlimmeres befürchtet, als mir zu Ohren kam, dass er dir den Hof macht." Sinclair lächelte aufmunternd. „Aber ich hätte wissen müssen, dass du dich nicht in eine kompromittierende Situation bringst."

Callie dachte an die leidenschaftlichen Küsse und Zärtlichkeiten, die sie mit Bromwell getauscht hatte, und mied den Blick ihres Bruders. „Ich weiß gar nicht, ob er Schlimmeres beabsichtigte, als mich zum öffentlichen Gespött zu machen."

„Es erleichtert mich, zu hören, dass er nicht zudringlich

wurde. Bei all seiner Abneigung gegen mich hatte ich stets einen gewissen Respekt vor seiner Loyalität seiner Schwester gegenüber, so fehlgeleitet sie auch gewesen sein mag."

Die Geschwister schwiegen lange. Rochford war sichtlich verlegen, über derlei Dinge mit seiner Schwester zu sprechen, und Callie, die sich peinlich bewusst war, welche Freiheiten sie Bromwell gestattet hatte, wagte nicht zu sprechen, aus Angst, ihr Schuldbewusstsein könne sie verraten.

Callie verschränkte die Hände, und Rochford räusperte sich. „Ich ... ähm, ich muss nach Marcastle zurück. Ich habe alles liegen gelassen und bin überstürzt losgeritten. Demnächst reise ich nach Dancy Park, um mit dem Verwalter einige Dinge zu regeln. Ich kann also nicht bleiben." Ein kleines Lächeln überflog seine Gesichtszüge. „Sei unbesorgt. Ich will dich nicht überreden, mich zu begleiten. Jetzt bin ich beruhigt, weil du die Enttäuschung mit Fassung trägst und sehr wohl in der Lage bist, selbst auf dich aufzupassen. Es war unbedacht von mir, in solcher Hast nach London zu reiten."

„Ein wenig", bejahte Callie schmunzelnd. „Andererseits freue ich mich darüber, dass du um mich besorgt bist."

„Wie kann es anders sein? Ich bin nicht gekommen aus Pflichtgefühl oder um die ‚Familienehre' zu retten oder Ähnliches, sondern weil mir dein Wohlergehen am Herzen liegt."

„Das weiß ich."

„Aber ... wenn du ... ähm ... eine Weile genug vom Stadtleben hast, bist du herzlich willkommen, mich zu begleiten." Er bedachte sie mit einem prüfenden Blick.

„Du meinst, bis das Gerede über mich verstummt ist?", fragte Callie und schüttelte den Kopf. „Nein, ich glaube nicht. Es stört mich zwar, wenn hinter meinem Rücken getuschelt wird und ich hämischen Blicken – oder schlimmer noch, mitleidigen Blicken – ausgesetzt bin. Aber ich denke nicht daran, mich zu verkriechen. Damit würde ich der Sache nur größere Bedeutung zumessen, als sie verdient. Ich ziehe es vor, in London zu bleiben und den Spöttern die Stirn zu bieten."

„Etwas anderes habe ich nicht erwartet." In Rochfords Stimme schwang ein stolzer Unterton.

„Francesca ist mir dabei eine große Hilfe. Sie macht es mir oft leichter, die Peinlichkeiten zu ertragen." Callie sah ihn streng an. „Du musst dich bei ihr entschuldigen für deine Vorhaltungen. Sie trifft keinerlei Schuld. Sie versuchte mich zu warnen – sehr diskret, wie es ihre Art ist – und erwähnte, dass Daphne nicht den besten Ruf genießt. Und sie meinte auch, dass du nicht sonderlich erbaut wärst über Bromwells Aufmerksamkeiten – was ich ja bereits wusste. Nun begreife ich, warum sie zögerte, mir Näheres zu erklären."

„Ja, das kann ich mir vorstellen."

„Im Übrigen nahm sie ihre Aufgabe als meine Begleiterin peinlich genau, was ihr gewiss manchmal lästig war, fürchte ich."

„Meine Vorwürfe waren nicht gerechtfertigt, das sehe ich ein, zumal ich sie nicht ausdrücklich bat, dafür zu sorgen, dass du keinen Umgang mit Bromwell pflegst. Im Übrigen kann ich verstehen, dass sie dir keine Vorschriften machen will. Ich war wütend und will mich bei ihr entschuldigen. Allerdings befürchte ich, dass Lady Haughston sich schon vor Jahren eine Meinung über mich gebildet hat, von der sie nicht abweichen wird."

Sie fanden Francesca im großen Salon, vor dem Piano sitzend, ohne die Tasten zu berühren. Sie hielt die Hände im Schoß gefaltet und den Blick ins Leere gerichtet. Die Geschwister blieben an der Schwelle stehen. Dann betrat der Duke den Raum.

„Lady Haughston."

Beim Klang seiner Stimme drehte Francesca sich um und erhob sich mit reservierter Miene. „Euer Gnaden."

Seine Lippen wurden schmal, aber er sagte höflich: „Sie sind zu Recht aufgebracht. Ich möchte mich für meinen Auftritt vorhin entschuldigen. Ich hatte kein Recht, Ihnen Vorhaltungen zu machen. Selbstverständlich steht es mir nicht zu, Ihnen oder meiner Schwester Vorschriften über Ihren Umgang zu machen.

Zu meiner Verteidigung kann ich nur anführen, dass mir sehr daran gelegen ist, Calandra vor Schaden zu bewahren. Ich hoffe, Sie können mir verzeihen."

Francesca nickte hoheitsvoll. „Selbstverständlich. Seien Sie unbesorgt, ich habe mir Ihre Kritik noch nie sonderlich zu Herzen genommen."

„Ich bin erleichtert, das zu hören", antwortete er trocken. „Ich reise umgehend wieder ab. Callie würde gerne noch länger bleiben, wenn es Ihnen genehm ist."

„Gewiss. Callie ist mir ein stets willkommener Gast." Einem Fremden wäre die Hervorhebung von Callies Namen vermutlich entgangen.

„Ich danke Ihnen." Er verbeugte sich förmlich. „Dann verabschiede ich mich."

Callie begleitete ihren Bruder hinaus. An der Haustür warf Rochford einen Blick zurück zum Salon.

„Keine Sorge", versicherte Callie ihm heiter. „Ich tue mein Bestes, um Francesca wieder milder zu stimmen. Sie ist nicht nachtragend und kann niemandem lange böse sein."

„Tatsächlich?" Er lächelte dünn. „Bemüh dich nicht, Callie. Lady Haughston und ich … wir kennen einander ziemlich gut." Damit verabschiedete er sich und ging.

Callie blickte ihm sinnend nach. Zum ersten Mal stellte sie sich die Frage, in welcher Beziehung ihr Bruder und Francesca eigentlich zueinander standen. Bisher hatte sie in ihr nur eine jahrelange Freundin der Familie gesehen. Sinclair und Francesca kannten sich seit einer Ewigkeit, aber wenn sie nun genauer darüber nachdachte, erschien ihr etwas in ihrem Umgang miteinander merkwürdig angespannt und verkrampft.

Es war nicht die unbefangene Freundschaft, die Francesca mit Sir Lucien oder mit ihrem Bruder Dominic verband. Es war auch nicht die spielerische Koketterie, die sie mit anderen Herren an den Tag legte. Selbst in eine harmlose Plauderei schlich sich ein seltsam gereizter Ton zwischen Sinclair und ihr ein.

Callie entsann sich Francescas verblüffter Miene, als sie ihr erklärte, sie sei eine der wenigen Personen, der Sinclair seine Schwester anvertrauen würde. Und gerade eben hatte ihr Bruder gesagt, Francesca habe sich schon vor Jahren eine Meinung über ihn gebildet, wobei sein sarkastischer Unterton darauf schließen ließ, dass ihre Meinung über ihn nicht sonderlich günstig war.

Mochte Callie die beiden bisher als befreundet bezeichnet haben, hätte sie nicht darauf gewettet, dass Francesca und Sinclair eine diesbezügliche Frage bejaht hätten. Andererseits hatte sie nicht den Eindruck, die beiden hätten keine Sympathien füreinander. Bis zum heutigen Abend hatte Francesca noch nie eine abfällige Bemerkung über Sinclair gemacht, und Sinclair schien stets aufmerksam aufzuhorchen, wenn Francescas Name erwähnt wurde. Und bei jedem Ball, den sie gemeinsam besuchten, hatte Sinclair einen Walzer mit Francesca getanzt. Das allein wäre freilich bedeutungslos gewesen, hätte Callie nicht gewusst, dass ihr Bruder kein leidenschaftlicher Tänzer war.

Aber hatte das alles überhaupt irgendeine Bedeutung?

Immer noch grübelnd durchquerte Callie die Halle und begab sich in den kleinen Salon, wo sie ihre Freundin vermutete. Francesca saß auf dem Sofa über eine Handarbeit gebeugt, eine eher ungewöhnliche Beschäftigung für Lady Haughston.

Bei ihrem Eintreten blickte Francesca lächelnd auf, bevor sie sich wieder der Stickerei widmete. „Habt ihr das Problem gelöst?", fragte sie leichthin.

„Ja." Nach kurzer Pause fuhr Callie fort: „Warum hast du mir die ganze Zeit verschwiegen, dass Lord Bromwell meinen Bruder verabscheut?"

Ein rosiger Hauch überzog Francescas Wangen. „Ich … mir war nicht klar, dass Lord Bromwell ihn verabscheut oder wie sehr er ihn hasst. Ich vermutete nur, dass eine gewisse Abneigung zwischen den beiden besteht … wegen … weil der Duke und …" Sie führte den Satz nicht zu Ende.

„Und Lady Daphne?", half Callie ihr auf die Sprünge.

Francesca hob verdutzt den Kopf. „Er hat es dir gesagt?"

Callie zuckte die Achseln. „Es blieb ihm nichts anderes übrig. Ich wollte mich nicht länger mit Andeutungen abspeisen lassen, warum er so strikt dagegen war, dass ich mich mit Lord Bromwell treffe. Warum er solche Befürchtungen hegte, Lord Bromwell könne böse Absichten mit mir haben. Und nachdem er damit herausrückte, dass Bromwell ihn zum Duell gefordert hat …"

„Was?!" Francesca erschrak so sehr, dass ihr der Stickrahmen vom Schoß glitt und auf dem Parkettboden landete. „Er hat Sinclair gefordert?"

„Ja. Hast du das etwa nicht gewusst?"

Francesca schüttelte den Kopf so heftig, dass ihre goldenen Löckchen einen wilden Tanz aufführten. „Nein! Er muss verrückt gewesen sein! Jeder weiß, dass Rochford ein Meisterschütze ist."

„Daran hat er vermutlich in seinem blinden Zorn nicht gedacht", erklärte Callie. „Er war damals ja erst siebzehn oder achtzehn und … nun ja, er glaubte, Sinclair habe sich seiner Schwester gegenüber wie ein Schuft benommen, habe sie verführt, eine Affäre mit ihr gehabt und sie anschließend im Stich gelassen. Diese Anschuldigungen hat er gegen ihn erhoben, wobei Sinclair mir das, wie du dir denken kannst, nicht in so freimütigen Worten berichtete."

Francesca stieß einen verächtlichen Laut aus. „Pah! Als wäre es nötig gewesen, Lady Daphne zu verführen!"

„Bromwell liebt seine Schwester sehr. Er hat immer sehr herzlich von ihr gesprochen. Ich bin davon überzeugt, ihm war damals nicht klar, was für ein Mensch seine Schwester ist. Er war blutjung und lebte außerdem im College in Oxford."

„Natürlich. Und Daphne jammerte ihm zweifellos die Ohren voll, ihr sei Unrecht geschehen, und erhoffte sich damit, einen Antrag deines Bruders zu erzwingen. Sie wäre zu gerne die Duchess of Rochford geworden."

„Offenbar kannte sie Sinclair nicht gut genug", bemerkte Callie.

Ein flüchtiges Lächeln berührte Francescas Lippen. „Nein. Vermutlich nicht. Rochford lässt sich nicht unter Druck setzen." Sie schüttelte den Kopf. „Was ist weiterhin geschehen? Hat Rochford dir mehr erzählt? Er hat sich doch nicht auf ein Duell mit dem Grünschnabel eingelassen, wie?"

„Nein, natürlich nicht. Aber er bedauert, sich damals nicht richtig verhalten zu haben. In seinem Zorn hat er offenbar Lord Bromwells Stolz tief verletzt, der seither einen bitteren Groll gegen ihn hegt. Und als der die Chance witterte, Vergeltung an Sinclair zu üben, packte er die Gelegenheit beim Schopfe." Callie zuckte gleichmütig mit den Achseln. „Er umwarb die Schwester des Dukes, um sich ohne Erklärung von ihr abzuwenden und sie den Lästermäulern des *ton* zum Fraß vorzuwerfen."

„Oh Callie, das tut mir schrecklich leid." Francesca ergriff die Hand der Freundin, und Callie sah, dass ihre Augen in Tränen schwammen. „Ich hatte keine Ahnung, dass er den Duke immer noch hasst. Und von der Forderung zum Duell wusste ich nichts. Damals hatte ich … nun ja, nur mein Debüt im Kopf, und Lord Haughston hatte gerade um meine Hand angehalten. Ich war so sehr mit mir beschäftigt, dass ich mich nicht für Gesellschaftsklatsch interessierte." Francesca hütete sich, zu erwähnen, dass sie damals jede Zerstreuung suchte, um ihre Gedanken vom Duke of Rochford abzulenken.

„Ehrlich gestanden, brachte ich Lord Bromwell anfangs etwas Argwohn entgegen", fuhr Francesca fort. „Aber eigentlich nur, weil er Lady Swithingtons Bruder ist und ich ihn für ebenso habgierig, missgünstig und ausschweifend hielt wie sie. Ich hatte auch Zweifel an der Ehrlichkeit seiner Werbung um dich und befürchtete, er könne immer noch gegen Rochford eingenommen sein, glaubte aber nicht, das Recht zu haben, mit dir darüber sprechen zu dürfen. Ich wollte einfach nicht aufdringlich und taktlos erscheinen. Aber ich ahnte nicht, wie stark Bromwells Groll ist und dass er dich benutzt, um sich an Rochford zu rächen. Ich hätte das alles nicht zulassen dürfen und ihn besser im Auge behalten sollen."

Callie drückte die Hand der Freundin tröstend. „Gräme dich nicht, liebste Francesca. Du hättest kaum etwas verhindern können. Ich wusste ja, dass Sinclair nicht wünschte, dass ich Umgang mit ihm pflege. Wenn jemanden Schuld an der unangenehmen Situation trifft, dann mich, weil ich aufsässig und halsstarrig war und mich weigerte, den Rat meines Bruders zu befolgen. Ich war leichtsinnig und dumm – und ich war nur zu gerne bereit, zu glauben, dass Lord Bromwell etwas für mich empfindet."

„Wie abscheulich von ihm!", erklärte Francesca erbost. „Sich vorzunehmen, dir das Herz zu brechen! Das soll er mir büßen. Ich denke mir eine besondere Bosheit für ihn aus, die ihn schrecklich blamiert, verlass dich drauf."

Callie lachte. „Nein wirklich, so schlimm ist es nicht. Er hat mir nicht das Herz gebrochen. Wie du weißt, bin ich nicht besonders romantisch veranlagt und habe mich nicht unsterblich in ihn verliebt. Wie ich Sinclair bereits versicherte, macht mich das lediglich um eine unerfreuliche Erfahrung reicher, die mich zum Gespött in der Öffentlichkeit macht. Aber das ist halb so schlimm. Die Saison hat noch nicht einmal wirklich begonnen, die meisten unserer Bekannten und Freunde reisen erst an. Und in ein paar Wochen gibt es andere interessante Episoden, und mein kleiner Fehltritt gerät bald in Vergessenheit."

Francesca machte zwar immer noch ein besorgtes Gesicht, ließ die Angelegenheit jedoch auf sich beruhen, was Callie dankbar zur Kenntnis nahm. Sie hatte nicht ganz die Wahrheit gesagt, und es fiel ihr zunehmend schwer, eine heitere Miene beizubehalten.

Gleichwohl war sie der festen Überzeugung, das Gerede würde bald versiegen, und sie fühlte sich stark genug, zweideutige und spitze Bemerkungen gelassen hinzunehmen. Aber sie hatte gelogen, was ihr Herz betraf. In Wahrheit blutete ihr das Herz über den Verlust. Es war beileibe nicht nur ihr Stolz, der verletzt worden war.

Nein, ich habe mich nicht in ihn verliebt, redete sie sich immer wieder wie in einer Gebetsformel ein. Allerdings konnte sie nicht leugnen, dass ihre Tage ohne ihn leer geworden waren. Sie sehnte sich nach Gesprächen mit ihm, nach seinem Lächeln, seinen strahlend grauen Augen, nach seiner Gegenwart, die einen Raum ausfüllte. Als sie ihn vor einigen Abenden über die Entfernung des Saales hinweg gesehen hatte, war ihr das Herz beinahe aus der Brust gesprungen. Ohne ihn fühlte sie sich einsam und unglücklich. Wenn sie morgens erwachte, galt ihr erster Gedanke Brom, der nicht mehr Teil ihres Lebens war, und dumpfe Schwermut legte sich wie ein bleierner Mantel über sie.

Aber sie war fest entschlossen, ihren Kummer der Welt nicht zu zeigen. Sie nahm all ihren Willen zusammen und gab sich den Anschein, ihr Leben verlaufe zufrieden und heiter wie bisher. Schließlich hatte eine Lilles die Pflicht, Haltung zu bewahren.

So vergingen die Tage in gewohnter Regelmäßigkeit, nachmittags empfing man Besucher, Callie begleitete Francesca zu Empfängen, plauderte angeregt mit Freunden und Bekannten. Und wenn sie sich nachts in den Schlaf weinte und sich morgens am liebsten unter der Bettdecke verkrochen hätte; ließ sie sich nichts davon anmerken.

Bei einem Theaterbesuch erschien Sally Pemberton, aschblond und schmalgesichtig mit einem unvorteilhaften Pferdegebiss, in Begleitung ihrer Mutter in Francescas Loge. Nach dem üblichen Austausch geistloser Plattitüden, meinte Sally schnippisch mit leicht geschürzten Lippen: „Erscheint es Ihnen nicht auch seltsam, dass Lord Bromwell sich in letzter Zeit so gut wie nirgends mehr blicken lässt?"

„Tatsächlich?" Callie sah sie verwundert an. „Das ist mir noch gar nicht aufgefallen."

„Nicht aufgefallen?! Aber meine Liebe, der Mann begleitete Sie doch wie ein Schatten. Bei jedem Empfang, auf jedem Ball scharwenzelte er um Sie herum. Ich hätte schwören können, wir erwarten demnächst eine freudige Ankündigung. Doch nun ..." Sie hob ratlos ihre mageren Schultern. „Da fragt man sich doch unwillkürlich, was passiert sein könnte."

„Meine Erfahrung hat mich gelehrt, dass es töricht ist, junge Männer allzu ernst zu nehmen – das gilt für ihre Worte und ihre Taten. Junge Männer sind sprunghaft, und jede Frau ist gut beraten, leeren Schmeicheleien keine Bedeutung beizumessen." Callie schenkte Miss Pemberton ein gewinnendes Lächeln.

Und wenn sie heimlich die Fäuste ballte, bis ihre Fingernägel sich schmerzhaft ins Fleisch drückten, um ihre wahren Gefühle nicht preiszugeben, und wenn sie sich nachts wieder einmal in den Schlaf weinte ... sei's drum! Wenigstens wussten die Miss Pembertons dieser Welt nichts von ihrem grenzenlosen Schmerz.

Vor Francesca vermochte sie ihren inneren Aufruhr allerdings nicht völlig geheim zu halten. Ihrem scharfen Blick entging nicht, wenn Callie mit geschwollenen Lidern und geröteten Augen zum Frühstück erschien, wenn dunkle Ringe ihre Augen umschatteten. Aber die Freundin verzichtete taktvoll auf jede diesbezügliche Bemerkung.

Callie war auch klar, dass Francesca etliche Einladungen absagte und nur so viele wahrnahm, um der Gesellschaft zu zeigen, dass Callie nicht schwermütig zu Hause herumsaß und in ihrem Kummer zerfloss. Callie bemerkte überdies, dass die Freundin ihr nicht von der Seite wich und jedem Gespräch, das sich gefährlichen Gewässern näherte, rasch eine andere Wendung gab, oder jedem, der es wagte, Anspielungen auf Gerüchte zu machen, die über Callie und Lord Bromwell im Umlauf waren, mit einer gezielten Bemerkung das Wort abschnitt. Allein dafür, wenn nicht für tausend andere Dinge mehr, nahm Francesca in Callies Herzen für alle Ewigkeit einen besonderen Platz ein.

Bromwell blieb jedem Empfang, jeder Soiree fern, und Callie vermutete, er habe London verlassen. Schließlich lebte er den größten Teil des Jahres auf seinem Landsitz und weilte nur vorübergehend in der Stadt. Allerdings fiel sein Name gelegentlich, und Sir Lucien berichtete Francesca, Bromwell werde häufig im

Cribb's Parlour gesehen, einem traditionsreichen Pub, in dem vorwiegend Anhänger des Boxsports verkehrten. Und nachmittags traf man ihn des Öfteren in Jackson's Saloon, wo er sich mit nacktem Oberkörper mit der Boxsportlegende „Gentleman Jackson" im Zweikampf zu messen pflegte.

Callie fragte sich, ob Bromwell nur deshalb in London blieb, um sich persönlich davon zu überzeugen, welchen Schaden er Rochfords Schwester zugefügt hatte. Dieser Gedanke bestärkte sie darin, auch Empfänge zu besuchen, die sie lieber gemieden hätte, um ihm nicht zufällig über den Weg zu laufen.

Beinahe täglich trafen nun weitere Adelige von ihren Landsitzen ein, um an der Saison teilzunehmen, deren Höhepunkte in wenigen Wochen stattfinden sollten. Immer mehr Einladungen flatterten ins Haus, und die Freundinnen verbrachten beinahe jeden Abend auf einem Empfang.

Callie dachte mit gemischten Gefühlen an die zahllosen Bankette und Bälle der kommenden Monate und war sich keineswegs sicher, wie sie die gesellschaftlichen Verpflichtungen bis in den Juni hinein in ihrem bedrückten Gemütszustand durchstehen sollte. Ihren ursprünglichen Plan, diese Saison zu nutzen, um einen Ehemann zu finden, hatte sie längst verworfen. Im Rückblick fragte sie sich, wieso sie überhaupt den Wunsch gehabt hatte zu heiraten. Ihr graute geradezu vor den Mühen, Ausschau nach einem geeigneten Kandidaten zu halten.

Im Grunde genommen sehnte sich danach, den Sommer in Marcastle oder Dancy Park mit Sinclair zu verbringen. Auf dem Land könnte sie ein beschauliches Leben führen, nach Herzenslust lange Ausritte und Wanderungen unternehmen. Sie könnte Freunde besuchen, Dominic und Constance zum Beispiel. Zu Hause wäre sie nicht den hämischen Blicken ausgesetzt, die nach Anzeichen von Kummer, Trauer und Kränkung suchten. Und sie müsste sich keine Sorgen machen, wie sie sich bei einer zufälligen Begegnung mit Lord Bromwell verhalten sollte.

Wenn sie London zum jetzigen Zeitpunkt verließe, käme ihre Abreise allerdings einer Flucht gleich und gäbe den bösen

Zungen nur erneut Anlass zu Spekulationen. Niemand verließ London mitten in der Saison ohne triftigen Grund, und alle Welt wäre davon überzeugt, ihr Beweggrund sei ihr gebrochenes Herz. Also sah Callie sich gezwungen, wenigstens noch zwei Monate auszuharren, und bei dem Gedanken wäre sie am liebsten in Tränen ausgebrochen.

„Ich finde, wir sollten heute Abend Lady Whittingtons Hauskonzert besuchen“, verkündete Francesca eines Nachmittags.

Callie versuchte, ein Stöhnen zu unterdrücken.

„Ja, ich weiß“, bemerkte Francesca teilnahmsvoll. „Diese Veranstaltungen sind meist tödlich langweilig.“

„Meist?“

„Gut, immer. Aber einen Vorteil haben diese Abende: Das Konzert dauert nicht länger als bis zehn Uhr, man ist nicht genötigt, gekünstelte Konversation zu machen, und kann sich den Anschein geben, den musikalischen Darbietungen zu lauschen.“

„Vorausgesetzt, man beherrscht die Kunst der Schauspielerei“, gab Callie zu bedenken. „Aber vielleicht hast du recht. Nach dem Konzert können wir uns verabschieden, ohne unhöflich zu erscheinen.“

Also machte sie sich weniger lustlos als zu anderen Gelegenheiten für den Abend zurecht und ließ sich von Belinda das Haar zu einer kunstvollen Hochfrisur aufstecken. Wie immer sorgte Francesca dafür, dass Callie und sie ein wenig später als das Gros der Gäste erschienen. Eine Marotte, für die Lady Haughston berüchtigt und für die Callie ihr dankbar war, denn dadurch verkürzte sich die Zeit erheblich, in der sie gezwungen war, die Maske heiterer Gelassenheit aufzusetzen.

Im Foyer begegneten sie Lady Manwaring und ihrer Schwester Mrs Beltenham, betraten gemeinsam mit den Damen das Musikzimmer und verharrten einen Moment, um Ausschau nach Sitzplätzen zu halten. Callies Blick wanderte von der Fensterseite des hohen Raumes über die Stuhlreihen, und dann machte ihr Herz einen erschrockenen Satz.

Nonchalant gegen eine Marmorsäule gelehnt, den Blick direkt auf sie gerichtet, stand Lord Bromwell.

Callie war wie gelähmt. Vor mehr als einer Woche hatte sie ihn zum letzten Mal von Ferne gesehen, vor zwei Wochen zum letzten Mal mit ihm gesprochen, und sein Anblick raubte ihr den Atem. Ihre Blicke hefteten sich ineinander. Er richtete sich zu seiner vollen Größe auf, und Callie dachte in einem Anflug von Panik, er mache Anstalten, sich ihr zu nähern.

Diese Begegnung war mehr, als sie ertragen konnte. Nicht hier vor all diesen Leuten. Sie wandte sich hastig ab und berührte Francescas Arm. „Ich … mir ist plötzlich nicht wohl … Migräne. Wenn du mich bitte entschuldigst …“

„Du meine Güte? Willst du gehen?“, fragte Francesca besorgt. „Vielleicht hast du dir etwas eingefangen. Es soll ja eine fiebrige Erkältung umgehen.“

„Nein, nein. Es ist nur … ein wenig stickig hier drin. Keine Sorge. Bitte bleib und genieße die Musik. Ich bin in ein paar Minuten zurück.“

Ohne einen weiteren Blick in Bromwells Richtung machte Callie kehrt und floh.

14. KAPITEL

Callie eilte blindlings den Flur entlang, entdeckte eine halb offene Tür, huschte in eine kleine Bibliothek und schloss die Tür hinter sich. Mit einem Seufzer der Erleichterung sank sie in einen Ohrensessel, bevor ihre zittrigen Knie ihr den Dienst versagten.

Sie wünschte, sie wäre nicht geflohen. Mit Sicherheit hatte man ihre überstürzte Flucht bemerkt. Sie konnte nur hoffen, dass ihr der Schock nicht allzu deutlich ins Gesicht geschrieben gewesen war.

Callie hatte es nicht geschafft, bei Bromwells Anblick eine gelassene Miene beizubehalten. Nachdem er seine Besuche so plötzlich eingestellt hatte, hatte sie anfangs beinahe damit gerechnet, ihm auf einer Gesellschaft zu begegnen, und sich darauf vorbereitet ... immer noch in der Hoffnung, alles würde sich zum Guten wenden, wenn sie mit ihm sprach.

Aber mittlerweile hatte sie sich damit abgefunden, dass er nichts mehr mit ihr zu tun haben wollte. Sie war in ihrer Achtsamkeit nachlässig geworden, und sein Anblick hatte sie völlig aus der Bahn geworfen. Seit sie wusste, warum Bromwell ihr den Hof gemacht und sie fallen gelassen hatte, gab es keine Hoffnung mehr in ihrem Herzen, nur Bitterkeit und Schmerz.

Sie musste wohl oder übel ins Musikzimmer zurück, konnte sich nicht den ganzen Abend hier verkriechen, durfte nur ein paar Minuten bleiben. Ihr plötzliches Verschwinden würde Anlass zu Getuschel geben. Wenn sie sich anmerken ließ, wie sehr Lord Bromwell sie verletzt hatte, war ihre sorgfältig zur Schau getragene Gleichgültigkeit der letzten Wochen umsonst gewesen. Callie schloss die Augen, atmete tief und versuchte, sich auf die bevorstehende Nervenprobe gefasst zu machen.

Die Tür wurde jäh aufgerissen, Callie zuckte bei dem Geräusch zusammen, ihre Lider flogen auf. Lord Bromwell stand im Türrahmen.

Sie starrte ihn einen Moment an, jede Nervenfaser in ihr zum

Zerreißen gespannt. Dann erhob sie sich, ballte die Hände an ihren Seiten zu Fäusten, als bereite sie sich auf einen Kampf vor.

„Lord Bromwell“, grüßte sie, und ihre Stimme klang weniger belegt, als sie befürchtet hatte.

Er schloss die Tür hinter sich, ohne näher zu treten. „Ich dachte … Wie geht es Ihnen?“

„Danke, gut“, antwortete Callie kalt. „Falls Sie gehofft hatten, mich mit gebrochenem Herzen vorzufinden, muss ich Sie enttäuschen.“

„Ich hatte nie die Absicht, Ihnen das Herz zu brechen!“, entgegnete er aufbrausend, seine Augen schossen silbrige Blitze. „Ich …“ Er wusste nicht weiter, presste die Lippen aufeinander und begann, rastlos hin und her zu wandern. „Verdammt! Ich habe dabei gar nicht an Sie gedacht. Ich wollte lediglich den Duke ärgern.“

Callie straffte die Schultern. „Ich bin mir völlig im Klaren darüber, dass Sie nur Interesse an mir zeigten, um sich an meinem Bruder zu rächen. Allerdings irren Sie, wenn Sie glauben, ihm mit üblen Nachreden über meine Person Schaden zufügen zu können. Zweifellos bedauern Sie, dass es Ihnen nicht gelungen ist, meinen Namen endgültig zu beschmutzen“, fügte sie mit sarkastischem Unterton hinzu. „Mit einem Skandal hätten Sie Ihr Ziel ja erreicht.“

Bromwell fuhr jäh herum. „Das war nie meine Absicht! Halten Sie mich tatsächlich für einen solchen Schuft, der eine Dame kompromittiert, nur um Rache an ihrem Bruder zu üben?“

„Wofür sollte ich Sie sonst halten?“, schleuderte Callie ihm wütend entgegen. Jeder Muskel in ihr zitterte, als die lange unterdrückte Wut und Kränkung in ihr hochkochte. All die erlittenen Qualen, aller Kummer und Zweifel brachen sich in übermächtigem Zorn Bahn, es gab kein Halten mehr. „Aus welchem anderen Grund haben Sie mir den Hof gemacht? Genau das hatte mein Bruder befürchtet und mich vor Ihnen gewarnt. Sie hatten vor, unseren guten Namen zu besudeln, und was wäre dafür besser geeignet, als mich zur Zielscheibe Ihrer billigen Rache zu wählen?"

„Ach, tatsächlich?" Bromwell war in zwei langen Sätzen bei ihr. „Wenn das meine Absicht war, womit erklären Sie sich die Tatsache, dass ich Sie nicht ‚besudelt' habe?"

„Pech für Sie, nehme ich an", entgegnete Callie achselzuckend.

Er packte sie grob am Arm, seine Finger drückten sich schmerzhaft in ihr Fleisch. „Pech für mich?", wiederholte er ungläubig. „Ist das Ihr Ernst? Wieso hätte ich Pech haben sollen? Es lag weiß Gott nicht an mangelnder Gelegenheit ... und schon gar nicht an Ihrem Unwillen." Er riss sie gewaltsam an sich, sein glühender Blick durchbohrte sie. „Und ich wette, Sie sind immer noch nicht abgeneigt."

In ihrer Bestürzung war Callie völlig wehrlos, als er sich über sie beugte und küsste. Sein Mund nahm sie gierig in Besitz, in einer Wildheit, die sie ängstigen und abstoßen müsste, schoss es ihr benommen durch den Sinn. Sein heftiger Überfall bewirkte indes das Gegenteil, entzündete eine Flamme in ihr, nein, eine Feuersbrunst, die sich jeder Faser ihres Körpers bemächtigte, sie versengte und sich wie glühende Lava in ihren Leib ergoss.

Er zog sie in seine Arme und presste sie an sich. Callies Hände legten sich ohne ihr Zutun um seinen Hals, ihre Lippen verschmolzen mit den seinen, sie verschlangen einander in animalischem Hunger. Seine Hände tasteten suchend über ihren Körper. Ungeduldig bauschte er ihre Röcke mit den Fingern, schob die Stofffülle nach oben, bis er endlich Zugang fand.

Mit gespreizten Fingern streichelte er das weiche Fleisch ihrer Schenkel, nur vom Batist ihrer Unterwäsche von ihrer Nacktheit getrennt. Tastend ließ er seine Hand nach oben gleiten auf der Suche nach der feuchten Hitze ihres Schoßes, und die Spur seiner Finger löste prickelnde Wonneschauer in ihr aus. Er vertiefte seinen Kuss, seine Zunge tauchte in ihren Mund, während er ihren Schenkel liebkoste, seine Hand über die prallen

Rundungen ihrer Gesäßbacken wölbte und sie an seine Lenden presste.

Callie entfuhr ein erschrockener Laut; sie bewegte sich unwillkürlich, als er ihr die Schenkel spreizte. Es traf sie wie ein Schock, an der intimsten Stelle ihres Körpers berührt zu werden, und dennoch erfüllte sie diese Berührung mit taumelnder Erregung. Sie bewegte die Hüften, sehnte sich nach mehr ... verzehrte sich danach.

Ein tiefes kehliges Stöhnen stieg in ihm auf, als er die feuchte heiße Mitte zwischen ihren Schenkeln fand. Seine Finger suchten in fliegender Erregung, ihre geheimste Stelle ohne das Hindernis des dünnen Stoffes ihrer Unterwäsche zu berühren.

Er löste sich aus der Verschmelzung ihrer Lippen, hauchte zarte Küsse an ihre Kehle bis zur weichen Erhebung ihres Busens, dessen Ansatz aus ihrem Dekolleté quoll. Er kostete von ihrer Haut mit Lippen und Zunge wie von einer süßen Frucht und hinterließ eine feuchte Spur, unter der sie erbebte.

Callie war berauscht, glaubte, die Sinne würden ihr schwinden unter den Liebkosungen seiner Finger und Lippen. Die Wonnen der Lust trugen sie in himmlische Gefilde, sie sehnte sich danach, ganz von ihm besessen zu werden, lechzte danach, ihn in sich aufzunehmen. Dieses tiefe animalische Verlangen zwang sie, gegen ihren Willen, ihre Hüften an ihm zu kreisen, ihre Schenkel seiner harten männlichen Kraft zu öffnen.

Mit der freien Hand nestelte er am Ausschnitt ihres Kleides, bis ihre Brüste aus dem Mieder sprangen. Einen langen Augenblick verharrte er, in den Anblick der weißen Rundungen mit den rosigen Knospen versunken.

Langsam neigte er sich vor und ließ seine Zunge um eine Knospe kreisen, die sich ihm entgegenreckte. Er behauchte die feuchte Perle mit seinem Atem, und sie reckte sich noch begehrlicher. Sein erotisches Spiel löste eine Flut der Erregung in Callie aus, pulsierte wild in den Tiefen ihres Schoßes.

Bedächtig und hingebungsvoll verwöhnte er ihre Brust mit Lippen, Zunge und Zähnen, bis er schließlich dazu überging, an ihrer Brustspitze zu saugen, als wolle er in tiefen Zügen von ihr trinken, während seine Finger ihre empfindsame Mitte mit gleicher Hingabe liebkosten.

Wollüstiges Verlangen krallte sich in seine Lenden wie ein wildes Tier, er wollte sie zu Boden werfen, ihr die Kleider vom Leib reißen und sie nehmen, sich in ihr versenken, bis er Erlösung gefunden hätte. Er spürte ihr fieberndes Verlangen, ihre Glut, ihr Keuchen, ihr leises Stöhnen unter den Wonnen, die er ihr schenkte. Ihre Hingabe, ihr Feuer erfüllten ihn mit solcher Gier, dass er glaubte, bersten zu müssen.

Callies schwellende Brüste schmerzten vor Sehnsucht, ihr Schoß pochte in ungestilltem Verlangen. Sie hob ihm ihre Hüften entgegen, flehte stumm nach Erfüllung. In ihr wuchs eine unbändige Urgewalt.

Plötzlich gab er sie mit einem leise knurrenden Fluch frei und wandte sich ab. Callie geriet ins Wanken, fassungslos und halb betäubt. Alles in ihr schrie danach, sich ihm in die Arme zu werfen, ihn anzuflehen, ihr die Erfüllung zu geben, nach der sie sich verzehrte. Ein letztes Quäntchen Selbstachtung gab ihr die Kraft, stumm zu verharren, wo sie war.

Brom stand über den Schreibtisch in der Bibliothek gebeugt, die Hände auf die Tischplatte gestützt, sein Brustkorb hob und senkte sich unter seinen keuchenden Atemzügen. Callie starrte benommen auf seinen Rücken, am ganzen Körper zitternd, fühlte sich unendlich schutzlos und verletzlich wie ein verwaistes Kind.

Allmählich kam sie weit genug zu sich, um ihr Mieder zu ordnen und die Röcke zu glätten, um wenigstens notdürftig den Anschein von Sittsamkeit zu erwecken. Mit unsicheren Schritten setzte sie sich in Bewegung, um das Zimmer zu verlassen. „Nun …“, begann sie zaghaft, „… können Sie sich glücklich schätzen, mich endgültig gedemütigt zu haben.“

„Ich soll Sie gedemütigt haben?“, stieß er zwischen den Zähnen hervor und fuhr zu ihr herum. „Ich bin es doch, der sich nicht mehr in der Öffentlichkeit blicken lassen kann.“

Callie, immer noch nach Befriedigung ihrer sündigen Lust fiebernd, wollte sich nicht so weit erniedrigen, ihm das Ausmaß ihres Verlangens zu zeigen. „Das hat nichts zu bedeuten“, erwiderte sie gepresst und versuchte, ihre glühenden Wangen mit den Fingern zu kühlen.

Gleichzeitig stieg Bitterkeit in ihr hoch. „Ich lasse mich nicht zur Zielscheibe Ihrer Rachgier an meinem Bruder machen“, erklärte sie und bemühte sich, ihrer Stimme Festigkeit zu verleihen. „Auch wenn Sie fähig sind, in mir Gefühle der Begehrlichkeit zu wecken, wird es Ihnen niemals gelingen, meinen und seinen guten Namen zu ruinieren. Ich werde dafür sorgen, dass wir uns nie wieder begegnen.“

„Es … es lag nicht in meiner Absicht“, stammelte er verwirrt. „Verzeihen Sie … ich habe die Beherrschung verloren. Sie haben … nichts von mir zu befürchten.“ Er rang um Fassung, in seinen Gesichtszügen und seinen Augen spiegelte sich gequälte Anspannung. „Bei unserer ersten Begegnung ahnte ich nicht, was zwischen uns geschehen könnte. Und dafür bitte ich Sie um Verzeihung. Ich wollte dem Duke nur eine Lehre erteilen und ihm vor Augen führen, was er meiner Schwester angetan hat. Irgendwie hatte ich die Hoffnung, ihn aus der Reserve zu locken, um das zu beenden, was vor fünfzehn Jahren begonnen hatte … Aber es lag nie in meiner Absicht, Sie zu verletzen“, fuhr er beinahe mutlos fort. „Und ich schwöre bei Gott, ich hatte keine Ahnung, es könnte so weit kommen, dass ich … dass ich Sie bis zum Wahnsinn begehre … und die Minuten zähle, bis ich Sie endlich wiedersehen darf. Dass ich mich zum völligen Narren mache und mich hinreißen lasse, ein Hauskonzert von Lady Whittington zu besuchen, in der verzweifelten Hoffnung, Sie vielleicht wiederzusehen.“

In Callie trugen Zorn und Demütigung einen erbitterten Kampf gegen ihr heftiges Verlangen nach ihm aus. „Wenn das stimmt, wieso haben Sie Ihre Besuche eingestellt? Wieso …“

„Weil es zwischen mir und der Schwester des Duke of Rochford keine Zukunft geben kann!“, rief er aufgebracht, fuhr sich mit beiden Händen durchs Haar und presste sie gegen die Schläfen, als gelte es zu verhindern, dass sein Schädel platzt. Jäh machte er auf dem Absatz kehrt, durchquerte den Raum und drehte sich wieder um. „Ihr Bruder hat das Leben meiner Schwester ruiniert. Er hat sie verführt, sie zu seiner Geliebten gemacht, ein Kind mit ihr gezeugt und sich geweigert, sie zu heiraten."

„Niemals wäre Sinclair zu solchen Schandtaten fähig!", schrie Callie empört. „Rochford ist ein Ehrenmann. Nie im Leben würde er einer Frau das antun. Das weiß ich genau. Er hat es mir gesagt. Er hat Ihre Schwester nie angefasst."

Bromwells Lippen verzogen sich zu einem bitteren Lächeln. „Natürlich glauben Sie seine Lügen."

„Es ist die Wahrheit."

„Nein. Meine Schwester hat mir die Wahrheit gesagt. Ich weiß genau, was passiert ist."

„Ihre Schwester hat Sie belogen", schleuderte Callie ihm ins Gesicht.

Bromwells Augen schossen wütende Blitze. „Nein."

„Wollen Sie etwa behaupten, sie hat nie gelogen? Sie hat mich belogen und behauptet, Lord und Lady Radbourne begleiten uns nach Vauxhall, was nicht stimmte. Als wir Lady Radbourne danach befragten, erfuhren wir, dass Ihre Schwester ihr gegenüber den Ausflug abgesagt hatte. Sie überredete mich mit einer List, mich ohne Begleitung im Separee aufzuhalten, und dann ließ sie mich völlig alleine ... Sie versuchte ..."

„Ich weiß! Ich weiß. Damit wollte sie mir einen Gefallen erweisen. Sie wusste, wie sehr ich Sie begehrte, und wollte mir behilflich sein. Das hat nichts mit Rochfords schändlichem Verhalten zu tun. Sie hätte mich nicht belogen über ... über ..."

„Und mein Bruder würde mich niemals belügen."

Er sah sie bekümmert an. „Daran ist nichts zu ändern. Sie schenken Ihrem Bruder Glauben und ich meiner Schwester ... Wir müssen uns damit abfinden ... für uns gibt es keine Zukunft."

Callie blickte Bromwell mit angehaltenem Atem nach, als er

sich entfernte. An der Tür drehte er sich noch einmal um. „Es tut mir aufrichtig leid, Callie, Sie verletzt zu haben. Ich …“ Er schüttelte den Kopf, verließ den Raum und schloss die Tür leise hinter sich.

Callie hielt sich die Hand vor den Mund, um das Schluchzen zu unterdrücken, das in ihr aufstieg, wankte zum nächsten Stuhl, sank in sich zusammen und kämpfte gegen ihre Tränen an.

Sie konnte nicht hierbleiben. Es kümmerte sie nicht länger, ob die Leute über sie tuschelten. Sie musste fort, weit fort, um ihrem Schmerz freien Lauf lassen zu können.

Callie schluckte schwer, erhob sich mühsam und verließ die Bibliothek. Im Foyer begegnete sie einem Diener, den sie bat, sie bei Francesca zu entschuldigen. Als ein zweiter Diener ihr in den Mantel half, eilte Francesca ihr mit besorgter Miene aus dem Musikzimmer entgegen.

„Callie, liebes Kind, bist du krank? Wir gehen augenblicklich.“

Callie nickte und murmelte: „Du musst bleiben.“

„Unsinn.“ Francesca gab dem Diener einen Wink, ihr den Mantel zu bringen. „Ich könnte nicht bleiben in meiner Sorge um dich. Ich ließ Lady Manwaring wissen, dass du plötzlich krank geworden bist. Sie wird uns bei Lady Whittington entschuldigen.“

Callie nickte wieder und zog die Kapuze ihres Umhangs tief in die Stirn, um sich darunter verstecken zu können. Francesca führte sie zur Kutsche und stieg hinter ihr ein.

„Was ist geschehen?“, fragte sie, während sie neben ihr Platz nahm und ihre Hand ergriff. „Ich sah, wie Lord Bromwell nach dir das Musikzimmer verließ. Hat er mit dir gesprochen? Ist das der Grund, aus dem …“

„Ja … ja“, sprudelte es aus Callie heraus, die ihren inneren Tumult nicht länger beherrschen konnte. Tränen sprangen ihr aus den Augen und kullerten ihr über die Wangen. „Es ist entsetzlich! Es war töricht von mir, auch nur einen Funken Hoffnung zu hegen, dass ..." Ihre Stimme versagte, ein gequältes Schluchzen entrang sich ihr. „Oh, Francesca! Er würde niemals schlecht über seine Schwester denken, ebenso wenig wie ich je schlecht über Sinclair denken könnte! Es ist völlig bedeutungslos, was ich für ihn empfinde oder er für mich. Es ist alles völlig hoffnungslos."

„Oh, mein armes Kind." Tränen des Mitgefühls schimmerten in Francescas Augen. Sie nahm Callie in die Arme, die ihr hilflos in einem haltlosen Tränenfluss an den Busen sank.

Lord Bromwell erhob sich, als seine Schwester den Salon betrat. Er hatte das Hauskonzert frühzeitig verlassen und innerlich aufgewühlt Daphne aufgesucht.

„Brom!", empfing ihn Lady Daphne, eilte ihm mit ausgestreckten Händen entgegen und lächelte so strahlend, dass ihn ein schuldbewusster Stich durchfuhr.

In letzter Zeit hatte er sie selten besucht, da er niemanden sehen wollte, nicht einmal seine Schwester. Er hatte seine Abende im Club mit Trinken verbracht oder war zu Hause geblieben und hatte getrunken, unterbrochen nur vom gelegentlichen Bedürfnis, sich bei Jackson's im Faustkampf zu erproben. Der unbändige Drang, auf irgendetwas oder irgendwen einzudreschen, schien ihm, außer Brandy, das einzige Mittel, sich Erleichterung zu verschaffen.

„Ich hatte schon befürchtet, du bist mir noch böse wegen des kleinen Missgeschicks in Vauxhall Gardens und hast dich deshalb seither nicht blicken lassen", fuhr Daphne fort und drückte ihm innig die Hand. „Komm, setz dich zu mir."

„Ich weiß, dass du dir nichts Böses dabei gedacht hast", meinte er ausweichend.

„Nun ja, ich dachte dabei nur an dich." Sie lächelte liebevoll, in der Annahme, er billige ihr Verhalten. „Du weißt, dass du mir alles auf der Welt bedeutest."

Er verzog den Mund zu einem freudlosen Lächeln. „Hmm, vermutlich rangiere ich irgendwo zwischen Juwelen und kostbaren Kleidern.“

„Ach, du!“ Daphne versetzte ihm einen scherzhaften Klaps. „Wollen wir noch etwas unternehmen? Oder hast du etwas vor? Ich hörte von einem neuen Spielclub. Natürlich würde ich ein solches Etablissement niemals alleine aufsuchen. Aber in deiner Begleitung wäre das etwas anderes.“

Er schüttelte den Kopf. „Ich bin nicht in Stimmung, fürchte ich. Nimm dir einen deiner vielen Verehrer als Begleiter. Ich komme nur, um dir zu sagen, dass ich demnächst abreise.“

Daphne sah ihn fassungslos an. „Du willst London verlassen? Was soll das heißen? Wohin willst du?“

„Zurück nach Yorkshire“, antwortete er. „Dort bin ich besser aufgehoben.“

„Und was ist mit Rochford? Und Lady Calandra?“

„Die Sache habe ich beendet“, sagte er im Aufstehen, trat an den Kamin, stocherte mit dem Schürhaken die Glut auf und blickte grübelnd in die Flammen.

„Wie ich hörte, machst du seiner Schwester nicht mehr den Hof“, erklärte Daphne. „Aber damit kann die Sache doch nicht beendet sein.“

Er stellte den Schürhaken wieder in das Messinggestell und wandte sich ihr zu. „Da der Duke keine Rechenschaft von mir forderte, sehe ich keinen Sinn mehr darin, das Spiel weiterzutreiben.“

„Wie bitte?!“, rief Daphne hitzig und sprang auf. „Ich dachte, du übst Vergeltung für das, was er mir angetan hat!“

„Was erwartest du eigentlich von mir, Daphne?“, fragte er müde.

„Jedenfalls mehr, als die Dame nur der Lächerlichkeit preiszugeben!“, hielt sie ihm entgegen.

„Reicht es nicht, eine unschuldige Frau in der Öffentlichkeit bloßzustellen?“, fragte er unwirsch.

„Nein!“, schrie Daphne spitz. „Niemals! Es reicht längst nicht als Vergeltung für das, was ihr Bruder an mir verbrochen hat!“

„Ich kann nicht ungeschehen machen, was er dir angetan

hat“, erklärte Bromwell ernsthaft. „Ich wünschte bei Gott, ich könnte es. Ich würde alles tun, um deinen Schmerz zu lindern und den Groll aus deinem Herzen zu verbannen. Dazu bin ich leider nicht in der Lage. Aber ich halte es für falsch, Callie noch mehr Leid zuzufügen. Das kann dich doch nicht glücklich machen.“

„Ich will, dass du ihren Ruf ruinierst!“, schrie Daphne gellend, die ihre Wut nicht länger beherrschen konnte. Ihr hübsches Gesicht verzerrte sich zu einer hässlichen Fratze.

Bromwell starrte seine Schwester entgeistert an. „Daphne! Das kann doch nicht dein Ernst sein. Du kannst vor Hass und Verbitterung über Rochfords Schandtat nicht mehr klar denken. Du willst doch nicht ernsthaft, dass ich den Ruf einer unschuldigen jungen Frau ruiniere. Als wir kürzlich darüber sprachen, hatte ich den Eindruck, du siehst das ein. Du kannst doch nicht von mir verlangen, mich wie ein ehrloser Schuft zu verhalten.“

Daphne fasste sich, holte tief Atem und dann lächelte sie ihren Bruder beinahe beschämt an. „Nein, du hast natürlich recht. Ich verlange doch nicht, dass du dem Mädchen ernsthaften Schaden zufügst. Nicht wirklich. Ich … ich habe nur gespürt, dass du sie begehrst und …“

Sie wandte ihm den Rücken zu und bückte sich, um ein Sofakissen aufzuschütteln.

„Nun ja“, fuhr sie fort und ließ die Kissenfransen durch ihre Finger gleiten. „Jedenfalls bin ich traurig, wenn du schon wieder abreist. Ich habe dich in den letzten Jahren so selten gesehen und mich so sehr darauf gefreut, diese Ballsaison mit dir in London zu genießen.“

„Ich weiß. Aber mich ruft die Pflicht. Hier in London kann ich mit meinem Verwalter nur schriftlich verkehren.“

„Ach, das langweilige Zeug. Du solltest dich auch mal amüsieren … nicht ständig nur arbeiten. Schließlich bist du ein Gentleman.“

„Ich bin ein Gentleman, der seinen Pflichten nachkommen

muss", hielt er ihr entgegen.

„Ich habe eine Idee!" Daphne strahlte ihn an. „Wieso quartierst du dich nicht für eine Weile in Swithingtons Jagdhaus ein? Dort kannst du dich ein paar Tage erholen, bevor du nach Yorkshire zurückkehrst."

Daphnes Zorn und Enttäuschung schienen verflogen, stellte Brom erleichtert fest. Es stimmte ihn traurig, wenn ihr Rachedurst ihr sonst so unbekümmertes Wesen vergiftete. „Aber Daphne, wir haben keine Jagdsaison", gab er zu bedenken. „Da draußen gibt es nichts zu tun für mich."

„Aber darum geht es doch, nicht wahr?", versicherte sie ihm. „Du brauchst deine Ruhe, kannst lange Waldspaziergänge machen und die Abende mit einem guten Buch vor dem Kamin verbringen."

„Das alles kann ich auch zu Hause tun."

„Ja, aber dann bist du so weit weg. Das Jagdhaus liegt nicht weit von London entfernt. In ein paar Tagen könnte ich dich besuchen. Gleich nach dem Wentwhistle Ball; den darf ich allerdings nicht versäumen. Erst gestern habe ich Mrs Wentwhistle meine Zusage gegeben; das Fest findet in wenigen Tagen statt. Danach besuche ich dich, und wir verbringen ein paar beschauliche Tage miteinander. Wäre das nicht ein Heidenspaß? Nur wir zwei, wie früher, als wir noch Kinder waren. Wir können nach Herzenslust plaudern … und über alles reden. Seit ich in London bin, denke ich immer wieder daran, wie sehr du mir in all den Jahren gefehlt hast."

Er lachte leise. „Daphne, wir haben uns während deiner Ehe mit Swithington mindestens dreimal im Jahr besucht."

„Ja, gewiss. Du hältst mich wohl für ein albernes Gänschen", erklärte sie schmollend. „Aber es war so vergnüglich mit dir in den letzten Wochen, und ich wäre sehr traurig, wenn du schon wieder abreisen würdest. Bitte, bitte sag Ja, sonst muss ich denken, du bist mir immer noch böse wegen unseres missglückten Ausflugs nach Vauxhall."

Er lächelte nachsichtig. „Na schön. Ich weiß, dass du stets

deinen Kopf durchsetzt. Solche Gespräche enden meist damit, dass ich nachgebe."

„Natürlich, so wird es auch diesmal enden." Sie lachte hell und schob ihren Arm in seine Ellbogenbeuge. „Wir werden Spaß haben, glaube mir. Ich schreibe dem Jagdhüter ein paar Zeilen, dass er dich in zwei Tagen erwarten soll. Wie findest du das?"

„Einverstanden", antwortete er widerstrebend. „Dadurch bleibt mir noch ein Tag, um meine Geschäfte in der Stadt zu regeln."

„Wundervoll", gurrte Daphne. „Du wirst es nicht bereuen, das verspreche ich dir."

Am folgenden Morgen am Frühstückstisch verkündete Francesca, Callie habe sich nun alle erdenkliche Mühe gegeben, und es sei ihr gelungen, der Öffentlichkeit ein positives Bild von sich zu präsentieren.

„Ich finde, du solltest ein paar Tage zu Hause bleiben", schlug sie vor.

Callie, die appetitlos in ihren Rühreiern herumstocherte, blickte mit unendlicher Erleichterung zu Francesca auf. „Glaubst du wirklich? Ehrlich? Und wenn es Gerede gibt?"

„Gerede gibt es doch immer", entgegnete Francesca gelassen. „Du hast bewiesen, dass dir der Rückzug eines Verehrers kaum aufgefallen ist, und hast deine Rolle nun zwei Wochen lang glänzend gespielt. Das dürfte reichen, um Gerüchte verstummen zu lassen."

„Aber die Leute werden gewiss über mein gestriges Benehmen klatschen", sagte Callie und verzog das Gesicht. „Ich wünschte, ich hätte mich besser unter Kontrolle gehabt."

„Mach dir bitte deshalb keine Sorgen. Der gestrige Abend wird nur den Wahrheitsgehalt unserer Geschichte bestätigen. Du bist plötzlich krank geworden und hast deshalb das Hauskonzert vorzeitig verlassen. Um glaubhaft zu wirken, wirst du mindestens eine Woche lang krank sein, wenn nicht sogar zwei.

Wer weiß? Vielleicht zwingt deine Krankheit dich sogar, auf dem Landgut des Dukes Erholung zu suchen."

Callie lächelte schwach. „Das klingt ja schön und gut, aber eigentlich steht mir nicht der Sinn danach, sterbenskrank zu werden."

„Hmm, vielleicht hast du recht. Man wird nur mit tausend Fragen über dich herfallen. Bei ausführlichen Lügengeschichten besteht die Gefahr, dass man sich unversehens in Widersprüche verwickelt. Also ist es besser, du verlässt das Haus schon nach einer Woche. Aber nur für kurze Zeit; ich werde darauf achten, dass du sehr vorsichtig bist. Du darfst dich keinesfalls überfordern und einen Rückfall riskieren." Francesca lächelte ihr berühmtes unwiderstehliches Grübchenlächeln.

„Einverstanden", erklärte Callie bereitwillig. „Du hast mich überzeugt. Und ich gestehe aufrichtig, dass ich sehr erleichtert bin, in den nächsten Tagen niemanden sehen zu müssen."

„Gut, dann ist es abgemacht", nickte Francesca. „Ich werde unseren gesellschaftlichen Verpflichtungen in nächster Zeit alleine nachkommen und sie natürlich einschränken, da ich mich als Freundin verpflichtet fühle, deine Krankenpflege zu übernehmen."

Am Nachmittag zog Callie sich also mit einem Buch auf ihr Zimmer zurück und überließ es Francesca, unangemeldete Besucher zu unterhalten. Sie hätte auch gar nicht gewusst, wie sie es geschafft hätte, eine heitere Miene zur Schau zu tragen.

Ihre Lider waren geschwollen, die Augen gerötet, da sie nachts kaum geschlafen hatte und immer wieder in Tränen zerflossen war, sodass sie sich nun tränenleer fühlte. Doch als sie einen Blick auf das Kleid warf, das ihre Zofe Belinda ihr zurechtgelegt hatte, brannten ihre Augen schon wieder. Dieses Kleid hatte sie getragen, als Bromwell sie zum ersten Mal besucht hatte.

Sie hatte ihn in den letzten zwei Wochen schmerzlich vermisst, doch die Begegnung mit ihm beim Hauskonzert hatte ihr jede Hoffnung genommen. Nun wusste sie endgültig, dass sie ihn für immer verloren hatte. Sie war der Liebe gefährlich nahe gekommen, und das machte ihr den Verlust umso bitterer.

Vielleicht hatte sie die Gefahr aber auch zu spät erkannt, und die Liebe hatte bereits von ihr Besitz ergriffen. Vielleicht liebte sie Bromwell bereits … einen Mann, der sie niemals heiraten würde.

Am nächsten Nachmittag saß Francesca an ihrem Schreibtisch und wunderte sich, dass so wenige Rechnungen aus dem vergangenen Monat zu bezahlen waren, zumal mehr Kosten für Essen, Heizmaterial und Kerzen angefallen sein müssten. Sie hatte den Verdacht, der Besuch von Rochfords Buchhalter bei ihrem Butler habe etwas damit zu tun. Entweder hatte Fenton eine höhere Summe für Callies Kost und Logis angegeben, oder der Duke hatte seinen Buchhalter angewiesen, mehr als nötig zu bezahlen. Sie wusste also nicht, wen sie zur Rede stellen sollte, und von Fenton, der für seine Verschwiegenheit berühmt war, würde sie die Wahrheit ohnehin nicht erfahren.

Als der Butler das Zimmer betrat, glaubte sie einen Moment lang, ihre Gedanken hätten ihn gerufen. Doch dann meldete er, Lady Pencully erwarte Ihre Ladyschaft im großen Salon. Diese Nachricht verdrängte augenblicklich jeden Gedanken an Rechnungen und zu hoch bemessene Gelder.

Lady Odelia schaffte es stets, der souveränen Francesca, die seit vielen Jahren ein eigenständiges Leben führte, das Gefühl zu geben, wieder die Schulbank zu drücken. Wenn Lady Odelia sie durch ihr Lorgnon musterte, hatte Francesca unweigerlich das Gefühl, sie finde irgendeinen Makel an ihr.

Sie wünschte beinahe, Callie nicht überredet zu haben, eine fiebrige Erkältung vorzutäuschen, und schalt sich gleichzeitig, feige zu sein. Im Gegensatz zu ihr schien sich Callie bei all ihrer Jugend nie von ihrer Großtante einschüchtern zu lassen.

Mit einem flüchtigen Blick in den kleinen Spiegel neben der Tür vergewisserte sich Francesca, dass ihr Haar in Ordnung war, und strich sich im Gehen glättend über die Röcke. Lady

Odelia machte ihre Besuche stets zu unmöglich früher Stunde, und es bestand kaum Hoffnung, dass andere Besucher die Unterredung verkürzen würden.

„Lady Odelia“, grüßte sie mit einem strahlenden Lächeln und sank in einen anmutigen Knicks. „Wie reizend, Sie zu sehen. Ich bin überrascht, dass Sie die Stadt noch nicht verlassen haben. Beabsichtigen Sie, die ganze Saison in London zu verbringen?“

„Guten Tag, Francesca.“ Die alte Dame wies hoheitsvoll auf den Platz neben sich auf dem Sofa, als sei sie die Hausherrin und nicht Francesca. Wie üblich trug sie ein Kleid, das seit zehn oder fünfzehn Jahren aus der Mode war, und ihre hoch aufgetürmte Frisur war mit Federn geschmückt. „Setz dich, Kind, und zwing mich nicht, den Hals zu verdrehen, um mit dir zu reden.“

Francesca gehorchte, und Lady Odelia fuhr fort: „Ich bin bezüglich meines Aufenthaltsortes noch unschlüssig. Irgendwie fühle ich mich nach meinem Fest wie neugeboren. Ich musste wohl erst fünfundachtzig Jahre alt werden, um mich zu fragen, ob ich den Rest meines Lebens vor Langeweile in Kent versauern soll.“

„Ein längerer Sommeraufenthalt in Bath würde Ihnen gewiss Ablenkung bringen“, schlug Francesca vor.

„Mag sein. Aber ich bin nicht gekommen, um mit dir meine Reisepläne zu besprechen“, entgegnete Lady Odelia spitz.

„Nein, natürlich nicht“, pflichtete Francesca ihr bei und fragte sich, welches Anliegen die alte Dame diesmal haben mochte. Vor geraumer Zeit hatte sie Francescas Unterstützung erbeten, um Lord Radbourne, einen ihrer Großneffen, zu verheiraten. Das Unterfangen war zur vollen Zufriedenheit aller Beteiligten gelungen, aber Francesca blieb argwöhnisch. Lady Odelia hatte nämlich eine besondere Gabe, andere Leute für sich einzuspannen.

„Von deinem Butler hörte ich, meine Großnichte sei krank“, fuhr Odelia fort.

„Ja, leider.“ Francesca hoffte, Lady Odelia würde ihre Lüge

nicht durchschauen – auch das war etwas, worauf sie sich hervorragend verstand. „Bei Lady Whittingtons Hauskonzert vor zwei Abenden bekam sie plötzlich leichte Migräne und fühlte sich unpässlich."

„Ist sie krank, oder trauert sie nur um diesen Bromwell?", fragte Lady Odelia und traf damit wieder einmal den Nagel auf den Kopf.

„Lady Calandra hatte keinerlei Erwartungen an Lord Bromwell", entgegnete Francesca seelenruhig. „Sie kennt ihn ja kaum. Ich glaube sogar, sie lernte ihn erst anlässlich Ihres Geburtstagsfestes kennen."

„Nun ja, Zeit spielt in solchen Fällen kaum eine Rolle", widersprach Lady Odelia. „Ich weiß nicht, was in den Bengel gefahren ist. Wie ich höre, hat er sich auf seine Ländereien zurückgezogen. Dabei hatte ich mir große Hoffnungen für ihn und Callie gemacht. Wie dem auch sei ...", die alte Dame zog die Schultern hoch. „Sie wird keinen Mangel an Verehrern haben."

„Nein, gewiss nicht."

„Was hast du morgen vor?", fragte Lady Odelia unvermittelt.

Francesca erstarrte innerlich. „Ähm ... ich weiß nicht", murmelte sie, um Zeit zu gewinnen. Nie war sie um eine höfliche Notlüge verlegen, aber ihr sonst so wacher Verstand schien in Lady Pencullys Gegenwart benebelt zu sein. „Um welche Zeit morgen?"

„Den ganzen Tag. Ich habe mich dazu entschlossen, die Duchess of Chudleigh zu besuchen. Die Taufpatin deiner Mutter", fügte sie hinzu, als wisse Francesca nicht, um wen es sich handelte.

„Oh", sagte Francesca schwach.

„Und ich halte es für eine gute Idee, wenn du mich begleitest. Sie lebt in Sevenoaks, wie du weißt, und würde dich gerne sehen. Dann kannst du deiner Mutter über den Gesundheitszustand der Duchess berichten. Sie war den ganzen Winter hindurch in schlechter Verfassung und wird zunehmend gebrechlicher."

„Ja, Mutter hat davon gesprochen", bestätigte Francesca mutlos. Die Aussicht, stundenlang mit Lady Odelia in einer holprigen Kutsche zu sitzen, um anschließend mit den betagten Damen Tee zu trinken, die sich in voller Lautstärke unterhielten – da die Duchess zwar stocktaub war, sich aber weigerte, ein Hörrohr zu benutzen, weil es sie alt mache, wie sie behauptete –, übte keinen großen Reiz auf sie aus.

Wie Lady Odelia wohlweislich erwähnt hatte, wäre dieser Besuch allerdings im Sinne ihrer Mutter. Da Francesca zur Pflichterfüllung erzogen worden war und außerdem Lady Odelia nicht in die Augen hätte schauen können, wenn sie sich mit fadenscheinigen Ausflüchten aus der Verantwortung gezogen hätte, empfahl es sich, klein beizugeben. Im Übrigen würde die alte Dame ohnehin nicht lockerlassen, bis sie ihre Zusage erhalten hätte.

„Dann müsste Callie notgedrungen einen Tag ohne mich auskommen", versuchte Francesca zögernd einzuwenden.

„Na und?" Lady Odelia ließ sich nicht beirren. „Das Haus ist voller Dienstboten, die sich um sie kümmern."

„Nun gut." Francesca kapitulierte. „Ich begleite Sie nach Sevenoaks."

„Ausgezeichnet!" Lady Odelia strahlte. „Dann hole ich dich morgen um neun ab."

„Um neun?", wiederholte Francesca tonlos. „Am Morgen?"

„Natürlich am Morgen." Lady Odelia bedachte sie mit einem strafenden Blick. „Der Besuch dauert den ganzen Tag, also wollen wir zeitig aufbrechen."

„Ja, natürlich."

Nach erfüllter Mission verabschiedete Lady Pencully sich, zweifellos um einen anderen bedauernswerten Menschen um einen Gefallen zu bitten, dachte Francesca grimmig.

Sie begab sich nach oben, um Callie die Neuigkeit mitzuteilen. Diese begann sogleich zu kichern.

„Wie reizend, dass mein Pech dich erheitert", beklagte Francesca sich leicht indigniert, war aber im Grunde froh, dass Callie wieder lachen konnte.

„Es tut mir aufrichtig leid“, entschuldigte Callie sich mit einem amüsierten Funkeln in den Augen. „Ich weiß, wie ärgerlich das für dich ist. Aber ich bin sehr froh, dass du mich überredet hast, die eingebildete Kranke zu spielen.“

„Das will ich dir auch geraten haben“, entgegnete Francesca, die sich ein Schmunzeln nicht verkneifen konnte. „Sonst hätte ich dich nämlich gezwungen, mich zu begleiten.“

Callie schüttelte sich in gespieltem Grauen.

„Willst du uns nicht trotzdem begleiten?“, neckte Francesca. „Wir könnten behaupten, du hättest dich erstaunlich rasch erholt. Du wirst dich nur schrecklich langweilen, den ganzen Tag allein zu sein.“

„Lieber einsam und allein, als einen halben Tag mit Lady Odelia eingezwängt in einer Kutsche zu verbringen“, entgegnete Callie herzlos. „Ob sie ihren grässlichen schnarchenden Hund mitnimmt?“

„Oh Gott, den uralten stinkenden Mops! Daran will ich gar nicht denken.“

Callie schüttelte sich vor Lachen über Francescas entsetztes Gesicht, und der Heiterkeitsausbruch verschaffte ihr ein wenig Befreiung von ihrem Kummer.

Sie wollte sich für den morgigen Tag eine Beschäftigung suchen, die sie von ihren trüben Gedanken ablenkte.

Gleich nach dem Frühstück klingelte Callie nach ihrer Zofe und verbrachte den Vormittag damit, ihren Schrank zu durchforsten, um das eine oder andere Kleid mit neuen Bändern oder Stoffblumen zu verzieren und ausgediente Stücke an Bedürftige zu verschenken.

Diese Tätigkeit dauerte allerdings nicht lange, da sie nicht ihre vollständige Garderobe für ihren Aufenthalt in London eingepackt und überdies erst vor Kurzem einige neue Kleider erstanden hatte. Zu Hause in Marcastle hätte sie möglicherweise noch im Speicher herumgestöbert, um unbrauchbare Dinge wegzuwerfen oder sich an alten Spielsachen zu erfreuen.

Um nicht wieder in altes Fahrwasser zu geraten und schmerzlichen Erinnerungen an Lord Bromwell nachzuhängen, begab sie sich in Francescas kleines Kabinett, um sich ein Buch auszuleihen. Vielleicht würde ihr die Lektüre eines Schauerromans von Ann Radcliffe Ablenkung verschaffen.

Sie stand vor dem Bücherschrank und studierte die Buchrücken, als Fenton eintrat. Seine sonst so stoische Miene war sorgenvoll zerfurcht. „Mylady …“

„Ja, Fenton, was gibt's?“

„Draußen wartet ein Mann. Er sagt, er habe eine wichtige Nachricht für Sie. Er sagt, Mylady … Seiner Gnaden, dem Duke, sei etwas zugestoßen.“

15. KAPITEL

Callie gefror das Blut in den Adern, sie starrte den Butler entgeistert an. „Was? Meinem Bruder?"

Sie drängte sich an Fenton vorbei in die Eingangshalle, wo ein Mann neben der Haustür stand und verlegen seinen Hut in den Händen drehte. Gesicht und Kleidung waren mit Staub bedeckt, die Stiefel lehmbespritzt. Er wirkte müde und erschöpft. Callie eilte ihm entgegen.

„Sie bringen mir Nachricht vom Duke of Rochford?", fragte sie im Gehen. „Ist er verletzt?"

„Er ist am Leben, Mylady", versicherte der Mann. „Er war in einen Unfall verwickelt. Hier ist ein Brief für Sie." Er hielt ihr ein versiegeltes Schreiben hin.

Callie nahm es entgegen und las die Adresse: *An Lady Calandra Lilles.*

Hastig brach sie das Siegel und entfaltete den Brief mit zitternder Hand. Rechts oben standen die Worte *Blackfriars Cope Cottage, Lower Upton* und daneben das Datum. Dann las sie den Inhalt.

Sehr verehrte Lady Calandra Lilles,
zu meinem Bedauern muss ich Ihnen mitteilen, dass der Duke of Rochford in der Nähe unseres Hauses einen Unfall mit seiner Kutsche hatte. Mein Ehemann und sein Diener trugen ihn ins Haus, der Doktor wurde gerufen. Sein linkes Bein ist gebrochen und auch einige Rippen, ansonsten geht es ihm gut. Er bat mich, Ihnen zu schreiben und Sie zu bitten, ihn zu besuchen. Der Arzt sagt, er ist nicht transportfähig.
Hochachtungsvoll
Mrs Thomas Farmington

Mit einem Seufzer der Erleichterung wandte sie sich an den Boten. „Geht es ihm wirklich gut?"

„Ich habe ihn nicht gesehen. Ich weiß nur, was Mrs Farmington mir berichtet hat. Und sie meint, es ginge ihm den Umständen entsprechend gut.“

„Ich reise sofort zu ihm. Sagen Sie mir nur, wo genau dieses Lower Upton liegt …“

„In Buckinghamshire, Mylady. Mrs Farmington gab mir den Auftrag, eine Droschke zu mieten und Sie dorthin zu bringen.“

„Danke. Das war sehr vernünftig. Ich packe rasch ein paar Sachen, dann brechen wir unverzüglich auf.“

Der Mann nickte und ging. Callie wandte sich an den Butler, der ein paar Schritte hinter ihr stand und sich einigermaßen wieder gefasst hatte.

„Nun, Fenton, Sie haben gehört. Ich schreibe noch eine kurze Notiz für Lady Haughston.“

„Sehr wohl, Mylady“, bestätigte der Butler mit einer leichten Verneigung. „Ich schicke Ihre Zofe nach oben.“

Callie nickte und eilte die Treppe hinauf, das Herz schlug ihr bis zum Hals, angstvolle Fragen flogen ihr durch den Kopf. War Sinclair schwer verletzt? Den Zeilen von Mrs Farmington war zwar zu entnehmen, dass keine Lebensgefahr bestand, aber vielleicht wollte die Frau sie nur über seinen wahren Zustand verschonen. Vielleicht war er ernsthaft verletzt, ja sogar dem Tode nahe. Selbst wenn er nur Knochenbrüche erlitten hatte, könnte sich gefährliches Wundfieber einstellen. Vermutlich litt er große Schmerzen und bedurfte dringend ihrer Pflege.

Buckinghamshire lag nicht allzu weit entfernt, überlegte sie, während sie Unterwäsche aus der Kommode nahm und aufs Bett legte. Sie müsste Lower Upton nach Einbruch der Dunkelheit erreichen.

Belinda trat mit erschrocken aufgerissenen Augen ein. „Seine Gnaden ist verletzt, Mylady?“

„Ja, ich hoffe, es ist nichts Ernstes“, sagte Callie knapp. „Er hat sich ein Bein gebrochen. Ich reise zu ihm.“

„Ja, ich packe Ihre Koffer.“

„Vorläufig nur eine Reisetasche mit ein paar Sachen zum

Wechseln", wies Callie sie an. „Wenn ich länger bleibe, gebe ich dir Bescheid, und du schickst mir einen Koffer mit der Postkutsche nach. Ich weiß nicht, in welchem Zustand er sich befindet. Wenn sich herausstellt, dass er wieder transportfähig ist, bringe ich ihn nach Lilles House."

Während Belinda die Reisetasche packte, schrieb Callie ein paar Zeilen für Francesca. Fenton würde ihr zwar berichten, warum Callie so überstürzt abgereist war, dennoch wollte sie ihr persönlich mitteilen, was geschehen war und wo Sinclair sich aufhielt. Sie beendete den Brief mit der Zusage, ihr umgehend wieder zu schreiben, sobald sie Näheres über Sinclairs Gesundheitszustand wisse. Auch wenn Rochford und Francesca vor seiner Abreise eine Meinungsverschiedenheit gehabt hatten, wollte sie doch gewiss erfahren, wie es um Sinclair stand.

Sie übergab Fenton den Brief mit der Bitte, ihn Lady Haughston unmittelbar nach ihrer Rückkehr auszuhändigen. Belinda stellte die Reisetasche in der Halle ab, der Bote war mit der Mietdroschke vorgefahren. Ohne sich die Zeit zu nehmen, sich für die Reise umzukleiden, wechselte Callie nur die dünnen Schuhe gegen feste Stiefel und warf sich einen warmen Umhang um die Schultern.

Eine halbe Stunde nach Eintreffen der Unglücksbotschaft lehnte Callie sich in die Polster der Kutsche zurück und fand Zeit zum Nachdenken.

Sie zog Mrs Farmingtons Brief aus der Tasche und las ihn erneut, diesmal sorgfältiger, ohne den Zeilen eine erschöpfendere Auskunft zu entnehmen, nichts darüber, wie es zu dem Unfall gekommen war oder wie schwer Sinclairs Verletzungen waren. Ein gebrochenes Bein und Rippenbrüche gaben ihr keine genaue Auskunft. Die Frau hatte die Zeilen gewiss in Eile geschrieben, und Callie konnte ihr keinen Vorwurf über die ungenauen Angaben machen. Es gab Beinbrüche verschiedenster Art. Ein einfacher Bruch konnte ohne große Mühe geschient werden, und die Heilungschancen standen ziemlich gut. Wenn es sich hingegen um einen komplizierten offenen Bruch handelte, bei dem gesplitterte Knochen das Fleisch durchbohrt hatten …

Bei dem Schreckensbild, das dieser Gedanke ihr vor Augen führte, durchfuhr Callie ein gruseliger Schauer, und sie versuchte an etwas anderes zu denken. Hatte Sinclair seinen offenen Zweispänner selbst gelenkt? Oder war er in der großen Karosse gesessen, die von seinem Kutscher Haskell gelenkt wurde? Haskell war ein erfahrener umsichtiger Kutscher, und auch Sinclair neigte nicht dazu, unvorsichtig schnell zu fahren. Vermutlich trug ein anderer Kutscher Schuld an dem Unfall, wobei Mrs Farmington nichts von einem zweiten Verletzten erwähnt hatte. Andererseits konnte sich die Frau wahrscheinlich nicht die Zeit nehmen, den Unfall im Detail zu schildern.

Aber was hatte Sinclair eigentlich in Buckinghamshire zu tun gehabt? Er hatte beabsichtigt, nach Marcastle zu reisen. Und obgleich Callies geografische Kenntnisse nicht allzu genau waren, konnte sie sich nicht entsinnen, je auf ihren Reisen von Marcastle nach London durch Buckinghamshire gekommen zu sein.

Vielleicht hatte ihr Bruder auf halber Strecke nach Marcastle seine Meinung und sein Reiseziel geändert. Aber spontane Entschlüsse passten eigentlich nicht zum Wesen ihres Bruders, also war diese Möglichkeit auszuschließen.

Vermutlich hatte er in Marcastle erledigt, was er sich vorgenommen hatte, und war wieder abgereist. Hatte er nicht erwähnt, dass er noch in Dancy Park nach dem Rechten sehen wollte? Aber auch dieser Landsitz lag nicht in der Nähe von Buckinghamshire. Wäre er zu seinen Ländereien nach Cornwall unterwegs und wollte die Route über London vermeiden, hätte er die Straße durch Buckinghamshire nehmen können. Allerdings erschien es Callie ungewöhnlich, dass Sinclair davon Abstand genommen hätte, ein paar Tage in London zu verbringen, um sie zu besuchen. Aber vielleicht, überlegte sie wehmütig, war er immer noch nicht gut auf sie zu sprechen, nachdem sie sich seinen Anweisungen widersetzt hatte.

Möglicherweise besuchte er nur einige Freunde oder wollte sich ein zum Verkauf stehendes Anwesen ansehen. Im Grunde genommen spielte es keine Rolle, aus welchem Grund er sich in dieser Gegend aufgehalten hatte. Wesentlich bedrückender waren die Fragen nach seinen Verletzungen und seinen Schmerzen, mit denen Callie sich während der langen Fahrt nach Blackfriars Cope quälte.

Wenn der Kutscher Rast machte, um die Pferde zu wechseln, nutzte Callie die Gelegenheit, um auszusteigen und sich die Beine ein wenig zu vertreten. Nur einmal bestellte sie sich in einem Gasthaus einen leichten Imbiss aus Schinken, Käse und Brot, zwang sich, ein wenig davon zu essen, ließ aber die Hälfte auf dem Teller liegen.

Der Kutscher bemühte sich um ein zügiges Tempo, weshalb er die Pferde mehrmals wechselte, um sie nicht zu überfordern; dennoch dauerte die Fahrt eine Ewigkeit. Nach Einbruch der Dunkelheit wurde Callie noch unruhiger, weil ihr nun auch der Blick aus dem Fenster auf die Landschaft keine Ablenkung bot. Wenn sie ein wenig schlafen könnte, würde die Zeit schneller vergehen, aber sie war zu aufgewühlt, um auch nur die Augen zu schließen. In ihrem Kopf schwirrten unruhige Gedanken, Zweifel und Schreckensbilder ihres schwer verletzten Bruders herum.

Ein ums andere Mal wünschte Callie, Francesca hätte Tante Odelia heute nicht zu ihrem Besuch begleitet. Alles wäre halb so schlimm, wenn sie bei ihr wäre und sie trösten könnte, da Callie keine Sekunde daran zweifelte, dass die Freundin sie begleitet hätte. Aber es war nicht nur ihre Gesellschaft und ihr Trost, die Callie schmerzlich vermisste, Francesca war eine tüchtige und praktisch veranlagte Frau, die stets wusste, was zu tun war. Mit einem Lächeln und einigen einfühlsamen Worten verstand sie es, jeden Menschen für sich einzunehmen.

Als die Droschke erneut zum Halten kam, glaubte Callie, die Pferde müssten erneut gewechselt werden. Sie schob den Vorhang beiseite und sah, dass sie an einem Landhaus vorgefahren waren. Kein kleines, von wildem Wein überwuchertes Cottage, wie sie erwartet hatte, sondern ein zweistöckiges Haus mit großen Fenstern und einem schmalen gemauerten Vorbau.

„Ist das Blackfriars Cope?", fragte sie den Boten, der neben dem Kutscher auf dem Bock gesessen hatte und ihr nun beim Aussteigen behilflich war.

„Ja, Mylady. Offenbar sind die Bewohner noch wach und erwarten Sie." Die erleuchteten Fenster im Erdgeschoss warfen einen warmen Schein auf die Straße.

„Vielen Dank", sagte Callie und drückte dem Mann eine Goldmünze in die Hand, obwohl er mit Sicherheit von Sinclair für seine Dienste und die Droschke bereits entlohnt worden war.

Ein leichter Nieselregen hatte eingesetzt; fröstelnd zog Callie die Kapuze tief in die Stirn, eilte die Steinstufen hinauf und bediente den Türklopfer.

Es dauerte nicht lang, bis die Tür von einer untersetzten dicklichen Frau in einem schlichten Baumwollkleid und weißer Schürze geöffnet wurde. „Ja?"

„Mrs Farmington?", fragte Callie.

„Ja, die bin ich."

„Ich bin Lady Calandra Lilles. Ist er noch wach? Wo finde ich ihn?"

„Im Studierzimmer, Miss", gab die Frau Auskunft und wies einen Flur entlang, an dessen Ende ein Lichtschein aus einer geöffneten Tür drang.

„Danke schön." Callie eilte auf den Lichtschein zu und hörte kaum, wie die Haustür hinter ihr ins Schloss fiel. Im Gehen schob sie die Kapuze in den Nacken, zog die Handschuhe aus und warf sie auf einen schmalen Tisch im Flur. Dann stürmte sie in das Zimmer.

Auf der Schwelle blieb sie jäh stehen und starrte fassungslos auf die Szene, die sich ihr bot.

Lord Bromwell ruhte ausgestreckt auf einem Sofa, halb von der Tür abgewandt, den Rücken bequem in die Polster gelehnt.

Gehrock und Halstuch hingen über einem Stuhl, seine Weste war aufgeknöpft, der Hemdkragen offen. Neben ihm auf dem Fußboden stand ein Silbertablett mit einer Glaskaraffe, halb gefüllt mit einer bernsteinfarbenen Flüssigkeit. In einer Hand hielt er ein fast geleertes Glas.

Die beiden starrten einander eine Weile verständnislos an. Er fasste sich als Erster und rief: „Callie!", stellte das Glas klirrend ab und kam mit einem Schwung auf die Beine, schien allerdings leicht zu schwanken.

„Was ist los?", fragte er beunruhigt und näherte sich ihr. „Was ist geschehen? Geht es Ihnen gut?"

„Was in aller Welt tun *Sie* hier?", platzte Callie heraus, die sich so weit gefasst hatte, um ihre Sprache wiederzufinden. Hatte Bromwell etwas mit dem Unfall ihres Bruders zu tun? Handelte es sich womöglich gar nicht um einen Unfall, sondern um ein Duell zwischen den beiden Männern? „Ich begreife das nicht. Wo ist Sinclair? Wie geht es ihm? Was ist passiert?"

„Sinclair?", wiederholte er begriffsstutzig. „Wer ist …" Dann bekam er große Augen. „Sie meinen Ihren Bruder? Rochford? Wieso zum Teufel sollte er hier sein?"

„Aber der Brief!", entfuhr es Callie, sie wollte in die Tasche ihres Kleides greifen, um den Brief hervorzuholen, und hielt jäh inne. Plötzlich begann sich alles in ihrem Kopf zu drehen. Dutzende Ungereimtheiten wirbelten durcheinander und ergaben plötzlich einen Sinn. Die elegante Handschrift des Briefes, vermeintlich von einer einfachen Frau geschrieben, die auch die Adresse in der korrekten Form, in der die Tochter eines Dukes anzusprechen war, verfasst hatte … Die Unwahrscheinlichkeit, dass ihr Bruder sich in Buckinghamshire aufhielt … Die sorgfältig geplante und im Voraus bezahlte Reise.

„Sie haben mich hintergangen!", entfuhr es ihr. Alle Farbe war aus ihrem Gesicht gewichen, Schwindel drohte sie zu übermannen.

Bromwell starrte sie weiterhin verständnislos an. „Wie bitte? Wovon zum Teufel reden Sie eigentlich?"

Aber Callie hörte nicht mehr zu. Ihre panischen Gedanken überstürzten sich. Spätnachts und mutterseelenallein in einer wildfremden Gegend gestrandet, war sie der Willkür eines fremden Mannes ausgeliefert. Von Mrs Farmington – falls das überhaupt ihr richtiger Name war – konnte sie gewiss keine Hilfe erwarten. Ihr Ruf wäre für immer ruiniert. Diesem Gedanken folgte eine noch entsetzlichere Erkenntnis: Dieser teuflische Plan war nicht nur ausgeheckt worden, um sie zu kompromittieren. Bromwell hatte mit Sicherheit vor, ihr die Unschuld zu nehmen.

Sie hatte geglaubt, am Tiefpunkt ihres Kummers angelangt zu sein, als sie erkannt hatte, dass es für sie keine Hoffnung auf eine Zukunft mit Brom gab, doch nun stürzte sie in einen noch tieferen Abgrund. Bromwell liebte sie nicht, würde sie niemals lieben und heiraten, er brachte ihr zudem noch so wenig Achtung entgegen, dass er den Vorsatz gefasst hatte, sie kaltblütig zu entehren. Er hatte sie schändlich hintergangen. Er benutzte sie, um niederträchtig Rache an ihrem Bruder zu nehmen, ohne jede Rücksicht auf sein unschuldiges Opfer.

„Oh, mein Gott!“, stieß sie mit tränenerstickter Stimme hervor und presste die Hand an den Mund. Übelkeit stieg in ihr hoch. „Was war ich nur für eine Närrin! Ich habe mich nach Ihnen gesehnt, um Sie getrauert, während Sie sich diesen abscheulichen Plan …“

Die Stimme versagte ihr, sie stürmte aus dem Zimmer, hörte ihn ihren Namen rufen, ohne darauf zu achten. Sie musste die Droschke erreichen, bevor sie wegfuhr. Sie würde dem Kutscher sagen, was geschehen war, und ihn anflehen, sie mitzunehmen.

Die Frau, die ihr geöffnet hatte, war spurlos verschwunden. Trotzdem schrie Callie laut um Hilfe, hörte Bromwells schwere Schritte hinter sich, hörte ihn fluchen und ihren Namen rufen. Sie riss die Haustür auf, stürmte ins Freie und blieb wie angewurzelt stehen.

Die Kutsche war fort.

In hellem Entsetzen blickte sie suchend links und rechts die Straße entlang. Nichts. Der Kutscher musste unmittelbar, nachdem sie das Haus betreten hatte, abgefahren sein, vermutlich auf Bromwells Anweisung. Wahrscheinlich war Mrs Farmington mitgefahren. Selbst wenn sie noch im Haus sein sollte, konnte sie von ihr keine Hilfe erwarten. Ein verzweifeltes Schluchzen stieg in ihr auf.

Sie rannte los.

„Callie!“ Bromwell, der auf der Schwelle stehen geblieben war, nahm die Verfolgung auf. „Kommen Sie zurück!“

Der Regen war stärker geworden, stach ihr wie kalte Nadeln ins Gesicht, aber sie zog die Kapuze nicht hoch, raffte nur die Röcke bis zu den Knien und rannte so schnell sie konnte um ihr Leben. Er hat getrunken, schoss es ihr durch den Kopf, vielleicht stolpert er und stürzt. Wenn sie den Waldrand erreichte, würde sie ihm vielleicht entkommen.

Aber sie musste die Sinnlosigkeit ihrer Hoffnung einsehen. Nach wenigen Schritten hatte er sie eingeholt, packte sie am Arm und zwang sie, stehen zu bleiben. Callie wand sich verzweifelt und versuchte vergeblich, sich loszureißen.

„Lassen Sie mich los!“, schrie sie und kämpfte gegen ihre Tränen der Angst und Wut an. „Rochford wird Sie töten! Nein, ich werde Sie töten!“ Sie schlug mit der freien Hand nach ihm, zerkratzte ihm den Arm.

„Verdammt!“, schrie er, packte sie am Handgelenk und hielt sie gefangen. „Was zum Teufel ist los mit Ihnen? Sind Sie wahnsinnig geworden?“

„Diese Schandtat hätte ich Ihnen nie zugetraut!“, kreischte sie. „Ich hätte nie gedacht, dass Sie so tief sinken!“ Sie wehrte sich verbissen gegen ihn, schrie aus Leibeskräften, trat mit den Füßen nach ihm, bis sie es schaffte, einen Arm zu befreien. Blindlings holte sie aus und schlug ihn mitten ins Gesicht.

„Herrgott noch mal! Callie, hören Sie auf damit!“ Er wirbelte sie herum, schlang die Arme von hinten um sie und hob sie von den Füßen.

Gefangen in seinem stahlharten Griff versuchte sie sich strampelnd zu wehren, das Schluchzen, das sie so lange zurückgedrängt hatte, brach sich endlich Bahn. Sie begann, bitterlich zu weinen, und erschlaffte in seinen Armen. Der kalte Regen prasselte hernieder und durchtränkte beide bis auf die Haut.

Bromwell schwang sie sich in die Arme wie ein Kind, neigte den Kopf und murmelte: „Callie ... Liebling ..."

Seine Lippen berührten ihren Scheitel. Dann trug er sie ins Haus, sie lehnte sich geschwächt an ihn, wie betäubt nach ihrem Gefühlsausbruch.

Im Haus stellte er sie auf die Füße und rief: „Mrs Farmington!"

Er nahm Callie den triefenden Umhang ab und ließ ihn auf die Steinfliesen fallen. Ihr Haar hatte sich während ihres erbitterten Kampfes gelöst und hing ihr in nassen Strähnen über die Schultern. Auch das Kleid unter dem Umhang war nass geworden, und ihre Stiefel waren bis zu den Knöcheln mit Lehm bespritzt.

„Mrs Farmington!", rief er wieder. „Verdammter Mist, wo bleibt die Frau nur?"

Er war noch nasser als Callie, da er ohne Mantel aus dem Haus gestürmt war. Sein offenes Hemd klebte an seiner Brust, das Haar hing ihm tropfend in die Stirn. Mit zitternden Fingern machte er sich daran, ihr Kleid aufzuknöpfen. „Sie müssen dieses Kleid loswerden", erklärte er.

„Nein!" Sie wich jäh zurück, war aber zu schwach, um zu kämpfen oder zu fliehen.

Bromwell seufzte. „Dann setzen Sie sich auf die Bank."

Er führte sie, an den Schultern haltend, zur Holzbank neben der Haustür und zwang sie unsanft, sich zu setzen.

„Rühren Sie sich nicht von der Stelle!", befahl er und verschwand.

Zu erschöpft, um sich ihm zu widersetzen, lehnte Callie den Kopf gegen die Wand. Die Kälte kroch ihr bis in die Knochen, sie war völlig verstört und gelähmt, konnte keinen klaren Gedanken fassen und zitterte am ganzen Leib.

Bromwell erschien wieder und wickelte sie in eine Wolldecke. „Die dürfte Sie wenigstens ein bisschen wärmen."

Er streifte Weste und Hemd ab und warf die durchnässten Sachen von sich. Callies Augen weiteten sich angstvoll. Er aber machte keine Anstalten, sich ihr zu nähern, legte sich eine grobe Pferdedecke um die Schultern und strich sich das klatschnasse Haar aus der Stirn.

Als er sich daranmachte, ihr Haar auszuwringen, wollte sie seine Hände wegstoßen, aber er achtete nicht auf ihre hilflose Abwehr. Dann ging er vor ihr in die Hocke und begann, ihre Stiefel aufzuschnüren.

„Lassen Sie das!", befahl sie.

„Still. Sie schlottern vor Kälte. Ich lasse nicht zu, dass Sie sich den Tod holen, nur weil Sie verrückt geworden sind."

„Ich bin nicht verrückt geworden", protestierte sie schwach.

Er kauerte sich auf die Fersen und blickte sie mit hochgezogenen Brauen an. „Ach wirklich? Sie tauchen plötzlich hier auf, wobei ich mir nicht vorstellen kann, woher Sie wussten, wo ich mich aufhalte, machen mir Vorwürfe wegen Ihres Bruders, bekommen einen Tobsuchtsanfall, schreien wie am Spieß und laufen blindlings in den Regen hinaus. Als ich versuche, Sie aufzuhalten, fallen Sie wie eine Furie über mich her. Wie kann ich das anders bezeichnen als ‚verrückt'?"

Sie würdigte ihn keiner Antwort, starrte ihn nur aufsässig und feindselig an. Er seufzte. „Nun gut. Dann behalten Sie Ihre Stiefel eben an." Er zog sie wieder auf die Füße. „Kommen Sie."

„Wohin?" Sie rührte sich nicht vom Fleck, störrisch wie ein Maulesel.

„Verflucht!" Er hob sie wieder in seine Arme und trug sie in die kleine Bibliothek, ohne auf ihr widerspenstiges Zappeln zu achten.

Vor dem Kamin stellte er sie auf die Füße und stocherte das Feuer mit dem Schürhaken auf. Die Wärme der Flammen wirkte wohltuend auf Callies zerrüttete Nerven; sie sank auf den Hocker vor dem Kamin und streifte ihr nasses Haar seitlich nach vorne um es trocknen zu lassen.

Bromwell hatte unterdessen das Glas nachgefüllt und drückte es Callie in die Hand. „Trinken Sie. Der Brandy wärmt Sie schneller als das Feuer."

Sie blickte argwöhnisch zu ihm auf. „Trinken Sie!", befahl er streng. „Sonst zwinge ich Sie dazu."

Callie nahm einen Schluck, verzog das Gesicht und musste husten, als der Brandy ihr brennend die Kehle hinunterlief. Das scharfe Zeug wärmte sie von innen, und sie fühlte sich ein wenig besser. Er nahm ihr das Glas aus der Hand, trank selbst einen Schluck und reichte es ihr wieder. Dann machte er es sich neben ihr vor dem Kamin bequem.

Callie nahm einen zweiten Schluck und wagte einen verstohlenen Seitenblick zu Bromwell. Die grobe Pferdedecke war ihm von den Schultern gerutscht. Der Feuerschein flackerte über seine Schultern und seinen nackten Oberkörper. Etwas Wildes, urwüchsig Animalisches ging von ihm aus, wie er mit zerzausten Haaren, halb nackt auf dem Boden hockte, die Arme um die hochgezogenen Knie gelegt, und sich am Feuer wärmte.

Callies Kehle war plötzlich wie ausgetrocknet. Sie wurde sich peinlich bewusst, wie Hitze in ihren Leib strömte, eine Hitze, die nichts mit dem Kaminfeuer zu tun hatte, aber alles mit dem Mann neben ihr.

Unvermutet drehte er ihr das Gesicht zu und fing ihren Blick auf. Errötend wandte sie sich ab, doch er streckte die Hand aus, nahm ihr Kinn zwischen Daumen und Zeigefinger und zwang sie sanft, sich ihm wieder zuzuwenden. Er sagte nichts, ließ nur seinen Blick über sie gleiten, ihre wirren Locken, das feuchte Kleid, das an ihrem Busen klebte, die Brustspitzen, die sich gegen den Stoff drängten. Seine Lippen wurden weich, seine Augen verdunkelten sich. Sein Daumen strich liebkosend über ihr Kinn und ihre Unterlippe.

Die sanfte Berührung löste einen prickelnden Schauer in Callie aus, und sie wäre zu ihrem Entsetzen beinahe der Versuchung erlegen, ihre Lippen in seine gewölbte Hand zu pressen. Ungeachtet ihrer Ängste, ihrer Verzweiflung und ihres Argwohns reagierte ein triebhaftes sinnliches Drängen in ihr auf das Verlangen, das sie in seinen Augen las.

Sie sprang jäh auf die Füße. „Nein! Denken Sie bloß nicht, Sie könnten mich verführen. Ich lasse mich nicht zum willfährigen Werkzeug Ihres niederträchtigen Vorhabens machen, meinen Namen zu beschmutzen!“

Auch er stand nun vor ihr, das glühende Verlangen in seinen Augen war empörtem Zorn gewichen. „So etwas würde ich nie tun. Das wissen Sie genau.“

„Tatsächlich?“, fragte sie sarkastisch. „Wollen Sie mir etwa weismachen, Sie hätten mich nur hierher gelockt, um sich mit mir zu unterhalten?“

Er breitete die Arme in einer Geste der Ratlosigkeit aus. „Ich habe Sie nicht hierher gelockt. Ich habe keine Ahnung, wovon Sie reden, seit Sie in dieses Haus gestürmt sind und irgendetwas von Rochford stammelten.“

„Wie können Sie so dreist lügen?“, schrie Callie in heller Empörung. Seine Worte schmerzten sie umso mehr, da sie sich sehnlichst wünschte, ihm glauben zu dürfen. „Ich bin keine Närrin. Ich erhielt einen Brief, in dem ich dringend gebeten wurde, hierherzueilen, weil mein Bruder einen Unfall mit der Kutsche hatte. Aber hier finde ich nicht ihn, sondern Sie.“

„Was?“ Er starrte sie entgeistert an. „Ich habe Ihnen nicht geschrieben und weiß nicht, wovon Sie reden. Nie im Leben – das schwöre ich bei allem, was mir heilig ist – würde ich versuchen, Sie hierher zu locken, um Ihnen etwas anzutun. Wie können Sie überhaupt so etwas von mir denken?“

Callie blickte in seine grauen Augen, in denen sich der goldene Schein des Feuers spiegelte, und plötzlich wusste sie, dass er die Wahrheit sagte. Und sie wusste gleichfalls, wer sich diese schändliche Intrige ausgedacht hatte, um sie zu Fall zu bringen.

Wortlos holte sie den gefalteten Brief aus der Tasche ihres Rockes und hielt ihn ihm mit zitternden Fingern entgegen.

Stirnrunzelnd nahm Bromwell das Blatt und entfaltete es. Geschützt vom Umhang war der Brief vom Regen nur ein wenig feucht geworden und die Schrift noch gut leserlich. Callie musterte Bromwell scharf und ahnte, dass er die Handschrift erkannte. Er las den Inhalt zwei Mal und gab ihr das Blatt zurück.

Ihren Blick meidend, sagte er dumpf: „Das wurde nicht von Mrs Farmington geschrieben. Sie ist die Haushälterin hier, und ich weiß nicht einmal, ob sie lesen und schreiben kann. Ihr Bruder war nie hier. Ich wohne in diesem Haus, seit ich London verlassen habe … nach unserer Begegnung beim Hauskonzert von Lady Whittington."

„Wo bin ich hier eigentlich?"

„In Blackfriars Cope", erklärte er und konnte ihr endlich in die Augen schauen. „Lord Swithingtons ehemaliges Jagdhaus."

Er wirkte plötzlich müde und traurig und älter, als er war. Seufzend wandte er sich ab und fuhr fort: „Die Schrift sieht mir verdächtig nach Daphne aus." Er griff nach dem Glas und leerte es in einem Zug. „Es tut mir furchtbar leid, Callie. Ich kann Ihnen nicht sagen, wie sehr ich das alles bedauere."

Er trat an den Schreibtisch und stellte das Glas ab. Dann drehte er sich wieder um. „Vielleicht wollte sie mir damit einen Gefallen erweisen. Sie weiß, dass ich … mehr für Sie empfinde, als ich dürfte. Vielleicht war sie der Ansicht, ich würde mich darüber freuen, in diese Situation mit Ihnen gebracht zu werden." Er schüttelte ratlos den Kopf. „Ich weiß nicht, was mit Daphne los ist. Sie benimmt sich in letzter Zeit so seltsam wie nie zuvor. Sie sagt und tut Dinge, die mir fremd an ihr sind. Ich kann mir nur vorstellen, dass sie durch die Schicksalsschläge, die sie ertragen musste, so verwirrt ist, dass sie alle Vernunft verloren hat. Sie ist getrieben von Rachedurst, will Vergeltung für das Unrecht, das ihr angetan wurde."

„Brom …" Callie näherte sich ihm, berührte seinen Arm und blickte ernsthaft zu ihm auf. „Sinclair hat mir geschworen, dass er mit Ihrer Schwester kein Kind gezeugt hat. Er hat mir sogar geschworen, nicht einmal eine Affäre mit Lady Daphne gehabt zu haben."

Bromwells Augen sprühten vor Zorn. Er schüttelte Callies Hand ab und durchquerte aufgebracht das Zimmer. „Natürlich streitet er es ab."

„Mein Bruder ist ein ehrenhafter Mann. Er bedauert zutiefst, wie er sich damals Ihnen gegenüber verhalten hat, und sieht ein, dass seine Reaktion falsch war. Er war ein junger hitzköpfiger Mann. Aber er schwor mir, dass Daphnes Anschuldigungen gelogen waren. Und ich glaube ihm. Sinclair würde mich niemals belügen."

„Darüber haben wir bereits ausführlich gesprochen. Natürlich glauben Sie ihm. Er ist Ihr Bruder."

„Haben Sie je etwas Schlechtes über ihn gehört?", fragte Callie. „Fragen Sie, wen Sie wollen. Jeder Mensch wird Ihnen bestätigen, dass der Duke of Rochford ein hochanständiger Gentleman ist. Er würde niemals eine Frau verführen und anschließend fallen lassen, schon gar nicht, wenn sie ein Kind von ihm erwartet. Hat Ihre Schwester dieses Kind je zur Welt gebracht?"

„Nein. Kurz nach der Hochzeit mit Lord Swithington verlor sie das Kind. Aber das beweist gar nichts", erklärte er aufbrausend. „Viele Frauen erleiden Fehlgeburten."

„Waren Sie bei ihr, als es passierte?"

„Nein, natürlich nicht. Ich studierte in Oxford." Er sah sie mit versteinerter Miene an. „Das bedeutet nicht, dass es nicht passiert ist."

Callie schwieg, sah ihn nur abwartend an. Nach einer Weile senkte er den Blick, aber sie hatte den Zweifel in seinen Augen flackern gesehen. Ihr war klar, dass er mit der allmählich dämmernden Erkenntnis kämpfte, dass das, was er in den letzten fünfzehn Jahren geglaubt hatte, ein Lügengebäude gewesen war. Dass seine Schwester, die er liebte und der er vertraute, ihn skrupellos hintergangen hatte.

„Eigentlich ist das nicht mehr von Bedeutung", erklärte er

mürrisch. „Wir werden das Problem nicht lösen. Im Übrigen betrifft uns die Sache nicht.“

„Selbstverständlich betrifft sie uns“, entgegnete Callie scharf und gereizt.

„Ich weiß.“ Er begegnete ihrem durchdringenden Blick unverwandt. „Sie dürfen nicht glauben, dass ich die Situation, in die Daphne Sie gebracht hat, auf die leichte Schulter nehme. Was immer sie dazu bewogen haben mag, sie hat Ihnen großes Unrecht angetan, und ich werde nicht zulassen, dass Sie darunter leiden. Ich will retten, was zu retten ist, und in erster Linie gilt es, dafür zu sorgen, dass Ihr Ruf keinen Schaden nimmt.“

„Es muss ein Dorf in der Nähe sein … dieses Lower Upton. Dort gibt es gewiss ein Gasthaus, in dem ich mir ein Zimmer nehmen kann.“

„Ihre Kutsche ist abgefahren“, gab er zu bedenken. „Mein Pferd steht im Stall, andere Pferde gibt es hier nicht. Ich kann nicht zulassen, dass Sie alleine durch die Nacht reiten. Mein Pferd könnte uns beide tragen, oder ich könnte Sie zu Fuß begleiten. Aber das würde unser Problem nicht aus der Welt schaffen. Wenn Sie nach Mitternacht hoch zu Ross an einem Dorfwirtshaus ankommen, ob allein oder in Begleitung eines Mannes, und sich ein Zimmer nehmen, das erregt in jedem Fall Verdacht und gibt Anlass zu Gerede. Wir sollten aber jedes Gerücht vermeiden.“

„Was könnte mir daran schaden?“, wandte sie ein. „Die Dorfbewohner kennen mich nicht, und ich kann einen falschen Namen angeben.“

„Es ist trotzdem besser, wenn niemand Sie sieht“, widersprach er mit Bestimmtheit. „Weiß jemand, dass Sie hier sind?“

„Ich glaube nicht. Nachdem der Bote mir den Brief aushändigte, bin ich umgehend aufgebrochen. Nur die Dienstboten im Haus wissen davon, aber die sind verschwiegen und treu ergeben. Nicht einmal Francesca war anwesend. Sie begleitete Tante Odelia zu einem Besuch bei einer alten Dame.“ Callie hob erschrocken die Hand an ihren Busen, ein alarmierter Zug flog über ihr Antlitz.

„Was ist?“, fragte Bromwell. „Woran denken Sie?“

„Nichts von Bedeutung. Ich überlege nur, ob dieser Besuch gleichfalls Teil dieses schändlichen Planes war. Wäre Francesca bei mir gewesen, als ich die Nachricht von Sinclairs Unfall erhielt, hätte sie mich zweifellos begleitet, und das Vorhaben wäre gescheitert.“

Bromwell seufzte. „Lady Odelia schätzt meine Schwester und mich sehr, weil wir sie zum Lachen bringen, wie sie sagt. Ich glaube nicht, dass Ihre Großtante bewusst etwas tun würde, um Ihnen zu schaden. Aber wenn Daphne ihr einen Besuch bei einer Freundin vorgeschlagen und hinzugefügt hätte, dass Francesca sie gewiss gern begleiten würde, hätte sie vermutlich zugestimmt. Vielleicht ahnte sie sogar, dass Daphne etwas im Schilde führte, aber sie würde ihr niemals eine Bösartigkeit unterstellen.“

Callie nickte stumm, tief bestürzt von Daphnes heimtückischem Plan, sie zu kompromittieren. Es war ihr unbegreiflich, mit welcher Gefühlskälte sie auch ihren Bruder in diese unendlich peinliche Situation gebracht hatte.

„Wie dem auch sei“, erklärte Callie, um ihn von seiner bitteren Enttäuschung abzulenken, die Wahrheit über Daphnes schlechten Charakter erfahren zu müssen. „Francesca weiß, wo ich bin und aus welchem Grund, da ich ihr ein paar Zeilen hinterließ, um zu verhindern, dass sie sich allzu große Sorgen macht. Sie ist meine Freundin und würde nie im Leben etwas über mich in Umlauf bringen, was mir schaden könnte. Ich vertraue ihr blind.“

„Wenn Sie sich nicht im Dorf zeigen, wird niemand erfahren, dass Sie hier waren“, erklärte Bromwell. „Die beste Lösung wäre, wenn Sie die Nacht in diesem Haus verbringen.“

16. KAPITEL

Hier?", entfuhr es Callie bestürzt. „Das wäre mein absoluter Ruin!"

„Aber wer sollte davon erfahren, wenn wir beide es für uns behalten? Mrs Farmington wird gewiss Schweigen darüber bewahren, schon aus Angst, ihre Stellung zu verlieren. Morgen reite ich ins Dorf und miete eine Droschke für Sie. Sie kehren nach London zurück, und niemand erfährt etwas von Ihrem Ausflug. Es sei denn ...", er machte ein besorgtes Gesicht, „... Francesca würde verbreiten, der Duke habe einen Unfall gehabt, von dem er sich in Blackfriars Cope erholt."

„Das halte ich für ausgeschlossen", widersprach Callie. „Francesca ist keine Klatschbase. Und nach dem anstrengenden Tag mit Tante Odelia stand ihr gewiss nicht der Sinn danach, noch auszugehen oder Gäste zu empfangen. Im Übrigen wird sie auf Nachricht von mir über Sinclairs Gesundheitszustand warten."

„Gut. Dann weiß also niemand etwas von Ihrer Reise", sagte er.

Callie nickte langsam. Das alles änderte freilich nichts an der Tatsache, dass sie mit Brom allein in diesem Haus war. Deutlich sah sie das Bild vor sich, wie er halb nackt vor dem Kamin saß, wie die sanften Wölbungen seiner Muskulatur im Feuerschein golden schimmerten.

„Ich werde Ihnen nicht zu nahe kommen", erklärte er mit leiser Stimme. „Und wenn Sie wünschen, schlafe ich in der Scheune, damit Sie ungestört sind. Mrs Farmington ist offenbar bereits zurück ins Dorf gegangen. Und Sie können Fenster und Türen verschließen."

„Nein, das wird nicht nötig sein." Callie verschwieg wohlweislich, dass sie sich mittlerweile größere Sorgen darum machte, ob sie so viel Willenskraft besaß, seiner magnetischen Anziehung zu widerstehen. „Ich glaube Ihnen."

„Danke", sagte er schlicht.

Ihre Blicke begegneten einander, bevor beide verlegen die Augen niederschlugen. Bromwell räusperte sich und schaute sich suchend im Zimmer um, als könne er irgendeine Antwort finden.

„Ich nehme an, Sie sind müde“, sagte er dann. „Darf ich Ihnen Ihr Zimmer zeigen?“

„Ja, bitte.“

„Ich … ähm … vielleicht finde ich etwas von mir, das Sie zum Schlafen anziehen können“, fuhr er fort, während sie den Raum verließen. An seinen hohen Wangenknochen hatten sich zwei rote Flecke gebildet. „Ein Hemd oder …“ Seine Stimme verlor sich.

Der Gedanke, in einem Hemd von Brom zu schlafen, übte einen verbotenen Reiz auf Callie aus, erschien ihr sehr intim, beinahe, als würde er bei ihr sein. Ob seiner Wäsche ein Hauch seines Duftes anhaftete?

Sie begaben sich den Flur entlang zur Stiege. Callie entdeckte ihre Reisetasche neben der Haustür, die sie vorhin, als sie in Panik geflohen war, gar nicht bemerkt hatte.

„Ah, mein Gepäck.“ Sie bückte sich danach, doch Brom kam ihr zuvor. „Der Kutscher hat sie wohl hier abgestellt.“

„Gut. Dann haben Sie etwas zum Anziehen für die Nacht.“ Brom blickte unstet zur Seite. Beide waren plötzlich sehr verlegen, und Callie fragte sich, ob auch ihm deutlich bewusst war, dass sie allein im Haus waren. Ohne Aufsichtsperson, ohne Zeugen, die etwas sehen oder hören könnten. Niemand würde je wissen, was in dieser Nacht geschehen würde, nur Brom und sie.

Er führte sie die Stiege hinauf und einen Flur entlang bis zur letzten Tür. „Hier ist Ihr Zimmer. Ich fürchte, es ist ziemlich kalt. Wenn Sie erlauben, mache ich rasch Feuer. Bitte entschuldigen Sie mich ein paar Minuten.“

Es war wirklich kalt in diesem Raum, der offenbar seit Längerem nicht benutzt worden war. Bromwell stellte Callies Tasche ab, entzündete die Lampe auf dem Nachttisch und ging.

Kurz darauf erschien er wieder mit einem Armvoll Brennholz. Er hatte sich auch Zeit genommen, ein Hemd anzuziehen, es aber nicht in die Hose gesteckt.

Brom kniete sich vor den Kamin, schichtete die Scheite übereinander und entzündete einen Kienspan. Es dauerte nicht lange, und die Flammen züngelten hoch und verbreiteten eine wohlige Wärme. Callie hatte sich die Decke enger um die Schultern gezogen und war neben Bromwell getreten.

Er richtete sich mit einer geschmeidigen Bewegung auf und lächelte. „Hoffentlich haben Sie sich nicht erkältet." Er hob die Hand und strich ihr eine vorwitzige Locke von der Wange.

Callie verspürte den Wunsch, ihr Gesicht in seine Hand zu schmiegen wie eine Katze, die Augen zu schließen und sich dem wunderbaren Gefühl hinzugeben, seine Nähe zu spüren.

Er ließ die Hand sinken und trat ans Fenster, schob den Vorhang ein wenig beiseite und blickte in die Dunkelheit hinaus.

Nach einer Weile drehte er sich um. „Ich glaube, ich habe Ihnen erzählt, dass meine Mutter starb, als ich noch klein war", begann er. „Mein Kindermädchen nannte Daphne immer meine ‚kleine Mama'. Sie passte auf mich auf und spielte mit mir. Wir hatten nur uns, als wir aufwuchsen. Mein Vater war ..." Er zog die Mundwinkel verächtlich nach unten. „Ich habe mir schon als kleiner Junge geschworen, nie so zu werden wie er. Er hatte keinerlei Verständnis für uns und konnte Kinder nicht leiden. Stattdessen erwartete er, dass wir uns wie Erwachsene benahmen und duldete keine kindlichen Schwächen oder jugendlichen Übermut."

„Das tut mir sehr leid", murmelte Callie, und ihr wurde warm ums Herz.

Brom lächelte beinahe jungenhaft verlegen. „Das erzähle ich Ihnen nicht, um Ihr Mitleid zu erregen. Ich will über Daphne reden. Sie beschützte mich vor ihm. Seine Strafen waren sehr streng und grausam, und sie bemühte sich, mich davor zu bewahren. Sie versteckte mich, erfand Ausreden für mich, nahm sogar die Schuld auf sich, wenn ich etwas angestellt hatte, weil sie es nicht ertragen konnte, wenn er mich züchtigte. Ich habe ihr sehr viel zu verdanken."

„Ich weiß." Callie lächelte wehmütig. Sie konnte seine Liebe für seine Schwester nachvollziehen. Damals war Daphne der einzige Mensch, der ihn liebevoll behandelte. Er würde ihr nie seine Zuneigung entziehen, mochte sie noch so viel Unrecht tun.

„Sie hatte ein schweres Schicksal. Ich war zu jung, um sie in irgendeiner Weise zu beschützen. Mein Vater zwang sie, eine Geldheirat einzugehen. Sie war sehr schön und hatte viele Verehrer. Aber sie heiratete einen wesentlich älteren Mann, den sie nicht liebte, nur um zu verhindern, dass wir unseren Familienbesitz wegen der Schulden meines Vaters verloren. In der Nacht vor ihrer Hochzeit hörte ich sie bitterlich in ihrem Zimmer weinen. Später, als sie endlich wieder frei war und ein neues gutes Leben vor ihr lag, verliebte sie sich in Rochford. Ich hasste ihn, weil er sie unglücklich gemacht und sie gezwungen hatte, zum zweiten Mal einen alten Mann zu heiraten und fünfzehn lange Jahre in einem gottverlassenen alten Herrenhaus in Wales zu versauern, weit weg von allen Vergnügungen, die ihr Freude bereitet hätten."

Er wandte sich stirnrunzelnd an Callie. „Aber nun ... nun habe ich das Gefühl, ich würde sie gar nicht wirklich kennen. Ich begreife nicht, warum sie Ihnen das alles angetan hat, nur um Ihnen zu schaden. Ihre Arglist. Die Nacht in Vauxhall Gardens. Ich kann kaum glauben, dass meine Schwester sich diese Intrigen ausgedacht hat. Ihr Herz scheint von Bitterkeit und Hass erfüllt zu sein. Und ... ich frage mich, ob ich sie je wirklich gekannt habe. Ob all ihre Geschichten erfunden und gelogen waren. War sie früher schon so, und ich habe es nur nicht begriffen? War ich einfach zu jung und zu dumm, um die Wahrheit zu erkennen?"

Bromwell machte ein so unglückliches Gesicht, dass Callie nicht anders konnte, als zu ihm zu gehen und ihm tröstend die Hand auf den Arm zu legen. „Es tut mir unendlich leid", wiederholte sie leise und blickte zu ihm auf.

Ihre dunklen Augen leuchteten groß und warm in ihrem fein geschnittenen herzförmigen Gesicht, und Brom geriet erneut in den Bann ihrer Schönheit. Ihr makelloses Antlitz, umrahmt von einer Gloriole dunkler Locken, ihr verlockend roter Kirschmund. Er glaubte beinahe, ihre weichen Küsse zu spüren. Und plötzlich brannte eine sengende Hitze in ihm, obgleich er vom Feuer weit entfernt stand.

Die Decke war Callie von den Schultern geglitten, als sie den Arm gehoben hatte, um ihn zu berühren. Sein Blick wanderte zu ihren Schultern. Der runde Ausschnitt ihres schlichten Kleides gab einen schmalen Streifen heller Haut über dem Busen frei, dessen Rundungen der feuchte Stoff betonte. Broms Herz hämmerte, sein Atem beschleunigte sich. Unter seinem Blick reckten sich ihre Brustknospen und drängten sich sichtbar gegen den Stoff. Sein ganzer Körper war sich pulsierend ihrer Berührung bewusst, die Stelle, an der ihre Hand an seinem Arm lag, fühlte sich sengend heiß an.

„Ich … ähm … muss gehen“, sagte er mit belegter Stimme.

„Nein, noch nicht“, antwortete Callie. Jeder Mensch würde sie warnen und ihr sagen, sie dürfe so etwas nicht tun, aber ihr Herz sagte ihr, dass sie das Richtige tat. All das Leiden, die Verlassenheit der vergangenen Wochen, alle Ängste und Zweifel waren wie fortgeweht. Sein glühender Blick weckte tief in ihr eine alles verzehrende Sehnsucht. Sie wünschte, die Empfindungen zu wiederholen, die sie schon einmal mit ihm erleben durfte. Sie wollte all die fremden Gefilde erotischer Glückseligkeit mit ihm erkunden.

Sie ließ ihre Hand seinen Arm entlanggleiten über seinen Brustkorb, spürte die glatten Erhebungen seiner Muskeln unter dem Hemd. Er zog den Atem scharf ein, seine Gesichtszüge verrieten angespannte Zurückhaltung. Ein Glücksgefühl wallte in ihr auf: Er begehrte sie, und sein Begehren steigerte ihren Hunger.

„Bleib bei mir“, hauchte sie.

„Callie …“ Er atmete stockend aus. „Du spielst mit dem Feuer.“

Unter halb verhangenen Lidern lächelte sie sinnlich träge. „Wunderbar, ich sehne mich nach der Hitze dieses Feuers.“

Sie beobachtete, wie seine Pupillen sich vor Verlangen verdunkelten. Und die triumphierende Erkenntnis, dass sie Macht über seine Sinne ausübte, weckte in ihr den Wunsch, die Grenzen dieser Macht zu erforschen. Sie genoss die Wonneschauer, die sie durchrieselten, und sie wollte mehr, wollte alles. Sie wollte ihn.

„Ich habe in den letzten Tagen oft an unsere Küsse gedacht“, gestand sie ihm, ermutigt durch die prickelnde Energie, die sie durchströmte. „Ist es dir auch so gegangen?“ Sie stellte sich auf Zehenspitzen und hauchte einen federleichten Kuss an seine Wange.

Sie spürte das Beben, das ihn durchlief. „Gütiger Gott, Callie, ich konnte kaum an etwas anderes denken.“ Sie hauchte einen Kuss an seine andere Wange. „Du bist wahnsinnig, so etwas zu tun“, raunte er.

„Vielleicht bin ich ein bisschen wahnsinnig“, stimmte sie ihm zu. „Stört dich das?“

„Ich fürchte, dich wird es stören – morgen früh.“

„Das wird es nicht“, versprach sie und drückte einen Kuss auf sein kantiges Kinn.

Sie reckte sich noch mehr, und ihre weichen Lippen näherten sich verlockend seinem Mund. Er sollte ihr Einhalt gebieten, ein Gentleman durfte die schwachen Momente einer Frau nicht ausnützen. Aber er schien seine Füße nicht bewegen zu können, war wie gelähmt und fühlte sich keineswegs wie ein Gentleman.

Callies Lippen berührten Broms Mund, sanft wie ein Windhauch, entfernten sich, berührten ihn wieder, kosteten von ihm, verweilten länger, bevor sie sich erneut entfernten. Sie blickte ihm in die verdunkelten Augen und wartete, spürte die Hitze, die seinem Körper entströmte, die Spannung, die ihn mit aller Macht ergriffen hatte. Seine Hände waren zu Fäusten geballt, im verzweifelten Bemühen, den letzten Rest seiner Beherrschung zu bewahren.

Ohne den Blick von ihm zu wenden, stellte Callie sich wieder auf Zehenspitzen und bot ihm ihren halb geöffneten Mund. Stöhnend schlang er die Arme um sie, zog sie an sich, und sein Mund nahm ihre Lippen in Besitz. Die lang unterdrückte Leidenschaft brach über beide herein wie eine unaufhaltsame Flutwelle.

Sie klammerten sich aneinander wie zwei Ertrinkende, küssten sich hungrig, bevor sie sich widerstrebend voneinander lösten, um sich die Kleider vom Leib zu reißen. Im nächsten Moment schon pressten sie sich wieder aneinander. Der wiegende Tanz ihrer Begierde brachte sie näher und näher zum Bett.

Broms Stiefel flogen durch die Gegend, sein Hemd landete auf dem Dielenboden. Die winzigen Knöpfe an Callies Kleid leisteten Widerstand, aber auch sie wurden besiegt, wobei einige der Kügelchen klappernd über den Boden rollten. In einer einzigen schwungvollen Bewegung streifte er ihr das Kleid ab, enthüllte ihre schlanke Gestalt in dünner Unterwäsche.

Callies Brüste drängten sich gegen das Batisthemd, die Aureolen ihrer gereckten Brustknospen schimmerten durch das Gewebe. Brom hielt inne, fasziniert vom Anblick der weißen Rundungen, deren rosige Mitte vom Spitzenbesatz des Unterhemdes quälend seinem Blick verborgen blieb. Andächtig strich er mit dem Finger über das helle Fleisch. Leise keuchend erbebte Callie unter seiner Liebkosung.

Mit gleicher Andacht führte Brom einen Finger in den Ausschnitt und zog das dünne Gespinst behutsam nach unten. Durch die zarte Reibung reckten sich Callies empfindsamen Brustspitzen noch begehrlicher. Durch einen Ruck befreite er sie vollends, und endlich bot sich ihm der göttliche Anblick ihrer rosig erregten Brustknospen.

Er zerrte an Callies Hemd, ohne sich an dem Geräusch des reißenden Stoffes zu stören, um ihre festen Rundungen ungehindert zu bewundern. Sie waren wie geschaffen für seine gewölbten Hände, die ihre köstliche Schwere lustvoll wogen. Langsam ließ er die Daumen um ihre Brusthöfe kreisen, liebkoste neckend die seidigen Spitzen.

Callies Begierde wand sich wie eine sündige Schlange in ihr, bäumte sich auf, brachte ihr Inneres in unerträglichen Aufruhr. Sie konnte nicht länger stillhalten, so erbebte sie unter seinen Berührungen. Zitternd presste sie ihre Schenkel zusammen, als gelte es, der unbändigen Sehnsucht, die von ihr Besitz ergriffen hatte, Einhalt zu gebieten.

Gleichzeitig war sie erfüllt von dem mächtigen Wunsch, dieser Sinnenrausch möge nie enden; sie fieberte nach Erfüllung.

Halb von Sinnen nestelte sie an seinem Hosenbund, schaffte es, den ersten Knopf zu öffnen. Seinem drängenden Zucken, dem Beweis seines Verlangens, konnte sie nicht widerstehen, sie wagte sich weiter vor und berührte seine pochende Männlichkeit.

Broms tiefes Stöhnen ermutigte sie, ihre Erkundung fortzusetzen, sie ließ ihre Hand zwischen seine Beine gleiten und wieder nach oben zum halb offenen Hosenbund. Nie zuvor hatte sie samtweiche Haut in einem krausen Nest berührt, ein aufregend-befremdliches Etwas, das ihr zuckend entgegensprang, um in wachsender Erregung von ihr liebkost zu werden.

Broms Mund nahm ihre Lippen mit einem leidenschaftlichen Kuss in Besitz, seine Zunge tauchte tief in ihren Mund. Während sie in ihren zunächst zaghaften Berührungen mutiger wurde, streichelte und drückte er zärtlich ihre Brüste.

Als könne er es nicht länger ertragen, löste Brom sich jäh von ihr und zerrte sich die Hose herunter. Ehe Callie aus ihrer Benommenheit erwachte, riss er ihr die Unterröcke vom Leib und schleuderte sie von sich.

Er kniete vor ihr und löste die Bänder ihres Stiefels, hob ihren Fuß, um ihr das Leder abzustreifen. Sie legte Halt suchend eine Hand auf seine Schulter. Er blickte zu ihr auf, als er ihren anderen Fuß hob und den zweiten Stiefel auszog.

Verheißungsvoll lächelnd schob Brom seine Hand unter ihre spitzenbesetzte Pluderhose, strich die Rundung ihres Unterschenkels bis zum Knie hinauf. Seine Finger ertasteten ihr Strumpfband und schoben es mitsamt dem Seidenstrumpf nach unten. Langsam und unendlich zärtlich streichelte er ihr schlankes Bein. Callie vermochte kaum zu atmen, ihre Haut prickelte unter seiner Liebkosung, ihre Knie wurden weich, sie fürchtete, den Halt zu verlieren. Mit der gleichen Sorgfalt zog er ihr den zweiten Strumpf aus.

Während er seine Hände an ihren Beinen entlang nach oben gleiten ließ, stand er auf. Ohne den Blick von ihr zu wenden, löste er langsam die Schleife am Bund, schob die Hände unter den Stoff und ließ ihre Unterwäsche behutsam über die Rundungen ihrer Hüften nach unten gleiten, bis die Stofffülle endgültig zu Boden raschelte und Callie nackt vor ihm stand.

Brom stand reglos vor ihr. Seine Augen hingen förmlich an ihrer Schönheit. Callie wusste, dass sie sich seiner lüsternen Betrachtung schamvoll entziehen müsste, aber zu ihrem Erstaunen stellte sie fest, dass sein brennendes Interesse sie nur noch mehr erregte. Ihr war, als berühre sein Blick sie wie zärtliche Finger. Hitze sammelte sich in ihrem Leib, zwischen ihren Schenkeln pochte feuchte Glut.

„Du bist bezaubernd schön", murmelte er kehlig, während er sie in die Arme hob und zum Bett trug.

Er ließ sie sanft auf die Matratze nieder und legte sich, auf einen Ellbogen gestützt, neben sie. Mit der freien Hand streichelte er ihren Busen, ließ die gespreizten Finger über ihren flachen Bauch wandern, liebkoste ihre Hüften bis zu den Schenkeln. Dann schob er seine Hand zwischen ihre Beine.

Callies Atem kam in kurzen harten Stößen, während seine Finger sich an den empfindsamen Innenseiten ihrer Schenkel ihrem Ziel entgegentasteten. Und als er schließlich die Mitte ihrer Weiblichkeit fand, das verborgene Geheimnis forschend liebkoste, glaubte sie, vor Hitze zu vergehen.

Sie biss sich auf die Lippen in überwältigender Verzückung und bog sich seiner Hand entgegen. Nie hätte sie sich träumen lassen, dass sie unter einer derartig intimen Berührung vor Wonne zerfließen würde; stöhnend wand sie sich unter dem Spiel seiner Finger. Er beobachtete ihre Verzückung mit einem triumphierenden Lächeln, beugte sich über sie, berührte eine schwellende Brust mit dem Mund und löste neue Wonneschauer in ihr aus. Seine Lippen strichen über das weiche weiße Fleisch, küssten und reizten zärtlich jedes Fleckchen, neckten es mit der Zunge, bis er die harte Perle ihrer Brustknospe erreichte, sie mit der Zungenspitze umkreiste und endlich seinen offenen Mund darüberwölbte und in langen genießerischen Zügen daran saugte.

Von sinnlichen Schauern durchrieselt fieberte Callie, in ihrem Innern loderte ein Feuer, verzehrte sie vor Sehnsucht nach Erfüllung. Sie bäumte sich unter seiner Liebesfolter auf, drückte die Fersen in die Matratze und krallte die Finger ins Laken.

„Bitte, bitte", flehte sie halb von Sinnen.

Er brachte sich über ihr in Stellung; sie spreizte die Beine, um ihn zu empfangen. Dann schob er die Hände unter ihr Gesäß, hob ihre Hüften an, und sie spürte die Kuppel seiner Männlichkeit an ihrer weiblichsten Stelle. Sie öffnete ihm die Schenkel noch weiter, und er glitt behutsam in ihren Schoß, jede Faser seines Körpers angespannt, um die Beherrschung nicht zu verlieren.

Callie war darüber aufgeklärt, dass eine Frau beim ersten Mal Schmerzen verspürte, aber da war nichts, nur eine herrliche Erfüllung, als die pralle Länge seines Schaftes in sie tauchte und sie dehnte und weitete. Callie entfuhr ein gedämpfter Lustschrei, sie stammelte seinen Namen. Brom barg sein Gesicht an ihrer Halsbeuge, atmete ihren Duft ein und begann, sich behutsam in ihr zu bewegen. Sie schlang Arme und Beine um ihn und passte sich bald dem Rhythmus seiner langen kraftvollen Stöße an.

Seine stockenden Atemzüge im Ohr, fühlte sie sich völlig eins mit ihm; ihr Körper, ihr Herz und ihre Seele waren im Einklang mit ihm. Die sinnliche Spannung in ihr wallte auf wie eine mächtige Flutwelle, stieg mit jeder Bewegung an, ein unwiderstehlicher Sog erfasste sie, trug sie in atemberaubende Höhen, bis alles in ihr in einem wundersam sprühenden Funkenregen der Verzückung explodierte und sie ihre entfesselte Lust hinausschrie.

Brom versenkte sich bebend und stöhnend wieder und wieder in sie, jagte seinem eigenen Höhepunkt entgegen. Gemeinsam brachen sie zusammen, ausgelaugt und erschöpft und von tiefer Befriedigung erfüllt. Brom raunte ihren Namen, als er von ihr rollte, sie immer noch in den Armen haltend. Dann zog er die Bettdecke hoch, schlang sie um sie wie zu einem Kokon und beide drifteten in einen beseligenden Schlaf.

Callie erwachte allmählich, war sich zunächst wohliger Wärme bewusst und dann eines Gewichts, das auf ihr lastete. Ihre Lider flatterten auf, sie sah gebräuntes festes Fleisch vor sich, Haare kitzelten sie an der Nase. Sie blinzelte, und im nächsten Moment war sie vollends wach. Die Wärme ging von Broms Körper aus, an den sie geschmiegt lag, ihre Wange an seine Brust gebettet. Und das Gewicht war sein quer über ihr liegender Arm.

Erinnerungen an die Nacht stürmten auf sie ein, und sie lächelte still. Eine tugendhafte Frau wäre in diesem Moment gewiss verlegen und beschämt gewesen. Callie aber jauchzte innerlich vor Glück, ein anderes Gefühl hatte in ihrem Herzen keinen Platz.

Sie blieb still liegen und schwelgte in dem neuen Gefühl ihrer Körperlichkeit, alles in ihr schien in beseligenden Wonnen nachzuklingen.

Nach einer Weile befreite sie sich behutsam und breitete die Decke über Brom. Auf der Bettkante sitzend schaute sie sich ein wenig schuldbewusst im Zimmer um, in dem ihre Kleidung verstreut lag. In Erinnerung daran, wie sie sich gegenseitig die Kleider vom Leib gerissen hatten, befürchtete sie, ihre Unterwäsche habe erheblichen Schaden gelitten. Nur gut, dass sie Wäsche und Kleider zum Wechseln eingepackt hatte.

Das Feuer im Kamin war zu Asche verglüht, aber sie spürte die Kälte kaum, als sie zum Fenster huschte. Es war dämmrig im Zimmer, doch das Licht, das durch die Ritzen des Vorhangs drang, ließ sie wissen, dass der Morgen bereits angebrochen war. Sie schob den schweren Stoff beiseite und blinzelte in das gleißende Licht eines strahlenden Sonnentages. Rasch ließ sie den Vorhang wieder fallen und wandte sich um.

Ihr Kleid lag zerknautscht vor einem Stuhl, ihre Unterröcke hingen am Fußende des Bettes, ihre Stiefel waren achtlos danebengeworfen, und ihr Unterhemd ein zerknittertes Häufchen neben der Tür. Sie durchquerte das Zimmer und sammelte ihre Sachen ein.

Als sie sich dem Bett zuwandte, bemerkte sie Brom, der sie, auf einen Ellbogen gestützt, beobachtete. Mit einem erschrockenen kleinen Laut ließ sie die Sachen wieder fallen.

Er lächelte verwegen. „Ah, so ist es besser. Jetzt kann ich dich sehen."

„Was fällt dir ein?", schalt sie. „Du hast mich erschreckt!"

„Ich schaue dich nur an", antwortete er.

„Warum hast du nichts gesagt? Ich dachte, du schläfst noch."

„Ich weiß. Das macht es umso aufregender", entgegnete er unverfroren.

Sie bückte sich wieder nach ihren Kleidern, hielt sie sich schützend vor ihren Körper und errötete schamhaft.

„Nein. Versteck dich nicht vor mir", bat er leise. „Ich sehe dich so gern an."

Callie lächelte schwach, merkwürdig schüchtern und erregt zugleich; wieder sammelte sich die nunmehr vertraute Hitze in ihrem Leib. „Das ist nicht gerecht, da du züchtig zugedeckt bist."

Die Decke war ihm bis zu den Hüften heruntergerutscht und gab seinen breiten Brustkorb und die muskulösen Arme frei; ein Anblick, an dem sie sich, wie sie gestehen musste, weidlich ergötzte.

Brom schlug grinsend die Decke zurück. „Bitte sehr. Nun kannst du mich in Ruhe betrachten."

Die Röte in ihren Wangen vertiefte sich, als ihr Blick über seine Nacktheit strich, über das gebräunte feste Fleisch, die glatten Muskelwölbungen bis zum unmissverständlichen Zeichen seiner Erregung.

„Oh!", entfuhr es ihr, und ihre Augen weiteten sich. Der Anblick seiner schwellenden Männlichkeit schürte das Feuer, das bereits in ihr loderte.

„Ja", gestand er mit einem jungenhaft verschämten Lächeln. „Ich bin dein Sklave."

„Ein Sklave deiner eigenen niedrigen Instinkte, würde ich eher sagen", erklärte sie spitz, ließ das Kleiderbündel fallen und näherte sich langsam dem Bett. Ihre anfängliche Scheu schwand angesichts der prickelnden Erregung, die sie durchrieselte, während sein dunkler Blick unter halb verhangenen Lidern ihre Nacktheit verschlang.

„Aber nur, was dich betrifft", beteuerte er, streckte den Arm aus und zog sie den letzten Schritt zu sich.

Schwungvoll richtete er sich auf, setzte sich mit gespreizten Knien an die Bettkante, legte die Hände an ihre Hüften und zog sie zu sich. Callie lächelte, legte ihm die Hände auf die Schultern, ließ sie langsam über seinen Rücken und seinen Brustkorb gleiten und spürte, wie seine Erregung sich gegen ihren Leib presste.

„Das gefällt dir, nicht wahr?", brummte er und hauchte Küsse an ihren Hals. „Der Gedanke, mich leiden zu sehen."

„Nein", widersprach sie und ließ ihm die Finger über Brust und Bauch tanzen. „Der Gedanke, dein Leiden zu beenden, gefällt mir mehr."

Er lachte, und sein Atem hauchte heiß an ihren Hals. „Dazu sind Sie herzlich eingeladen, Mylady."

Mit diesen Worten schlang er die Arme um sie, zog sie mit sich aufs Bett und rollte sich schwungvoll über sie, bis sie unter ihm lag. Er streckte ihr die Arme über den Kopf, hielt sie mit einer Hand gefangen und begann, jedes Fleckchen ihrer Haut mit einem Kuss zu begrüßen, verweilte an Mulden und Erhöhungen und nahm sich Zeit, sie gründlich zu erforschen. Callie wand sich, versuchte, ihre Hände zu befreien, aber er hielt sie gnadenlos gefangen.

„Nein, noch nicht", raunte er. „Ich bin an der Reihe, dich zu verwöhnen. Dann erst kannst du mit mir tun, was du willst."

Er liebkoste sie in süßer Zärtlichkeit mit Mund und Händen und trug sie näher und näher dieser wilden köstlichen Erfüllung der Leidenschaft entgegen, die sie letzte Nacht erlebt hatte. Doch jedes Mal, wenn sie der Erlösung nahe war, hielt er inne, um sie erneut zum Fiebern zu bringen.

Während er hingebungsvoll ihre Brüste küsste, suchten seine Finger die zuckende Mitte ihrer Wollust, teilten das schwellende Fleisch ihrer Weiblichkeit, tauchten in das seidige Haar, fanden die verborgene Perle, berührten sie neckend, zogen sich wieder zurück und fanden sie wieder. Callie bäumte sich auf, schluchzte beinahe in ungestilltem Drängen. Endlich widmete er ihrer empfindsamsten Stelle seine ganze Aufmerksamkeit, streichelte und umkreiste sie rhythmisch, bis Callie sich anspannte wie eine Bogensehne und sie in höchster Erfüllung kleine spitze Schreie der Lust ausstieß.

Dann lag sie da und blickte aus dunklen verträumten Augen zu ihm auf. Er beugte sich über sie, küsste sie sanft auf den Mund und schob sich zwischen ihre Beine.

„Oh nein", raunte Callie heiser, lächelte lasziv zu ihm auf, presste ihre flachen Hände gegen seinen Brustkorb und zwang ihn, sich auf den Rücken zu legen.

Er lächelte, ohne Widerstand zu leisten. „Was? Reicht dir das schon? Willst du aufhören?"

„Nein, nicht aufhören. Hinauszögern. Nun bin ich an der Reihe, erinnerst du dich? Du sagtest, ich darf mit dir tun, was ich will."

Sein Lächeln vertiefte sich. „Ja, ich entsinne mich. Was hast du vor?"

„Das überlege ich mir noch", antwortete Callie. „Ich lerne ja erst, vergiss das nicht."

Er verschränkte die Hände hinter dem Kopf, entspannte sich, bis auf das sichtbare Zeichen seiner Erregung, das aus dem lockigen Nest zwischen seinen Beinen hervorsprang. „Tu dir nur keinen Zwang an."

Callie setzte sich mit gespreizten Beinen auf seine Schenkel, worauf seine Augen sich noch mehr verdunkelten, und ihre Hände begannen, seinen Körper zu erforschen, langsam und zielstrebig, als wolle sie sich jede Muskelwölbung, jeden Sehnenstrang, jeden Rippenbogen einprägen. Sie grub die gespreizten Finger in sein Brusthaar, ließ die Daumen über die flachen Brustwarzen gleiten, umkreiste sie, bis sie sich aufrichteten. Dann beugte sie sich vor und neckte sie mit Mund und Zunge, wie sie es von ihm gelernt hatte, bis sie sich zu kleinen Kugeln reckten und die Brusthöfe rötlich schimmerten.

Sie richtete sich auf, bewegte sich über ihm und hörte lächelnd sein Stöhnen. Provozierend wand sie sich, ließ sich tiefer auf ihn herab und spürte seinen pochenden Schaft an ihrem Schoß. Mit ihren Brüsten liebkoste sie seinen Oberkörper: Das Kitzeln seiner Haare an ihren überempfindlichen Knospen, die seidigen Streichelbewegungen ihrer Haut an seiner erregten sie ebenso sehr wie ihn.

Er legte die Hände an ihre Hüften, um Callie auf seinen harten Schaft zu ziehen, doch sie schüttelte herausfordernd lächelnd den Kopf. „Oh nein, noch nicht. Ich habe noch längst nicht genug. Ich habe dich ja noch nicht einmal geküsst."

Auf Knien und Händen näherte sie sich ihm, bis sie auf einer Höhe mit seinem Gesicht war, und blickte auf ihn herab. Seine Gesichtszüge waren vor Verlangen gespannt, seine Augen glänzten sehnsüchtig. Längst hatte er seine entspannte Haltung aufgegeben, seine Finger krallten sich in das Laken.

Callie behauchte seine Stirn mit zarten Küssen, strich mit den Lippen federleicht über seine geschlossenen Lider, zog mit dem Mund die Konturen seiner hohen Wangenknochen nach, seiner markanten Kieferpartie, des kraftvollen Kinns, bevor sie ihn tief und lange auf den Mund küsste. Sie spürte, wie seine Sehnen und Muskeln sich spannten, und wusste, dass er, genau wie sie vor einer Weile, dem Höhepunkt entgegenfieberte, die Erregung kaum noch ertragen konnte.

Sie hob den Kopf und ließ von ihm ab. Ein Laut des Protests entfuhr ihm, er griff nach ihr, sie aber schob seine Hand weg und hauchte Küsse auf seine Brust und seinen Bauch, während ihre Hand weiter nach unten glitt zu seinen Hüften und kraftvollen Schenkeln, von seidigem Haarwuchs bedeckt. Er wurde unruhig, seine Beine bewegten sich, er stöhnte hilflos.

Ihre Finger stahlen sich die Innenseiten seiner Schenkel entlang nach oben, bis sie die schweren Hoden zwischen den Beinen fanden. Nach kurzem Zaudern tastete sie sich näher. Brom zog den Atem scharf ein und schob die Hüften vor.

„Gefällt dir das?“, flüsterte sie und presste ihren Mund an seine Kehle.

Seine Antwort war ein tiefer unartikulierter Laut.

„Das nehme ich als Zustimmung“, sagte sie und wölbte die hohle Hand um den ihr noch so unbekannten Körperteil.

Er erschauerte unter ihren Zärtlichkeiten, Callie wurde mutiger und ließ die Finger an der Unterseite seiner Männlichkeit entlanggleiten, schloss die Finger um den prallen Schaft, der mittlerweile vor Erregung zuckte, streichelte ihn bedächtig und erforschte die seidenweiche Haut, die ihn umspannte.

Mit einem tiefen Brummen umfing er ihre Oberarme, und ehe sie wusste, wie ihr geschah, lag sie mit gespreizten Beinen unter ihm, und er glitt langsam in ihren Schoß. Callie schluchzte in der süßen Wonne der heiß ersehnten Vereinigung, umschlang ihn, klammerte sich an ihm fest, und er trug sie in rasender Ungeduld seiner und ihrer Erfüllung entgegen, bis beiden vor Verzückung die Sinne schwanden.

Lange lagen sie in einem beseligenden Zustand zwischen Wachen und Träumen. Callie lag eingerollt auf der Seite, ihr Kopf ruhte an Broms Schulter, und er hatte seinen Arm schützend um sie gelegt. Sie fühlte sich köstlich erschöpft und ausgelaugt, und ihr Geist schwamm in seligem Nebel.

Irgendwann nahm Brom den Arm von ihr und murmelte: „Ich muss ins Dorf und eine Kutsche für dich besorgen."

„Später", hauchte Callie und kuschelte sich enger an ihn.

Er lachte leise und ließ seine flache Hand andächtig über die Rundung ihrer Hüfte gleiten. „Hexe. Diesmal lasse ich mich nicht wieder verführen."

Sie hob den Kopf und warf ihm einen belustigten Blick zu. „Ist das eine Herausforderung?"

Lachend drückte er einen Kuss auf ihre nackte Schulter. „Nein. Weil ich weiß, dass ich gegen dich nicht gewinnen kann."

Er küsste sie innig auf den Mund, löste sich aber dennoch widerstrebend von ihr. „Nein, ich muss los. Ich muss dich rechtzeitig nach London bringen, bevor es Gerede gibt."

Callie nickte im Wissen, dass er recht hatte, erfüllt von Wehmut, dieses Glück zu beenden. Sobald sie Blackfriars Cope den Rücken kehrte, würde sich alles ändern.

Bromwell ließ seine verstreuten Kleider liegen, bückte sich nur nach seinen Stiefeln und begab sich in sein eigenes Zimmer, um sich anzuziehen. Widerstrebend verließ auch Callie das warme Bett und hüllte sich in die Decke ein, die Brom ihr gestern umgelegt hatte, nachdem er sie aus dem strömenden Regen ins Haus getragen hatte.

Sie stellte ihre Reisetasche auf einen Stuhl und holte frische Wäsche heraus. Zum Glück hatte ihre Zofe ihr auch ein schlichtes Morgenkleid eingepackt, das vorn zu knöpfen war, damit sie es ohne Hilfe anziehen konnte. Es war zwar ein wenig zerknittert, aber es gab ja niemanden, der sie sehen konnte, und auf der langen Fahrt in der Kutsche würde seine Form noch mehr leiden.

Brom kam wenige Minuten später angekleidet zurück, stellte einen Krug Wasser auf den Waschtisch und sagte, er wolle nachsehen, ob die Haushälterin zur Arbeit erschienen war.

Callie wusch und zog sich eilig an, bürstete mit einiger Mühe ihr zerzaustes Haar und steckte es zu einem einfachen Knoten hoch. Dann eilte sie die Stiege hinunter und folgte dem Geräusch von Geschirrklappern in den hinteren Teil des Hauses.

Brom war in der Küche damit beschäftigt, den Frühstückstisch zu decken, und blickte mit einem hilflosen Lächeln auf. „Mrs Farmington ist noch nicht da. Ich habe Tee aufgebrüht und Toast gemacht. Dazu gibt es Butter und Marmelade."

„Das klingt wunderbar", sagte Callie strahlend.

Der Toast war auf einer Seite verbrannt und auf der anderen zu weich, der Tee zu stark, aber Callie hatte noch nie ein köstlicheres Frühstück vorgesetzt bekommen, und Brom brachte sie mit dem Bericht seiner mühseligen Kochkünste zum Lachen. Sie aßen und plauderten heiter, während Brom ihr die Hand streichelte oder eine Haarsträhne hinters Ohr strich, als könne er es nicht ertragen, sie nicht zu berühren.

Während Callie nach dem Frühstück den Tisch abräumte, glaubte sie ein Geräusch von draußen zu hören. Sie legte den Kopf seitlich und lauschte. „Höre ich da Pferdehufe?"

Sie blickte aus dem Fenster, sah aber nur den leeren Hinterhof und die Scheune.

Brom lauschte ebenfalls. „Ja. Ein galoppierender Reiter."

Als beide den Flur halb durchschritten hatten, wurde donnernd gegen die Haustür geklopft. Callie und Brom wechselten verdutzte Blicke.

Das drängende Klopfen wollte nicht aufhören, und Brom riss die Tür auf. Auf der Schwelle stand der Duke of Rochford.

17. KAPITEL

Stiefel und Reithosen des Dukes waren lehmbespritzt, Hut und Reitgerte hielt er in der Hand. In seinen harten Gesichtszügen spiegelte sich nichts außer kalte Wut.

„Dann ist es also wahr!“, knurrte er zwischen den Zähnen.

Er trat einen Schritt vor und versetzte Bromwell mit der Faust einen Schlag ans Kinn. Nicht auf diese raue Begrüßung gefasst, taumelte der Earl nach hinten ins offene Wohnzimmer und landete auf seinen vier Buchstaben.

„Sinclair!“, schrie Callie gellend. „Nein!“

Sie eilte zu Brom, um ihm aufzuhelfen, doch er schüttelte ihre Hand ab und kam mit einem Schwung auf die Beine. Seine Augen schossen silbrige Blitze in Rochfords Richtung, während er sich mit dem Handrücken ein blutendes Rinnsal vom Mund wischte.

„Sie wollen kämpfen?“, fragte er mit gefährlich-leiser Stimme und verzog verächtlich die Mundwinkel.

„Brom!“, rief Callie.

„Nein, ich will Sie töten“, antwortete Rochford zwischen den Zähnen und schleuderte Hut und Gerte auf die Bank im Flur.

„Sinclair!“ Sie wirbelte voller Empörung zu ihrem Bruder herum.

Keiner der Männer schenkte ihr auch nur die geringste Beachtung, während beide sich ihrer Jacketts entledigten und die Hemdsärmel hochkrempelten.

„Wollt Ihr gefälligst mit dem Unsinn aufhören?“, rief Callie hilflos. „Bitte! Hört mir denn keiner zu? Sinclair, mir fehlt nichts. Es ist nicht nötig …“

„Es ist mehr als nötig“, schnitt der Duke ihr das Wort ab, ohne sie eines Blickes zu würdigen.

„Callie, halten Sie sich da raus!“, befahl Bromwell im selben Moment.

„Ich soll mich raushalten?“ Sie starrte ihn entgeistert an. „Soll ich etwa tatenlos zusehen, wie Sie sich mit meinem Bruder prügeln? Wie kann ich mich raushalten?“

Allerdings war ihr klar, dass die Männer nicht auf sie hören würden, was immer sie auch unternahm, um die Streithähne zu beruhigen. Sie rang verzweifelt die Hände und sah sich suchend im Zimmer um, während die Männer mit erhobenen Fäusten in Kampfstellung gingen und einander lauernd umkreisten.

Bromwells Linke schoss blitzschnell vor, aber Rochford wich ebenso schnell aus, sodass der Schlag an seiner Schulter abprallte. Bromwell ließ unverzüglich einen rechten Haken folgen, der Rochfords Kinn traf und ihn krachend gegen die Anrichte schleuderte. Eine Porzellanfigur geriet ins Wanken, stürzte und zerbrach klirrend in tausend Scherben auf dem Fußboden.

Bromwell stürzte sich auf den angeschlagenen Gegner, doch Rochford duckte sich, packte ihn am Arm und schleuderte ihn seinerseits gegen die Wand. Bromwell schlug mit beiden Fäusten auf Rochford ein, beide stießen gegen das Sofa, stürzten über die Lehne auf den Sitz und von dort auf die Dielen, während sie verbissen aufeinander einschlugen und dabei sämtliche Regeln eines sportlichen Faustkampfs außer Acht ließen.

Callie schrie aus Leibeskräften, aber es nützte nichts. In ihrer Not eilte sie zum Kamin und griff nach dem Schürhaken. Mittlerweile wälzten sich die Raufbolde ineinander verkeilt auf dem Fußboden und rissen Tisch und Stühle um. Callie stand mit erhobenem Schürhaken über dem Kampfgeschehen, brachte es aber nicht über sich, die Waffe einzusetzen.

Da ertönte eine kühle weibliche Stimme hinter der Kampfszene. „Also, ich muss doch sehr bitten, Rochford … Eine Prügelei im Wohnzimmer? Noch vor dem Frühstück? Wie grässlich vulgär.“

Callie fuhr zur Stimme herum, der Mund blieb ihr offen stehen. In einem blauen eleganten Reisekleid stand Lady Haughston völlig ungerührt auf der untersten Stufe der Stiege zum Obergeschoss.

Vor lauter Verwunderung über die unerwartete Erscheinung war Callie unfähig, ein Wort hervorzubringen. Francescas plötzliches Auftauchen bewirkte, dass die Männer mitten in ihrem erbitterten Kampf innehielten und sie gleichfalls in höchster Verblüffung anstarrten.

„Stehen Sie doch endlich auf, Rochford. Sie sehen völlig lächerlich aus auf dem Fußboden. Das gilt auch für Sie, Bromwell. Ich begreife nicht, wieso Männer nichts Besseres zu tun haben, als Einrichtungsgegenstände zu zertrümmern. Der bedauernswerte Besitzer dieses charmanten Hauses wird kaum erfreut sein über den Schaden, den Sie angerichtet haben."

Als niemand eine Erwiderung fand, kam Francesca näher und betrachtete sich das Bild der Zerstörung von der Türschwelle her. „Die Herren sind wohl Mitglieder im Boxsportverein, wie ich annehme?", fuhr sie fort, während die Raufbolde sich mit betretenen Mienen auf die Füße rappelten. „Ich begreife nicht, wieso Sie Ihre Differenzen nicht im Freien beilegen. Dieser grässliche Lärm hat mich aus dem Schlaf gerissen, den ich so dringend nötig hatte, nachdem Callie und ich spät nachts hier eintrafen. Nun werde ich den ganzen Tag dunkle Ringe unter den Augen haben."

Nach kurzer Pause fügte Francesca milder gestimmt hinzu: „Allerdings freue ich mich, Sie als Ganzes wiederzusehen, Rochford. Ich dachte mir schon, dass Sie über ein gebrochenes Bein und geprellte Rippen nicht unbedingt erfreut wären."

Der Duke fand als Erster die Sprache wieder. „Wovon zum Teufel reden Sie eigentlich, Francesca?"

„Von Ihren Verletzungen, wovon denn sonst?", antwortete sie honigsüß. „Wir brachen sofort auf, nachdem wir den Brief mit der Nachricht Ihres Unfalls erhielten. Sie können sich unsere Überraschung denken, als wir Sie bei unserer Ankunft nicht vorfanden."

„Sie … wollen Sie etwa sagen, Sie waren in Callies Begleitung?", fragte Rochford verdutzt.

„Selbstverständlich, was denken Sie denn? Wir fuhren sofort

los, als wir die Schreckensmeldung erhielten von … wie war ihr Name doch gleich, Callie?"

„Mrs Farmington", eilte Callie ihr zu Hilfe und hatte Mühe, ihr Schmunzeln zu verbergen.

„Ja natürlich, Mrs Farmington. Ich hätte Callie doch niemals alleine reisen lassen. Wir waren natürlich höchst erstaunt, Sie nicht vorzufinden, doch Lord Bromwell war so freundlich, uns einzuladen, im Haus zu übernachten. Es war immerhin schon sehr spät. Im Übrigen hätte ich in einem harten Bett im Dorfgasthof keine Minute Schlaf gefunden."

„Ich begreife nichts. Von welcher Schreckensmeldung reden Sie? Warum sind Sie hier? Und warum ist er hier?" Er warf Bromwell einen finsteren Blick zu.

„Ich wohne hier", erklärte Lord Bromwell. „Jedenfalls habe ich die Absicht, mich noch eine Woche oder länger in diesem Haus aufzuhalten."

„Und Callie und ich kamen aufgrund der Unglücksbotschaft, das erwähnte ich doch bereits, Rochford. Callie, hast du den Brief noch?", fragte Francesca. „Vielleicht solltest du ihn deinem Bruder zeigen? Vermutlich versteht er dann die Zusammenhänge besser."

Callie nickte und eilte die Stiege nach oben. In ihrer Abwesenheit blickte Rochford argwöhnisch zwischen Francesca und Lord Bromwell hin und her, der ihn mit verschränkten Armen hochmütig von Kopf bis Fuß maß, während Francesca ihn stumm mit leicht verächtlicher Miene musterte.

Callie erschien kurz danach wieder und reichte den Brief ihrem Bruder, der ihn stirnrunzelnd las. Dann hob er den Kopf und sah abwechselnd Callie und Francesca an.

„Was hat das zu bedeuten? Wer hat das geschrieben?" Er fuhr zu Bromwell herum. „Haben Sie sich etwa diese niederträchtige List ausgedacht?", herrschte er ihn an.

„Nein!", entfuhr es Callie. „Er wusste nichts davon. Er war ebenso verblüfft wie ich … und Francesca", beeilte sie sich hinzuzufügen.

„Wir waren müde von der Reise und beschlossen, erst einmal zu schlafen und die Sache heute früh zu besprechen. Und dann stürmten Sie wie ein Berserker ins Haus."

„Wieso hast du mir nicht gesagt, dass Francesca hier ist?", fragte Rochford an Callie gewandt.

„Das habe ich doch versucht!", entgegnete Callie entrüstet und stemmte die Hände streitlustig in die Hüften. „Aber du wolltest ja nicht auf mich hören, falls du dich daran erinnerst."

„Oh." Der Duke wirkte verlegen.

„Und nun zu Ihnen, Rochford", sagte Francesca. „Wieso sind Sie eigentlich hier?"

„Ich erhielt ebenfalls einen Brief", antwortete er. „In dem es heißt, meine Schwester sei mit Lord Bromwell durchgebrannt, und die beiden hielten sich in diesem Haus auf."

„Aha, ich verstehe." Francescas blaue, sonst so gütige Augen glitzerten wie Eiskristalle.

„Ja, ich glaube, wir alle verstehen", bemerkte Lord Bromwell düster, wandte sich ab und machte sich daran, den umgestürzten Tisch und die Stühle wieder aufzustellen.

Francescas Blick heftete sich an Rochfords Augen, und zu Callie gewandt sagte sie: „Komm, meine Liebe, wir wollen unsere Sachen packen. Vielleicht ist Rochford so freundlich und begleitet uns nach London."

„Dabei fällt mir ein", ergriff der Duke wieder das Wort. „Wo ist eigentlich Ihre Kutsche? Ich habe sie nicht gesehen."

„In der Scheune natürlich, wo denn sonst?", antwortete Francesca und sah ihn an, als sei er nicht recht bei Verstand.

In dem folgenden Schweigen war das Knirschen von Rädern und Pferdegetrappel zu hören. Die vier wechselten fragende Blicke, und Bromwell begab sich zur Haustür.

Im selben Moment hörte man Frauenstimmen und helles Lachen, und Brom hielt jäh inne. Die Haustür flog auf, Lady Swithington trat ein, gefolgt von einer zweiten Frau, mit der sie heiter plauderte. Beim Anblick ihres Bruders, der sie mit versteinertem Gesicht musterte, hielt sie mitten im Satz inne.

„Guten Morgen, Brom!“, rief sie verblüfft. „Ich hatte nicht erwartet, dass du schon auf bist. Sieh an, Lady Calandra ... welch unerwartetes Vergnügen.“ Ihr Blick flog zu Callie und dem hinter ihr stehenden Duke. „Und Rochford. Wie kommen Sie denn hierher?“ Ihre Stimme klang seidenweich und voller Genugtuung, auch wenn sie sich Mühe gab, die Überraschte zu spielen.

„Guten Morgen, Daphne“, grüßte Francesca, die gleichfalls in den Flur getreten war.

Daphnes Blick flog unstet zu ihr, und diesmal war ihre Verblüffung wesentlich glaubwürdiger. „Francesca! Was zum ... Also, das ist wahrhaftig eine große Überraschung.“ Sie war einen Moment höchst verdutzt, dann wandte sie sich an ihre Begleiterin. „Entschuldigung. Darf ich Ihnen meine Freundin Mrs Cathcart vorstellen? Sie kennen Mrs Cathcart, nicht wahr, Lady Calandra? Lady Haughston?“

„Ja, wir wurden einander vorgestellt“, antwortete Callie und zwang sich zu einem Lächeln. „Wie geht es Ihnen, Mrs Cathcart?“

Die pferdegesichtige blonde Frau war eine der berüchtigtsten Klatschbasen im *ton.* Zweifellos hatte Broms Schwester auch diese Begegnung mit einer Zeugin sorgfältig geplant, um zu gewährleisten, dass der Skandal sich in Windeseile in der ganzen Stadt verbreitete.

Lady Swithington fuhr mit der Vorstellung fort, während der Duke seine Fassung einigermaßen wiedererlangt hatte, seine Hemdsärmel nach unten rollte und Mrs Cathcart mit einer eleganten Verneigung begrüßte.

„Es ist mir ein Vergnügen, Sie kennenzulernen“, sagte er mit einem gewinnenden Lächeln, das der Dame zugleich zu verstehen gab, dass sie sich in Gegenwart eines Dukes befand. „Ich hoffe, Sie verzeihen mein nachlässiges Äußeres, Mrs Cathcart. Aber ich erwartete keine Besucher zu so früher Stunde.“

„Selbstverständlich, Euer Gnaden.“ Mrs Cathcart lächelte errötend, sichtlich geschmeichelt, vom Duke of Rochford angesprochen zu werden.

„Sie sehen tatsächlich ein wenig zerzaust aus, Rochford“, stellte Lady Daphne fest. „Und ist das etwa Blut an deiner Wange, Brom? Was habt ihr beiden nur getan?“

Die Herren wechselten Blicke, und Francesca ergriff wieder das Wort. „Die Herren haben geholfen, meine Kutsche zu reparieren. Kein Wunder, dass sie etwas derangiert aussehen. Dummerweise verloren wir ein Rad, und die Kutsche landete im Straßengraben. Höchst unangenehm!“

Mrs Cathcart gab entsprechende Laute des Schreckens und Mitgefühls von sich, während Lady Daphne, die Francesca aus schmalen Augen musterte, tonlos bemerkte: „Wie grässlich. Ein Wunder, dass niemand verletzt wurde.“

„Zum Glück wurden wir nur ordentlich durchgeschüttelt“, fuhr Francesca unbekümmert fort. „Nicht wahr, Calandra?“

„Oh ja, das kann man wohl sagen“, stimmte Callie ihr munter zu. „Ich habe einen grässlichen Bluterguss am Rücken. Aber zum Glück gab es keine gebrochenen Knochen.“ Sie blickte Lady Daphne unverwandt in die Augen, um ihren Worten Nachdruck zu verleihen.

Nach einigem Zögern sagte Daphne: „Herrje. Das muss ja ein furchtbarer Schock für Sie gewesen sein. Welch ein Segen, dass die Kutsche hier in der Nähe zusammenbrach und mein Bruder Ihnen zu Hilfe kommen konnte.“

„Ja, eine gütige Fügung des Schicksals, nicht wahr?“, bestätigte Francesca liebenswürdig. „Lord Bromwell war sehr zuvorkommend. Und wir sind ihm sehr dankbar für seine Hilfe. Nicht wahr, Rochford?“ Sie wandte sich an den Duke, und nur jenen, die sie wirklich gut kannten, fiel der eisige Unterton in ihrer Stimme auf.

In Rochfords Wange vibrierte ein Muskelstrang. „Ja, auch ich bin ihm für seine Hilfe dankbar“, antwortete er steif.

„Es war mir ein Vergnügen“, fügte Bromwell hinzu. „Ich bedauere nur, dass Sie Ihre Reise unterbrechen mussten.“

„Nun, dann werden Sie verstehen, dass wir unverzüglich aufbrechen wollen", sagte Rochford und verneigte sich höflich. „Es war ein Vergnügen, mit Ihnen zu plaudern, Mrs Cathcart. Aber ich fürchte, Sie müssen uns entschuldigen."

„Wohin geht denn die Reise?", fragte Lady Daphne. „Ich wähnte Sie in London."

Rochford blickte hoheitsvoll mit seinem Aristokratenblick auf sie herab, mit dem er dreisten Fragen ein Ende zu setzen pflegte, doch Daphne ließ sich nicht im Geringsten davon einschüchtern. „Wir wollen Freunde besuchen, bevor wir nach Marcastle weiterreisen."

„Ach, tatsächlich? Wen wollen Sie denn besuchen? Vielleicht kenne ich Ihre Freunde", fuhr Daphne unbeirrt fort.

Der Duke zog die Brauen hoch. „Das bezweifle ich", antwortete er knapp.

„Keine weiteren Fragen, Daphne." Bromwells Stimme klang barsch, in einem Ton, den seine Schwester nicht an ihm kannte. „Wir wollen unsere Gäste nicht aufhalten."

„Natürlich nicht", pflichtete Daphne ihm bei und warf ein gekünsteltes Lächeln in die Runde.

„Ich gebe dem Kutscher in der Scheune Bescheid, den Wagen vorzufahren", sagte Rochford und suchte dabei Francescas Blick.

„Eine ausgezeichnete Idee." Francesca nickte mit einem gefassten Lächeln.

Mit einer Verbeugung in die Runde verließ Rochford das Haus.

„Wenn die Damen uns entschuldigen, Callie und ich wollen uns ein wenig frisch machen, bevor wir aufbrechen", sagte Francesca und hakte sich bei Callie unter.

Die Freundinnen lächelten den Damen zu und zogen sich zurück. Callie vermied es sorgsam, Bromwells Blick zu begegnen, aus Furcht, etwas von dem, was letzte Nacht zwischen ihnen vorgefallen war, könne sich in ihren Augen spiegeln. Arm in Arm begaben sich die Freundinnen nach oben.

Im oberen Flur, außer Sicht- und Hörweite der anderen, gab

Francesca ihren Arm frei, und Callie sank seufzend gegen die Wand.

„Mein Gott, Francesca", flüsterte sie.

Francesca schüttelte den Kopf und führte sie den Flur nach hinten. „Hast du Gepäck?", fragte sie leise.

Callie nickte und antwortete ebenso leise. „Ja, im Zimmer."

Im selben Moment dachte sie an das zerwühlte Bett und Broms auf dem Boden verstreute Kleider.

„Ich hole sie rasch", fügte sie hastig hinzu und eilte errötend ins Zimmer.

Im nächsten Moment huschte sie mit der Reisetasche wieder in den Flur. „Wie soll ich das denn erklären? Soll ich sie aus dem Fenster werfen oder im Schrank verstecken?"

Francesca schüttelte den Kopf. „Gib sie mir und lass mich nur machen."

Sie nahm Callie die Tasche ab. Auf halber Treppe nach unten begann sie mit tragender Stimme: „Gott, bin ich froh, dass wir daran gedacht haben, meine kleine Reisetasche ins Haus zu nehmen. Ohne Spiegel, Kamm und Bürste kann man sich kaum das Haar ordentlich zurechtmachen. Findest du nicht auch?"

„Ja, gewiss", stimmte Callie zu und verkniff sich ein Schmunzeln. Die gute Francesca.

„Das ist ja ein entzückendes Haus, sehr charmant und so idyllisch gelegen", fuhr Francesca fort, als sie den Flur betraten. „Ist das Anwesen schon immer in Ihrer Familie, Lord Bromwell?"

„Es gehört meiner Schwester", antwortete Bromwell. „Das ehemalige Jagdhaus ihres verstorbenen Gatten."

„Ach, wie interessant." Francesca wandte sich an Daphne. „Wie gütig von Ihnen, Lady Swithington, Ihrem Bruder dieses Refugium zur Verfügung zu stellen. Aber Sie haben ja immer gern an andere gedacht."

Der Blick, mit dem Daphne Francesca bedachte, sprühte vor Gift. Lady Haughston quittierte ihn mit einem liebenswürdigen Lächeln und wandte sich an Callie. „Wir wollen uns sputen, sonst wird der Duke noch ungeduldig.“ Mit einem drolligen Augenaufschlag bedachte sie Daphnes Begleiterin. „Männer haben es gar nicht gern, wenn man ihre Pläne durchkreuzt, habe ich festgestellt. Finden Sie nicht auch, Mrs Cathcart?“

„Wie recht Sie haben, Lady Haughston“, pflichtete die Angesprochene ihr eifrig bei. „Genauso ist es und nicht anders. Es ist sehr bedauerlich, dass Sie schon aufbrechen müssen, ich hätte mich zu gerne noch ein wenig mit Ihnen unterhalten, aber ich habe natürlich volles Verständnis für Ihre Eile.“

„Ich hole nur rasch meine Pelerine, und schon sind wir fort.“ Francesca ging den Flur nach hinten zur Küche und kam kurz darauf wieder mit einem dunkelblauen Cape um die Schultern. Callie griff eilig nach ihrem Umhang, den Brom am Abend vorher auf die Bank geworfen hatte, und die beiden Damen begaben sich zur Haustür.

„Ich begleite Sie.“ Lord Bromwell folgte ihnen.

„Das ist nicht nötig“, murmelte Callie, die sich zwang, ihn anzusehen, und inständig hoffte, dass ihr nichts von ihrem Gemütsaufruhr anzumerken war.

„Ich bestehe darauf“, entgegnete er knapp und bot ihr den Arm.

Ihm ins Gesicht zu schauen weckte in ihr den Wunsch, gleichzeitig zu lächeln und zu weinen. Sie sehnte sich danach, ihm die Wange zu streicheln, wo Rochfords Faust ihn getroffen hatte, ein letztes Mal die Arme um ihn zu schlingen und zu küssen. Aber das alles durfte sie nicht tun. Tränen brannten in ihren Augen. Sie musste die Scharade durchhalten, die Francesca so perfekt inszeniert hatte. Sie durfte nur höflich lächeln, ihre Hand in seine Armbeuge legen und so tun, als seien sie nur flüchtige Bekannte.

Man verabschiedete sich voneinander. Mrs Cathcart war hocherfreut über die Begegnung, da sie sich sonst nicht in den gehobenen Kreisen bewegte, denen Lady Haughston und die Lilles-Familie angehörten. Lady Swithington hingegen schien weit weniger erfreut zu sein. Ihr verkrampftes Lächeln wirkte so aufgesetzt, dass man befürchtete, es könne ihr jeden Moment zu einer hässlichen Grimasse entgleiten. Und ihre hellen Augen waren voller Groll und Hass. Callie musste sich eingestehen, dass sie dieser Frau wahrlich keine freundlichen Gefühle entgegenbrachte, und verabschiedete sich kühl und knapp von ihr.

Beim Verlassen des Hauses war Callie sich Bromwells hoher Gestalt neben ihr deutlich bewusst, und ihre Hand an seiner Armbeuge zitterte ein wenig. Francescas Kutsche mit dem Zweiergespann rollte aus der Scheune, Rochford ging neben dem Wagen her. Francesca eilte ihm entgegen und ließ Callie einen kurzen Moment mit Lord Bromwell allein.

„Callie, ich …“, begann er.

„Nein, bitte nicht“, fiel sie ihm mit erstickter Stimme ins Wort und hob ihm ihr Gesicht entgegen. Obgleich sie befürchtete, in Tränen auszubrechen, konnte sie nicht widerstehen, ihn ein letztes Mal anzusehen. Tief in ihrer Brust, wo ein kalter Knoten ihr das Herz zuschnürte, wusste sie, dass sie ihn nie wiedersehen würde.

Trotz allem, was seine Schwester in ihrer Niedertracht geplant hatte, würde Brom sich nie von Daphne abwenden. Sie war sein Fleisch und Blut, während Callie … Sie wusste nicht einmal, was sie ihm bedeutete. In dieser Nacht voller Leidenschaft hatte er kein Wort von Liebe oder Zuneigung gesagt. Im Übrigen war sie die Schwester des Mannes, den er seit Jahren hasste, ein Mann, mit dem er sich vor einer knappen Stunde einen erbitterten Faustkampf geliefert hatte.

„Ich muss bleiben und mit Daphne reden“, fuhr er fort.

„Ich weiß.“ Callie ließ seinen Arm los und wandte das Gesicht zur Seite, bemerkte, wie ihr Bruder sich näherte, und brachte kein Wort mehr heraus. Außerdem war sie den Tränen zu nahe, und wenn Sinclair ihre Tränen sah, wäre Francescas ausgeklügelte Lügengeschichte umsonst gewesen. Das Letzte, was sie ertragen könnte, wäre eine weitere Prügelei zwischen den beiden Männern, die sie liebte.

„Callie, warte! Geh noch nicht“, bat Bromwell leise und

wollte sie zurückhalten.

„Nein, bitte nicht.“ Callie sah ihn hinter einem Tränenschleier an. „Ich muss gehen. Leb wohl, Brom.“

Sie presste die Lippen aufeinander, um die Worte zurückzuhalten, die aus ihr herauszusprudeln drohten: *Ich liebe dich.*

Callie raffte die Röcke und eilte zur Kutsche. Erleichtert sah sie, dass Francesca das Wort an Sinclair gerichtet hatte, und sie den Wagen besteigen konnte, ohne von ihm angesprochen zu werden.

Die Aufmerksamkeit des Dukes war ohnehin auf Francesca gerichtet, er sah sie mit einer hochgezogenen Braue an, nickte zum Pferdegespann hinüber und sagte: „Der Kutscher rieb vorhin die Pferde ab, die … ähm … einen ziemlich erschöpften Eindruck machten, obwohl sie doch eine ruhige Nacht in der Scheune verbrachten.“

„Seltsam“, bemerkte Francesca leichthin. „Aber es sind nicht meine Pferde. Wir mussten unterwegs natürlich das Gespann auswechseln. Mein Kutscher geht normalerweise sorgfältig mit den Tieren um. Aber vielleicht war er nachts zu müde und hat sich gleich schlafen gelegt. Mir erging es jedenfalls so.“

„Tatsächlich?“ Der Blick des Dukes durchbohrte sie.

Francesca sah ihn unverwandt an. „Aber ja. Wieso sollte ich es sonst erwähnen? Fragen Sie doch Ihre Schwester. Das Jagdhaus ist klein, und wir mussten uns ein Zimmer teilen.“

Er fixierte sie noch einen Moment, dann nickte er knapp. „Nun gut. Wir wollen aufbrechen, bevor diese aufdringliche Person uns nachläuft und mit weiteren Fragen belästigt.“

Rochford half Francesca in den Wagen und begab sich zu seinem Pferd, das an einem Pfosten vor dem Haus angebunden war. Francesca nahm neben Callie Platz, und die Kutsche setzte sich in Bewegung.

„Geht es dir gut, meine Liebe?“, fragte Francesca besorgt und ergriff Callies Hand.

Callie nickte und wischte sich mit dem Handrücken die Tränen von den Wangen.

„Bist du sicher? Du kannst mir alles sagen, das weißt du. Niemand wird ein Sterbenswörtchen von mir erfahren."

„Es gibt nichts zu erzählen", sagte Callie leise und lächelte schwach.

„Nun denn, wie du wünschst." Francesca wollte sie nicht weiter bedrängen. „Wir reden von etwas anderem, einverstanden?"

Callie nickte stumm, doch dann sprudelte es aus ihr heraus: „Oh, Francesca! Ich liebe ihn!"

Diese Erkenntnis hatte sie gestern Nacht gewonnen, als sie Brom tief in die Augen geblickt und gewusst hatte, dass er ihr die Wahrheit sagte. Mit ihrem Vertrauen, ihrem Glauben an ihn, hatte sie ihm auch ihr Herz geschenkt.

„Aber er wird mich niemals bitten, seine Frau zu werden", fuhr Callie fort. „Das weiß ich."

„Bist du sicher?", fragte Francesca. „Er muss doch begriffen haben, dass seine Schwester sich diesen teuflischen Plan ausgedacht hat. Sie wollte nicht nur dich in eine kompromittierende Situation bringen, sie hatte auch dafür gesorgt, dass Rochford auftaucht und dich in flagranti ertappt! Und dann hatte sie auch noch die Stirn, mit der geschwätzigsten Klatschbase von ganz London im rechten Moment zu erscheinen. Selbst ich bin entsetzt über ihr boshaftes Ränkespiel, und ich dachte, ich hätte sie schon vor Jahren durchschaut."

„Natürlich hat er das begriffen, aber er will nicht schlecht von ihr denken, weil er glaubt, er habe ihr sehr viel zu verdanken. Er erzählte mir gestern Nacht, wie sie sich nach dem frühen Tod der Mutter seiner annahm, dass sein Vater ein abscheulicher Tyrann war und Daphne den kleinen Bruder vor ihm zu beschützen versuchte. Was immer sie sich auch zuschulden kommen lässt, ich glaube nicht, dass Brom bereit wäre, mit ihr zu brechen. Selbst wenn, wie könnte er die Schwester eines Mannes heiraten, den er seit so vielen Jahren hasst? Er hat Zweifel an ihrer Geschichte über Sinclair, das habe ich gespürt. Aber er will nicht einsehen, dass sie ihn belogen hat."

„Sie hat eine erstaunliche Gabe, Männer um den kleinen Finger zu wickeln und zu täuschen“, bemerkte Francesca mit leiser Bitterkeit. „Dennoch: Liebe ist eine Himmelsmacht.“

„Ich sagte nicht, dass er mich liebt, nur, dass ich ihn liebe“, entgegnete Callie, und die Tränen liefen ihr wieder über die Wangen.

„Ich weiß doch, wie er dich ansieht“, wandte Francesca ein.

„Das ist Verlangen, nicht Liebe“, widersprach Callie. „Er hat nie gesagt, dass er mich liebt. Und ich fürchte, ich werde ihn nie wiedersehen.“

Ihre letzten Worte wurden von neuen Tränen erstickt. Francesca legte den Arm um Callies Schultern und zog sie an sich. Callie barg das Gesicht an ihrem Busen und wurde von haltlosem Schluchzen geschüttelt.

18. KAPITEL

Es dauerte lange, ehe Callies Tränen versiegten, doch schließlich richtete sie sich auf, trocknete sich die Wangen und stieß einen tiefen Seufzer aus.

„Verzeih bitte. Nun habe ich mich schon zum zweiten Mal bei dir ausgeweint“, erklärte sie schuldbewusst. „Du musst mich für eine richtige Heulsuse halten.“

„Nein. Ich weiß, dass du eine sehr schwere Phase durchmachst. Auch in meinem Leben hat es Zeiten gegeben, in denen ich nur geweint habe“, tröstete Francesca sie und tätschelte ihre Hand. „Du musst dich nicht entschuldigen.“

„Vielen Dank.“ Callie brachte ein zaghaftes Lächeln zustande. „Und danke auch für das, was du für mich getan hast. Du hast mich vor einer grässlichen Schande bewahrt. Und ich fürchtete schon, Brom und Sinclair würden einander umbringen.“

„Welch ein Segen, dass ich rechtzeitig zur Stelle war.“

„Wie kam das eigentlich?“, fragte Callie. „Ich dachte, ich sehe einen Geist, als du plötzlich vor mir standest.“

„Bei meiner Rückkehr vom Besuch bei der Duchess of Chudleigh empfing Fenton mich mit deiner Nachricht und sagte, Rochford sei schwer verletzt und nannte mir den Ort, zu dem du in höchster Eile aufgebrochen bist. Also reiste ich dir unverzüglich nach.“

„Hattest du den Verdacht, dass es eine Falle war?“

„Nein, nicht im Geringsten. Mir war nur klar geworden, dass Daphne hinter Lady Odelias Einladung steckte, weil die alte Dame sich auf der Fahrt verplapperte. Sie meinte, ‚die gute Daphne‘ habe recht gehabt, dass ich mich nicht für den Besuch begeistern würde, aber wenn Lady Odelia mir vor Augen hielte, wie sehr meine Mutter meinen Besuch bei ihrer Patentante befürworten würde, könnte ich nicht ablehnen. Du kannst dir vorstellen, wie mir zumute war. Wäre Daphne in der Nähe gewesen, hätte ich sie geohrfeigt. Aber mir blieb nichts anderes übrig, als meinen Groll zu schlucken und zu lächeln. Ich habe allerdings nicht durchschaut, was sie wirklich geplant hatte. Ich nahm lediglich an, sie wollte mir einen Streich spielen, um schadenfroh über mich lachen zu können."

„Verstehe", sagte Callie sinnend. „Dann galt deine Sorge also Sinclair, da du befürchten musstest, er sei tatsächlich schwer verletzt. Du hast ihn gern, nicht wahr?"

Francesca stutzte, schien um eine Antwort verlegen. Sie sah Callie einen Augenblick stumm an, dann straffte sie die Schultern und lächelte ein wenig verkrampft. „Wieso auch nicht? Schließlich kenne ich ihn seit unseren Kindertagen. Im Übrigen nahm ich an, dass du meine Hilfe bei seiner Pflege brauchst, wenn er verletzt ist. Ich könnte mir denken, dass er ein ziemlich unleidlicher Patient ist."

„Ach so", sagte Callie mit einem wissenden Lächeln. „Verstehe."

Francesca sah sie stirnrunzelnd an, bevor sie mit ihrem Bericht fortfuhr. „Die Fahrt war ziemlich beschwerlich. Es war bereits Nacht und streckenweise, wenn die Straße durch ein Waldstück führte, war es so stockdunkel, dass der Pferdeknecht mit der Laterne vorangehen musste. Als wir schließlich frühmorgens ankamen, sah ich Rochfords Pferd vor dem Haus angebunden. Das erschien mir höchst seltsam, da er doch mit einem Beinbruch das Bett hüten sollte. Und als ich der Kutsche entstieg, hörte ich ihn im Haus brüllen und dann das Gepolter und den Lärm, und mir wurde klar, dass er nicht verletzt sein konnte. Gleichzeitig begriff ich, dass irgendeine Intrige im Gange war, und mein Verdacht fiel augenblicklich auf Daphne."

„Wie geistesgegenwärtig von dir, die Kutsche in die Scheune bringen zu lassen."

„Mir blieb wenig Zeit zum Nachdenken. Ich wusste nur, dass ich Rochford davon überzeugen musste, dass ich die ganze Zeit bei dir war, also durfte die Kutsche nicht im Hof stehen. Ich wies den Kutscher an, die Pferde in der Scheune zu versorgen, betrat das Haus durch den Hintereingang und gab vor, gerade die Treppe heruntergekommen zu sein."

„Ich bewundere dich für deine Unerschrockenheit", sagte Callie dankbar und drückte Francescas Hand. „Du hast uns alle vor einer Katastrophe bewahrt."

„Schließlich habe ich mein Wort gegeben, dich zu beschützen, so gut ich kann", entgegnete Francesca leichthin.

„Du hast weit mehr für mich getan, als ich mir je wünschen könnte", versicherte Callie. „Und dafür bin ich dir ewig dankbar." Nach einer kurzen Pause fuhr sie fort: „Aber ich denke, ich kehre mit Sinclair nach Marcastle zurück. Obwohl ich länger in London bleiben müsste, um der üblen Nachrede keine weitere Nahrung zu geben. Aber das alles ist mir nicht mehr wichtig."

„Oh Callie ..." Francescas Miene war voller Wehmut und Mitgefühl. „Es tut mir so leid. Ich wünschte, du würdest bleiben, nicht nur, um mir Gesellschaft zu leisten. Das Haus wird mir leer vorkommen ohne dich. Und es macht mich sehr traurig, dass du den Gedanken aufgeben willst ..."

„Einen Ehemann zu finden?", führte Callie den Satz zu Ende. „Ich fürchte, daran habe ich das Interesse verloren. Ich bezweifle, dass ich je heiraten werde."

„Nein, ich wollte sagen, dass du den Gedanken aufgibst, die Liebe zu finden", korrigierte Francesca sie sanft.

„Ich glaube nicht, dass ich dafür bestimmt bin." Callie lächelte dünn. „Mach bitte kein so trauriges Gesicht. Ich bereue die letzten Wochen keineswegs. Ich möchte nicht missen, was ich erlebt und erfahren habe. Ich hatte mir nie Hoffnungen gemacht, der großen Liebe zu begegnen, und war bereit, mich mit weniger zufriedenzugeben – mit Kameradschaft und gegenseitigem Verständnis. Aber nun habe ich erfahren, was wahre Liebe bedeutet, und weiß, dass ich mich in einer Ehe nicht mit weniger zufriedengeben kann."

„Callie, ich bitte dich, du darfst die Hoffnung nicht völlig aufgeben. Du liebst den Earl aufrichtig."

„Ja, aber es reicht mir nicht, dass ich ihn liebe." Callies Lächeln war betrübt, ihr Tonfall resigniert.

Francesca wusste, dass es sinnlos war, weiter darüber zu sprechen. Sie nickte und war sich der alten, nie völlig verheilten Wunden in ihrem eigenen Herzen schmerzlich bewusst.

Während der langsamen Fahrt verfielen die Freundinnen in Schweigen, jede in ihre eigenen traurigen Gedanken vertieft. Irgendwann kuschelte Callie sich in die Polster und fiel erschöpft in einen leichten Dämmerschlaf.

Erst als sie nach einiger Zeit die Pferde an einem Gasthaus gewechselt hatten, ging die Fahrt zügiger voran. Auch Rochford gönnte seinem edlen Hengst eine Rast und überließ ihn der Fürsorge von Francescas Stallburschen mit der Anweisung, das Tier am nächsten Tag nach London zu bringen.

Mit frischen Pferden erreichten sie London gegen Abend. Unterwegs eröffnete Callie ihrem Bruder, sie beabsichtige, mit ihm nach Marcastle zurückzukehren. Er setzte sie mit Francesca an deren Haus ab, damit sie packen konnte, während er nach Lilles House fahren wollte, um seinerseits Reisevorbereitungen zu treffen.

„Ich schicke dir die Kutsche morgen früh vorbei", versprach er beim Abschied. „Da du gewiss den letzten Abend mit Lady Haughston verbringen willst."

„Danke, Sinclair", sagte Callie, stellte sich auf Zehenspitzen und gab ihm einen Kuss auf die Wange.

Er sah sie verdutzt an. „Heißt das, du hast mich von deiner schwarzen Liste gestrichen?"

Sie lächelte verlegen. „Ich fand es zwar abscheulich, dass du Lord Bromwell angegriffen hast, aber ich freue mich auch darüber, dass du so rasch gekommen bist, um mich zu beschützen. Es gibt auf der ganzen Welt keinen besseren Bruder als dich!"

„Daran werde ich dich erinnern, wenn du das nächste Mal wütend auf mich bist", antwortete Sinclair schmunzelnd.

Dann verneigte er sich vor Francesca. „Lady Haughston."

„Rochford." Sie streckte ihm die Hand entgegen. „Ich hoffe, unsere nächste Begegnung findet unter weniger … unangenehmen Umständen statt."

„Wann und wo immer das sein wird", entgegnete er mit sanfter Stimme, „langweilig wird diese Begegnung gewiss nicht."

Er hauchte einen Kuss an ihre Fingerkuppen und hielt ihre Hand ein wenig länger als gewöhnlich. Ihr Blick flog auf und begegnete dem seinen. Er drückte ihr leicht die Hand und sagte leise: „Vielen Dank."

Sie nickte beinahe unmerklich und bestätigte die stumme Übereinkunft. Dann bestieg er die Kutsche, und die Frauen begaben sich ins Haus.

Vorsorglich hatte Callies Zofe bereits einen großen Koffer mit ihrer Garderobe gepackt in Erwartung der Anweisungen ihrer Herrin, ihn nach Blackfriars Cope zu bringen; deshalb gab es weniger zu tun, als Callie befürchtet hatte. Normalerweise hätte sie kontrolliert, ob eine abgerissene Rüsche an einem Rock auszubessern oder etwas zu reinigen und zu bügeln wäre. Aber in Marcastle blieb ihr genügend Zeit zum Nähen, Reinigen und Bügeln. Im Moment stand ihr nur der Sinn danach, möglichst schnell zu packen und abzureisen.

Die Damen zogen sich frühzeitig zurück, aber Callie konnte keinen Schlaf finden. Sie warf sich ruhelos im Bett hin und her, bis sie endlich einschlief, nur um kurz darauf aus einem wirren Albtraum hochzuschrecken. Das Zimmer, in dem sie sich in den letzten Wochen so wohlgefühlt hatte, erschien ihr seltsam fremd, ihr war, als gehöre sie nicht hierher. Als sie es im Bett nicht mehr aushielt, stand sie auf und trat ans Fenster, schob die schweren Draperien beiseite und blickte melancholisch in die Nacht hinaus.

Es gab wenig zu sehen, nur den fahlen Schein einer Gaslaterne in der menschenleeren Straße. Und mit einem Mal wurde ihr klar, dass ihrer Ruhelosigkeit die tief verborgene vage Hoffnung zugrunde lag, Bromwell käme mitten in der Nacht die Straße entlanggeritten, um sie in die Arme zu schließen. Sie lehnte die Stirn gegen die kühle Fensterscheibe und verbot sich strikt derlei unsinnige Wünsche. Er würde nicht kommen.

Schließlich entfernte sie sich vom Fenster und kroch wieder unter die Bettdecke.

Der Wagen fuhr vor, kurz nachdem Francesca und Callie das Frühstück beendet hatten. Sinclair hatte die zweisitzige Stadtkutsche geschickt, da die große vierspännige Karosse in Marcastle geblieben war. Der Kutscher erklärte mit leicht gekränkter Miene, seine Lordschaft habe für die Reise zum Landgut eine Postkutsche gemietet, in der Befürchtung, der Zweispänner sei zu eng für das viele Gepäck. Und es erwies sich tatsächlich als ziemlich mühsam, alles zu verstauen, wobei zwei kleinere Reisetaschen nur noch Platz im Wageninneren fanden.

Francesca begleitete Callie zur Kutsche, und die Freundinnen umarmten sich zum Abschied.

Callie legte einen kleinen Gegenstand in Francescas offene Hand. „Das möchte ich dir schenken", sagte sie mit tränenerstickter Stimme. „Ich werde die wunderschöne Zeit mit dir nie vergessen. Du warst so gut zu mir."

Francesca blickte auf ein fein gearbeitetes Schmuckstück, eine ovale Kamee aus Onyx mit einem erhaben geschnitzten Damenporträt aus Elfenbein an einer Goldkette. „Nein, Callie. Sie ist wunderschön, aber ..."

„Bitte, ich will sie dir schenken. Sie gehörte meiner Mutter."

Francesca schüttelte den Kopf. „Aber Callie, das darfst du nicht tun. Ich kann es nicht annehmen. Wirklich nicht." Sie versuchte, Callie das Schmuckstück zurückzugeben.

Sie schüttelte energisch den Kopf. „Nein, ich bestehe darauf. Das ist nicht der einzige Schmuck, den meine Mutter mir hinterlassen hat. Und es ist mir ein großes Anliegen, dass wir verbunden bleiben ... beinahe wie Schwestern. Bitte."

Francesca zögerte immer noch. „Bist du sicher?"

„Ja, völlig sicher. Es ist mir sehr wichtig."

„Gut, wenn das dein Wunsch ist." Francesca schloss die Finger um die Kamee. Dann nahm sie Callie noch einmal in die Arme. „Bitte Callie, vergrabe dich nicht in Marcastle. Du musst mir versprechen, bald wiederzukommen – vielleicht zur kleinen Herbstsaison?“

„Vielleicht. Und du musst mich besuchen. Ich werde Rochford dazu überreden, den Sommer in Dancy Park zu verbringen.“

„Ja. Wenn ich in Redfields bin, besuche ich dich natürlich.“

Francesca spürte, wie ihr die Tränen in die Augen stiegen, als Callie einstieg und die sportliche schwarze Kutsche sich in Bewegung setzte. Callie lehnte sich aus dem Fenster und winkte zum Abschied.

Francesca winkte ebenfalls, bis das Zweiergespann in die Hauptstraße einbog und ihren Blicken entschwand.

Seufzend ging sie ins Haus und begab sich in ihr Schlafzimmer, wo ihre Zofe Maisie auf einem Hocker vor dem Kamin saß und einen Spitzenbesatz am Rocksaum eines Kleides annähte.

„Tja, Maisie, nun ist Lady Calandra leider wieder fort“, sagte Francesca traurig und setzte sich an ihren Frisiertisch. „Sie wird mir fehlen.“

„Ja, Mylady, mir auch. Sie ist eine ausnehmend liebenswürdige Dame.“

So gern Maisie Lady Calandra hatte, im Stillen gestand sie sich, dass sie den leckeren Mahlzeiten noch mehr nachtrauern würde, die während ihres Besuches dank der großzügigen finanziellen Zuwendungen des Dukes aufgetischt worden waren. Lady Francesca hätte entrüstete Einwände erhoben, hätte sie geahnt, welche Summe der Buchhalter des Dukes für Lady Calandras Unterhalt hinterlegt hatte. Vermutlich hätte sie den vollen Betrag empört an Seine Gnaden zurückgeschickt. Glücklicherweise war Fenton ein listiger und umsichtiger Butler. Der Buchhalter des Dukes hatte direkt mit Fenton verhandelt, der Lady Francesca gegenüber eisernes Stillschweigen bewahrte.

Maisie lächelte still in sich hinein bei dem Gedanken, dass Fenton in weiser Voraussicht eine hübsche Summe für spätere Zeiten beiseitegelegt hatte, und die Vorratskammer auch in den nächsten zwei Monaten noch gut gefüllt sein würde.

Francesca hob den Deckel ihrer Schmuckschatulle auf dem Frisiertisch, zog eine Schublade heraus und drückte auf eine kleine Holzrosette, worauf ein Geheimfach aufsprang. Sorgsam legte sie die Kamee an der Goldkette neben ein glitzerndes, mit Diamanten besetztes Saphirarmband und dazu passenden Ohrgehängen.

„Ich muss endlich aufhören, Geschenke anzunehmen, von denen ich mich nicht trennen kann, Maisie, sonst werden wir demnächst am Hungertuch nagen“, sagte Francesca mit leisem Bedauern und verschloss die Schatulle wieder.

Sie warf einen prüfenden Blick in den Spiegel. „Jedenfalls sehe ich mich gezwungen, noch in dieser Saison eine junge Dame zu finden, an der mir nichts liegt, und sie profitabel zu verheiraten.“

„Sehr wohl, Mylady“, stimmte Maisie ihr zu und biss den Faden ab.

Die Fahrt nach Lilles House dauerte nicht lang; ohne Gepäck wäre Callie auch gern zu Fuß gegangen. Vor dem Haus wartete bereits die Postkutsche, Dienstboten eilten geschäftig hin und her, um sie unter der Aufsicht des Butlers zu beladen. Der treue Diener ließ es sich dennoch nicht nehmen, Callie aus dem Wagen zu helfen und überschwänglich zu begrüßen, gerade so, als sei sie von einer Weltreise heimgekehrt.

Vermutlich waren der Dienerschaft bereits die über ihre Herrin in Umlauf gebrachten Gerüchte zu Ohren gekommen, da Skandalgeschichten sich wie Lauffeuer unter dem Gesinde der vornehmen Häuser zu verbreiten pflegten.

„Callie.“ Rochford eilte ihr entgegen. Sie bemerkte den roten Fleck an seiner linken Wange und einen geschwollenen Bluterguss unter dem rechten Auge.

„Guten Morgen, Sinclair“, begrüßte sie ihn, als er ihren Arm nahm und einen prüfenden Blick auf die Gepäckstücke der kleinen Kutsche warf.

„Sobald deine Koffer umgeladen sind, brechen wir auf", erklärte er. „Die Köchin hat uns einen riesigen Picknickkorb zurechtgemacht, da sie der Meinung ist, das Wirtshausessen bekomme uns beiden nicht."

Im Haus begab Callie sich in den Küchentrakt, um sich von Köchin und Haushälterin zu verabschieden, die gekränkt wären, wenn sie sich nicht die Zeit dazu genommen hätte. Als sie wieder ins Freie trat, waren ihre Koffer in der großen Mietdroschke verstaut, und der Kutscher überprüfte die Lederriemen ein letztes Mal. Rochford war im Begriff, Callie in den Wagen zu helfen, als lautes Rufen und donnernde Hufschläge zu hören waren. Beide drehten sich nach dem Reiter um, der im halsbrecherischen Galopp die Straße herangeritten kam.

Im nächsten Moment erkannte Callie in ihm Lord Bromwell.

Sie holte hörbar Atem, das Herz schlug ihr bis zum Hals. Ein Märchen wurde wahr. Ihr innigster Herzenswunsch ging in Erfüllung: Brom eilte zu ihr, um sie an der Abreise zu hindern, und alles würde gut werden.

„Warten Sie!", schrie er, zügelte sein Pferd und schwang sich aus dem Sattel. „Einen Moment noch!" Er warf einem Diener die Zügel zu und war in drei langen Schritten bei Callie und Rochford. „Gottlob, dass ich Sie noch erreiche."

„In letzter Sekunde", stellte der Duke mürrisch fest und beäugte Bromwell argwöhnisch.

„Ich suchte zunächst Lady Haughston auf, da ich Sie dort wähnte, und erfuhr, dass Sie im Begriff sind, auf Ihr Landgut abzureisen. Ich fürchtete schon, zu spät zu kommen." Bromwells unsteter Blick flog nur kurz zu Callie. „Ich musste mit meiner Schwester reden, wie ich Ihnen gestern angekündigt hatte. Sie hat mir alles … gestanden. Ihren abscheulichen Plan von gestern, mit dem sie sich am Duke rächen wollte. Wie sie …" Er stockte, biss die Zähne zusammen, dann straffte er die Schultern und fuhr fort: „Welche Lügen sie vor Jahren über Sie verbreitete, Rochford. Ich bin gekommen, um mich zu entschuldigen … für alles. Ich bedauere das zutiefst. Daphne hat sich

abscheulich benommen."
Er wirkte verhärmt und blass. „Ich hoffe", fuhr er fort, „Sie nehmen meine Entschuldigung an für die üble Intrige, die sie uns allen gespielt hat." Wieder streifte sein Blick Callie flüchtig.

Wieso weigert er sich, mich anzusehen? fragte Callie sich gereizt. So hatte sie sich dieses Wiedersehen keineswegs vorgestellt. Wo blieb Broms glühende Liebeserklärung? Sein Geständnis, dass er ohne sie nicht leben könne? Offenbar war er weit mehr daran interessiert, mit ihrem Bruder zu reden als mit ihr.

Bromwell räusperte sich und blickte dem Duke unverwandt in die Augen. „Sir, ich bedaure mein überstürztes und kopfloses Handeln vor fünfzehn Jahren. Ich war ein Narr, meiner Schwester zu glauben, und es … es tut mir aufrichtig leid, Sie fälschlich beschuldigt zu haben. Ich hoffe, Sie können mir verzeihen. Wenn nicht, könnte ich das verstehen, würde es aber zutiefst bedauern."

Nach einigem Zögern streckte Rochford ihm die Hand entgegen. „Es ist völlig normal, dass ein Mann seine Schwester verteidigt."

„Ich weiß." Bromwell schüttelte ihm herzhaft die Hand in stummer männlicher Einhelligkeit.

„Ich habe die Beziehung zu meiner Schwester abgebrochen", ergriff Bromwell nach einer Weile wieder das Wort, den Blick immer noch auf den Duke gerichtet. In seinen Gesichtszügen spiegelten sich die Überwindung und der Schmerz, den ihn diese Entscheidung gekostet hatte. „Nach all dem Unrecht, dessen sie sich schuldig gemacht hat, kann und darf sie nicht mehr an unserem Leben teilhaben. Ich könnte niemals Ihre Zustimmung zu meiner Heirat mit Ihrer Schwester erwarten. Und das ist der Grund meines Besuches. Ich ersuche Sie um Ihre Einwilligung, Lady Calandra einen Antrag machen zu dürfen."

Callie starrte ihn völlig verblüfft an.

Rochford hingegen schien keineswegs überrascht zu sein, als er gelassen antwortete: „Sie werden feststellen, dass Lady Calandra ihre eigenen Entscheidungen trifft. Aber meinen Segen haben Sie."

„Ich danke Ihnen." Bromwell verneigte sich, und dann wandte er sich zum ersten Mal an Callie.

„Lady Calandra ..."

Callie zog die Brauen hoch. „Oh? Sie nehmen also doch noch Notiz von mir. Ist mir in dieser Angelegenheit auch ein Wort gestattet? Ich dachte schon, Sie setzen mit meinem Bruder einen Ehevertrag auf, werden sich über die Höhe meiner Mitgift einig und damit wäre der Fall erledigt."

„Callie?", begann Brom beinahe zaghaft.

„Ich bin eine eigenständige Frau", fuhr sie erzürnt fort. „Und wenn Sie den Wunsch haben, mich zu heiraten, sollte ich diejenige sein, der Sie einen Antrag machen. Nicht mein Bruder!"

Tränen brannten ihr in den Augen, die sie kaum zurückzuhalten vermochte. Sie machte auf dem Absatz kehrt, eilte ins Haus zurück und schlug die Tür mit einem lauten Knall zu.

Bromwell wandte sich völlig verstört an den Duke. „Was ist geschehen? Was habe ich falsch gemacht?"

Rochford zog stumm die Schultern hoch, breitete Arme und offene Handflächen aus in einer umfassenden Geste männlicher Verständnislosigkeit für das Rätsel weiblichen Verhaltens.

Bromwell fasste sich und eilte hinter Callie her. Ein Diener wollte ihm die Tür öffnen, doch Bromwell kam ihm zuvor. „Callie!"

Sie stand mit verschränkten Armen unter der hohen Kuppel der Empfangshalle – die Dienerschaft hatte sich diskret zurückgezogen – und schien in den Anblick des Blumengebindes auf dem runden Tisch vertieft. Langsam drehte sie sich zu Bromwell um und blickte ihm finster entgegen.

„Callie, ich verstehe nicht", begann er unsicher und näherte sich zögernd. „Ich dachte ... ich dachte, du hättest nichts dagegen, mich zu heiraten. Mir war nicht bewusst, dass du ... Einwände haben könntest."

„Ich habe kein Interesse daran, Sie zu heiraten, nur um Ihr

Gewissen zu beruhigen", entgegnete Callie schneidend und drängte ihre Tränen zurück. „Ich habe nicht den Wunsch, Sie zu heiraten, weil Sie der Meinung sind, meinem Bruder vor fünfzehn Jahren unrecht getan zu haben, oder weil es sich schickt oder weil Ihre Schwester uns in eine kompromittierende Situation gebracht hat."

„Wovon zum Teufel redest du eigentlich?", protestierte er und geriet nun seinerseits in Wut. „So etwas habe ich nie behauptet!"

„Das war auch nicht nötig. Ich habe erkannt, dass ich nur eine Last für Sie bin. Sie haben kein einziges Wort an mich gerichtet, kein Lächeln, keinen Blick für mich erübrigt. Sie haben sich lediglich bei meinem Bruder entschuldigt. Als sei er der Leidtragende, als sei nur er von dieser schrecklichen Sache betroffen, und ich hätte mich gefälligst seinem Willen zu fügen."

„Aber nein! Ich habe mich zunächst an ihn gewendet, um alle Unstimmigkeiten auszuräumen. Ich wollte alles richtigstellen, wollte mit Rochford Frieden schließen, damit es keinen Grund für ein Zerwürfnis zwischen euch gibt. Mir ging es nicht um ihn, sondern ausschließlich um dich. Mein Wunsch, dich zu heiraten, hat nichts mit dem Duke zu tun, auch nichts mit meiner Schwester und schon gar nichts mit lächerlichem Gesellschaftsklatsch."

„Und aus welchem Grund wünschen Sie mich zu heiraten?", fragte sie herausfordernd.

Er sah sie verdutzt an. „Weil ich dich liebe, Herrgott noch mal! Weil ich den Gedanken nicht ertrage, ohne dich zu leben. Als ich mich in dem Jagdhaus verkroch, lag nichts vor mir als endlos graue Tage, eine trostlose Zukunft ohne dich. Ich liebe dich bis zum Wahnsinn. Ein Leben ohne dich ist sinnlos für mich. Das ist der Grund, warum ich dich heiraten will!"

„Oh, Brom!" Tränen sprangen ihr aus den Augen und kullerten ihr über die Wangen. Sie fiel ihm um den Hals und sank an seine Brust. „Was für ein überzeugender Grund."

Er schlang die Arme um sie, presste sie an sich und barg sein

Gesicht in ihrem Haar. „Dann nimmst du meinen Heiratsantrag an? Oder muss ich einen Kniefall vor dir machen?“

„Nein, nein“, widersprach Callie halb lachend, halb weinend. „Lass nur. Ja, ich nehme deinen Antrag an. Ja, ich will deine Frau werden.“

Und dann besiegelten sie das Gelöbnis mit einem langen innigen Kuss. Brom hob den Kopf und blickte ihr tief in die Augen. „Ich liebe dich, Callie, mehr als ich mir je erträumt hätte, eine Frau zu lieben.“

„Und ich liebe dich“, sagte sie, und ihre Augen leuchteten wie Sterne. Sie war nach London gekommen, um einen Ehemann zu finden, und hatte die Liebe gefunden.

Mit einem seligen Lächeln stellte sie sich auf Zehnspitzen und küsste ihn erneut.

EPILOG

Francescas Blick wanderte durch den Ballsaal von Lilles House, geschmückt mit sämtlichen Frühlingsblüten, die in den Gärtnereien im Umkreis von fünfzig Meilen aufzutreiben waren, in dem sich nahezu alle Vornehmen des *ton* eingefunden hatten. Bei der feierlichen Trauung in der Kathedrale am frühen Nachmittag hatten sich die Hochzeitsgäste bis vor das große Portal gedrängt.

Und das war nicht erstaunlich. Niemand von Rang und Namen wollte sich die Hochzeit des Jahres entgehen lassen, denn es geschah nicht alle Tage, dass die Schwester eines Dukes heiratete, noch dazu dessen einzige, über alles geliebte Schwester. Rochford hatte keine Kosten und Mühen gescheut, dieses Ereignis gebührend zu würdigen, weder für die Trauung, noch für das Hochzeitsmahl und den anschließenden großen Ball. Seit Bekanntgabe der Verlobung herrschte helle Aufregung im *ton.* Die Einladungen waren heißer umkämpft als die begehrten Eintrittskarten zu Almack's, dem berühmten Treffpunkt der vornehmen Welt. Niemand wollte zugeben, nicht eingeladen worden zu sein.

Francesca reihte sich in die lange Schlange der Gratulanten ein und näherte sich dem strahlenden Hochzeitspaar, das neben dem Duke und Callies Großmutter die Hochzeitsgäste begrüßte. Francesca wusste, dass Lord Bromwells Schwester gleichfalls eingeladen war, ungeachtet ihres schändlichen Benehmens. Da Brom seiner Schwester sehr nahe gestanden hatte, wollte Callie in ihrer sanften Art nicht zulassen, dass er sich völlig von Daphne abwandte. Francesca stellte allerdings mit einiger Genugtuung fest, dass Lady Daphne nicht im Kreise der Familie die Gäste empfing, und hoffte inständig, ihrer Feindin an diesem Abend nicht zu begegnen.

Der Duke, wie gewöhnlich der schönste Mann im Saal, beugte sich mit einem amüsierten Lächeln über Francescas Hand.

„Ah, wie reizend. Die schöne Lady Haughston, der wir diese

glückliche Verbindung verdanken", sagte er leise.

„Das ist wahrlich nicht mein Verdienst", wehrte Francesca bescheiden ab. „Es ist die Liebe, die den Sieg davon getragen hat. So sollte es sein."

„So wird es auch sein, wenn die Liebe eine so tapfere Verfechterin hat wie Sie."

„Francesca!" Callies Antlitz strahlte vor Glück, ihre großen braunen Augen glichen leuchtenden Sternen, als sie die Freundin in die Arme schloss.

„Callie, Bromwell, ich wünsche euch beiden alles Glück dieser Welt", gratulierte Francesca von ganzem Herzen. „Man sieht euch die Seligkeit auch deutlich an."

„Wie könnte es anders sein", antwortete Bromwell und hob die Hand seiner Braut an die Lippen. „Schließlich habe ich die schönste Frau der Welt geheiratet."

Callie lächelte errötend zu ihm auf, und es war ihnen anzusehen, dass die beiden ihre Umgebung kaum wahrnahmen; sie hatten nur Augen füreinander.

Francesca, von nachdrängenden Gratulanten sanft weitergeschoben, mischte sich in das Gewühl der Festgäste. Sie musste sich bald wieder auf die Suche nach einer jungen Debütantin begeben, um sie unter ihre Fittiche zu nehmen und durch die gefährlichen Untiefen des Londoner Gesellschaftslebens zu lotsen, überlegte sie. Die Saison hatte ihren Höhepunkt erreicht, und es blieb ihr nicht mehr viel Zeit. Sie hatte sich vorgenommen, gleich nach Callies Abreise ihr Ziel in Angriff zu nehmen, doch dann hatten die Hochzeitsvorbereitungen ihre Zeit völlig in Anspruch genommen.

Im Grunde stand ihr der Sinn nicht recht danach, wieder eine Heirat zu arrangieren. Im Verlauf der letzten Jahre hatte sie sich mit den jungen Damen angefreundet, die sie als Ehestifterin unter die Haube gebracht hatte, und der Gedanke an eine geschäftsmäßige Abwicklung erschien ihr wenig reizvoll.

Während sie ihren Gedanken nachhing, bemerkte sie, wie einige Gäste der Tanzfläche zustrebten und neugierig die Hälse reckten. Das Brautpaar nahm Aufstellung in der Mitte des Parketts und wartete, bis die ersten Takte des Hochzeitswalzers erklangen, und schon begannen die Frischvermählten, sich im beschwingten Dreivierteltakt der Musik zu drehen. In ihren glücklichen Gesichtern spiegelte sich ihre Liebe zueinander, und Francesca sah sich genötigt, gegen das Brennen in ihren Augen zu blinzeln.

Von allen Paaren, die sie einander zugeführt hatte, machten Callie und Brom sie am glücklichsten. Sie liebte Callie wie eine Schwester. Und es hatte ja auch einmal eine Zeit gegeben, da sie gehofft hatte, Callie würde ihre Schwägerin werden. Leicht gereizt schüttelte sie den Gedanken ab, konnte aber der Versuchung nicht widerstehen, den Blick zur hohen Gestalt des Dukes schweifen zu lassen, der das Brautpaar von der entfernten Seite des Parketts her beobachtete.

In diesem Moment machte Rochford eine leichte Kopfdrehung und wandte sich Francesca zu. Ihre Blicke hefteten sich einen Herzschlag lang aneinander, ehe Francesca die Augen niederschlug, den Kontakt brach und ihren Fächer entfaltete.

„Nun …“, ließ eine gedehnte Frauenstimme sich dicht an ihrer Schulter vernehmen, „sind Sie gewiss zufrieden und glücklich.“

Francesca drehte sich um und begegnete Lady Swithingtons hellblauen Augen.

„Natürlich freue ich mich für Lady Calandra und Lord Bromwell“, entgegnete sie kühl. „Sie werden mit Sicherheit eine glückliche Ehe führen.“

„Zweifellos.“ Daphne bedachte die Frischvermählten mit einem spöttischen Blick. „Wie zwei Turteltäubchen.“ Sie wandte sich Francesca wieder zu. „Aber ich spreche von Ihnen. Sie sind gewiss überglücklich, herausgefunden zu haben, dass ich Ihnen bezüglich Rochford nicht die Wahrheit sagte.“ Daphnes helle Augen glitzerten gehässig.

Francesca zuckte gleichmütig mit den Schultern. „Ich hätte nie geglaubt, dass Rochford mit Ihnen ein Kind gezeugt und sich geweigert hat, Sie zu heiraten. Dieser Typ Mann ist er nicht, dazu wäre er niemals fähig. Wie dem auch sei, dieses Gerücht ist mir damals ohnehin nicht zu Ohren gekommen, also hatte es keine Bedeutung für mich."

Daphne stieß einen verächtlichen Laut aus. „Und trotzdem haben Sie ihm den Laufpass gegeben, nicht wahr?"

Francescas Unmut brodelte hoch. „Ich war nicht bereit, einen Mann zu heiraten, der eine Affäre mit einer anderen hatte", entgegnete sie aufbrausend. „Selbst wenn es keinen zwingenden Grund gab, sie zu heiraten."

Und plötzlich stockte ihr der Atem, sie starrte benommen in das gehässige Gesicht ihrer Feindin. Ein Frösteln durchrieselte sie. Mit bebender Stimme fuhr Francesca fort: „Das war ebenfalls gelogen, nicht wahr? Sie wollten nur den Anschein erwecken, mit Rochford in flagranti ertappt worden zu sein. Das war also auch nur eine Ihrer schändlichen Intrigen!"

Daphnes Lippen kräuselten sich zu einem selbstgefälligen Lächeln. „Natürlich stimmte das nicht. Rochford erwies sich als ermüdend standhaft. Ein grässlicher Langweiler. Wären Sie damals weniger selbstverliebt gewesen, statt ihn wirklich zu lieben, hätten Sie das allerdings erkennen müssen."

Francesca wandte sich brüsk ab, ihr Blick flog quer durch den Ballsaal zu der Stelle, wo der Duke of Rochford soeben noch gestanden hatte. Übelkeit stieg in ihr hoch, die Knie wurden ihr weich, sie fürchtete, in Ohnmacht zu sinken.

Blindlings bahnte sie sich einen Weg durch das Gedränge der Ballgäste, ohne einen Blick nach links oder rechts zu werfen, bis sie am Ellbogen festgehalten wurde. Irenes Stimme drang wie durch einen Nebel an ihr Ohr. „Francesca? Fühlst du dich nicht wohl?"

Francesca sah sie verwirrt an. „Nur eine kleine Schwäche; vielleicht sollte ich mich setzen."

„Komm." In ihrer praktischen Art führte Irene sie zu einer Polsterbank am Rande des Saals. „Ich hole dir etwas zu trinken."

„Nein, bleib … es geht gleich vorüber. Ich hatte nur einen

Schock, mehr nicht."

„Was ist geschehen? Ich sah dich im Gespräch mit dieser widerwärtigen Lady Swithington. Vermutlich hat sie wieder einmal eine spitze Bemerkung von sich gegeben, die dich verstört hat." Francesca nickte, und Irene fuhr fort: „Dieser Person darfst du kein Wort glauben. Alles was sie sagt, ist gelogen."

„Nein, diesmal hat sie die Wahrheit gesagt." Francescas Stimme klang sehr müde. „Ich habe vor Jahren einen schrecklichen Fehler begangen und habe Rochford böses Unrecht getan."

„Was soll das heißen?", fragte Irene ungläubig. „Du bist doch gar nicht fähig, etwas Böses zu tun."

„Ich habe es getan. Ich habe ihm nicht geglaubt, als er mir schwor, die Wahrheit zu sagen." Unstet flog ihr Blick wieder durch das Gedränge auf der Suche nach seiner hohen Gestalt. „Schlimmer noch", fuhr sie tonlos fort, „ich trage Schuld an dem Leben, das er seither führt."

„Was soll das denn wieder heißen? Er führt doch ein Leben, um das ihn jeder beneidet."

„Aber er hat nie geheiratet. Ich fürchte, durch mein Verhalten hat er das Vertrauen zu Frauen verloren."

Irene sah sie verständnislos an. „Ist das dein Ernst?"

Francesca nickte. „Ja, und das muss ich wiedergutmachen."

„Und wie willst du das anstellen?"

„Ganz einfach", sagte Francesca. „Ich muss eine Frau für Rochford finden."

– ENDE –

Jillian Hunter
Geliebt von einem
sündhaften Lord
Band-Nr. 25660
7,99 € (D)
ISBN: 978-3-86278-710-4
336 Seiten

Brenda Joyce
Freibeuter der Leidenschaft
Band-Nr. 25635
7,99 € (D)
ISBN: 978-3-86278-485-1
416 Seiten

Lynsay Sands
Der Highlander und
sein wilder Engel
Band-Nr. 25654
7,99 € (D)
ISBN: 978-3-86278-510-0
320 Seiten